Schindlers Liste

Thomas Keneally

Schindlers Liste

Aus dem Englischen von
Günther Danehl

Dieses Buch erschien 1982 unter dem Titel »Schindler's List«
bei Hemisphere Publishers Ltd.

Diese Ausgabe erscheint in Absprache mit dem Originalverlag
Simon & Schuster, New York.

Der Autor dankt der Yad Nashem Gedenkstätte
in Jerusalem und Leopold Pfefferberg (Leopold Page)
für die freundliche Bereitstellung der Fotos.

Umwelthinweis:
Dieses Buch und der Schutzumschlag
wurden auf chlorfrei gebleichtem Papier gedruckt.
Die Einschrumpffolie – zum Schutz vor Verschmutzung –
ist aus umweltfreundlicher und recyclingfähiger PE-Folie.

Ungekürzte Buchgemeinschafts-Lizenzausgabe
der Bertelsmann Club GmbH, Gütersloh
der Buchgemeinschaft Donauland Kremayr & Scheriau, Wien
des Deutschen Bücherbundes, Stuttgart
und der angeschlossenen Buchgemeinschaften

Umschlag- und Einbandgestaltung: Evelyn Schick
unter Verwendung eines Fotos von Universal City Studios
Inc. & Amblin Entertainment Inc. 1993
Druck und Bindung: Mohndruck
Graphische Betriebe GmbH, Gütersloh
Printed in Germany · Buch-Nr. 02698 9

Dem Andenken von Oskar Schindler
und für Leopold Pfefferberg,
dessen Beharrlichkeit dieses Buch
seine Entstehung verdankt.

Vorbemerkung des Verfassers

1980 erkundigte ich mich in Beverly Hills in einem Koffergeschäft nach dem Preis von Aktenmappen. Der Laden gehörte Leopold Pfefferberg, einem überlebenden Schindlerjuden. Hier, zwischen allerlei aus Italien importierten Lederwaren, hörte ich zum ersten Mal den Namen Oskar Schindlers, jenes deutschen *bon vivant*, Spekulanten, Charmeurs und wandelnden Widerspruchs, der in jener Epoche, die heute allgemein als Holocaust bekannt ist, eine typische Auswahl von Angehörigen einer zum Tode verurteilten Rasse gerettet hat.

Diese Darstellung der erstaunlichen Geschichte von Oskar Schindler basiert auf Gesprächen mit 50 überlebenden Schindlerjuden in sieben Ländern – Australien, Israel, Westdeutschland, Österreich, USA, Argentinien und Brasilien. In Begleitung von Leopold Pfefferberg habe ich außerdem jene Orte aufgesucht, die in diesem Buch eine bedeutende Rolle spielen: Krakau, Schindlers Wahlheimat; Plaszow, wo Amon Göth sein verruchtes Arbeitslager betrieb; die Lipowastraße in Zablocie, wo Schindlers Fabrik noch zu sehen ist; Auschwitz-Birkenau, das Lager, aus dem Schindler die Frauen rettete. Dokumente und sonstige Informationen erhielt ich von den wenigen noch erreichbaren Mitarbeitern Schindlers aus Kriegszeiten und von den zahlreichen Freunden aus der Nachkriegszeit. Aufgenommen wurden ferner Zeugenaussagen, die von Schindlerjuden gegenüber Jad Wa-Schem, dem israelischen Dokumentationszentrum und der Gedenkstätte für die Opfer der Judenverfolgung, gemacht wurden, sowie Papiere und Briefe, die ihn betreffen und die z. T. von Jad Wa-Schem und z. T. von etlichen seiner Freunde beigesteuert wurden.

Eine wahre Begebenheit in Form eines Romans zu erzählen, ist heutzutage nicht ungewöhnlich. Ich habe diese Form gewählt, einmal, weil das Talent des Schriftstellers das einzige ist, über das ich verfüge, zum andern, weil mir die Romanform für die Behandlung eines so widersprüchlichen und überragenden Charakters, wie Schindler einer war, am meisten geeignet scheint. Fiktionen allerdings habe ich nach Kräften vermieden, denn die tun dem Wahrheitsgehalt Abbruch, auch habe ich mich bemüht, zwischen Wirklichkeit und jenen Mythen zu unterscheiden, die sich unvermeidlich um jemand von der Statur Schindlers ranken. Gelegentlich war es notwendig, Gespräche zu rekonstruieren, über die Schindler und andere nur knappe Aufzeichnungen hinterlassen haben, doch die meisten davon und die Schilderungen aller Ereignisse basieren auf der Erinnerung der Schindlerjuden, Schindlers selber und der anderer Personen, die Zeugen der waghalsigen Rettungsbemühungen Schindlers waren. An erster Stelle möchte ich zwei Überlebenden danken – Leopold Pfefferberg und Mosche Bejski, Richter am Obersten Gerichtshof des Staates Israel, die mir nicht nur ihre Erinnerungen mitteilten und gewisse Dokumente überließen, die sehr zur Genauigkeit meines Berichtes beitrugen, sondern auch die erste Fassung des Buches lasen und Änderungsvorschläge machten. Von den vielen anderen, seien es nun Überlebende oder Freunde Schindlers aus der Nachkriegszeit, die mir mit Informationen, Briefen und Dokumenten behilflich waren, nenne ich Frau Emilie Schindler, Mrs. Ludmila Pfefferberg, Dr. Sophia Stern, Mrs. Helen Horowitz, Dr. Jonas Dresner, Mr. und Mrs. Henry und Mariana Rosner, Leopold Rosner, Dr. Alex Rosner, Dr. Odek Schindel, Dr. Danuta Schindel, Mrs. Regina Horowitz, Mrs. Bronislawa Karakulska, Mr. Richard Horowitz, Mr. Shmuel Springmann, den verstorbenen Mr. Jakob Sternberg, Mr. Jerzy Sternberg, Mr. und Mrs. Lewis Fagen, Mr. Henry Kinstlinger, Mrs. Rebecca Bau, Mr. Edward Heuberger, Mr. und Mrs. M. Hirschfeld und Mr. und Mrs. Irving Glovin. Mr. und Mrs. E. Korn, die in der gleichen Stadt wohnen wie ich, haben mir nicht nur ihre Erinnerungen an Schindler mitgeteilt, sondern mir auch immer wieder Mut gemacht. Dr. Josef Kermisz, Dr. Shmuel Krakowski, Vera Prausnitz, Chana Abells und Hadassah Mödlinger haben mir großzügig Zugang zu den von Jad Wad-Schem verwahrten Unterlagen über Schindler verschafft. Abschließend möchte ich ausdrücklich die Bemühungen würdigen, die der verstorbene Martin Gosch unternommen hat, um den Namen Oskar Schindler ins Bewußtsein der Öffentlichkeit zu bringen, und seiner Witwe, Mrs. Lucille Gaynes, für ihre Mitarbeit an dem Projekt danken.

Dank der Unterstützung all dieser Personen wurde die erste ausführliche Darstellung der erstaunlichen Geschichte Oskar Schindlers möglich gemacht.

Tom Keneally

Prolog

Herbst 1943

Polen im Herbst. Aus einem eleganten Wohnblock in der Straszewskiegostraße am Rande des alten Stadtkerns von Krakau tritt ein hochgewachsener junger Mann in teurem Mantel, darunter den zweireihigen Smoking, und an dessen Aufschlag ein großes Parteiabzeichen. Er erblickt seinen Chauffeur, der, sein Atem eine Dampfwolke, die Tür der blinkenden Adlerlimousine aufhält und ihm zuruft: »Geben Sie acht, Herr Schindler, der Bürgersteig ist eisig wie das Herz einer Witwe.«

Mit dieser Schilderung befinden wir uns auf sicherem Boden. Der hochgewachsene junge Mann bevorzugt bis ans Ende seiner Tage Zweireiher, hat – er ist so etwas wie ein Techniker – eine Schwäche für große, auffällige Automobile und ist, obwohl Deutscher und in diesem Augenblick einer von etlichem Einfluß, jemand, zu dem ein polnischer Chauffeur bedenkenlos eine scherzhaft gemeinte Bemerkung machen kann. Ganz so einfach allerdings läßt sich die Geschichte nicht fortsetzen, denn hier haben wir es mit dem handfesten Sieg des Guten über das Böse zu tun, einem Sieg, der sich in Zahlen ablesen läßt. Wer das Gegenteil unternimmt, also die vorhersehbaren und meßbaren Erfolge aufzählt, welche das Böse über das Gute davonträgt, hat es leichter, er kann gescheit, trocken, mit Durchblick und ohne falsches Pathos berichten, denn es ist einfach zu zeigen, mit welcher Unausweichlichkeit das Böse zum eigentlichen Hauptgegenstand des Berichtes wird, während das Gute auf solche Imponderabilien wie Würde und Selbsterkenntnis beschränkt bleibt. Tödliche menschliche Bosheit bildet den Gegenstand vieler Berichte, dem Historiker ist die Erbsünde wie Muttermilch. Von Tugenden zu schreiben ist da schon viel riskanter.

Tatsächlich ist das Wort Tugend bereits so gefährlich, daß es sogleich einiger Erläuterungen bedarf. Herr Oskar Schindler, der eben jetzt den vereisten Bürgersteig in diesem eleganten alten Wohnviertel Krakaus betritt, war kein tugendhafter Mensch im üblichen Sinn. Er hielt sich in dieser Stadt eine deutsche Mätresse und hatte eine Affäre mit seiner polnischen Sekretärin. Seine Ehefrau Emilie wohnte meist daheim in Mähren, kam allerdings gelegentlich auf Besuch zu ihm nach Polen. Immerhin bleibt festzuhalten: Er war in jedem Fall ein großmütiger Liebhaber und von guten Manieren. Doch die landläufige Auffassung von Tugend würde das nicht als Entschuldigung gelten lassen. Er war ferner ein Trinker. Manchmal trank er, weil es ihm Vergnügen machte, dann wieder trank er mit Geschäftspartnern, Bürokraten, SS-Funktionären zwecks Durchsetzung bestimmter Absichten. Er verstand es wie wenige, beim Trinken einen klaren Kopf zu behalten. Doch auch das ist im strengen Wortsinn keine Tugend. Und obschon Schindlers Verdienste über jeden Zweifel bezeugt sind, erwarb er sie sich notgedrungen im Umgang mit einem korrupten und barbarischen Regime, das überall in Europa Lager errichtete, in denen es unmenschlich zuging, und das einen gleichsam unterirdischen, kaum je erwähnten Häftlingsstaat begründete. Beginnen wir also mit einem Beispiel, an dem sich Schindlers sonderbare Tugend demonstrieren läßt und auch, an welche Orte diese ihn führte und mit welchen Personen sie ihn zusammenbrachte.

Am Ende der Straszewskiegostraße ragte die dunkle Masse des Wawel auf, jenes Schlosses, von dem aus der nationalsozialistische Rechtswahrer Hans Frank das polnische Generalgouvernement regierte. Nirgendwo zeigte sich ein Licht. Weder Schindler noch sein Fahrer schauten hinauf zu den Befestigungen, als der Wagen südöstlich in Richtung auf den Strom abbog. Die Wachen auf der Podgorze-Brücke über die Weichsel, deren Aufgabe es war, das Einsickern von Partisanen zu verhindern und Verstöße gegen die Ausgangssperre zu ahnden, kannten den Wagen, Schindlers Gesicht und den Passierschein, den Schindlers Chauffeur vorzeigte, denn Schindler befuhr diese Strecke häufig, entweder auf dem Weg von der Fabrik (wo er eine Wohnung unterhielt) zur Stadt, oder von seiner Stadtwohnung in der Straszewskiegostraße nach der Fabrik in Zablocie. Sie waren es auch gewöhnt, ihn nach Einbruch der Dunkelheit zu sehen, häufig im Abendanzug, auf dem Weg zu einer Gesellschaft oder, wie heute abend, zu dem zehn Kilometer außerhalb der Stadt gelegenen Zwangsarbeiterlager Plaszow, wo er mit Hauptsturmführer Göth speisen sollte, dem empfindsamen Kommandanten. Man wußte ferner, daß Schindler um die Weihnachtszeit freigebig mit Schnapsflaschen war, der Wagen durfte also ohne längeren Aufenthalt in die Vorstadt Podgorze passieren.

Gewiß ist, daß in dieser Phase seines Lebens Schindler, obschon ein Liebhaber von gutem Essen und guten Weinen, der Einladung zu Göth mehr mit Widerwillen als mit Vorfreude entgegensah. Tatsächlich hatte es ihm niemals Freude gemacht, in Gesellschaft des Kommandanten zu essen oder zu trinken. Doch der Abscheu, den Schindler bei diesen Gelegenheiten empfand, hatte für ihn etwas Aufreizendes, statt ihn zu ängstigen, flößte er ihm ein Überlegenheitsgefühl der Art ein, wie es sich auf mittelalterlichen Gemälden in den Gesichtern der Gerechten zeigt, welche auf die Verdammten blicken.

Schindler, tief in den Lederpolstern des Adler entlang der Straßenbahnschienen dahinjagend, die das bis vor kurzem bestehende Getto zweigeteilt hatten, rauchte eine Zigarette nach der anderen. Sein Kettenrauchen war aber nicht nervöser Art, die Hände blieben locker, die Bewegungen maßvoll. Man sah ihm an, daß er wußte, woher die nächste Zigarette, die nächste Flasche Cognac kommen würde. Er allein hätte uns sagen können, ob er der Stärkung aus dem Flacon bedürftig war, die er nahm, als er bei der Durchfahrt durch das stumme, schwarze Dorf Prokocim auf der Strecke nach Lwow die Viehwagen halten sah, in denen sich Infanteristen, Häftlinge oder – das war unwahrscheinlich – Rinder befinden mochten.

Etwa zehn Kilometer vom Stadtkern entfernt bog der Adler nach rechts in die Jerozolimskastraße ein. In der frostklaren Abendluft machte Schindler den Umriß der zerstörten Leichenhalle am Fuße der Anhöhe aus, sodann die kargen Baracken, die das sogenannte Jerusalem bildeten, das Zwangsarbeiterlager Plaszow, das derzeit 20 000 verängstigte Juden beherbergte. Ukrainer und Posten der Waffen-SS grüßten Schindler höflich am Tor, denn man kannte ihn hier mindestens so gut wie an der Brücke von Podgorze. Auf der Höhe des Verwaltungsgebäudes nahm der Adler die mit jüdischen Grabsteinen gepflasterte Lagerstraße unter die Räder. Bis vor zwei Jahren war das Gelände hier ein jüdischer Friedhof gewesen.

Zur Rechten, hinter den Baracken der Wachmannschaften, stand die ehemalige jüdische Leichenhalle; sie schien zu sagen, daß der Tod hier auf natürliche Weise eintrat und man die Leichen ordentlich aufbahrte. Tatsächlich diente die Halle dem Kommandanten jetzt als Pferdestall. Schindler war dieser Anblick vertraut, es ist aber nicht ausgeschlossen, daß er darauf mit Bitterkeit reagierte. Tat man dies allerdings bei jedem ausgefallenen Anblick, der sich einem derzeit in Europa bot, bestand die Gefahr, von Bitterkeit zerfressen zu werden. Schindler indessen besaß eine enorme Widerstandskraft gegen solche Bedrohung.

Um die gleiche Zeit war auch ein Häftling namens Poldek Pfefferberg unterwegs zur Villa des Kommandanten. Dessen neunzehnjähriger Bursche Lisiek, ebenfalls ein Häftling, hatte Pfefferberg mit einem Passierschein aus der Baracke geholt, weil er den Schmutzrand in der Badewanne von Göth nicht beseitigen konnte und fürchtete, am folgenden Morgen, wenn der Kommandant sein Bad nehmen wollte, geschlagen zu werden. Pfefferberg, ehedem Lisieks Lehrer in Podgorze, arbeitete in der Lagergarage und hatte Zugang zu Lösungsmitteln. Zusammen mit Lisiek holte er das Nötige. Die Villa des Kommandanten zu betreten war in jedem Fall ein Risiko, allerdings bestand die Möglichkeit, von Helen Hirsch etwas zu essen zu bekommen; die war das von Göth häufig mißhandelte jüdische Hausmädchen, sehr hilfsbereit und ebenfalls Pfefferbergs Schülerin.

Die Hunde – eine dänische Dogge, ein Wolfshund und andere, die Göth am Haus hielt –, schlugen an, als der Adler noch hundert Meter vom Haus entfernt war. Die Villa glich einer Schachtel mit aufgesetztem Obergeschoß, dessen Fenster auf einen Balkon gingen, während um das ganze Haus ein Patio lief, der von einer Balustrade eingefaßt war. Göth saß im Sommer gern im Freien. Seit er in Plaszow war, hatte er stark zugenommen; im nächsten Sommer würde er ein recht dicker Sonnenanbeter sein, doch niemand in seinem Jerusalem würde wagen, sich über ihn lustig zu machen. Ein Unterscharführer mit weißen Handschuhen begrüßte Schindler und führte ihn ins Haus. In der Diele nahm Iwan, der ukrainische Bursche, ihm Hut und Mantel ab. Schindler versicherte sich mit einem Griff an die Brusttasche, daß er das Gastgeschenk bei sich hatte: ein vergoldetes Zigarettenetui vom schwarzen Markt. Göth machte so gute Geschäfte, besonders mit beschlagnahmtem Schmuck, daß vergoldet das mindeste war, was er erwartete.

Im geöffneten Durchgang zum Speisezimmer spielten die Gebrüder Rosner auf, Henry Violine, Leo Ziehharmonika. Auf Weisung von Göth hatten sie die Fetzen, die sie zur Arbeit in der Malerwerkstatt trugen, mit anständigen Anzügen vertauscht, welche sie eigens für solche Gelegenheiten in der Baracke aufbewahrten. Schindler wußte, daß den Rosners bei diesen Darbietungen nie wohl war, obschon der Kommandant ihr Spiel schätzte. Sie kannten ihn gut, wußten, wie unberechenbar er war, und daß er zu *ex-tempore*-Hinrichtungen neigte. Sie spielten gewissenhaft und hofften sehr, sich nicht plötzlich und aus unerfindlichen Gründen seinen Unwillen zuzuziehen. Göth hatte für diesen Abend sechs Herren eingeladen: Schindler, Julian Scherner, den SS- und Polizeiführer im Distrikt Krakau, sowie Rolf Czurda, Chef des SD in Krakau. Scherner war Oberführer, Czurda Obersturmbannführer, Göth selber Hauptsturmführer. Scherner und Czurda waren die Ehrengäste, ihnen unterstand das Lager. Beide waren älter als Göth, Scherner sah geradezu betagt aus, mit Brille und Glatze und recht beleibt. Dank seiner ausschweifenden Lebensweise wirkte sein Schützling Göth allerdings nicht um so viel jünger, als er in Wirklichkeit war.

Der älteste der anwesenden Herren war Franz Bosch, Teilnehmer am Ersten Weltkrieg, der mehrere Werkstätten teils legaler, teils illegaler Art im Lager betrieb, Wirtschaftsberater von Scherner war und geschäftliche Verbindungen in der Stadt unterhielt. Schindler verabscheute Scherner und Czurda, brauchte aber ihr Wohlwollen für seinen Betrieb in Zablocie und machte ihnen deshalb regelmäßig Geschenke. Die einzigen Gäste, mit denen ihn so etwas wie Seelenverwandtschaft verband, waren Julius Madritsch, Eigentümer der im Lager Plaszow angesiedelten Uniformfabrik, und dessen Geschäftsführer Raimund Titsch. Madritsch war etwa ein Jahr jünger als Schindler und Göth. Er war ein unternehmender, sehr menschlicher Mann, und hätte man ihn gefragt, wie er denn das Betreiben einer einträglichen Produktionsanlage in einem Zwangsarbeiterlager rechtfertigen könne, hätte er erwidert, daß er darin immerhin fast 4000 Häftlinge beschäftige und diese mithin davor bewahre, in den Vernichtungslagern umgebracht zu werden. Raimund Titsch, Anfang Vierzig, zierlich, zurückhaltend und vermutlich derjenige, der als erster aufbrechen würde, teilte die Ansichten von Madritsch und schmuggelte lastwagenweise Lebensmittel für die Häftlinge ins Lager, was ihn leicht ins SS-Gefängnis Montelupich oder nach Auschwitz bringen konnte.

Die vier anwesenden Damen, elegant gekleidet und frisiert und jünger als die Herren, waren teils Deutsche, teils Polinnen aus Krakau und vom horizontalen Gewerbe. Manche kamen regelmäßig zu diesen Herrenabenden, und da sie heute zu viert waren, hatten die Stabsoffiziere immerhin die Auswahl. Majola, die deutsche Mätresse von Göth, blieb diesen Veranstaltungen fern, sie beleidigten ihr Feingefühl.

Es unterliegt keinem Zweifel, daß die SS-Führer für Schindler auf ihre Art eine Schwäche hatten. Indessen fanden sie ihn auch etwas exotisch, was an seiner Herkunft aus dem Sudetenland liegen mochte, und verdächtigten ihn, nicht ganz die richtige Einstellung zu haben. Immerhin zahlte er reichlich, beschaffte Mangelware, war trinkfest und hatte Sinn für Humor. Er gehörte zu jenen Männern, die man mit einem Kopfnicken begrüßt, nicht aber mit überschäumender Herzlichkeit – das war weder notwendig noch klug.

Wer Schindler in jener Zeit gekannt hat, bestätigt, daß er bei Frauen unweigerlich Erfolg hatte, und so erregte er denn auch die Aufmerksamkeit der anwesenden Damen, als er das Zimmer betrat. Göth ging auf ihn zu, um ihn zu begrüßen und ihn vorzustellen. Der Kommandant war ebenso groß wie Schindler, wirkte aber trotz oder gerade wegen seines athletischen Körperbaues ungemein dick für einen Mann Anfang der Dreißig. Sein Gesicht allerdings hatte noch nicht gelitten, nur in seinen Augen glomm ein weinseliges Funkeln, denn er trank übermäßig viel einheimischen Schnaps.

Dem Finanzgenie von Plaszow und Wirtschaftsberater der SS Bosch konnte er allerdings nicht das Wasser reichen. Bosch war ein schwerer Trinker, und es war ihm anzusehen. Schindler wußte, daß Bosch ihn heute abend um eine Gefälligkeit bitten würde.

Göth also stellte Schindler den Damen als »unseren Industriellen« vor, die Brüder Rosner spielten derweil Straußmelodien und hielten die Blicke gesenkt, Henry auf den Geigensteg, Leo auf die Tasten seiner Ziehharmonika.

Schindler empfand so etwas wie Mitleid mit den Damen, denen er höflich die Hand küßte. Sobald es später zu handfesten Zärtlichkeiten von seiten der Herren kommen würde, dürften sie nichts zu lachen haben, das wußte er. Göth war ein Sadist, schon gar, wenn er getrunken hatte, wenn er auch jetzt noch den Wiener Kavalier spielte.

Vor dem Essen waren die Gespräche belanglos. Gesprochen wurde über den Krieg, was dem SD-Mann Czurda Gelegenheit bot zu versichern, daß die Krim auf jeden Fall gehalten werde. Oberführer Scherner erzählte, ein Oberscharführer seiner Bekanntschaft, ein reizender Hamburger, habe beide Beine verloren, als Partisanen in ein Café in Tschenstochau eine Bombe warfen. Schindler redete mit Madritsch und Titsch über Geschäfte. Diese drei Unternehmer verstanden einander wie gesagt gut. Schindler wußte, daß Titsch den Häftlingen in Madritschs Fabrik heimlich Lebensmittel zukommen ließ, und daß Madritsch das Geld dafür gab. Schindler sah darin eine selbstverständliche menschliche Pflicht, denn die Profite aus den polnischen Unternehmungen waren derart enorm, daß die erforderlichen Gelder ohne weiteres abfielen. Schindler selber verdiente an den Aufträgen der Rüstungsinspektion, welche die deutsche Wehrmacht mit allem versorgte, was gebraucht wurde, mehr als genug, um als Unternehmer seinen Vater weit zu übertreffen – was sein heimlicher Wunsch war. Allerdings kannte er außer sich selber, Madritsch und Titsch niemanden, der für Häftlinge Lebensmittel auf dem schwarzen Markt besorgte.

Kurz vor dem Essen nahm Bosch wie erwartet Schindler beiseite und führte ihn näher zu den Brüdern Rosner hin, so als wünsche er, daß deren Spiel sein Gespräch mit Schindler für die anderen unhörbar machte.

»Ihre Geschäfte gehen gut?« fragte Bosch.

Schindler schmunzelte. »Wie Sie sehen, Herr Bosch.«

Selbstverständlich kannte Bosch die Bekanntmachungen der Rüstungsinspektion betreffend Auftragsvergabe an die hiesige Industrie. »Ich habe mir gedacht, Sie hätten vielleicht Lust, in Anbetracht der guten Auftragslage, die wir dem günstigen Kriegsverlauf danken, eine... sagen wir generöse Geste zu machen, eine Geste, nichts weiter...?«

»Aber gern«, Schindler verspürte den Ekel, der aufkommt, wenn man merkt, daß man ausgenutzt werden soll, zugleich aber auch so etwas wie Freude. Scherner hatte zweimal seinen Einfluß aufgeboten, Schindler aus dem Gefängnis loszueisen, und es konnte nicht schaden, ihn sich ein weiteres Mal über Bosch zu verpflichten.

»Meine Tante in Bremen ist total ausgebombt«, erläuterte Bosch. »Möbel, Geschirr, alles futsch. Ich dachte mir, Sie könnten vielleicht aushelfen. Mit einigen Töpfen und den großen Terrinen, die Sie in der DEF herstellen.«

DEF, Deutsche Emailfabrik, war Schindlers blühendes Unternehmen. Polen und Juden nannten die Fabrik nicht DEF, sondern Emalia.

»Das dürfte sich machen lassen«, sagte Schindler. »Soll ich die Sachen Ihrer Tante direkt schicken?«

Bosch verzog keine Miene. »Lieber an mich, ich möchte noch einen Gruß beifügen.«

»Einverstanden.«

»Gut denn, sagen wir drei Dutzend von jeder Sorte – Suppenschüsseln, Teller, Kaffeetassen. Und ein halbes Dutzend große Terrinen.« Schindler lachte, wenn auch etwas gequält. Er war aber durchaus willig, mit Geschenken war er stets freigebig. Nur hatte Bosch offenbar massenhaft bombengeschädigte Verwandte.

»Betreibt Ihre Tante vielleicht ein Waisenhaus?« fragte er deshalb gedämpft.

Bosch sah ihm fest in die Augen, er machte sich nicht die Mühe, sich zu verstellen. »Sie ist eine mittellose alte Frau; was ich ihr schicke, kann sie tauschen oder verkaufen.«

»Ich werde das durch meine Sekretärin veranlassen.«

»Durch die hübsche Polin?« fragte Bosch.

»Eben die.«

Bosch wollte die Lippen spitzen und bewundernd pfeifen, doch sein Mund war zu schlaff. Statt dessen erlaubte er sich eine Bemerkung von Mann zu Mann: »Ihre Frau muß ein wahrer Engel sein.«

»Ist sie«, stimmte Schindler zu. Bosch sollte seinethalben das Geschirr bekommen, Bemerkungen über Schindlers Frau jedoch unterlassen.

»Wie stellen Sie das nur an?« insistierte Bosch. »Sie weiß doch bestimmt Bescheid?«

Schindler verfinsterte sich, der Ausdruck von Ekel auf seinem Gesicht war nicht zu übersehen. Der dumpf grollende Ton, in dem er antwortete, unterschied sich allerdings kaum von seiner normalen Stimmlage.

»Ich erörtere niemals Privatangelegenheiten.«

Bosch sprudelte Entschuldigungen hervor. Schindler war nicht danach zumute, Bosch zu erklären, daß die Tragödie seiner Ehe in einer Unvereinbarkeit der Temperamente begründet war – Frau Emilie war Asketin, er selber Genießer. Diese beiden hatten sich aus freien Stücken und gegen alle Ratschläge aneinander gebunden. Schindlers Ärger über Bosch ging tiefer, als er zugeben mochte; Emilie war Schindlers verstorbener Mutter sehr ähnlich, die 1935 von ihrem Mann, Schindlers Vater, verlassen worden war. Schindler empfand daher jede Anspielung auf seine Ehe zugleich als eine solche auf die Ehe seiner Eltern.

Man ging zu Tisch. Das Mädchen servierte Zwiebelsuppe. Rosners spielten unermüdlich, hatten sich dem Tisch um einiges genähert, achteten aber darauf, dem Mädchen und den beiden ukrainischen Ordonnanzen nicht in den Weg zu kommen. Schindler, der zwischen einer schlanken Deutschen (die Scherner bereits für sich reklamiert hatte) und einer besonders hübschen Polin saß, bemerkte, daß beide Frauen das servierende Mädchen scharf beobachteten. Dieses trug das übliche schwarze Kleid, darüber die weiße Tändelschürze, ohne Judenstern und ohne gelben Streifen auf dem Rücken. Gleichwohl war sie Jüdin. Allerdings war es ihr Gesicht, dem die Aufmerksamkeit der beiden Frauen galt. Die Kinnpartie wies Schrammen auf, und man hätte denken sollen, Göth würde sich schämen, seinen Gästen ein solches Schauspiel zu bieten. Wenn sie sich vorbeugte, wurde überdies am Schlüsselbein ein Bluterguß sichtbar.

Göth verbarg dieses Mädchen nicht nur nicht vor seinen Gästen, er stellte es förmlich zur Schau, benutzte es, um Konversation zu machen.

»Meine Herrschaften«, sagte er in gemacht feierlichem Ton, »darf ich Ihnen Lena vorstellen. Nach fünf Monaten in meinem Haus verdient sie in Kochen und Betragen die Note eins.«

»Sie hat sich wohl in der Küche gestoßen?« fragte eine der Damen.

»Und das Luder kann sich jederzeit wieder stoßen«, prustete Göth. »Stimmt's, Lena?«

Scherner bemerkte zu den anderen: »Er geht ziemlich grob mit Frauen um.« Daß er nicht sagte, mit Jüdinnen, ließ darauf schließen, daß er diese Äußerung in bester Absicht tat. Wurde Göth darauf aufmerksam gemacht, daß Lena Jüdin war, hatte sie dafür zu büßen, entweder noch vor den Gästen oder später. Als sein Vorgesetzter hätte Scherner dem Kommandanten befehlen können, das Mädchen nicht zu mißhandeln, aber so was gehörte sich nicht, es hätte nur die Stimmung verdorben, schließlich war man hier unter guten Freunden, und wenn Göth auch seltame Neigungen hatte, ließ man sich doch immer gern von ihm einladen.

Es folgte Heringsfilet in Sahnesoße, darauf Eisbein, von Lena vortrefflich zubereitet. Zum Fleisch trank man schweren roten Ungarwein, die Brüder Rosner gingen zu einem feurigen Czàrdàs über, die Luft war zum Schneiden, die Offiziere zogen die Röcke aus. Wieder wurde über Geschäfte geredet. Man befragte den Uniformfabrikanten Madritsch nach dem Geschäftsgang in seinem Zweigwerk Tarnow. Madritsch ließ die Frage von Titsch beantworten. Göth verfiel plötzlich ins Grübeln, wie jemand, dem beim Essen einfällt, daß er eine Arbeit unerledigt liegengelassen hat, die jetzt seine Aufmerksamkeit verlangt.

Die Damen langweilten sich, und die liebreizende junge Polin legte Schindler eine Hand auf den Ärmel: »Sind Sie nicht Soldat? In Uniform sähen Sie bestimmt glänzend aus.« Allgemeines Gelächter. Auch Madritsch lachte. 1940 hatte man ihn in Uniform gesteckt, aber als unabkömmlich bald wieder freigestellt. Schindler allerdings verfügte über Beziehungen, die ihm derartiges ersparten.

Scherner lachte gutartig: »Schütze Schindler, wie? Stochert auf dem Kasernenhof in seinem selbstfabrizierten Kochgeschirr herum. Ein schöner Anblick.«

Angesichts der eleganten Erscheinung Schindlers war das wirklich eine komische Vorstellung, und Schindler mußte selber lachen. Bosch schnippte mit den Fingern. »Dem Dingsda aus Warschau, wie heißt er doch gleich... ist genau das passiert.«

»Toebbens«, half Göth ihm aus. »Toebbens wäre das fast passiert.« Czurda vom SD bestätigte das. Toebbens war ein Industrieller in Warschau, bedeutender als Schindler und Madritsch. »Heini (gemeint war Himmler) hat befohlen, alle jüdischen Arbeiter rauszuschmeißen und Toebbens an die Front zu schicken. Und meine Leute sollten sich seine Bücher vornehmen.«

Toebbens war bei der Rüstungsinspektion aber viel zu gut angeschrieben, er bekam Aufträge und erwies sich dafür erkenntlich. Scherner sagte denn auch, die Rüstungsfritzen hätten ihn gerettet, und zu Schindler: »So was kann in Krakau nicht passieren, Schindler, da passen wir schon auf.«

Es wurde so richtig gemütlich; Göth kletterte auf einen Stuhl und sang die Melodie aus *Madame Butterfly* mit, die Rosners soeben spielten, eifrig und gewissenhaft wie nur je zwei gefährdete Zwangsarbeiter in einem gefährdeten Getto.

Pfefferberg und Lisiek waren unterdessen mit der Reinigung der Badewanne des Kommandanten beschäftigt. Sie hörten die Musik, das Gelächter, Fetzen der Unterhaltung. Man war da unten beim Kaffee angelangt, Lena hatte ihn serviert und war unbelästigt in die Küche zurückgekehrt.

Madritsch und Titsch tranken ihren Kaffee aus und entschuldigten sich. Schindler wollte ihrem Beispiel folgen. Die kleine Polin hätte ihn gern dabehalten, aber danach stand ihm hier nicht der Sinn. Schindlers eingehende Kenntnis des Verhaltens der SS in Polen verdarb ihm den Spaß am näheren Umgang; Schindler war weiß der Himmel kein Mönch, aber lieber wäre er einer geworden, als in Gesellschaft von Bosch, Scherner und Göth mit Frauen zu tun zu haben.

Um der kleinen Polin deutlich zu machen, daß er nicht daran denken könne, einem Kameraden das Mädchen abspenstig zu machen, wechselte er an ihr vorbei mit Scherner noch einige Worte über die Kriegslage und küßte ihr dann zum Abschied die Hand. Göth näherte sich bereits in Hemdsärmeln, gestützt auf seine Tischdame, der Treppe nach oben, und Schindler ging ihm nach, um sich zu verabschieden. »Tut mir leid, aber ich muß nach Hause.«

Zuhause bedeutete Ingrid, seine deutsche Geliebte.

Göth sagte: »Und wir gehen jetzt in die Küche, nachsehen, was Lena treibt.«

»Nein«, lachte seine Begleiterin. »Das tun wir nicht.« Und sie zog ihn die Treppe rauf. Die Solidarität der Frauen. Das Mädchen sollte beschützt werden.

Schindler sah den beiden nach, dem schlanken Mädchen und dem schweren Mann, der die Treppe hinauftappte. Man hätte denken sollen, Göth würde bis zum folgenden Mittag durchschlafen, aber Schindler kannte den Kommandanten gut genug, um zu wissen, daß er es fertigbringen würde, um drei Uhr früh aufzustehen, einen Brief an seinen Vater in Wien zu schreiben und um sieben Uhr auf dem Balkon zu stehen, das Gewehr in der Hand, darauf bedacht, saumselige Häftlinge zu erschießen.

Als Göth auf dem Treppenabsatz angelangt war, verdrückte Schindler sich in den rückwärtigen Teil des Hauses.

Pfefferberg und Lisiek hörten den Kommandanten früher heraufkommen, als sie erwartet hatten, hörten ihn das Schlafzimmer betreten und mit der Frau reden, die er heraufgebracht hatte. Lautlos sammelten sie ihr Gerät ein und wollten sich ins Treppenhaus verdrücken, wurden dabei aber von Göth erblickt, der im ersten Moment erschrak, weil er die beiden für Meuchelmörder hielt. Dann machte Lisiek Meldung: »Häftlinge Lisiek und Pfefferberg beim Reinigen der Badewanne, Herr Kommandant.«

»Ah. Unter Mithilfe eines Experten, wie ich sehe. Herkommen.«

Lisiek trat heran und erhielt einen Faustschlag ins Gesicht, der ihn halbwegs durchs Zimmer schleuderte. Göth befahl Lisiek wieder zu sich und versetzte ihm einen weiteren Hieb. Pfefferberg, ein erfahrener Häftling, erwartete nun das Schlimmste, nämlich von der ukrainischen Ordonnanz zusammen mit Lisiek im Garten erschossen zu werden. Statt dessen brüllte Göth, sie sollten sich beide rausscheren, was sie prompt taten.

Als Pfefferberg Tage später erfuhr, Lisiek sei tot, von Göth erschossen, nahm er an, es sei dieses Vorfalles wegen geschehen. Das war aber nicht der Fall, vielmehr bestand Lisieks Vergehen darin, ohne Erlaubnis des Kommandanten für Herrn Bosch Pferd und Kutsche bereitgestellt zu haben.

Helena Hirsch (daß Göth sie Lena nannte, schrieb sie seiner Faulheit zu) erblickte einen der Gäste in ihrer Küche, als sie die Fleischabfälle für die Hunde des Kommandanten beiseite tat. Sie stotterte eine Meldung, weil sie nicht wußte, mit wem sie es zu tun hatte.

Schindler beruhigte sie. »Das können Sie sich bei mir sparen, Fräulein Hirsch.« Er kam um den Tisch herum auf sie zu, und sie fürchtete sich. Göth schlug sie zwar, aber er belästigte sie niemals sexuell, schließlich war sie Jüdin. Andere Deutsche nahmen es in Rassenfragen allerdings nicht so genau wie Göth.

»Sie kennen mich nicht?« fragte Schindler, betroffen wie ein Fußballstar oder ein Virtuose, den es kränkt, daß jemand ihn nicht erkennt. »Mein Name ist Schindler.«

Sie senkte den Kopf. »Selbstverständlich, Herr Direktor... ich habe von Ihnen gehört... Sie waren ja auch früher schon hier...« Er legte den Arm um sie und spürte, wie sie sich verkrampfte, als er ihre Wange küßte. »Mißverstehen Sie das nicht, es ist Mitgefühl...«

Sie konnte die Tränen nicht zurückhalten. Er küßte sie jetzt fest auf die Stirn, wie es bei Begrüßungen und Abschieden unter Slawen üblich ist. »Diesen Kuß bringe ich Ihnen von dort...«, er deutete mit der Hand in die Dunkelheit draußen, wo Menschen in Holzverschlägen übereinander lagen, andere sich in den Wäldern versteckt hielten, Menschen, denen sie gelegentlich als Puffer diente, indem sie die Schläge von Hauptsturmführer Göth erduldete. Schindler ließ sie los und holte eine Tafel Schokolade aus der Tasche.

»Hier, nehmen Sie.«

»Ich habe genug zu essen.« Offenbar gebot ihr der Stolz, ihm zu sagen, daß sie nicht hungerte. Tatsächlich war Hunger ihre geringste Sorge. Sie wußte, daß sie lebend nicht aus diesem Haus kommen würde, aber nicht etwa, weil sie verhungern mußte.

»Wenn Sie die nicht essen wollen, tauschen Sie was dagegen ein. Ich soll Sie von Itzhak Stern grüßen.«

Sie senkte den Kopf und weinte verhalten. »Er schlägt mich oft, wenn diese Frauen hier sind. Das erste Mal schlug er mich, weil ich seinen Hunden nicht die Knochen gegeben hatte. Dumm wie ich damals war, fragte ich ›Warum schlagen Sie mich?‹ Und er sagte, ›Jetzt schlage ich dich, weil du fragst, warum ich dich schlage.‹« Sie schüttelte über sich selber den Kopf. Sie durfte nicht so viel reden, und einen Eindruck von den Mißhandlungen, denen sie ausgesetzt war, konnte sie ohnehin nicht geben.

»Es geht Ihnen hier ziemlich übel«, stellte Schindler fest.

»Ich habe mich damit abgefunden.«

»So?«

»Eines Tages wird er mich erschießen.«

Schindler schüttelte verneinend den Kopf, und sie empfand das bei diesem wohlgenährten, gutgekleideten Mann als eine Provokation. »Ich weiß, was ich weiß, Herr Direktor. Vor ein paar Tagen war ich mit Lisiek auf dem Balkon, Eis wegkratzen, und der Kommandant hat vor unsern Augen eine alte Frau erschossen, die gerade vorbeikam. Einfach so, ohne jeden Grund. Je mehr ich hier sehe, desto klarer wird mir, es gibt keine Regeln, die einen schützen, wenn man sie befolgt...«

Schindler nahm ihre Hand. »Immer noch besser als Majdanek oder Auschwitz. Sie müssen nur gesund bleiben...«

»Ich dachte, in seiner Küche würde mir das leichtfallen. Beneidet haben mich die anderen, als ich hierher durfte.«

Schindler sprach nun ganz sachlich, so als teile er ihr eine mathematische Formel mit: »Er wird Sie nicht ermorden, Helena, weil er es viel zu sehr genießt, Sie um sich zu haben. Nicht mal den Judenstern brauchen Sie zu tragen. Keiner soll wissen, daß Sie Jüdin sind, so sehr liegt ihm daran, Sie zu behalten. Die Frau, die Sie erwähnten, hat er erschossen, weil sie ihm nichts bedeutete. Mit Ihnen ist es was anderes. Schön ist das nicht, Helena, aber so ist nun mal das Leben hier.«

Leo John, der Schutzhaftlagerführer, hatte ihr bereits etwas ganz Ähnliches gesagt. »Er bringt dich nicht um, Lena, dazu hat er viel zuviel Spaß an dir.« Aber Schindlers Worte beeindruckten sie mehr.

Schindler redete ihr gut zu. Er werde sie wiedersehen, sie hier herausholen. Hier heraus? fragte sie. Aus der Villa. In seine Fabrik. Sie habe doch wohl von seiner Fabrik gehört?

»Ah ja.« Sie klang wie ein Slumkind, das von der Riviera träumt. »Schindlers Emalia. Davon habe ich gehört.«

»Bleiben Sie vor allem gesund«, wiederholte er. Das schien ein Schlüsselwort, es ließ ahnen, daß er Kenntnis von den Absichten hochgestellter Personen hatte – Himmler, Frank.

»Ich will's versuchen.«

Plötzlich wandte sie ihm den Rücken und zerrte den Geschirrschrank von der Wand, eine erstaunliche Kraftleistung, die Schindler verblüffte. Hinter einem losen Backstein holte sie einen Packen Banknoten hervor. Besatzungsgeld.

»Ich habe eine jüngere Schwester in der Lagerküche. Bitte kaufen Sie sie frei, falls sie je in die Waggons verladen wird.«

»Ich kümmere mich darum«, sagte Schindler leichthin und steckte das Geld achtlos ein. »Wieviel ist das?«

»Viertausend Zloty.«

Bei ihm war es immer noch besser aufgehoben als in Göths Küche.

So haben wir uns denn an die Geschichte von Oskar Schindler gewagt, und ein Wagnis ist es – unheimliche Nazis tauchen auf, ein Gelage findet statt, ein zartes, mißhandeltes Mädchen erscheint und überdies eine Figur, beliebt wie die Hure mit dem goldenen Herzen: der gute Deutsche.

Schindler hat es sich angelegen sein lassen, das wahre Gesicht des Regimes zu erkennen, die Fratze hinter der bürokratischen Korrektheit, und er weiß, früher als andere es sich eingestehen wollen, was Sonderbehandlung bedeutet, nämlich Pyramiden von Leichen in Belzec, Sobibor, Treblinka und in jenem westlich von Krakau gelegenen Barackenkomplex, der seither unter seinem deutschen Namen bekannt geworden ist: Auschwitz-Birkenau.

Er ist aber auch Geschäftsmann, aus Talent und Neigung, er spuckt dem Regime nicht offen ins Gesicht. Er weiß, die Leichen werden sich in diesem und im nächsten Jahr zu Bergen türmen, höher als das Matterhorn, doch ist er schon dabei, eine Winzigkeit abzutragen. Er kann nicht vorhersagen, welche Maßnahmen die Bürokratie treffen wird, doch ist er davon überzeugt, daß, einerlei was geschieht, jüdische Arbeitskräfte auch weiterhin gebraucht werden. Deshalb die Ermahnung an Helena Hirsch: »Bleiben Sie gesund!« Er glaubt fest daran, und da draußen im Arbeitslager Plaszow teilen Juden, die keinen Schlaf finden, diesen seinen Glauben, daß kein gefährdetes Regime es sich leisten kann, kostenlose Arbeitskräfte einfach zu liquidieren. Auf Transport nach Auschwitz werden die Schwachen geschickt, die, die Blut spucken, an der Ruhr leiden. An diesem Winterabend ist es einerseits früh und andererseits spät für Schindler, wenn er sich daranmachen will, Leben zu retten. Schon ist er verstrickt, er hat Gesetze in einem Ausmaß gebrochen, das ihm mehrmals die Todesstrafe, eine Verschickung in die Baracken von Auschwitz oder Groß-Rosen eintragen muß. Noch ahnt er nicht, wie teuer ihn das alles zu stehen kommen wird. Schon hat er ein Vermögen aufgewendet, doch wieviel er noch wird zahlen müssen, weiß er nicht.

Um nicht unglaubwürdig zu werden, lassen wir den Bericht beginnen mit einer alltäglichen Geste der Güte, einem Kuß, einem freundlichen Satz, einer Tafel Schokolade. Helena Hirsch wird ihre 4000 Zloty nie wiedersehen, jedenfalls wird sie die Banknoten nie wieder in der Hand haben und zählen, und doch hält sie es auch heute noch für ganz unerheblich, daß Schindler so achtlos mit Geld umgegangen ist.

Kapitel 1

Am 6. September 1939 umfaßten die motorisierten deutschen Divisionen unter General List, aus den Sudeten vorstoßend, das polnische Juwel an der Weichsel, Krakau, von zwei Seiten. Oskar Schindler folgte ihnen praktisch auf dem Fuße und machte die Stadt für die folgenden fünf Jahre zu der seinen. Zwar zeigte sich schon nach einem Monat, daß er sich vom Nationalsozialismus abgewandt hatte, doch hinderte ihn das nicht zu erkennen, daß Krakau mit seinen Bahnverbindungen und seiner noch bescheidenen Industrie unter dem neuen Regime florieren würde. Er wollte nicht mehr Handelsvertreter sein, er wollte Großunternehmer werden.

In seiner Familiengeschichte findet sich nicht so leicht etwas, was erklärt, wie er dazu kam, den rettenden Engel zu spielen. Geboren wurde er am 28. April 1908 noch unter Franz Joseph im mährischen Bergland, in der Industriestadt Zwittau, wohin seine Vorfahren von Wien am Beginn des 16. Jahrhunderts zugewandert waren.

Der Vater, Hans Schindler, fühlte sich in der Monarchie wohl, empfand sich als Österreicher, sprach bei Tische, im Geschäft, am Telefon und in zärtlichen Augenblicken deutsch, doch als er sich 1918 samt Familie als Bürger der tschechoslowakischen Republik eines Masaryk und Benesch wiederfand, scheint ihm das keinen besonderen Kummer verursacht zu haben, und seinem damals zehnjährigen Sohn schon gar nicht. Hitler hat von sich behauptet, bereits als Kind unter der politischen Trennung Österreichs von Deutschland gelitten zu haben, doch wurde das Kind Oskar nicht das Opfer einer vergleichbaren Neurose. Die Tschechoslowakei war eine unversehrte, kleine Republik, und die deutschsprachigen Bürger ertrugen ihren Minderheitenstatus ziemlich gleichmütig, allerdings verschlechterten sich die Beziehungen später dank der Wirtschaftskrise und einiger törichter behördlicher Übergriffe.

Zwittau war eine kleine, von Kohlenstaub bedeckte Stadt am Südrand des Gesenke genannten Berglandes; die Berge waren teils von Industriebetrieben verwüstet, teils von Lärchen, Kiefern und Fichten bestanden. Die sudetendeutschen Bürger unterhielten hier eine deutsche Schule, die Oskar besuchte. Er legte das Abitur auf dem Realgymnasium ab, das den Nachwuchs an den in dieser Gegend benötigten Technikern lieferte. Vater Schindler betrieb eine Landmaschinenfabrik, und Oskar sollte sie einmal erben.

Die Familie Schindler war katholisch, ebenso wie die Familie Göth; der Sohn Amon machte um eben diese Zeit sein Abitur an einem Wiener Realgymnasium.

Oskars Mutter Luise war fromm; sonntags rochen ihre Kleider nach Weihrauch, wenn sie vom Hochamt kam. Ihr Mann Hans war einer jener Ehemänner, die ihre Frauen der Kirche in die Arme treiben, er trank gern Cognac, ging ins Kaffeehaus, roch nach gutem Tabak und war überhaupt ein Genußmensch. Man bewohnte eine moderne Villa mit Garten in dem der Industrie abgewandten Teil der Stadt. Oskar hatte eine Schwester, Elfriede. Sonst ist über das Familienleben von Schindlers wenig bekannt, abgesehen davon, daß die Mutter sich grämte, weil ihr Sohn, ebenso wie sein Vater, kein Kirchgänger war.

Man darf daraus aber nicht auf eine von Erbitterung bestimmte häusliche Atmosphäre schließen. Das wenige, was wir von Schindler selber über seine Kindheit wissen, deutet auf das genaue Gegenteil. Er genoß den Garten, bastelte am Motor von seines Vaters Automobil herum, baute sich ein Motorrad. Er hatte einige jüdische Freunde, deren Eltern wie die seinen zum Mittelstand gehörten und die ihre Kinder auf die deutsche Schule schickten. Das waren keine orthodoxen Juden, sondern liberale Geschäftsleute. Unweit von hier, im mährischen Freiberg, war Sigmund Freud vor nicht allzu langer Zeit in ähnlichen Verhältnissen zur Welt gekommen. Man ist versucht, nach einem Schlüsselerlebnis in Schindlers Jugend zu suchen, das mindestens einen Hinweis auf sein späteres Verhalten liefern könnte, etwa, daß er sich zum Beschützer eines diskriminierten jüdischen Mitschülers aufwarf, doch dergleichen findet sich nicht, es wäre auch irgendwie allzu passend. Auch bedeutete es nichts, wenn sich nachweisen ließe, daß er verhindert hat, daß einem jüdischen Kind die Nase eingeschlagen wurde. Himmler persönlich beklagte sich einmal darüber, daß jeder Deutsche einen jüdischen Freund habe: »Unser Programm sieht zwar die Ausrottung der Juden vor und theoretisch sind wir alle sehr dafür, aber wenn es hart auf hart geht, hat jeder von achtzig Millionen Deutschen seinen anständigen Juden, den er retten möchte.«

Auf der Suche nach einem Motiv für Schindlers späteres Verhalten stoßen wir auf den Nachbarn, den liberalen Rabbiner Dr. Felix Kantor, einen Schüler von Abraham Geiger, einem Liberalen, der gesagt hatte, es sei lobenswert, zugleich Jude und Deutscher zu sein. Kantor war alles andere als ein rigider Dorfrabbiner, er trug modische Kleidung und sprach daheim deutsch. Sein Bethaus nannte er einen Tempel, nicht eine Synagoge, und hier versammelten sich die jüdischen Ärzte, Techniker, Textilfabrikanten aus Zwittau. Kantor schrieb nicht nur für jüdische Blätter in Prag und Brünn, sondern auch für Tageszeitungen. Seine beiden Söhne waren Mitschüler von Schindler, beide intelligent genug, um dermaleinst Leuchten der deutschen Universität von Prag zu werden. Sie spielten mit den Schindlerkindern, wie Nachbarskinder eben miteinander spielen, und Dr. Kantor mag geglaubt haben, alles könnte wirklich so kommen, wie Geiger und Graetz und Lazarus und viele andere liberale Juden im 19. Jahrhundert vorhergesagt hatten. Wir sind aufgeklärt, wir haben zivilen Umgang mit unseren deutschen Nachbarn, Herr Schindler äußert sich sogar abfällig über tschechische

Politiker in unserer Gegenwart, wir sind weltliche Gelehrte und zugleich feinsinnige Talmudschüler. Wir gehören sowohl ins 20. Jahrhundert als auch zu einer uralten Rasse. Wir kränken niemand, und niemand kränkt uns.

Mitte der 30er Jahre änderte der Rabbiner dann diese Ansicht notgedrungen; er begriff, daß seine Söhne sich bei den Nationalsozialisten niemals mit einem Dr. phil in Germanistik würden einkaufen können, daß eine wissenschaftliche Laufbahn ihnen ebensowenig Schutz gewähren würde, wie er als Rabbiner sich mit den Herrschenden im Neuen Deutschland würde arrangieren können. Deshalb emigrierten Kantors 1936 nach Belgien. Schindlers hörten nichts mehr von ihnen.

Rasse, Blut und Boden sagten dem heranwachsenden Oskar nichts. Er gehörte zu den Knaben, für die ein Motorrad den Mittelpunkt der Welt darstellt. Und der Vater, selber technisch begabt, scheint ihn darin bestärkt zu haben. Jedenfalls knatterte Oskar schon in seinem letzten Schuljahr auf einer roten 500er Galloni durch Zwittau, voller Neid von seinem Schulfreund Erwin Tragatsch bewundert. Es war nicht nur die einzige Galloni in Zwittau, nicht nur die einzige 500er Galloni in Mähren, sondern vermutlich auch in der gesamten Tschechoslowakei.

Im Frühjahr 1928, vor dem Sommer, in dem er sich verliebte und heiratete, erschien Schindler auf einer 250er Moto Guzzi, von denen es außerhalb Italiens nur vier weitere Exemplare gab, die allesamt professionellen Rennfahrern gehörten – Gießler, Hans Winkler, dem Ungarn Joo und dem Polen Kolaczkowski. In der Stadt meinte man vermutlich, Herr Schindler verwöhne seinen Jungen.

Jener Sommer wurde dann der schönste, an den Schindler sich erinnerte. Die enganliegende Lederkappe auf dem Kopf, brauste er auf seiner Moto Guzzi durch die heimatlichen Berge, ohne den geringsten Gedanken an Politik zu verschwenden.

Er nahm an Rennen teil, zum erstenmal im Mai auf der Strecke Brünn-Sobeslav, und ging als dritter durchs Ziel, hinter zwei Terrots, die mit englischen Motoren der Marke Blackburne ausgerüstet waren. Als nächstes meldete er sich für das Bergrennen im

Altvater, an dem so bekannte Fahrer wie Winkler und Henkelmann auf seiner wassergekühlten DKW teilnahmen, ferner Horowitz und Kocher und Kliwar, wiederum die Terrots-Blackburns und Coventry Eagles. Außer der Moto Guzzi von Schindler waren noch zwei weitere Maschinen dieser Marke gemeldet und selbstverständlich eine BMW-Mannschaft auf den schweren 500er-Maschinen.

Oskar hielt sich in der Spitzengruppe, hatte nach einer Stunde zusammen mit Winkler und Henkelmann das Feld weiter hinter sich gelassen und zog in der, wie Oskar glaubte, vorletzten Runde an Winkler vorbei. Er fühlte sich der Erfüllung seines Wunsches, Werksfahrer zu werden, schon ganz nahe. In der vermeintlich letzten Runde überholte er auch die beiden DKW und ließ die Maschine hinter der Ziellinie ausrollen. Nur war es leider noch nicht die letzte Runde gewesen, Oskar hatte ein Zeichen der Rennleitung mißdeutet, ein Fehler, wie er einem Amateur eben unterlaufen konnte, und als er es merkte, war es zu spät. Er kam nur auf den vierten Platz. Trotzdem wurde er daheim stürmisch gefeiert – ohne dieses technische Versehen hätte er das Rennen gewonnen.

Tragatsch meint, Schindler habe seine Karriere als Rennfahrer damals aus ökonomischen Gründen aufgegeben. Das mag zutreffen, denn dank seiner überstürzten Heirat mit einer Landwirtstochter zerstritt er sich mit seinem Vater, der zugleich sein Arbeitgeber war.

Emilie stammte aus Alt-Molstein östlich von Zwittau, war im Kloster erzogen und zeigte die gleiche Reserviertheit, die Oskar an seiner Mutter so bewunderte. Ihr verwitweter Vater war kein Bauer, sondern eher so etwas wie ein Gutsbesitzer und mißbilligte die Heirat seiner Tochter mit einem unfertigen jungen Mann ebenso wie der alte Schindler. Dieser begriff nur allzugut, daß sein Sohn den gleichen Fehler beging wie er selber. Dieser sinnenfreudige junge Mann, der gern über die Stränge schlug, fühlte sich zu einem weltabgewandten jungen Mädchen hingezogen, das sehr wohl eine Nonne hätte werden können. Die beiden lernten sich auf einer Gesellschaft in Zwittau kennen. Oskar kannte Alt-Molstein, er hatte dort in der Gegend Traktoren verkauft.

Als das Aufgebot in Zwittau verkündet wurde, suchten die Leute selbstverständlich nach Gründen für eine so unpassende Verbindung und fanden sie auch gleich. Vermutlich ging die Landmaschinenfabrik des alten Schindler schon damals nicht mehr gut, denn er stellte Dampftraktoren her, die nicht mehr gefragt waren. Emilie sollte eine Mitgift von einer halben Million bekommen, und das war ein Vermögen. Gleichwohl war dies nicht der Grund, der Oskar zur Heirat bewog. Er war einfach verliebt. Sein Schwiegervater glaubte nicht daran, daß der Mann seiner Tochter jemals einen soliden Lebenswandel führen würde, und hielt die Mitgift zurück; gezahlt wurde nur ein Bruchteil.

Emilie selber war glücklich darüber, aus ihrem Nest wegzukommen und einen so flotten Mann zu haben. Ihr Vater war mit dem Dorfpfarrer befreundet, und diese beiden Männer, die recht naive Gespräche über Politik und Religion zu führen pflegten, waren ihr hauptsächlicher Umgang gewesen. In Emilies Fall lassen sich sogar engere Verbindungen zu Juden feststellen – der Dorfarzt, der ihre Großmutter behandelte, war Jude, und mit Rita, der Enkelin des jüdischen Ladenbesitzers, war sie sehr befreundet. Als der Pfarrer ihrem Vater vorhielt, daß für eine junge Katholikin der nahe Umgang mit einer Jüdin unpassend sei, kümmerte Emilie sich darum nicht im geringsten. Das mag eine pure, ihrem Alter angemessene Trotzreaktion gewesen sein. Jedenfalls blieb sie mit Rita Reif befreundet, bis diese 1942 vor dem Ladengeschäft von örtlichen Nazis erschossen wurde.

Oskar und Emilie bezogen eine Wohnung in Zwittau. Er leistete seinen Militärdienst im tschechischen Heer ab, und obwohl er dabei Gelegenheit hatte, einen Lastwagen zu fahren, gefiel ihm das Soldatenleben kein bißchen, nicht weil er Pazifist, sondern weil es unbequem war. Nach seiner Entlassung wieder in Zwittau, begann er, seine Frau zu vernachlässigen und das Leben eines Junggesellen zu führen. 1935 ging die väterliche Firma in Konkurs, der alte Schindler trennte sich von seiner Frau und bezog eine eigene Wohnung. Oskar nahm ihm das außerordentlich übel und machte niemand gegenüber ein Hehl daraus. Es scheint, daß er die Parallele zwischen seiner eigenen prekären Ehe und der zerbrochenen Ehe seiner Eltern nicht erkannte.

Dank seiner guten geschäftlichen Kontakte, seiner Umgänglichkeit, seinem Verkaufstalent und seiner Trinkfestigkeit bekam er mitten in der Wirtschaftskrise den Posten des Verkaufsdirektors der Mährischen Elektrizitätswerke mit Sitz in Brünn und pendelte fortan zwischen Brünn und Zwittau. Und er reiste auch viel. Das sagte ihm zu.

Der Tod seiner Mutter besiegelte gleichsam die Feindschaft zwischen Vater und Sohn Schindler, was sonderbar ist, wenn man bedenkt, daß die Frauen der Familie sehr wohl erkannten, wie ähnlich die beiden einander waren.

Zum Begräbnis trug Schindler bereits das Hakenkreuz, Zeichen seiner Zugehörigkeit zur Partei Konrad Henleins. Weder seine Frau Emilie noch die Tanten billigten das, allerdings störte es sie auch nicht besonders; damals gehörten die meisten jungen Volksdeutschen in der Tschechoslowakei dazu, ausgenommen Sozialdemokraten und Kommunisten, und der junge Schindler war gewiß weder das eine noch das andere. Er war vor allem Verkäufer, und wenn man sich um Aufträge bemühte, war das Parteiabzeichen eine Hilfe.

Obwohl er also reichlich zu tun hatte, entging ihm doch in den Monaten vor dem deutschen Einmarsch nicht, daß große Dinge in der Luft lagen, und er spürte Lust, daran teilzuhaben. Was immer nun seine Motive für den Beitritt zur Partei Henleins gewesen sein mögen, der nationalsozialistische Alltag wurde, als er dann kam, für ihn ebenso rasch eine Enttäuschung wie der eheliche Alltag. Offenbar hat er geglaubt, die Deutschen würden eine Art Sudetenrepublik bestehen lassen. Später sagte er, die brutale Behandlung der Tschechen von seiten des neuen Regimes, die rechtswidrige Beschlagnahme tschechischen Eigentums habe ihn angewidert. Seine ersten bezeugten regimefeindlichen Handlungen fanden schon sehr bald nach Kriegsbeginn statt, und man darf ihm glauben, daß er von den frühen Terrormaßnahmen im Reichsprotektorat Böhmen und Mähren, das im März 1939 von Hitler auf dem Hradschin ausgerufen wurde, überrascht war.

Überdies waren jene beiden Menschen, deren Meinung er am höchsten schätzte – seine Frau und der ihm entfremdete Vater –, keinen Moment von den großdeutschen Ereignissen begeistert und behaupteten, Hitler müsse unweigerlich scheitern. Ihre Begründung zeugte nicht von großer Weltkenntnis, aber die hatte der junge Schindler damals ebenfalls nicht. Seine Frau glaubte einfach, Hitler werde dafür bestraft werden, daß er sich selber zum Gott erhoben habe. Schindler senior (sein Sohn erfuhr das über die Tanten) zog eine geschichtliche Parallele zu Napoleon, der an der Straße von Brünn nach Olmütz die Schlacht von Austerlitz zwar gewonnen, aber als Kartoffelbauer auf einer Insel im Atlantik geendet hatte(!). Das gleiche werde auch diesem Burschen widerfahren. Das Schicksal, so Schindler senior, sei kein Seil, sondern ein Gummiband, und je mehr man sich daran abstrampele, desto stärker werde man zurückgerissen.

Sein Sohn mag damals noch kein geschworener Feind des Regimes gewesen sein, denn auf einer Gesellschaft in einem Sanatorium in Mährisch-Ostrau ließ er sich an einem Abend in jenem Herbst mit einem recht sympathischen Deutschen namens Eberhard Gebauer ein, der sich als Abwehroffizier zu erkennen gab, nachdem man einmal miteinander bekannt geworden war und ein paar Gläser getrunken hatte. Gebauer bot Schindler an, für die Abwehr tätig zu werden. Schindler habe Kunden jenseits der Grenze in Polen, in Westgalizien und Oberschlesien, er könne militärisch interessante Daten sammeln und an die Abwehr übermitteln, auch sei er seinem ganzen Charakter nach sehr geeignet, das Vertrauen von Fremden zu gewinnen und sie auszuhorchen – Gebauer hatte sich informiert. Es ist möglich, daß Schindler auf dieses Anerbieten eingegangen ist, um auf diese Weise dem Wehrdienst zu entgehen. Grundsätzlich dürfte er aber auch keine Bedenken gegen eine deutsche Besatzung Polens gehabt haben. Ebenso wie dem jungen Abwehroffizier, der da neben ihm saß, dürfte ihm die Firma Großdeutsches Reich als solche noch gefallen haben, wenn auch nicht die Geschäftsführer. Gebauer könnte ihm auch als moralische Stütze gedient haben, denn der und seine Kameraden von der Abwehr hielten sich für anständige Menschen, was sie zwar nicht hinderte, an der Vorbereitung des Überfalls auf Polen mitzuwirken, sie aber mit tiefer Verachtung für Himmler und dessen SS erfüllte, mit der sie, wie sie in ihrem Wahn glaubten, um Deutschlands Seele konkurrierten.

Bei seinen Reisen nach Polen im Dienst der Abwehr zeigte Schindler sich jedenfalls sehr geschickt darin, Leute auszuholen, insbesondere bei gesellschaftlichen Anlässen. Was genau er über Gebauer an Canaris berichten konnte, und von welchem Wert dies war, wissen wir nicht, wir wissen aber, daß er eine Neigung für Krakau faßte, diese wunderhübsche Stadt mit den noch bescheidenen Industriebetrieben an ihren Rändern, den Textilfabriken, chemischen Fabriken, metallverarbeitenden Unternehmen.

Was die nichtmotorisierte polnische Armee angeht, so waren deren Geheimnisse nur allzu bekannt.

Kapitel 2

Ende Oktober 1939 betraten zwei junge deutsche Unteroffiziere die Auslage der Firma J. C. Buchheister & Co. auf der Stradomstraße in Krakau und verlangten, je einen Ballen wertvolles Tuch zu kaufen. Den Einwand, Buchheister beliefere nur Kleiderfabriken und den Handel, ließen sie nicht gelten, und zahlen taten sie mit einer bayerischen Banknote von 1858 und deutschem Besatzungsgeld von 1914. Das sei gültiges Zahlungsmittel, belehrten sie den jüdischen Verkäufer mit dem blauen Davidstern auf der weißen Armbinde und gingen hinaus. Es waren gesund aussehende junge Männer, im Frühjahr und Sommer waren sie im Manöver gewesen, der Herbst hatte ihnen einen leichten Sieg beschert, und nun fanden sie sich in dieser schönen Stadt als Eroberer.

Später am Tage erschien ein junger deutscher Buchhalter, den die wachsame Treuhand Ost zusammen mit einem anderen Deutschen zum Treuhänder für die Firma Buchheister bestimmt hatte. Der andere war ein ältlicher Mann ohne besonderen Ehrgeiz namens Sepp Aue, dieser hier jedoch ein junger Aufsteiger. Er prüfte Kassenbuch und Kasse und fischte die wertlosen Geldscheine heraus. Was denn das bedeute? wollte er wissen, woher dieses Theatergeld?

Der jüdische Verkäufer berichtete. Der junge Deutsche beschuldigte ihn, selber das wertlose Geld eingelegt und Zloty entnommen zu haben. Anschließend ging er ins Büro zu Aue, schilderte den Vorfall und schlug vor, die deutsche Polizei zu benachrichtigen. Aue und der junge Mann wußten beide, daß dies zur Festnahme und Inhaftierung des jüdischen Verkäufers im SS-Gefängnis in der Montelupichstraße führen mußte. Der junge Mann meinte, das werde dem übrigen jüdischen Personal bei Buchheister als heilsame Lehre dienen. Das gefiel aber Aue nicht, der sich stets etwas beklommen fühlte, weil er, was niemand wußte, selber eine jüdische Großmutter hatte. Aue ließ daher den polnischen Juden Itzhak Stern holen, den Hauptbuchhalter, der mit Grippe daheim im Bett lag. Aue selber verstand von Buchhaltung wenig, er wollte die Angelegenheit durch Stern aus der Welt schaffen lassen. Gerade hatte er zu Stern nach Podgorze geschickt, als seine Sekretärin einen Herrn Schindler meldete, der eine Verabredung zu haben behaupte. Aue ging hinaus und sah sich einem hochgewachsenen jungen Mann gegenüber, der seelenruhig rauchte. Man hatte sich abends zuvor auf einer Gesellschaft kennengelernt; Schindler war in Begleitung einer Sudetendeutschen namens Ingrid gewesen, ihrerseits Treuhänderin einer Eisenwarenhandlung, wie Aue Treuhänder bei Buchheister war. Schindler und seine Ingrid waren ein ansehnliches Paar, offensichtlich verliebt ineinander, und Beziehungen zur Abwehr hatten sie auch.

Schindler sagte, er sehe sich hier in Krakau nach einer Existenz um. Aue hatte Textilien vorgeschlagen. »Nicht bloß Uniformen. Der polnische Binnenmarkt kann jede Menge Textilien aufnehmen. Sehen Sie sich doch mal bei Buchheister um.« Diese in angeheitertem Zustand ausgesprochene Einladung bedauerte er jetzt sehr.

Schindler merkte, daß Aue nicht wohl war bei seinem Besuch, und erbot sich, ein andermal wiederzukommen, doch Aue wollte davon nichts wissen und führte Schindler durchs Lager und die mechanische Weberei im Hof, wo goldfarbener Stoff von den Webstühlen kam. Schindler fragte, ob der Treuhänder Schwierigkeiten mit den Polen habe? Aue verneinte; die Polen seien durchaus arbeitswillig. Vielleicht noch etwas benommen. Aber schließlich sei dies hier keine Munitionsfabrik. Schindler sah so sehr nach einem Mann mit Beziehungen aus, daß Aue der Versuchung nicht widerstehen konnte, gleich mal nachzuhaken. Ob Herr Schindler jemand bei der Rüstungsinspektion kenne? Beispielsweise den General Julius Schindler? Das sei womöglich ein Verwandter? Nun, wennschon, meinte Schindler lässig, der General sei, verglichen mit anderen, durchaus nicht übel. (Verwandt waren die Herren nicht.) Aue fand das auch, allerdings würde der General ihn nie zum Essen oder auf ein Glas Wein bitten, da lag der Unterschied. Auf dem Rückweg ins Büro kamen sie an Itzhak Stern vorbei, dem Hauptbuchhalter, der auf einem Stuhl im Flur wartete und erbärmlich hustete. Als die beiden Eroberer vorübergingen, stand er auf und legte die Hände vor der Brust zusammen. Im Büro bot Aue zu trinken an, entschuldigte sich und ließ Schindler am Kaminfeuer allein, um sich mit Stern zu besprechen.

Stern war ein sehr magerer Mensch und hatte das etwas trockengelehrte Gebaren eines Talmudschülers, aber auch das des europäischen Intellektuellen. Aue berichtete knapp und überreichte Stern die wertlosen Geldscheine. »Ich nehme an, so was kommt jetzt häufig in Krakau vor, und ich könnte mir denken, daß Sie sich für die Buchhaltung eine Methode ausgedacht haben, damit fertig zu werden.«

Stern betrachtete die Geldscheine. Ja, eine solche Methode gebe es, und ohne eine Miene zu verziehen, trat er an den offenen Kamin am Ende des Raumes und warf das Geld ins Feuer. »Solche Verluste verbuche ich unter ›Gratisproben‹.« Seit September hatte er zahlreiche Gratisproben zu verbuchen gehabt.

Aue gefiel Sterns trocken sachliches Verfahren. In den hageren Zügen des Buchhalters sah er die kleinstädtische Schläue und mußte lachen. Wirklich Bescheid wußten eben doch nur die Einheimischen. Und dort drinnen im Büro saß Herr Schindler und war dieser Kenntnisse bedürftig.

Also nahm Aue den Buchhalter mit ins Büro, wo Schindler gedankenverloren am Kamin stand, in der Hand sein Taschenflakon. Stern dachte bei Schindlers Anblick sogleich: *Mit dem ist nicht gut Kirschen essen.* Aue trug am Aufschlag ein kleines Hakenkreuz, so nachlässig, wie man ein beliebiges Vereinsabzeichen trägt, während an Schindlers Aufschlag das große Parteiabzeichen prangte. Das Abzeichen, die Wohlhäbigkeit, die Schindler ausstrahlte, und seine eigene Grippe empfand Stern als bezeichnend für die Lage eines polnischen Juden in jenem Herbst.

Aue übernahm die Vorstellung. Einer Verordnung folgend, gab Stern sich sogleich als Jude zu erkennen.

»Na wenn schon«, grollte Schindler. »Ich bin Deutscher.«

Schön und gut, dachte Stern hinter seinem Schnupftuch, *dann könntest du vielleicht diese Verordnung aufheben.*

Stern mußte bereits jetzt, wenige Wochen nach Beginn der Besetzung, eine ganze Anzahl solcher Verordnungen einhalten. Frank hatte sechs die Juden betreffende Verordnungen erlassen und ließ weitere durch den Brigadeführer und Chef des Distrikts Dr. Wächter in Kraft setzen. Stern mußte sich also nicht nur als Jude erkennbar machen, er hatte auch stets eine mit einem gelben Streifen versehene Kennkarte bei sich zu führen. Als er jetzt hustend in Aues Büro stand, waren das Verbot des koscheren Schlachtens und die Kommandierung von Juden zur Zwangsarbeit drei Wochen alt. Sterns Lebensmittelzuteilung für Untermenschen betrug knapp die Hälfte jener für nichtjüdische polnische Untermenschen.

Und am 8. November hatte die Registrierung aller Krakauer Juden begonnen, die bis zum 24. abgeschlossen sein sollte.

Stern war gescheit genug vorherzusehen, daß immer weitere Verordnungen ihm das Überleben, ja das bloße Luftholen mehr und mehr erschweren würden. Die meisten Krakauer Juden sahen ähnliches vorher. Man würde die jüdische Landbevölkerung zur Zwangsarbeit in die Stadt transportieren und jüdische Intellektuelle zur Landarbeit schicken. Auch war mit sporadischen Massenmorden zu rechnen wie in Tursk, wo eine Artillerieabteilung der SS Juden zum Brückenbau kommandiert und anschließend in der Synagoge erschossen hatte. So etwas würde sich wiederholen. Doch mit der Zeit würde Ruhe einkehren, die Juden würden überleben, wie sie seit den Zeiten des römischen Reiches immer überlebt hatten: durch ein Arrangement mit den herrschenden Kräften. Die Behörden würden die Dienste der Juden benötigen, zumal in einem Lande, in dem jeder elfte Bewohner Jude war.

Stern allerdings teilte diesen Optimismus nicht, er glaubte nicht daran, daß die Dinge in absehbarer Zeit zwar üble, doch erträgliche Formen annehmen würden. Die Zeiten waren denkbar schlimm. Zwar ahnte er nicht, daß das, was bevorstand, sich nach Art und Ausmaß von allem Vorangegangenen unterscheiden würde, doch war er immerhin bereits so verbittert, daß er dachte, *du hast leicht reden, Schindler, eine solche Geste kostet dich nichts.*

Aue also stellte Stern als Buchheisters Oberbuchhalter vor, der sich im hiesigen Wirtschaftsleben gut auskenne.

Stern hatte dazu nichts zu bemerken, er fragte sich jedoch, welche eigenen Zwecke der Treuhänder verfolgte. Aue ließ ihn mit Schindler allein. Dieser fragte Stern, wie er die Aussichten der verschiedenen Wirtschaftszweige beurteile. Um ihn zu prüfen, schlug Stern vor, Schindler möge sich doch bei der Treuhand Ost erkundigen.

»Das sind Diebe«, versetzte Schindler seelenruhig. »Diebe und Bürokraten. Ich brauche Ellenbogenfreiheit. Ich bin der geborene Kapitalist und kann es nicht leiden, wenn man mir Vorschriften macht.« So begann das Gespräch zwischen diesen beiden, und Stern erwies sich bald als wertvolle Informationsquelle. Er hatte Verwandte und Bekannte in sämtlichen hiesigen Produktionszweigen: Textilien und Bekleidung, Kunsttischlerei, Metallverarbeitung. Schindler war beeindruckt und brachte einen Briefumschlag zum Vorschein. »Ist Ihnen eine Firma *Rekord* bekannt?«

Sie war es. Die Firma sei im Konkurs. Ehedem hatte sie Emailwaren hergestellt. Seither waren einige der Pressen konfisziert worden, und derzeit war das Werk nur noch so etwas wie eine leere Hülse, in der unter der Leitung des Konkursverwalters nur ein Bruchteil der Kapazität genutzt wurde. Sein Bruder, so Stern, vertrete eine Schweizer Gesellschaft, die zu *Rekords* Hauptgläubigern gehöre. »Die Geschäftsführer von *Rekord* waren total unfähig«, sagte er. Schindler reichte Stern den Umschlag. »Das ist die Bilanz. Sehen Sie sich die mal an.«

Stern sagte, Schindler möge sich auch anderswo nach *Rekord* erkundigen, und Schindler antwortete gleichmütig, das sei auch seine Absicht, doch lege er Wert auf Sterns Meinung.

Stern las etwa drei Minuten in der Bilanz und fühlte dann Schindlers Blick auf sich ruhen. Selbstverständlich hatte er die traditionelle Fähigkeit zu spüren, ob er es mit einem gerechten Ungläubigen zu tun hatte, von dem man sich Schutz vor den Brutalitäten der anderen Gojim erwarten durfte. Es war dies das Gespür für den sicheren Ort, die mögliche Zuflucht. Und weil Stern in Schindler diese Möglichkeit verkörpert fühlte, nahm die Unterhaltung eine besondere Färbung an, so wie die zwischen einem Mann und einer Frau, die sich auf einer Gesellschaft kennenlernen und sogleich einen erotischen Funken überspringen fühlen. Stern empfand das deutlicher als Schindler, und ausgesprochen wurde nichts, weil das zarte Band nicht beschädigt werden durfte.

»Der Betrieb könnte gute Gewinne machen«, sagte Stern. »Sie sollten mit meinem Bruder sprechen. Man könnte Aufträge der Militärbehörde bekommen...«

»Ganz recht«, murmelte Schindler.

Schon gleich nach der Einnahme von Krakau, bevor noch Warschau gefallen war, hatte man eine Rüstungsinspektion eingerichtet, deren Aufgabe es war, dafür zu sorgen, daß die heimische Industrie die Wehrmacht belieferte. Bei *Rekord* konnte man ohne weiteres Kochgeschirre und Feldküchenausrüstungen fertigen. Stern wußte, daß ein General Schindler die Rüstungsinspektion leitete. Sollte das ein Verwandter dieses Schindler sein? Die Antwort lautete Nein, doch wurde sie so gegeben, als läge Schindler nicht daran, daß diese Tatsache bekannt wurde.

Wie dem auch sei, fuhr Stern fort, selbst bei stark eingeschränkter Produktion mache *Rekord* im Jahr noch einen Gewinn von einer halben Million Zloty, und Pressen und Schmelzöfen ließen sich relativ einfach beschaffen. Schindler brauche nur Kredit.

Schindler sagte, Emailwaren lägen ihm mehr als Textilien, er kenne sich mit Landmaschinen aus, verstehe sich auf Dampfpressen und ähnliches.

Stern fragte sich nicht mehr, weshalb ein so vornehmer deutscher Unternehmer den Wunsch verspüren sollte, über Geschäfte mit ihm zu sprechen. In der Geschichte seines Volkes war dergleichen immer wieder vorgekommen und mit sachlichen Begründungen nicht vollständig zu erklären. Stern setzte Schindler die Prozedur auseinander, die hier in Frage kam: Pacht mit Vorkaufsrecht. Die Treuhänder unterstünden direkt der Aufsicht durch das Wirtschaftsministerium. Dann wagte er eine Andeutung: »Was die anzuwerbenden Arbeitskräfte betrifft, werden Sie gewissen Beschränkungen unterliegen...«

Schindler fragte belustigt: »Und woher wissen Sie, was die Behörden beabsichtigen?«

»Ich lese das Berliner Tageblatt. Auch als Jude darf man doch deutsche Zeitungen lesen.«

Schindler fuhr fort zu lachen und legte Stern die Hand auf die Schulter. »Was Sie nicht sagen!«

Stern wußte davon, weil Aue ein Rundschreiben vom Staatssekretär Eberhard von Jagwitz aus dem Reichswirtschaftsministerium erhalten hatte, das von der Arisierung jüdischer Betriebe handelte. Aue hatte sich von Stern eine Zusammenfassung machen lassen. Jagwitz hatte mit Bedauern angedeutet, es sei damit zu rechnen, daß andere Reichsbehörden und auch Parteidienststellen, etwa Heydrichs Reichssicherheitshauptamt (RSHA), darauf drängen würden, nicht nur die Betriebe als solche zu arisieren, sondern auch die Betriebsleitungen und Belegschaften. Jüdische Spezialisten seien also tunlichst von den Treuhändern zu entfernen, immer vorausgesetzt, die Produktion leide nicht darunter.

Schindler steckte die Bilanz von *Rekord* wieder ein und ging mit Stern in die Buchhaltung. Hier, in Anwesenheit von Schreibern und Buchhaltern, entspann sich eine philosophische Unterhaltung, wie Schindler sie schätzte. Schindler sagte unter anderem, das Christentum wurzle im Judentum, ein Umstand, der ihn immer schon frappiert hatte, möglicherweise seit seinem Umgang mit den jüdischen Nachbarskindern. Stern erwiderte behutsam. Er war ein gelehrter Mann, hatte religionsvergleichende Abhandlungen publiziert. Schindler, der sich fälschlich für einen Philosophen hielt, war auf einen Fachmann gestoßen. Stern, der als ein Pedant galt, fand Schindlers Kenntnisse oberflächlich. Darüber wollte er sich nun keineswegs beklagen. So entstand eine sonderbare Freundschaft. Stern legte dar, warum er an Hitlers Erfolg nicht glaubte, wobei er sich, wie Schindlers Vater, auf Beispiele aus der Weltgeschichte berief. Dies unterlief Stern, bevor er sich bremsen konnte. Die Juden im Büroraum hielten den Atem an. Schindler schien keinen Anstoß zu nehmen. Und dann machte er doch noch eine unvermutete Bemerkung: Es müsse den Kirchen heutzutage doch schwerfallen, ihren Gläubigen einzureden, daß ohne Gottes Willen kein Spatz vom Himmel falle, ein Menschenleben sei schließlich keine Schachtel Zigaretten mehr wert. Stern stimmte zu, gab aber zu bedenken, daß Schindlers Bibelzitat durch eines aus dem Talmud ergänzt werden müsse, das besagt, wer ein einziges Menschenleben rette, der rette die ganze Welt.

»Gewiß, gewiß«, bemerkte Schindler nur, doch Stern hat seither fest geglaubt, daß er damit im genau richtigen Moment das richtige Saatkorn in die Furche fallen ließ.

Kapitel 3

Noch ein anderer Krakauer Jude weiß von einer Begegnung mit Schindler in jenem Herbst zu berichten, noch dazu von einer, bei der er Schindler beinahe erschossen hätte. Sein Name ist Leopold (Poldek) Pfefferberg, und er war bis zur tragischen Niederlage Kompaniechef in der polnischen Armee gewesen. Am San hatte er eine Beinverwundung davongetragen und anschließend als Genesender im Lazarett von Przemysl bei der Versorgung von Verwundeten geholfen. Er war zwar kein Arzt, hatte aber als diplomierter Turnlehrer und Absolvent der Universität Krakau anatomische Kenntnisse. Er war damals siebenundzwanzig, voller Selbstvertrauen, nicht unterzukriegen und von stämmigem Wuchs.

Pfefferberg war mit einem Transport gefangener Offiziere unterwegs nach Deutschland, als sein Zug in Krakau hielt, die Gefangenen in den Wartesaal erster Klasse geführt und dort bis zum Abgang eines anderen Zuges festgehalten wurden. Seine Wohnung lag unweit vom Bahnhof, und es kam ihm albern vor, daß er nicht die nächste Straßenbahn der Linie 1 besteigen und heimfahren sollte.

Der bäurisch aussehende Wachtposten an der Tür sollte doch wohl kein Hindernis sein.

Pfefferberg besaß ein von der deutschen Lazarettverwaltung in Przemysl ausgestelltes Dokument, das ihm erlaubte, zwecks Versorgung der Verwundeten beider Seiten sich frei in der Stadt zu bewegen, ein Dokument mit schönen Stempeln und Unterschriften. Das hielt er nun dem Posten unter die Nase. »Können Sie deutsch lesen?« fragte er dabei. So was wollte gekonnt sein, man brauchte dazu unangeschlagenes Selbstvertrauen und genau jene herablassende Haltung, welche typisch war für das hauptsächlich aus Aristokraten bestehende polnische Offizierskorps, und die wunderbarerweise auch auf die wenigen in dieser Armee dienenden jüdischen Offiziere abgefärbt hatte.

Der Posten erwiderte beleidigt: »Selbstverständlich kann ich deutsch lesen«, nahm das Dokument aber auf eine Weise zur Hand, die vermuten ließ, daß er überhaupt nicht lesen konnte – er hielt es wie eine Scheibe Brot. Pfefferberg erläuterte, daß dies die Erlaubnis sei, sich jederzeit frei bewegen zu dürfen. Der Posten sah nur die Stempel und winkte Pfefferberg zum Ausgang. Pfefferberg war der einzige Fahrgast in der Linie 1, denn es war noch nicht einmal 6 Uhr früh. Der Schaffner verkaufte ihm anstandslos einen Fahrschein – es waren viele polnische Soldaten in der Stadt, die noch nicht in Lager gebracht worden waren; die Offiziere mußten sich registrieren lassen, das war vorderhand alles. Die Bahn fuhr um den Barbakan, durch das alte Stadttor, die Florianska hinunter zur Marienkirche, über den Ring und in die Grodzkastraße. Unweit der elterlichen Wohnung im Haus Nummer 48 sprang Pfefferberg, wie er es gewohnt war, von der noch fahrenden Bahn ab und ließ sich vom Schwung an die Haustür tragen.

Nach dieser Flucht wohnte er in den Wohnungen von Freunden und besuchte die Eltern nur gelegentlich. Die jüdischen Schulen nahmen den Unterricht wieder auf – sechs Wochen später wurden sie geschlossen –, und er ging sogar wieder seinem Beruf nach. Weil er glaubte, es werde noch einige Zeit dauern, bis die Gestapo sich nach ihm umsähe, beantragte er Lebensmittelkarten und handelte mit Juwelen auf dem schwarzen Markt, der sich auf dem Ring, unter den Arkaden der Sukiennice und im Schatten der ungleich hohen Türme der Marienkirche auftat. Hier herrschte reges Treiben, denn nicht nur die polnischen Juden waren auf den schwarzen Markt angewiesen, sondern auch die nichtjüdischen polnischen Bürger. Der schwarze Markt, der während der jahrhundertelangen Fremdherrschaft und der kurzen Spanne polnischer Autonomie bestanden hatte, war eine unverzichtbare Institution; hier kauften und verkauften auch angesehene Bürger, insbesondere aber Leute, die sich wie Pfefferberg auf den Straßen heimisch fühlten.

Er beabsichtigte, sich demnächst auf Skiern durch die Tatra nach Ungarn oder Rumänien abzusetzen; als Mitglied der polnischen Ski-Nationalmannschaft fühlte er sich zu einem solchen Unternehmen durchaus imstande. Auf dem Kachelofen in der Wohnung seiner Mutter hielt er eine elegante Damenpistole versteckt, die ihm entweder auf der Flucht oder bei einem unerwarteten Besuch der Gestapo nützlich sein sollte. Und mit diesem Spielzeug mit dem Perlmuttgriff hätte er beinahe an einem kalten Novembertag Schindler erschossen. Dieser, im eleganten Zweireiher, das Parteiabzeichen am Aufschlag, suchte Pfefferbergs Mutter, weil er einen Auftrag für sie hatte. Die deutsche Behörde hatte ihm in der Straszewskiegostraße eine schöne, ehedem der jüdischen Familie Nußbaum gehörige Wohnung zugewiesen. In solchen Fällen wurden die Wohnungseigentümer für ihr Mobiliar nicht entschädigt. Frau Pfefferberg erwartete übrigens jeden Tag, selber aus ihrer Wohnung vertrieben zu werden.

Von Schindlers Freunden wurde später behauptet – dies ist aber nicht zu beweisen –, er habe Nußbaums in ihrem Quartier in Podgorze aufgesucht und ihnen 50 000 Zloty übergeben, was ihnen die Flucht nach Jugoslawien ermöglicht habe. Mit einer derartigen Zahlung hätte Schindler bewiesen, daß er das Vorgehen der Behörden mißbilligte, und tatsächlich machte er vor Weihnachten noch mehrere derartige Gesten. Bei seinen Freunden galt seine Großzügigkeit schon als beinahe krankhaft, wie eine Art Besessenheit. So gab er Taxichauffeuren Trinkgelder, die mehr als das Doppelte des Fahrpreises betrugen. Immerhin sagte er schon damals, und nicht erst, als die Lage für Deutschland prekär wurde, zu Stern, er halte das Vorgehen der Behörden im Fall der Wohnungsbeschlagnahmungen für ungerecht. Frau Pfefferberg nun ahnte jedenfalls nicht, was dieser hochgewachsene, gutgekleidete Deutsche von ihr wollte. Möglich, daß er ihren Sohn suchte, der sich gerade in der Küche aufhielt, möglich auch, daß er es auf ihre Wohnung, ihr Atelier für Innenarchitektur, ihre Antiquitäten, ihre französischen Gobelins abgesehen hatte.

Bis zum Laubhüttenfest im Dezember hat sich die deutsche Polizei im Auftrag der Wohnungsbehörde dann wirklich bis zu Pfefferbergs durchgearbeitet und ihnen befohlen, die Wohnung augenblicklich zu räumen. Weder erlaubte man Frau Pfefferberg, einen Mantel mitzunehmen, obschon es bitter kalt war, noch ihrem Mann, eine alte goldene Taschenuhr einzustecken; bei dem Versuch wurde er geschlagen. Göring persönlich beklagte, »daß bei solchen Aktionen vom Chauffeur bis zum Gauleiter die Beteiligten sich so bereichert haben, daß sie Millionäre geworden sind«. Die Untergrabung der Moral der Parteigenossen mag Göring tatsächlich beklagenswert erschienen sein, doch es war nun einmal so, daß über derartige Vermögenswerte keinerlei Rechenschaft abgelegt wurde.

Bei Schindlers erstem Besuch waren Pfefferbergs aber, wie gesagt, noch im Besitz ihrer Wohnung. Als er klopfte, sprachen Mutter und Sohn über Stoff- und Tapetenmuster. Da die Wohnung zwei Eingänge hatte – der zum Atelier und der zur Küche lagen einander gegenüber –, war Leopold weiter nicht beunruhigt, er verzog sich in die Küche und betrachtete den Besucher durch den Türspalt. Die athletische Gestalt und die modische Kleidung ließen ihn auf Gestapo tippen. Er warnte seine Mutter und sagte, er wolle durch die Küche fortgehen, sobald sie Schindler ins Atelier eintreten lasse.

Frau Pfefferberg öffnete zitternd; sie erwartete, weitere Schritte im Korridor zu hören. Ihr Sohn hatte derweil die Pistole eingesteckt und beabsichtigte, sich durch die Küche zu entfernen. Dann aber meinte er, es sei besser, mindestens zu erfahren, was dieser Deutsche wollte. Es mochte notwendig werden, ihn zu erschießen, und dann war gemeinsame Flucht nach Rumänien geboten.

Wäre es dazu gekommen, wäre das in diesem Monat nichts

Ungewöhnliches gewesen. Man hätte Schindler flüchtig betrauert und ausgiebig gerächt. Und in Zwittau hätte man gefragt: »Ist er von einem eifersüchtigen Ehemann erschossen worden?«

Schindlers Stimme war eine Überraschung. Er sprach ruhig und gedämpft, wie ein Mann in Geschäften eben, während Pfefferbergs sich in den vergangenen Wochen an einen schroffen Befehlston gewöhnt hatten. Pfefferberg stand jetzt hinter der Doppeltür zum Speisezimmer. Er konnte den Deutschen beobachten.

»Sie sind Frau Pfefferberg? Herr Nußbaum hat mich an Sie empfohlen. Ich habe gerade eine neue Wohnung bezogen und möchte sie anders einrichten lassen.«

Frau Pfefferberg hatte Mühe zu antworten. Deshalb kam ihr Sohn jetzt herein, bat den Besucher ins Zimmer und beruhigte seine Mutter mit einigen gemurmelten polnischen Worten. Schindler stellte sich vor, er und Pfefferberg maßen einander abschätzend, Schindler spürte wohl, daß etwas in der Luft lag. »Ich erwarte meine Frau aus dem Sudetenland«, sagte er, »und möchte vorher einiges in der Wohnung ändern.« Nußbaums, fuhr er fort, seien zwar sehr solide eingerichtet, doch bevorzugten sie düstere Farben, während seine Frau mehr fürs Leichte, Helle sei – ein bißchen französisch, ein bißchen schwedisch.

Frau Pfefferberg war nun imstande, Bedenken zu äußern – jetzt vor Weihnachten sei viel zu tun... Ihr Sohn spürte, daß es ihr widerstrebte, einen deutschen Kunden zu haben, ohne aber zu bedenken, daß womöglich einzig Deutsche in diesen Zeiten fest genug an eine Zukunft glaubten, die es lohnte, sich neu einzurichten. Ein solcher Auftrag käme auch wie gerufen, denn der alte Pfefferberg hatte eine sehr gute Stellung verloren und arbeitete derzeit für ein Taschengeld bei der jüdischen Gemeinde.

Innerhalb von Minuten stellte sich zwischen den beiden Männern ein angenehmer Verkehrston her; die kleine Pistole mochte irgendwann in der Zukunft Verwendung finden. Frau Pfefferberg würde selbstverständlich Schindlers Wohnung neu dekorieren, es sollte an nichts fehlen. Schindler forderte Pfefferberg auf, ihn zu besuchen: »Sie könnten mir gewiß behilflich sein, dies und das zu besorgen... zum Beispiel diese eleganten Hemden, die Sie tragen. Ich wüßte nicht, wo ich hier nach solchen Dingen suchen könnte.«

Das war gut gespielte Naivität, und Pfefferberg durchschaute sie. »In den Geschäften gibt es doch nichts mehr«, deutete Schindler diskret an.

Pfefferberg liebte es, riskant zu spielen. »Solche Hemden sind sehr teuer. Unter 25 Zloty kriegen Sie die nicht.«

Das war der fünffache Preis. Schindler lächelte ganz unerwartet amüsiert, aber nicht bösartig.

»Ich könnte Ihnen vielleicht welche besorgen. Ich brauche dazu Ihre Maße. Und der Lieferant verlangt Barzahlung im voraus.«

Schindler, immer noch amüsiert, entnahm seiner Brieftasche 200 Reichsmark, viel zuviel, selbst unter Zugrundelegung des von Pfefferberg genannten Preises, doch der verzog keine Miene. »Ihre Maße bitte«, sagte er nur.

Eine Woche später brachte er Schindler ein Dutzend Seidenhemden in die Wohnung. Anwesend war außer Schindler eine hübsche Deutsche, die Pfefferberg als Treuhänderin einer Eisenwarenhandlung vorgestellt wurde. Tage später erblickte Pfefferberg Schindler in Begleitung einer großäugigen blonden polnischen Schönheit. Falls es wirklich eine Frau Schindler geben sollte, trat sie jedenfalls nicht in Erscheinung, auch nicht, nachdem Frau Pfefferberg die Wohnung neu eingerichtet hatte. Pfefferberg selber übernahm fortan für Schindler den Einkauf von Luxusgütern – Seiden, Möbel, Schmuck –, die in der alten Stadt Krakau in Mengen auf den Markt kamen.

Kapitel 4

Stern sah Schindler erst eines Vormittags Anfang Dezember wieder. Der Antrag auf Pacht und Vorkaufsrecht lag bereits dem Handelsgericht Krakau vor, aber Schindler fand Zeit, bei Buchheister hereinzusehen und nach einem Gespräch mit Aue in der Buchhaltung neben dem Schreibtisch von Stern stehend, laut und mit einer schon etwas alkoholisiert klingenden Stimme zu verkünden: »Morgen geht es los. Zuerst kommen die Jozefa- und die Izaakastraße dran.«

Tatsächlich gab es in Kazimierz wie in jedem Getto eine Jozefa- und eine Izaakastraße. Kazimierz war das ehemalige Getto von Krakau, eine Insel in der Weichselkrümmung, von Kazimier dem Großen den Juden gnädigst überlassen.

Schindler beugte sich über Stern, so daß Stern seinen vom Cognac warmen Atem roch; der fragte sich: *Weiß Schindler, daß in der Jozefa- und der Izaakastraße etwas passieren soll, oder schmeißt er nur mit den Namen um sich?* Wie auch immer, Stern fühlte sich maßlos enttäuscht; Schindler drohte offenbar mit einem Pogrom, machte Andeutungen, ließ Stern merken, wo sein Platz war.

Man schrieb den 3. Dezember, und Stern glaubte nicht, daß Schindler, als er »morgen« sagte, den 4. Dezember meinte, sondern wie Trinker und Propheten die nahe Zukunft. Nur wenige, die Schindlers Ankündigung hörten oder auch davon hörten, nahmen sie wörtlich, packten ihre Koffer und gingen mit ihren Angehörigen über die Weichsel nach Podgorze.

Schindler selbst meinte, er habe unter beträchtlicher Gefahr für sich selber eine wertvolle Information geliefert. Die kam aus zwei Quellen, von neuen Freunden, von Wachtmeister Hermann Toffel beim Stab des SS-Befehlshabers, und von Dieter Reeder vom Stab des SD-Chefs Czurda. Es war bezeichnend für Schindler, daß er in solchen Kreisen Leute aufzuspüren verstand, die mit seinen Ansichten sympathisierten.

Als Erklärung für seine damalige Handlungsweise gab er an, die

Zwangsenteignung und Umsiedlung von Tschechen und Juden nach dem deutschen Einmarsch ins Sudetenland hätten ihn von jeder Neigung für die Neue Ordnung kuriert. Daß er Stern warnte, ist ein überzeugenderer Beweis dafür als die unbestätigte Nußbaum-Geschichte.

Er dürfte übrigens, ebenso wie die Krakauer Juden, noch gehofft haben, daß das Regime nach anfänglichen Greueln erträglicher vorgehen und den Leuten Luft zum Atmen lassen würde. Konnte man mittels Vorwarnungen den in den kommenden Monaten zu erwartenden Aktionen der SS gleichsam die Spitze abbrechen, mochte sich im Frühjahr die Vernunft durchsetzen. Schließlich waren die Deutschen, wie Schindler und auch die Juden sich einredeten, ein *zivilisiertes* Volk.

Der Überfall der SS auf Kazimierz sollte indessen in Schindler einen elementaren Abscheu hervorrufen. Noch wurde dieser Abscheu nicht bestimmend für sein Geschäftsgebaren, auch nicht für seine gesellschaftlichen Amüsements, doch je klarer ihm wurde, was die herrschenden Mächte beabsichtigten, desto stärker ergriff dieser Abscheu von ihm Besitz, leitete, gefährdete ihn, trieb ihn an. Die jetzt bevorstehende Aktion sollte Schmuck und Pelzen gelten. In den besseren Wohnvierteln zwischen Krakau und Kazimierz würde man Juden aus Wohnungen und Villen treiben, und im übrigen war das Ganze als Warnung für die verschüchterten Bewohner des alten Judenviertels gedacht. Zu diesem Zwecke, so erfuhr Schindler von Reeder, sollte eine kleine Abteilung der Einsatzgruppen zusammen mit der örtlichen SS und der Feldpolizei nach Kazimierz fahren.

Mit der vordringenden Wehrmacht kamen sechs Einsatzgruppen nach Polen, hervorgegangen aus Heydrichs SD. Ihre Befugnisse waren umfassend. Ihr Kommandeur hatte General Keitel sechs Wochen zuvor wissen lassen: »Im Generalgouverment wird ein erbarmungsloser Kampf um die Existenz unseres Volkes geführt werden, ohne legale Skrupel.« Kampf um die Existenz des Volkes hieß im Klartext, wie alle Beteiligten wußten, Rassenkampf, glühende Gewehrläufe.

Die Angehörigen der Einsatzgruppe, die an der Aktion teilnehmen sollten, würden die Durchsuchung und Plünderung von Wohnungen der hiesigen SS überlassen und sich ernsteren Aufgaben zuwenden: der Ausrottung der jüdischen Kultur an der Wurzel, den alten Synagogen von Krakau.

SD, ein Sonderkommando der SS, und die Einsatzgruppenleute warteten schon eine ganze Weile darauf, endlich tätig zu werden, doch hatte die Wehrmacht mit Heydrich und den höheren Polizeiführern vereinbart, daß diese Aktionen erst gestartet werden dürften, wenn anstelle der Militärverwaltung eine zivile Verwaltung getreten sei. Dieser Übergang hatte nun stattgefunden, und im ganzen Lande wurden Einsatzgruppen und Sonderkommandos auf die alten jüdischen Gettos angesetzt.

Am Ende der Straße, in welcher Schindlers Wohnung lag, ragte der befestigte Felsen auf, den der Wawel krönte, wo Hans Frank herrschte. Will man Schindlers künftige Tätigkeit in Polen verstehen, muß man untersuchen, in welchem Verhältnis Frank einerseits zu den Kommandeuren von SS und SD stand und andererseits zu den Krakauer Juden.

Zunächst einmal hatte Frank keine direkte Befehlsgewalt über die Sondereinheiten, die auf Kazimierz angesetzt wurden. Himmlers Polizeieinheiten folgten, egal wo sie auftraten, nur ihren eigenen Gesetzen. Nicht nur deshalb war Frank ihnen gram, sondern auch aus praktischen Erwägungen. Die Juden waren ihm mindestens ein ebensolcher Greuel wie anderen Parteimitgliedern, und er fand die Krakauer Luft geradezu verpestet, solange auch Juden hier atmeten. Seit Wochen beklagte er sich darüber, daß die Behörden sein Generalgouverment und insbesondere Krakau, seiner Bahnverbindungen wegen, sozusagen als Müllhalde für Juden aus dem Wartheland, aus Posen und Lodz benutzten, und er glaubte auch nicht, daß Einsatzgruppen und Sonderkommandos mit den gängigen Methoden der Aufgabe gewachsen waren. Frank meinte, ebenso wie gelegentlich Himmler, es müsse ein riesiges Konzentrationslager für sämtliche Juden errichtet werden, mindestens so groß wie Lublin samt umliegenden Ortschaften, am besten aber eigne sich dazu die Insel Madagaskar.

Die Polen waren übrigens der gleichen Ansicht. Schon 1937 hatte die polnische Regierung eine Kommission dorthin entsandt, um die bergige Insel, die für diese empfindsamen Mitteleuropäer weit genug entfernt war, auf ihre Eignung zu prüfen. Das französische Kolonialministerium, dem Madagaskar gehörte, war bereit, einem entsprechenden zwischenstaatlichen Abkommen zuzustimmen, denn ein Madagaskar, auf dem sämtliche europäischen Juden zusammengedrängt würden, mußte einen vortrefflichen Exportmarkt abgeben. Der Kriegsminister Oswald Pirow von der Südafrikanischen Union war später eine Weile als Vermittler zwischen Hitler und Frankreich in dieser Angelegenheit tätig. Madagaskar hatte als Lösungsvorschlag mithin bereits Tradition. Frank plädierte für Madagaskar, nicht für die Einsatzgruppen. Denn deren sporadische Tätigkeit konnte die osteuropäische Untermenschenpopulation nicht wirkungsvoll genug reduzieren. Während noch um Warschau gekämpft wurde, hatten deren Leute in schlesischen Synagogen Juden aufgehängt, sie mit Wasserstrahlen zu Tode gefoltert, sie am Sabbat aus ihren Wohnungen geholt, ihnen die Locken geschoren, die Gebetstücher in Brand gesetzt, sie an die Wand gestellt. Das brachte alles so gut wie nichts. Die Geschichte lehrte, so Frank, daß vom Völkermord bedrohte Gemeinschaften sich nur um so schneller vermehrten. Der Phallus war wirkungsvoller als der Revolver. Was niemand wußte – weder die streitenden Beteiligten noch die auf Lastwagen verladenen Angehörigen der Einsatzgruppen und der SS, auch nicht die in der Synagoge versammelten Gläubigen oder Herr Oskar Schindler auf dem Weg in seine Wohnung, wo er sich zum Abendessen umzukleiden gedachte –, was also keiner von diesen wußte und was so manches Plangenie in der Partei nicht zu hoffen wagte, war, daß es auf dieses Problem eine technische Antwort gab, daß eine Chemikalie, das Schädlingsbekämpfungsmittel Zyklon B, die Stelle von Madagaskar einnehmen könnte.

Ausgerechnet mit Leni Riefenstahl, der von Hitler hochgeschätzten Filmregisseurin, hatte es einen unangenehmen Zwischenfall gegeben. Kurz nach der Einnahme von Lodz war sie dort mit einem Kamerateam erschienen und hatte gesehen, wie Juden – unverwechselbare orthodoxe Ostjuden – mit Maschinenwaffen niedergemacht worden waren. Sie suchte sogleich den Führer auf, der sich beim Hauptquartier der Heeresgruppe Süd befand, und machte ihm eine Szene. Und darum ging es im wesentlichen: Es waren zu viele, bekannt werden sollte nichts, der Aufwand war zu groß. Das

Rezept Einsatzgruppen taugte nicht. Aber auch Madagaskar könnte sich erübrigen, sobald man Wege fand, die Untermenschenpopulation von Mitteleuropa wirkungsvoll zu dezimieren, an geeigneten Orten, mit den für die Beseitigung der Leichen notwendigen Vorkehrungen, die nicht durch Zufall von neugierigen Filmregisseuren entdeckt werden konnten.

Ganz wie Schindler in Sterns Büro bei Buchheiser vorhergesagt hatte, nahm die SS sich die Jakoba-, Izaaka- und Jozefastraße vor, erbrach Wohnungen, Schränke, Schreibtische, Nachtkästen, zerrte Schmuckstücke von Fingern und Hälsen.

Einer jungen Frau, die ihren Pelzmantel festhielt, wurde der Arm gebrochen, ein Junge aus der Ciemnastraße, der seine Skier nicht hergeben wollte, wurde erschossen.

Einige von denen, die solcherart beraubt wurden, würden tags darauf Anzeige erstatten, ohne zu ahnen, daß für die SS die Gesetze nicht galten. Die Geschichte lehrte, daß es immer irgendwo einen einigermaßen integren hohen Vorgesetzten gab, dem derartiges peinlich war und der womöglich einige Plünderer bestrafte. Der Tod des Jungen aus der Ciemnastraße mußte ebenso untersucht werden wie der Fall einer Frau, deren Nasenbein mit dem Gummiknüppel gebrochen worden war.

Während die SS dergestalt mit den Wohnungen beschäftigt war, wandte die Abteilung der Einsatzgruppe sich dem alten Gotteshaus aus dem 14. Jahrhundert zu. Wie erwartet traf man hier orthodoxe Juden mit Bärten, Paies und Gebetsschal bei der Andacht. Man holte eine Anzahl weniger frommer Juden aus den umliegenden Häusern und trieb sie ebenfalls in die Synagoge, so als sei man gespannt darauf, wie die eine Gruppe auf die Anwesenheit der anderen wohl reagiere.

Unter den nachträglich in die Synagoge Gestoßenen befand sich der Verbrecher Max Redlicht, der freiwillig den alten Tempel nie betreten hätte und dazu auch nie aufgefordert worden wäre. Da standen sie vor der Bundeslade, diese so verschiedenen Exemplare des gleichen Stammes, die sich normalerweise mieden. Der Unteroffizier öffnete die Bundeslade und holte die Thorarolle heraus. Die zusammengewürfelten Gläubigen sollten nun daran vorübergehen und einer um den anderen auf die Thora spucken – und zwar nicht nur so tun, man wollte die Spucke sehen.

Die Orthodoxen betrugen sich vernünftiger als die anderen, die Ungläubigen, die Liberalen, die, die sich nicht mehr als Juden, sondern als Europäer empfanden. Die Deutschen sahen deutlich, daß gerade die modern Gekleideten zurückzuckten, manche sie gar mit verständnisheischenden Blicken ansahen, als wollten sie sagen: Nun laßt uns doch, für solchen Unsinn sind wir doch alle zu aufgeklärt. Die SS-Leute hatten im Unterricht gelernt, daß der europäische Anstrich der liberalen Juden nur hauchdünn sei, und hier in Stara Boznica bestätigte das Zögern der modisch gekleideten Männer mit den kurzgeschnittenen Haaren die Richtigkeit dieses Urteils. Am Ende spuckte nur einer nicht: Max Redlicht. Mag sein, es reizte die Deutschen, einen Mann, der so offenkundig ein Ungläubiger war, dazu zu bringen, daß er ein Buch bespuckte, das ihm als antiquierter Hokuspokus erscheinen mußte und das zu schänden ihm doch sein Blut verbot. Würde die Vernunft den Sieg erringen? Sie tat es nicht. Er sagte laut: »Ich habe manches getan. Dies tue ich nicht.« Dafür wurde er als erster erschossen, danach die anderen. Alsdann legte man Feuer, und die älteste aller polnischen Synagogen brannte bis auf die Grundmauern nieder.

Kapitel 5

Victoria Klonowska, Schindlers polnische Sekretärin, war eine Schönheit, und er begann sogleich ein Verhältnis mit ihr. Seine deutsche Geliebte Ingrid muß davon gewußt haben, ebenso wie seine Frau Emilie von Ingrid wußte. Denn Schindler war kein verstohlener Liebhaber, sondern in sexuellen Dingen von einer kindlichen Offenheit. Nicht etwa, daß er damit prahlte, nur sah er nie ein, weshalb er Lügen erzählen, sich heimlich in Hotels treffen, zu unmöglichen Stunden durch die Hintertür zu einem Mädchen schleichen sollte. Und da er seine Frauen einfach nicht belog, fanden die es unmöglich, ihm die traditionellen Eifersuchtsszenen zu machen.

Mit der blonden Hochfrisur, dem hübschen, sorgfältig geschminkten füchsischen Gesicht sah Victoria Klonoswka aus wie eine jener leichtfertigen jungen Frauen, die die Weltgeschichte nur unter dem Gesichtspunkt betrachten, ob sie ihr Privatleben stört oder nicht. Während man in diesem Herbst meist schlicht gekleidete Frauen sah, gab Klonoswka sich ausgesprochen elegant. Dabei war sie außerordentlich tüchtig, nüchtern und gewandt. Auch war sie eine überzeugte polnische Nationalistin. Später einmal sollte sie bei den deutschen Behörden die Entlassung ihres Liebhabers aus dem SS-Gefängnis durchsetzen, doch zunächst hatte sie anderes für ihn zu erledigen, so zum Beispiel eine Bar oder ein Kabarett ausfindig zu machen, wohin er seine Freunde einladen könnte. Nicht Leute, mit denen er geschäftlich zu tun hatte, Funktionäre der Rüstungsinspektion etwa, sondern wirkliche Freunde. Er wollte Betrieb um sich haben, und es sollte ein Lokal sein, wo man nicht mit dem Erscheinen ältlicher Funktionäre zu rechnen hatte. Ob sie was Geeignetes kenne?

Sie entdeckte in dem Gassengewirr nördlich des Ringes einen Jazzkeller. Dort verkehrten seit je Studenten und jüngere Dozenten von der Universität, Victoria allerdings war hier nie gewesen. Die älteren Herren, die ihr in Friedenszeiten nachgestellt hatten, wären niemals in eine Studentenkneipe gegangen. Man konnte auch ein Séparée nehmen und war dann sowohl von schweren Vorhängen wie von der alles übertönenden Musik geschützt. Der Partei galt Jazz nicht nur als dekadente Musikform, sondern als afrikanischer Untermenschenlärm. Funktionäre bevorzugten Wiener Walzer und verschmähten Jazz.

Um die Weihnachtszeit 1939 lud Schindler eine Anzahl Freunde in diesen Keller ein. Wie allen kontaktfreudigen Männern machte es ihm nichts aus, mit Leuten zu trinken, die er nicht leiden mochte, aber diese mochte er. Selbstverständlich waren sie überdies nützlich, es waren Männer von niedrigem Rang, aber nicht ohne Einfluß bei ihren Dienststellen, und sie alle lebten in einem sozusagen doppelten Exil: fern von daheim und unter einem Regime, das ihnen mehr oder weniger zuwider war. Zu den Gästen gehörte ein deutscher Vermesser von der Verwaltung für Inneres des Generalgouvernements. Der hatte das Gelände vermessen, auf dem Schindlers Emailwarenfabrik in Zablocie sich befand. Angrenzend an die DEF (Deutsche Emailwarenfabrik) gab es unbebautes Gelände und daran anschließend eine Kistenfabrik und eine für Flugzeugteile. Zu Schindlers Entzücken stellte sich heraus, daß das unbebaute Gelände ihm gehörte. Schon sah er in Gedanken einen Anbau an seine Fabrik entstehen. Der Vermesser war eingeladen worden, weil er ein anständiger Kerl war, mit dem sich reden ließ, und den man später einmal, wenn es um eine Baubewilligung ging, brauchen konnte. Ferner waren Wachtmeister Toffel und Reeder vom SD da sowie ein weiterer junger Offizier von der Rüstungsinspektion, Steinhauser mit Namen, ebenfalls Vermessungsingenieur. Auch diesen hatte Schindler im Zusammenhang mit der Übernahme seiner Fabrik kennengelernt und ihn gelegentlich auf ein Glas eingeladen. Er war nämlich der Meinung, daß man mit Bürokraten, abgesehen von Bestechung, am besten fertig wurde, wenn man sie mit Alkohol traktierte.

Dann waren da noch zwei Leutnants von der Abwehr, der schon bekannte Gebauer, der Schindler angeworben hatte, und ein gewisser Martin Plathe von der Außenstelle Breslau. Wie erinnerlich, verdankte Schindler die nähere Bekanntschaft mit Krakau ja seinen Reisen im Auftrag von Gebauer.

Auch die Anwesenheit dieser beiden Herren war für Schindler nebenher nützlich. Noch wurde er als Agent der Abwehr geführt, und er versorgte von Krakau aus die Breslauer Außenstelle mit Berichten über das Verhalten der Konkurrenz – der SS. Daß er Toffel und Reeder eingeladen hatte, mußten die beiden Abwehrleute als einen ihnen persönlich erwiesenen Dienst betrachten.

Man kann die Gespräche an jenem Abend selbstverständlich nicht wörtlich wiedergeben, doch ist eine annähernde Rekonstruktion aufgrund von Äußerungen Schindlers über jeden einzelnen dieser Männer wohl möglich. Danach dürfte Gebauer den ersten Toast ausgebracht haben, und zwar nicht auf Führer und Vaterland, sondern auf Schindler und seine Fabrik, denn, so sagte er, falls nur Schindlers Fabrik prosperiere, dürfe man auch in Zukunft mit solchen kleinen Geselligkeiten rechnen, auf die sich niemand so gut verstehe wie Schindler.

Und dann kam die Rede, wie nicht anders zu erwarten, auf jenes Thema, das die Zivilverwaltung aller Ränge beschäftigte, die Juden.

Toffel und Reeder hatten tagsüber die Ausladung von Polen und Juden auf dem Mogilska-Bahnhof überwacht. Diese Leute waren aus den deutschen Ostgebieten hierhertransportiert worden, und zwar in Viehwagen der Ostbahn, was zwar unbequem und kalt gewesen sein dürfte, doch erträglich, denn die Waggons waren nicht überfüllt. Bemerkenswert schien Toffel einzig, daß solche Transporte überhaupt stattfanden.

»Wir befinden uns angeblich in einem Kriege«, rügte er, »aber die gesamte Ostbahn ist mit nichts anderem beschäftigt als mit dem Transport von Polen und Juden, als ob die nicht bleiben könnten, wo sie sind!«

Die Herren von der Abwehr hörten mokant lächelnd zu. Für die SS mochten ja die Juden der innere Feind sein, für die Leute von Canaris war es die SS.

Seit dem 15. November beanspruche die SS das gesamte Eisenbahnnetz für sich. Die SS-Führung beschwere sich immer wieder darüber, daß die Wehrmacht sich nicht an eine Übereinkunft halte, derzufolge die Ostbahn ausschließlich der SS zur Verfügung stehe. Als ob es nicht wichtiger wäre, die Bahn für die Verlegung von

Truppen und Gerät zu benutzen! Wie solle das Heer sich eigentlich bewegen – auf Fahrrädern?

Es amüsierte Oskar zu sehen, daß die Abwehr dazu nichts zu sagen hatte; man hielt Toffel nicht für angetrunken, sondern für einen Provokateur.

Es wurden noch weitere Fragen über diese sonderbaren Transporte gestellt, die schon bald nicht mehr das geringste Interesse erregen sollten. Noch waren sie etwas Neues. »In den Akten ist dauernd von Umsiedlung die Rede«, berichtete Toffel. »Ich halte das für den reinsten Blödsinn.«

Es wurde Hering in saurer Sahne gereicht und dazu Wodka. Gebauer brachte die Rede auf die Judenräte, die auf Anweisung von Frank überall eingerichtet wurden. In Großstädten wie Krakau und Warschau bestanden sie aus vierundzwanzig gewählten Mitgliedern, die persönlich für die Einhaltung der Erlasse und Verordnungen verantwortlich gemacht wurden. In Krakau gab es den Judenrat erst einen knappen Monat. Marek Biberstein, ein angesehener ehemaliger Stadtrat, war der Präsident. Angeblich, so Gebauer, habe der Judenrat den deutschen Behörden bereits eine Liste mit den Namen der arbeitsfähigen Juden übergeben. Ob man es nicht auch etwas übereifrig fände, gleich Leute zum Schneeräumen, Latrinenreinigen und Gräbenausheben anzubieten.

Steinhauser war da anderer Ansicht. Der Judenrat gehe davon aus, daß ein solches Verfahren die *Ad-hoc*-Aushebung von Arbeitskräften vermeide, und gerade dabei kämen ja die schlimmsten Übergriffe und auch Erschießungen vor.

Leutnant Plathe stimmte zu. Die Juden erböten sich zur Mitarbeit, um Schlimmeres zu vermeiden. Das sei nun mal ihre Methode, und man müsse das verstehen. Noch immer hätten sie sich durch anfängliche Fügsamkeit und darauf folgende Unterhandlungen loskaufen können. Gebauer schien darauf aus zu sein, Toffel und Reeder irrezuführen, indem er sich an dieses Thema hielt und mehr Interesse dafür zeigte, als er wirklich hatte. »Mitarbeit ist gut«, sagte er. »Ich gebe Ihnen mal ein Beispiel dafür. Frank verlangt, daß alle Juden im Generalgouvernement eine weiße Armbinde mit blauem Davidstern tragen. Das ist jetzt ein paar Wochen her, aber schon schmeißt ein jüdischer Fabrikant in Warschau die Dinger haufenweise auf den Markt, das Stück für drei Zloty. Als ob man nicht wüßte, wozu dieser Erlaß gut sein soll, als ob das ein Abzeichen wie von einem Radlerklub wäre.«

Nun schlug man Schindler, der ja Emailwaren produzierte, vor, eine Luxusausführung des Judensterns in Emaille herzustellen und über seine Freundin Ingrid im Eisenwarenhandel vertreiben zu lassen. Dazu bemerkte jemand, dieser Stern sei das Symbol des von den Römern zerstörten jüdischen Reiches, das noch immer in den Hirnen von Zionisten spuke, und die Juden könnten eigentlich stolz darauf sein, es zu tragen.

»Die Juden«, sagte Gebauer, »haben keine Organisation zu ihrem Schutz. Sie haben unbedeutende Hilfskomitees, aber helfen können ihnen die jetzt nicht. Diesmal wird es anders. Diesmal haben sie es mit der SS zu tun.« Und wieder klang es so, als bewundere Gebauer die professionelle Härte der SS, wenn auch nicht gar zu sehr.

»Ach was, das Schlimmste, was ihnen passieren kann, ist, daß sie in Madagaskar enden. Und da ist das Wetter angenehmer als in Krakau.« So Plathe.

»Die werden Madagaskar nicht mal von weitem sehen«, widersprach Gebauer. Schindler schlug vor, das Thema zu wechseln. Er hatte übrigens mit angesehen, wie Gebauer einem jüdischen Geschäftsmann in der Bar des Hotels Krakowia falsche Papiere für die Flucht nach Ungarn übergab. Möglich, daß er sich das bezahlen ließ, doch Schindler hielt ihn für zu integer, um mit Papieren, Unterschriften, Stempeln zu handeln. Eines war sicher, trotz der Rolle, die er eben hier vor Toffel und Reeder gespielt hatte, ein Judenfeind war er nicht. Das war keiner der Anwesenden. Weihnachten 1939 genoß Schindler es ganz einfach, in ihrer Gesellschaft zu sein. Später würden sie ihm auch nützlich werden.

Kapitel 6

Nach der Aktion vom 4. Dezember war Stern davon überzeugt, daß Schindler ein gerechter Goi war. Der Talmud kennt die legendären *Hasidei Unmot Ha-olam*, die Gerechten unter allen Völkern, deren es zu jedem beliebigen Zeitpunkt der Weltgeschichte immer nur sechsunddreißig gibt. Stern glaubte nicht an diese mystische Zahl, aber die Legende als solche leuchtete ihm ein, und er hielt es für klug und geboten, aus Schindler eine lebende, atmende Zuflucht zu machen.

Der Deutsche benötigte Kapital, denn *Rekord* verfügte nur noch über wenige Maschinen – einige Blechpressen, Emailwannen, Drehbänke und Schmelzöfen waren alles. Stern mochte Schindlers Denken beeinflussen, aber zu Kapital verhalf ihm Abraham Bankier, der Bürovorsteher von *Rekord*, mit dem Schindler sich angefreundet hatte.

So suchten sie denn gemeinsam mögliche Geldgeber auf. Mit Wirkung vom 23. November waren alle Konten und Schließfächer von Juden behördlich gesperrt worden; die Inhaber hatten keinen Zugang mehr und bekamen auch keine Zinsen. Wohlhabendere jüdische Geschäftsleute, die auch in Geschichte nicht unbewandert waren, verfügten aber noch über Beträge in Fremdwährungen, doch war es nicht einfach, die abzusetzen; Gold, Diamanten, Handelsware waren allemal vorzuziehen.

Bankier kannte in Krakau einige Männer, die bereit waren, Geld auf zu liefernde Ware vorzustrecken, sagen wir 50 000 Zloty für die monatliche Lieferung von Töpfen und Pfannen im Gewicht von soundsoviel Kilo, für ein Jahr. Für einen Krakauer Juden war es leichter und ungefährlicher, mit Küchengerät als mit Zloty umzugehen, solange Frank auf dem Wawel saß.

Keine der Parteien dieser Vereinbarungen besaß etwas Schriftliches, nicht einmal Notizen. Verträge aufzusetzen war sinnlos, ihre Einhaltung konnte nicht erzwungen werden. Für die Geldgeber kam es einzig darauf an, daß Bankier, der Vermittler, ihnen einen zuverlässigen Kreditnehmer präsentierte. Man traf sich zu diesem Zweck in Wohnungen der Innenstadt, soweit der potentielle Geldgeber nicht schon enteignet worden und nach Podgorze in ein ärmliches Quartier gezogen war. In solchen Fällen war eine möglicherweise kostbare Wohnungseinrichtung verloren, der Geschäftsmann bestenfalls noch Angestellter in seiner eigenen Firma, und das alles in der Spanne von wenigen Monaten. Man mag es für eine übertriebene Behauptung halten, daß niemand Schindler je vorgeworfen hat, eine solche Abrede nicht eingehalten zu haben, und tatsächlich kam es im folgenden Jahr zwischen ihm und einem jüdischen Großhändler wegen der Menge der zu liefernden Ware, die der Kunde im Lager der DEF in der Lipowastraße abholen durfte, zum Streit. Und dieser Mann hat bis an sein Lebensende darauf bestanden, recht gehabt zu haben. Daß Schindler aber je einen Vertrag überhaupt nicht eingehalten habe, das wurde nie behauptet. Denn er war der geborene Zahler, er vermittelte stets den Eindruck, über unbegrenzte Mittel für unbegrenzte Rückzahlungen zu verfügen. Und im übrigen – Schindler und andere deutsche Nutznießer machten in den folgenden vier Jahren so gute Geschäfte, daß nur jemand, der von Profitgier förmlich zerfressen wurde, eine Ehrenschuld, wie der alte Schindler gesagt hätte, nicht hätte bezahlen wollen.

Im neuen Jahr kam Frau Emilie nach Krakau, um ihrem Mann den ersten Besuch abzustatten. Sie fand, sie sei noch nie in einer schöneren Stadt gewesen. Wieviel angenehmer war es hier doch, so anheimelnd altmodisch, ganz anders als in Brünn mit dem ewigen Qualm seiner Industrien. Die Wohnung ihres Mannes gefiel ihr sehr. Sie hatte einen Blick auf die Planty, den eleganten Grüngürtel, der sich anstelle der alten Wallanlagen um die Stadt zog. Am Ende der Straße ragte der Wawel auf, und zwischen all diesen Altertümern hatte er eine so moderne Wohnung. Frau Pfefferbergs Dekorationen waren ein deutlicher Beweis für seine geschäftlichen Erfolge.

»Offenbar kommst du gut zurecht in Polen«, bemerkte sie.

Schindler wußte, was sie bei solchen Aussprüchen im Sinn hatte: die nicht ausgezahlte Mitgift, die ihr Vater zwölf Jahre zuvor einbehalten hatte, als ihm zu Ohren gekommen war, daß sein Schwiegersohn wie ein Junggeselle lebte und seine Frau vernachlässigte. Die Ehe seiner Tochter ging ganz so, wie er befürchtet hatte, wozu also zahlen?

Daß er diese 400 000 Reichsmark nicht bekam, hatte tatsächlich einigen Einfluß auf Schindlers Werdegang, doch der alte Herr ahnte nicht, daß er seiner Tochter damit wesentlich mehr schadete als seinem Schwiegersohn; die konnte das nicht verwinden, sie fühlte sich mitschuldig, noch mehr in die Defensive gedrängt, und auch jetzt noch, zwölf Jahre später, als es Schindler nun wirklich nicht mehr darauf ankam, grämte seine Frau sich immer noch darüber.

»Ich habe das verflixte Geld doch nie gebraucht«, pflegte er zu knurren, wenn wieder mal davon die Rede war.

Es scheint, daß Emilie Schindler zu jenen Frauen gehörte, die wissen, daß ihr Mann nicht treu ist, noch je sein wird, und die es nicht schätzen, daß man ihnen den Beweis für seine Untreue unter die Nase reibt. So dürfte sie sich denn damals in Krakau recht zurückgehalten haben; die Bekannten ihres Mannes, denen sie gesellschaftlich hätte begegnen können, kannten gewiß die Wahrheit, kannten die Namen anderer Frauen, die sie auf keinen Fall erfahren wollte.

Eines Tages erschien bei ihr ein junger Pole – es war Poldek Pfefferberg, der einmal fast ihren Mann erschossen hätte, doch wußte sie das nicht – mit einem Teppich über der Schulter, den er im Auftrag von Ingrid besorgt hatte, die für die Dauer von Frau Schindlers Aufenthalt in Krakau aus der Wohnung ausgezogen war. Der Teppich stammte aus Istanbul und war über Ungarn gekommen.

»Ist Frau Schindler da?« fragte Pfefferberg, der Ingrid so titulierte, weil ihm das weniger peinlich war.

»Ich bin Frau Schindler«, sagte Emilie, die sich alles zusammenreimen konnte.

Pfefferberg reagierte recht geschickt: Er wolle eigentlich nicht zu Frau Schindler, die er übrigens nicht kenne, sondern habe geschäftlich mit Herrn Schindler zu tun. Der sei nicht da, sagte seine Frau. Sie bot Pfefferberg eine Erfrischung an, doch er lehnte hastig ab. Auch darauf konnte sie sich einen Reim machen: Der junge Mann war von Oskars Privatleben schockiert und fand es unanständig, mit dem Opfer eine Tasse Kaffee zu trinken.

Die Fabrik, die Schindler gepachtet hatte, befand sich am anderen Weichselufer in Zablocie, Lipowastraße 4. Die Büros lagen nach der Straße zu, waren hell und modern, und Schindler kam gleich der Gedanke, es könnte nützlich sein, hier einmal eine Wohnung zu haben, im zweiten Stock, auch wenn dies ein Fabrikviertel war und nicht zu vergleichen mit der Straszewskiegostraße.

Als Schindler die *Rekord*-Werke übernahm und sie in *Deutsche Emailwarenfabrik* umtaufte, waren 45 Personen mit der Herstellung einer bescheidenen Menge Küchenutensilien beschäftigt. Anfang 1940 bekam er die ersten Heeresaufträge. Das war nicht überraschend, denn er hatte die benötigten Verbindungen zu den Leuten geknüpft, die solche Aufträge zu vergeben hatten, hatte sie auf Gesellschaften getroffen, sie im Hotel Krakowia bewirtet. Es gibt Fotos von Schindler, wie er mit diesen Leuten zu Tische sitzt, alle lächeln brav in die Kamera, alle sehen wohlgenährt und elegant gekleidet aus. Manch einer von diesen drückte den erforderlichen Stempel auf seine Angebote, schrieb die nötige Empfehlung an General Schindler, alles nur aus Freundschaft und weil er glaubte, Schindler werde die Liefertermine halten. Andere ließen sich dazu durch Geschenke bewegen, die Schindler jederzeit zu machen bereit war, Cognac und Teppiche, Schmuck und Möbel und üppige Präsentkörbe. Überdies sprach sich herum, daß General Schindler mit seinem Emailwaren produzierenden Namensvetter bekannt war und ihn gut leiden mochte.

Nachdem er im Besitze der lukrativen Heeresaufträge war, erlaubte man ihm eine Betriebserweiterung. Platz war genügend da. Der Bürotrakt der DEF hatte zwei Flügel, deren einer für die Produktion genutzt wurde, während der andere noch völlig leer stand. Also kaufte Schindler Maschinen, teils in Krakau, teils in Mähren. Er wollte nicht nur das Militär beliefern, sondern auch den unersättlichen schwarzen Markt. Er wußte, daß er auf dem Wege zum Großunternehmer war. Mitte 1940 beschäftigte er 250 Polen und mußte eine Nachtschicht einrichten. In der Landmaschinenfabrik seines Vaters in Zwittau hatten in ihren besten Zeiten fünfzig Leute gearbeitet. Wahrlich, es ist ein schönes Gefühl, den Vater zu übertreffen, dem man nie verziehen hat.

Stern kam mehrmals im Laufe des Jahres und bat Schindler, ausnahmsweise einen seiner jüdischen Schützlinge einzustellen – eine Vollwaise aus Lodz; die Tochter eines Schreibers beim Judenrat. Schon nach wenigen Monaten waren es 150 Juden, die bei ihm arbeiteten, und seine Fabrik galt als Zufluchtsort.

In diesem wie in allen folgenden Jahren bis zum Kriegsende waren Juden unablässig auf der Suche nach einer kriegswichtigen Arbeit. Im April ordnete Frank die Räumung der Stadt Krakau von allen Juden an. Eine etwas sonderbare Anordnung, bedenkt man, daß die Reichsbehörden täglich gegen 10 000 Juden und Polen ins Generalgouvernement schafften. Frank allerdings fand die Zustände in Krakau unerträglich, kannte er doch deutsche Stabsoffiziere, die zusammen mit jüdischen Mietern in Wohnblöcken hausen mußten. Auch andere höhere Beamte waren einer so unwürdigen Behandlung ausgesetzt. Noch sechs Monate, so gelobte er, und Krakau sei judenfrei. 5000 bis 6000 jüdischen Spezialisten sollte auch danach noch der Aufenthalt in der Stadt erlaubt sein, alle anderen hatten anderswo im Generalgouvernement zu verschwinden, in Warschau oder Radom, in Lublin oder Tschenstochau. Juden durften sich ihren neuen Wohnsitz selber aussuchen, vorausgesetzt, sie zogen bis zum 15. August ab. Wer dann noch in der Stadt war, sollte per Lastwagen mit geringstem Gepäck an einen Ort gebracht werden, welchen die Behörden bestimmten. Ab dem 1. November, kündigte Frank an, könnten Deutsche in Krakau endlich »frei atmen« und die Straßen der Stadt würden »nicht mehr von Juden wimmeln«. Es gelang ihm nicht ganz, die jüdische Bevölkerung in jenem Jahr auf die gewünschte Zahl zu reduzieren. Als seine Pläne bekannt wurden, hatte das immerhin zur Folge, daß die Juden von Krakau, insbesondere die jüngeren, sich um qualifizierte Arbeit bemühten. Männer wie Stern und solche, die dem Judenrat angehörten oder nahestanden, hatten bereits eine Liste derjenigen Deutschen zusammengestellt, von denen sie sich Hilfe versprachen, und auf dieser Liste standen Schindler ebenso wie Madritsch, ein Wiener, der kürzlich u. k. gestellt worden war und als Treuhänder eine Uniformfabrik leitete. Madritsch wußte den Wert von Heeresaufträgen zu schätzen und stand im Begriff, in eigener Regie eine Uniformfabrik in der Vorstadt Podgorze zu eröffnen. Am Ende sollte er ein noch größeres Vermögen machen als Schindler, doch 1940 war er noch Gehaltsempfänger. Er galt als human – das war alles. Ab 1. November hatten 23 000 Juden freiwillig die Stadt verlassen. Manche zogen in die neuen Gettos von Warschau und Lodz. Man kann sich die Lücken bei Tisch, die kummervollen Abschiede vorstellen, doch die Menschen fügten sich, weil sie dachten: Schlimmeres wird man nicht von uns verlangen. Schindler wußte, was vorging, meinte aber ebenso wie die Juden, es handele sich um eine einmalige Maßnahme. 1940 mag sehr wohl das arbeitsreichste Jahr in Schindlers Leben gewesen sein; er machte aus einer bankrotten Fabrik ein Werk, das von den auftraggebenden Behörden ernst genommen werden konnte. Als der erste Schnee fiel, bemerkte Schindler verärgert, daß täglich so um die sechzig seiner jüdischen Arbeiter fehlten. Die wurden auf dem Weg zur Arbeit von der SS angehalten und zum Schneeschaufeln kommandiert. Schindler beklagte sich bei seinem Freund Toffel in der Befehlsstelle der SS auf der Pomorkastraße. Bis zu 125 Ausfälle habe er schon an einem Tag gehabt, klagte er Toffel.

»Machen Sie sich mal klar«, vertraute Toffel ihm an, »daß es hier Leute gibt, die sich einen Dreck um die Produktion scheren. Die lassen jüdische Arbeiter lieber Schnee schaufeln. Ich verstehe es nicht, aber für die hat das geradezu rituelle Bedeutung. Und es geht nicht nur Ihnen so, sondern allen Arbeitgebern.«

Ob die sich auch beschwerten? wollte Schindler wissen. Toffel bestätigte das und fügte noch etwas hinzu: Ein hoher Funktionär habe beim Mittagessen in der Pomorskastraße gesagt, es sei Hochverrat zu glauben, gelernte jüdische Arbeitskräfte könnten im Wirtschaftsleben des Reiches einen festen Platz haben. »Sie werden sich wohl mit den Schneeschauflern abfinden müssen«, schloß Toffel.

Schindler spielte jetzt den entrüsteten Patrioten oder auch den entrüsteten Profitmacher: »Wenn wir den Krieg gewinnen wollen, müssen wir solche SS-Funktionäre in die Wüste schicken.«

»Die? In die Wüste schicken? Na, hören Sie mal, das sind ja gerade die, die den Ton angeben.«

Nach mehreren solcher Gespräche trat Schindler dafür ein, daß dem Unternehmer seine Arbeitskräfte ständig verfügbar sein, daß diese Arbeitskräfte ungehinderten Zugang zum Arbeitsplatz haben müssen und daß sie auf dem Weg zur und von der Arbeit nicht belästigt werden dürfen. Schindler sah darin nicht nur einen moralischen, sondern auch einen unternehmerischen Grundsatz, und am Ende verwirklichte er ihn in seiner Fabrik, soweit das menschenmöglich war.

Kapitel 7

Aus den größeren Städten – Warschau und Lodz mit ihren Gettos und Krakau, das laut Frank in absehbarer Zeit »judenfrei« sein sollte – wanderten jüdische Bewohner ab aufs Land, um in der bäuerlichen Bevölkerung unterzutauchen. Die Brüder Rosner, Musiker aus Krakau, die später gut mit Schindler bekannt wurden, wählten das alte Dorf Tyniec. Es lag malerisch in einer Weichselkrümmung, beherrscht von einer alten Benediktinerabtei auf einem Kalksteinfelsen, und Rosners glaubten, hier bleiben zu können. Es gab etliche jüdische Ladenbesitzer, auch orthodoxe Handwerker, und mit denen hatten Rosners, die in Nachtclubs aufzutreten pflegten, sich wenig zu sagen. Bei den Bauern, die der eintönigen Feldarbeit nachgingen, fanden sie jedoch großen Anklang.

Sie kamen nicht aus Krakau, wo die Juden jetzt am Sammelplatz in der Mogilskastraße vor dem botanischen Garten auf Lastwagen gepfercht wurden, wobei man ihnen fälschlich versicherte, alles ordnungsgemäß mit Anschriften versehene Gepäck werde nachgeschickt, sie kamen vielmehr aus Warschau, wo sie im *Basilisk* aufgetreten waren. Leopold und Henry und dessen Frau Manci und ihr fünfjähriger Sohn Olek hatten Warschau verlassen, einen Tag bevor die Deutschen das Getto sperrten.

Rosners hatten sich überlegt, daß ein Dorf in Südpolen wie Tyniec, nicht weit von ihrem heimatlichen Krakau gelegen, sich für ihre Zwecke besonders gut eignete. Sollten die Verhältnisse sich bessern, bestand die Möglichkeit, mit dem Bus nach Krakau zu fahren und sich nach Arbeit umzusehen. Manci Rosner hatte ihre Nähmaschine dabei und übernahm in Tyniec Schneiderarbeiten. Die Brüder spielten abends in den Wirtschaften und wurden dementsprechend angestaunt, denn auf dem Dorf bekam man derartiges normalerweise nicht zu hören, zumal nicht einen so vortrefflichen Geiger wie Henry.

Eines Abens hörte ein durchreisender Volksdeutscher aus Posen Rosners vor der Wirtschaft spielen. Er war bei der Krakauer Stadtverwaltung beschäftigt und gehörte jener in Polen lebenden deutschen Minderheit an, in deren Namen Hitler das Land besetzt hatte. Er eröffnete Henry Rosner, daß Obersturmbannführer Pavlu samt seinem Stellvertreter, dem bekannten Skiläufer Sepp Röhre, zur Erntezeit die Dörfer besuchen und so ausgezeichnete Musiker wie Rosner gewiß gern hören würde. Eines Nachmittags, die Garben lagen bereits gebunden auf den Feldern, rollte eine Wagenkolonne durch Tyniec, eine Anhöhe hinauf, auf der die Villa eines abwesenden polnischen Gutsbesitzers stand. Auf der Terrasse wurden sie von den festlich gekleideten Brüdern Rosner erwartet, und als die Damen und Herren in einem Saal Platz genommen hatten, der wohl früher als Ballsaal gedient hatte, wurden die Musiker aufgefordert zu spielen. Der Anblick dieser herausgeputzten Gesellschaft versetzte Henry und Leopold zugleich in Schrecken und Erregung. Pavlu und seine Begleitung hatten sich wirklich feingemacht, die Damen trugen weiße Kleider und Handschuhe, die Herren Extrauniform. Ein so fein gekleidetes Publikum ist leicht zu enttäuschen, und Juden, die eine so kulturbeflissene Zuhörerschaft nicht zufriedenstellten, hatten Schlimmes zu gewärtigen.

Indessen, die Zuhörer waren hoch befriedigt. Sie liebten Strauß, Offenbach und Léhar, André Messager und Leo Fall. Sie wurden geradezu sentimental. Und tranken dazu aus langstieligen Gläsern mitgebrachten Champagner.

Nach Beendigung des Konzertes gesellten Rosners sich zu den Bauern und den Soldaten des Begleitkommandos am Fuße des Hügels, und falls es zu einem unangenehmen Zwischenfall kommen sollte, dann würde das hier geschehen. Doch als Henry von dem Ackerwagen, auf den er mit seinem Bruder geklettert war, die Menge überblickte, wußte er, daß nichts passieren würde. Die Bauern waren stolz auf sie, für diesmal jedenfalls waren die Juden Rosner hier die Repräsentanten der polnischen Kultur und somit geschützt. Es erinnert so sehr an vergangene Zeiten, daß Henry ein Weilchen alles vergaß und nur für Olek und Manci spielte. Minutenlang kam es ihm vor, als habe die Musik der Welt endlich den Frieden gebracht.

Dann näherte sich ein SS-Unterführer der Gruppe, die sich um Rosner gesammelt hatte und Beifall klatschte, und bemerkte kalt lächelnd: »Ich hoffe, Sie feiern alle ein schönes Erntedankfest«, und machte kehrt.

Die Brüder starrten einander an, und kaum war der Mann außer Hörweite, erörterten sie, was er wohl gemeint haben könnte. Leopold war davon überzeugt, daß es sich um eine Drohung gehandelt habe. Und beiden wurde klar, wie berechtigt die Angst gewesen war, die sie gleich gespürt hatten, als jener Volksdeutsche seinen Vorschlag gemacht hatte. Man durfte um keinen Preis auffallen.

Da saßen sie nun also im Herbst 1940 auf dem Dorf, ihre berufliche Karriere als Musiker war abrupt beendet worden, sie hielten sich mit Mühe über Wasser, gelegentlich wurde ihnen ein Schrekken eingejagt, und sie spürten den unwiderstehlichen Drang, in ihre Heimatstadt Krakau zurückzukehren.

Frau Schindler war im Herbst heimgefahren, und als Stern wieder einmal zu Schindler in die Wohnung kam, wurde der Kaffee von Ingrid serviert. Schindler machte aus seinen Schwächen kein Hehl und kam nicht auf die Idee, sich bei dem asketischen Stern für Ingrids Anwesenheit zu entschuldigen. Nach dem Kaffee stellte er zwischen sich und Stern eine Flasche Cognac auf den Tisch, so als glaube er wirklich, Stern würde ihm helfen, sie zu leeren. Stern war hier, um Schindler zu berichten, daß gewisse Leute namens C.* ihn, Schindler, verleumdeten; der alte David C. und der junge Leon C. erzählten in Kazimierz jedem, der es hören wollte, Schindler sei ein deutscher Verbrecher, ein schlichter Betrüger. Schindler wußte, daß Stern keine Reaktion von ihm erwartete, er wollte ihn nur ins Bild setzen.

»Ich könnte meinerseits das gleiche von diesen beiden behaupten«, sagte Schindler jedoch. »Die nehmen mich nach Strich und Faden aus. Da können Sie Ingrid fragen.«

Ingrid beaufsichtigte die Firma C. Sie war eine gutmütige Treuhänderin, noch jung und beruflich unerfahren. Es hieß, Schindler habe ihr diese Treuhänderschaft zugeschanzt, um den Absatz seiner Küchenutensilien zu fördern. C.s machten trotz der Treuhänderschaft so ziemlich, was sie wollten; daß es ihnen nicht paßte, einen Treuhänder der Besatzungsmacht im Geschäft zu haben, konnte ihnen niemand verdenken.

Stern winkte ab. Ihm kam es nicht zu, Fragen an Ingrid zu stellen. Das hätte auch wenig Sinn gehabt.

»Die buttern Ingrid einfach unter«, sagte Schindler. »Sie fahren in der Lipowastraße vor, ändern ganz einfach die auf den Lieferscheinen angegebenen Mengen und laden mehr auf, als sie bezahlt haben. Meinen Angestellten sagen sie ganz einfach, Ingrid wüßte Bescheid und es sei so mit mir vereinbart.«

Der Sohn C. war so weit gegangen, vor Zeugen zu behaupten, Schindler habe ihn durch die SS verprügeln lassen – allerdings gab es darüber verschiedene Versionen. Einmal hatte das angeblich im Fabriklager stattgefunden, C. hatte ein blaues Auge davongetragen, und Zähne waren ihm ausgeschlagen worden. Dann wieder sollte sich das alles auf der Limanowskiegostraße abgespielt haben, vor Zeugen. Ein Mann namens F., ein Angestellter Schindlers und mit

* Ich verwende hier ein Initial statt eines erfundenen Namens, weil in Krakau sämtliche jüdisch-polnischen Namen vertreten waren, und wenn ich einen anderen als den wirklichen Namen der C. verwendete, könnte ich damit das Andenken von Opfern der Verfolgung oder noch lebende Freunde Schindlers kränken.

C. befreundet, behauptete, er habe gehört, daß Schindler sich in der Fabrik laut gegen David C. verschworen habe. Angeblich war er nach Stradom gefahren, hatte bei C. die Kasse geplündert und sich die Taschen voller Banknoten gestopft. Dabei habe er verkündet, es herrsche jetzt in Europa eine neue Ordnung, und er habe anschließend den alten C. in dessen Kontor verprügelt.

Ist es denkbar, daß Schindler den alten David C. bettreif geprügelt, daß er die Polizei auf Leon gehetzt hat? Schindler wie C.s waren in gewisser Hinsicht Kriminelle, die illegal tonnenweise Küchenutensilien verkauften, ohne die Treuhandstelle zu benachrichtigen und ohne Bezugsscheine zu verlangen. Auf dem schwarzen Markt wehte ein ausgeprochen rauher Wind. Schindler gab zu, daß er im Laden von C. herumgebrüllt, Vater und Sohn C. Diebe genannt, sich ohne zu fragen aus der Kasse genommen hatte, was die beiden ihm schuldeten. Auch, daß er Leon C. verprügelt hatte. Aber mehr nicht.

Stern kannte die Familie C. von Kind auf, und er wußte, sie waren schlecht beleumdet, nicht gerade kriminell, aber immer hart an der Grenze, und wenn sie erwischt wurden, jammerten sie, daß Gott erbarm. Wie eben jetzt.

Stern wußte, daß Leon Schrammen davongetragen hatte, er zeigte sich damit auf der Straße, erzählte, was es damit auf sich hatte. Er war wirklich von der SS verprügelt worden, aber das konnte ein Dutzend Ursachen gehabt haben. Stern glaubte nicht nur nicht, daß Schindler die SS um derartige Gefälligkeiten bat, sondern meinte auch, es könne seinen Zwecken nicht dienen, zu untersuchen, was hier wirklich vorgefallen war. Von Bedeutung war das nur, falls Schindler methodische Brutalitäten verübte. Was Stern betraf, so zählten gelegentliche Ausrutscher nicht. Wäre Schindler ohne Sünde gewesen, er hätte nicht diese Wohnung gehabt, und Ingrid würde nicht im Schlafzimmer auf ihn warten.

Und es muß hier gesagt werden, daß Schindler sie alle rettete – das Ehepaar Leon C., Herrn H., Fräulein M., die Sekretärin des alten C. –, daß diese das auch unumwunden zugaben und gleichwohl auf ihre Darstellung der Herkunft jener Schrammen beharrten.

Stern berichtete an diesem Abend auch, daß Marek Biberstein zu zwei Jahren Gefängnis verurteilt worden war. Bis zu seiner Verhaftung war er Präsident des Judenrates gewesen. Anderswo verfluchten die Juden bereits diese Räte, deren Hauptaufgabe in der Anfertigung von Listen bestand, nach denen Zwangsarbeiter ausgesucht, Juden in Lager verschickt wurden. Die Deutschen betrachteten die Judenräte als Hilfsorgane, doch Biberstein und die Seinen fühlten sich in Krakau als Puffer zwischen der Stadtkommandantur unter Schmid und später Pavlu einerseits, und den jüdischen Einwohnern andererseits. In der Ausgabe der Krakauer deutschen Zeitung vom 13. März 1940 schrieb ein Dr. Dietrich Redecker, bei einem Besuch im Judenrat sei ihm besonders der Gegensatz zwischen den Teppichen und Polstersesseln dort und der Ärmlichkeit der Behausungen im jüdischen Viertel von Kazimierz aufgefallen. Überlebende Juden bestätigten aber nicht, daß der erste Krakauer Judenrat ohne enge Berührung mit den jüdischen Einwohnern gewesen ist. Da er aber auf Einkünfte angewiesen war, machte er den gleichen Fehler, den schon die Judenräte in Warschau und Lodz begangen hatten: Man erlaubte den Reichen, sich von der Zwangsarbeit freizukaufen, und setzte die Armen auf die Liste. Biberstein und die anderen Ratsmitglieder genossen aber bei den Krakauer Juden noch 1941 allgemein Achtung.

Der erste Judenrat bestand aus vierundzwanzig Männern, fast ausnahmslos Intellektuellen. Auf seinem Weg nach Zablocie kam Schindler am Büro des Judenrates in Podgorze vorbei, das die gesamte Verwaltung beherbergte. Jedes Ratsmitglied verwaltete ein Ressort, ganz wie ein Kabinettsminister. Schenker trieb Steuern ein, Steinberg kümmerte sich um die Belegung von Wohnungen – eine wichtige Aufgabe in einer Gemeinschaft, deren Angehörige in ständiger Bewegung waren, heute Zuflucht auf dem Lande suchten, morgen schon zurückkamen, entsetzt von der Engstirnigkeit der Bauern. Leon Salpeter, Apotheker von Beruf, kümmerte sich um Wohlfahrt und Gesundheit. Es gab Ressorts für Lebensmittel, Friedhöfe, Soziales, Reisedokumente, Wirtschaftsangelegenheiten, allgemeine Verwaltung, Kultur und Bildung, obgleich die Schulen geschlossen worden waren.

Biberstein und seine Ratsmitglieder waren davon überzeugt, daß Juden, die aus Krakau ausgewiesen wurden, sich nur verschlechtern konnten, und sie griffen auf ein altbewährtes Mittel zurück: Bestechung. Der an Geldnot leidende Judenrat stellte dafür 200 000 Zloty zur Verfügung. Biberstein und der Ressortleiter für das Wohnungswesen, Chaim Goldfuß, wählten einen Mittelsmann aus, einen Volksdeutschen namens Reichert, der Verbindungen zur SS und zur Stadtverwaltung hatte. Reichert sollte das Geld unter mehreren Funktionären verteilen, angefangen mit Obersturmführer Seibert, dem Verbindungsmann zwischen Stadtverwaltung und Judenrat. Dafür sollten über die von Frank vorgesehene Zahl von Juden 10 000 weitere die Erlaubnis bekommen, in der Stadt zu bleiben. In der Gerichtsverhandlung kam nicht an den Tag, ob Reichert zuviel von dem Geld für sich abgezweigt, mithin die zu Bestechenden mit einem zu geringen Angebot beleidigt hatte, oder ob diese Herren es zu gefährlich fanden, dem Generalgouverneur in seinem Lieblingsvorhaben, die Stadt judenfrei zu machen, in die Quere zu kommen. Biberstein jedenfalls bekam zwei Jahre Gefängnis, Goldfuß ein halbes Jahr Konzentrationslager Auschwitz. Reichert selber bekam acht Jahre. Allerdings würde es ihm weniger schlimm ergehen als den beiden anderen. Über den Einfall, 200 000 Zloty auf eine so ungewisse Sache zu setzen, konnte Schindler nur den Kopf schütteln. »Reichert ist ein Betrüger«, murmelte er nur. Eben noch war es darum gegangen, ob nicht er und C. ebenfalls Betrüger seien, und die Frage war offengeblieben. Im Falle Reichert gab es keinen Zweifel. »Ich hätte denen sagen können, daß Reichert ein Betrüger ist«, beharrte er.

Stern bemerkte, es gäbe Zeiten, in denen man einzig noch mit Betrügern Geschäfte machen könne. Darüber lachte Schindler herzlich. »Danke für das Kompliment, lieber Freund«, sagte er zu Stern.

Kapitel 8

Weihnachten war in diesem Jahr nicht so schlimm. Doch die Stimmung war gedämpft, Schnee lag auf dem Grüngürtel gegenüber vor Schindlers Fenstern, auf dem Dach des Wawel, vor den Fassaden der alten Häuser in der Kanoniczastraße. An eine rasche Änderung zum Guten glaubte niemand mehr, nicht die Soldaten, nicht die Polen und nicht die Juden beiderseits der Weichsel.

Schindler schenkte seiner polnischen Sekretärin Klonowska zu Weihnachten einen Pudel, ein putziges Tierchen aus Paris, das Pfefferberg besorgt hatte. Ingrid bekam Schmuck, seine Frau in Zwittau ebenfalls. Pudel waren schwer aufzutreiben, Schmuck hingegen leicht. Die Zeiten waren so, daß Schmuck unentwegt zirkulierte. Es scheint, daß Schindler seine Beziehung zu drei Frauen, dazu noch gelegentliche Begegnungen mit weiteren unterhalten konnte, ohne dafür die Strafen zu erleiden, die dem Schürzenjäger gemeinhin drohen. Besucher können sich nicht erinnern, Ingrid je in schlechter Laune angetroffen zu haben. Sie scheint eine großmütige und gefällige junge Frau gewesen zu sein. Emilie Schindler, die noch mehr Grund hatte, sich zu beklagen, verzichtete aus Selbstachtung darauf, ihm Szenen zu machen. Sollte Klonowska verbittert gewesen sein, so war ihr das jedenfalls nie anzumerken, sie war die perfekte Sekretärin und dem Herrn Direktor treu ergeben. Man hätte doch denken sollen, daß bei dem Leben, das Schindler führte, öffentliche Konfrontationen zwischen wütenden Frauen an der Tagesordnung gewesen wären, doch von Schindlers Freunden, auch seinen Angestellten, erinnert keiner sich an derartige Auftritte, unter denen viel vorsichtigere Sünder zu leiden haben.

Wer da sagt, und das ist vorgekommen, jede Frau dürfte sich glücklich preisen, auch nur einen Teil von Schindler zu besitzen, tut den beteiligten Frauen unrecht. Vielleicht lag es daran, daß Schindler in ein naives und ganz aufrichtiges Staunen verfiel, wenn man ihm von ehelicher Treue redete. Man kann einem Laien schließlich nur eine Vorstellung von der Relativitätstheorie vermitteln, wenn er wenigstens fünf Stunden stillsitzt und zuhört. Schindler saß niemals fünf Stunden still und verstand nie, wovon die Rede war. Nur für seine verstorbene Mutter nahm er sich Zeit. Am Weihnachtsmorgen ging er um ihretwillen zur Messe in die Marienkirche. Bis vor einigen Wochen hatte über dem Hochaltar ein Tryptichon von Veit Stoß gehangen, das die Aufmerksamkeit der Gläubigen auf sich zog. Der leere Fleck, die hellere Stelle, die anzeigte, wo das Tryptichon gehangen hatte, lenkte Schindler ab, ernüchterte ihn. Jemand hatte es gestohlen. Es war nach Nürnberg transportiert worden. Was war das nur für eine Welt!

Die Geschäfte gingen in jenem Winter gleichwohl glänzend. Nach Neujahr legten seine Bekannten in der Rüstungsinspektion Schindler nahe, sich mit der Herstellung von Panzerabwehrgranaten zu befassen. Schindler aber waren Töpfe und Pfannen lieber; die waren einfach herzustellen. Das Material wurde geschnitten und gepreßt, in Behälter mit Email getaucht, bei der richtigen Temperatur gebrannt. Es mußten keine Maschinen kalibriert werden, es kam längst nicht so genau drauf an wie bei Munition. Auch ließ sich mit Granathülsen nicht unterm Ladentisch handeln, und gerade das gefiel Schindler, das hatte er gern. Er liebte das Risiko, die Anrüchigkeit, den schnellen Profit ohne Buchführung.

Aber weil es politisch klug war, richtete er eine Munitionsfertigung ein, er stellte in einer Galerie seiner Fertigungshalle zwei Maschinen vom Fabrikat Hilo zur Präzisionsfertigung von Granathülsen auf. Noch befand sich die Anlage im Erprobungsstadium, es würden mit Planung, dem Ausmessen und den ersten Versuchen noch Monate vergehen. Die großen Hilos verliehen der Schindlerschen Fabrik immerhin den Anschein eines kriegswichtigen Betriebes, und man konnte ja nicht wissen, was alles kommen würde.

Bevor noch die Hilos richtig kalibriert waren, hörte Schindler von seinen Verbindungsleuten bei der SS, daß für die Juden ein Getto eingerichtet werden sollte. Er erwähnte das behutsam gegenüber Stern, den er nicht erschrecken wollte. Stern wußte es bereits. Manche Leute freuten sich sogar darauf: Dann sind wir drin, und der Feind ist draußen. Wir können unsere Angelegenheiten selber regeln. Niemand wird uns beneiden, uns auf der Straße mit Steinen bewerfen. Das Getto wird feste Mauern haben. Nun ja. Die Mauern gaben der Katastrophe ihre endgültige feste Form.

Die *Gen. Gouv 44/91* überschriebene Bekanntmachung wurde am 3. März angeschlagen und über Lautsprecher in Kazimierz verlesen. In seiner Munitionsfertigung hörte Schindler einen deutschen Techniker dazu bemerken: »Es geht ihnen im Getto doch bestimmt besser, die Polen hassen sie wie die Pest.«

Eben diesen Vorwand benutzte auch die Verordnung. Um den Gegensatz zwischen den Rassen im Generalgouvernement zu mildern, wird ein abgeschlossenes Judenviertel eingerichtet. Alle Juden sind verpflichtet, in diesem Getto zu wohnen, nur wer eine gültige Arbeitskarte hat, darf das Getto zur Arbeit verlassen. Das Krakauer Getto wird am anderen Weichselufer in Podgorze eingerichtet. Bis zum 20. März müssen alle Juden dort Aufenthalt nehmen. Der Judenrat wird die Wohnungen zuteilen, während die jetzt dort lebenden Polen über das polnische Wohnungsamt andere Unterkünfte in der Stadt zugewiesen bekommen.

Die Bekanntmachung zeigte auch einen Plan des neuen Gettos. Im Norden sollte es vom Fluß begrenzt werden, im Osten von der Eisenbahnlinie nach Lwow, im Süden von den Hügeln jenseits Rekawka, im Westen vom Podgorze-Platz. Es würde sehr eng werden da drinnen. Immerhin stand zu hoffen, daß die Repression nun ihre endgültige Form annehmen und den Betroffenen gestatten würde, für eine wie auch immer eingeschränkte Zukunft zu planen. Ein Mensch wie Juda Dresner zum Beispiel, ein Textilgroßhändler in der Stradomstraße, der noch nahe mit Schindler bekannt werden sollte, hatte in den vergangenen anderthalb Jahren unter einer verwirrenden Folge von Verordnungen, Erlassen, Eingriffen, Beschlagnahmungen zu leiden gehabt. Sein Geschäft, sein Auto, seine Wohnung hatte er eingebüßt. Sein Bankguthaben war eingefroren. Die Schulen, die seine Kinder besuchten, waren geschlossen worden, beziehungsweise hatte man sie der Schule verwiesen. Der Familienschmuck und das Radio waren weggenommen worden. Er und die Seinen durften den Stadtkern von Krakau nicht mehr betreten, reisen durften sie auch nicht. Sie durften nur gekennzeichnete Straßenbahnwagen benutzen. Frau, Tochter und Söhne wurden immer wieder zum Schneeschaufeln oder zu anderen Zwangsarbeiten kommandiert. Wurde man auf einen Lkw geladen, wußte man nie, wann man zurückkommen würde, ahnte nicht, wie schnell der Mann, der die noch unbekannte neue Arbeit beaufsichtigte, mit dem Finger am Abzug war. Unter solchen Bedingungen war man einfach verloren, man rutschte in einen bodenlosen Abgrund. Und einen Boden mochte das Getto bieten, einen festen Halt, der es ermöglichte, die Gedanken zu sammeln.

Überdies war den Krakauer Juden der Gedanke des Gettos vertraut, ja man könnte sagen, angeboren. Nachdem es nun einmal verordnet war, ging schon allein von dem Wort ein beschwichtigender, altgewohnter Klang aus. Erst die Großväter hatten das Getto von Kazimierz verlassen dürfen, als Franz Josef ihnen 1867 erlaubte, sich überall in der Stadt niederzulassen. Zyniker behaupteten, die Österreicher hätten das Getto öffnen müssen, weil man polnische Arbeiter nahe bei ihren Arbeitsplätzen unterbringen wollte. Franz Josef wurde aber gleichwohl von den Älteren immer noch so innig verehrt, wie er in Schindlers Kindheit daheim verehrt worden war.

Obwohl sie so lange auf ihre Befreiung hatten warten müssen, war den alten Krakauer Juden so etwas wie Sehnsucht nach dem Getto geblieben. Getto bedeutete Enge, Schäbigkeit, Gemeinschaftslatrinen, Streit um Raum zum Wäschetrocknen. Es warf die Juden aber auf sich selbst zurück; es wurde gemeinsam studiert, gesungen, in Caféhäusern stritt man über das Konzept des Zionismus, und wenn es auch an Schlagsahne fehlte, so doch niemals an geistiger Anregung. Von dem Getto in Lodz und dem in Warschau hörte man Schlimmes, doch das von Podgorze war großzügiger geplant; legte man es auf einen Stadtplan, sah man, daß es halb so groß war wie die Altstadt von Krakau, längst nicht ausreichend, aber ersticken mußte man nicht.

Als Beruhigungspille in dieser Bekanntmachung diente ein Passus, der besagte, die Juden sollten im Getto vor ihren polnischen Landsleuten geschützt werden. Seit den frühen dreißiger Jahren hatte es in Polen rassische Verfolgungen gegeben. Als zu Beginn der Wirtschaftskrise die Agrarpreise fielen, wurden in Polen antisemitische Vereinigungen zugelassen, die die Juden als Ursache aller wirtschaftlichen Schwierigkeiten hinstellten. Nach dem Tode von Pilsudski verbündete sich seine Partei mit der rechtsgerichteten antisemitischen Einheitsbewegung, und Ministerpräsident Skladkowski erklärte im Parlament den Juden den Wirtschaftskrieg. Statt eine Bodenreform durchzuführen, redete man den Bauern ein, die Juden seien die Ursache der Armut auf dem Lande. Es kam zu Pogromen, der erste fand 1935 in Grodno statt. Jüdische Firmen wurden mittels Krediterschwerung zugrunde gerichtet. Innungen schlossen jüdische Handwerker aus, und die Universitäten verhängten den *numerus clausus* über Juden. Sie durften bei Vorlesungen und in Vorlesungspausen nur auf bestimmten Plätzen sitzen, und es kam nicht selten vor, daß man jüdischen Studentinnen mit Rasiermessern das Gesicht entstellte.

Die einmarschierenden Deutschen wunderten sich darüber, wie bereitwillig sie von Polen auf jüdische Wohnungen hingewiesen wurden, wie eifrig Polen ihnen halfen, Juden die Locken und die Bärte abzuschneiden. Im März 1941 war das Versprechen, die Juden vor den Polen zu schützen, also durchaus verlockend für die Juden.

Die Juden von Krakau packten nicht gerade jubelnd ihre Sachen für den Umzug nach Podgorze, doch auf sonderbare Weise erschien er ihnen wie eine Art Heimkehr und wie das Erreichen einer Grenze, die das Ende weiterer Entwurzelung und Bedrückung bezeichnete – wenn man Glück hatte. Es kamen deshalb sogar Leute aus den umliegenden Dörfern, die unbedingt rechtzeitig vor dem 20. März eintreffen und auf keinen Fall ausgesperrt werden wollten. Das Getto war als solches fast schon *per definitionem* bewohnbar, wenn auch vor gelegentlichen Angriffen nicht geschützt; es verhieß eine Stockung in der Strömung.

Für Schindler bedeutete es eine Unbequemlichkeit. Bislang fuhr er von seiner Wohnung in der Straszewskiegostraße am Wawel vorüber durch Kazimierz und bog hinter der Kosciuszko-Brücke nach links zu seiner Farik in Zablocie ab. Die Mauer des Gettos würde ihm nun den Weg versperren. Das war nicht besonders lästig, machte aber den Plan, in seinem Bürotrakt eine Wohnung einzurichten, verlockender. Das Gebäude war gar nicht übel, es hätte von Gropius entworfen sein können, mit viel Glas und Licht und dem aus würfelförmigen Ziegeln gemauerten Eingang. Vor Ablauf der Frist sah er nun auf seiner täglichen Fahrt in die Fabrik die Juden von Kazimierz packen, auf der Stradomstraße begegnete er Familien mit Handkarren und Wägelchen, auf die sie Matratzen und Stühle und Standuhren gebunden hatten. Sie und ihre Vorfahren lebten schon in Kazimierz, als es noch eine Insel war, vom Zentrum getrennt durch die Alte Weichsel. Sie lebten dort, seit Kazimier der Große sie aufgefordert hatte, nach Krakau zu kommen, als man sie anderswo als die Urheber der Schwarzen Pest verfolgte. Vermutlich, so dachte Schindler, sind ihre Vorfahren vor etwa 500 Jahren geradeso angekommen, wie diese jetzt abziehen: mit ihrem Bettzeug auf dem Handkarren. Kazimiers Einladung galt nicht mehr.

Die Straßenbahn, so stellte sich heraus, sollte unverändert die Lwowskastraße entlangfahren, mitten durch das Getto. Fenster in den den Schienen zugekehrten Hausmauern wurden von polnischen Arbeitern zugemauert, auch auf unbebauten Grundstücken wurden Mauern hochgezogen. Die Türen der Straßenbahnen sollten bei Einfahrt ins Getto verschlossen werden, die Bahnen nicht anhalten, bevor sie Ecke Lwowska- und Kingistraße wieder arisches Territorium erreichten. Selbstverständlich würde das nicht alle Leute davon abhalten, die Straßenbahnen zu benutzen. Verschlossene Türen, keine Haltestellen, Maschinengewehre auf der Mauer – das nützte alles nichts. Die Menschen sind in dieser Hinsicht unverbesserlich. Ein loyales polnisches Dienstmädchen mit einem Wurstpaket für die jüdische Herrschaft würde abspringen, ein athletischer junger Mensch wie Leopold Pfefferberg, in der Tasche Diamanten, Besatzungsgeld oder eine verschlüsselte Meldung für die Partisanen würde aufspringen. Keine Chance war so gering, daß nicht irgendwer sie nützen würde, egal ob die Türen verschlossen waren, die Fahrt ohne Halt zwischen Mauern hindurchführte.

Ab dem 20. März 1941 sollten Schindlers Arbeitskräfte keinen Lohn mehr von ihm bekommen und nur noch von ihren Rationen leben. Statt dessen würde Schindler an die SS in Krakau Miete für seine Arbeiter zahlen. Schindler war dabei ebenso unwohl wie Madritsch, denn beide wußten, irgendwann einmal geht der Krieg zu Ende, und dann stehen die Sklavenhalter, ganz wie ehedem in Amerika, nackt und entehrt am Pranger. Er sollte pro gelernten Arbeiter täglich 7,50 RM und für ungelernte Arbeiter und Frauen 5,– RM an das SS-Wirtschaftsverwaltungshauptamt abführen. Der Tarif lag eine Spur niedriger als der auf dem Arbeitsmarkt. Moralische Bedenken überwogen sowohl bei Schindler wie bei Madritsch die Freude am Profit. Überdies waren Löhne Schindlers geringste Sorge in jenem Jahr. Auch war er nie ein in der Wolle gefärbter Kapitalist gewesen. Sein Vater hatte ihm ehedem oft vorgeworfen, er gehe leichtsinnig mit Geld um. Noch als Angestellter hatte er sich bereits zwei Autos geleistet in der Hoffnung, sein Vater möge davon hören und sich empören. Jetzt, in Krakau, besaß er einen ganzen Stall voll – einen belgischen *Minerva*, einen *Maybach*, ein *Adlerkabriolett*, einen *BMW*.

Ein Verschwender und zugleich reicher zu sein als der umsichtige Vater, das wünschte Schindler sich. In Boomzeiten wie diesen kam es auf Lohnkosten überhaupt nicht an.

Madritsch ging es nicht anders. Seine Textilfabrik stand im westlichen Teil des Gettos knapp zwei Kilometer von Schindlers Emailwarenfabrik entfernt. Er verdiente so gut, daß er erwog, ein Zweigwerk in Tarnow zu eröffnen. Auch er war bei der Rüstungsinspektion gut angeschrieben und galt für so kreditwürdig, daß ihm die Emissionsbank eine Million Zloty geliehen hatte.

Als Stern und Ginter, ein Unternehmer und Beauftragter des Judenrates, Schindler und Madritsch baten, doch so viele Juden zu beschäftigen, als sie irgend unterbringen könnten, stimmten beide zu. Sinn der Sache war, dem Getto eine gewisse wirtschaftliche Dauerhaftigkeit zu verleihen; Stern und Ginter waren damals der Meinung, daß ein Jude, der für das arbeitskräftehungrige Reich von Nutzen war, dadurch vor Schlimmerem bewahrt bliebe.

Zwei Wochen lang schoben die Juden ihre Karren durch Kazimierz und über die Brücke nach Podgorze. Manchen gutbürgerlichen Familien wurde dabei von ihren polnischen Dienstboten geholfen. Am Boden der Karren, unter Matratzen und Haushaltsgerät, lagen der letzte Schmuck, die letzten Pelze. Entlang der Stradom- und der Starovislnastraße standen Polen, verhöhnten die Juden und bewarfen sie mit Dreck. »Die Juden ziehen ab! Die Juden ziehen ab! Auf Nimmerwiedersehen!« Die neuen Bürger des Gettos wurden jenseits der Brücke von einem hübsch verzierten weißen Tor begrüßt. Es war mit Schnitzwerk versehen und wies zwei breite Bögen auf, durch welche die Straßenbahnen von und nach Krakau fahren würden. An einer Seite stand ein Schilderhaus. Über den Bögen las man in hebräischen Zeichen die tröstliche Inschrift JUDENSTADT. Nach dem Fluß hin zog sich ein hoher Stacheldrahtzaun, und unbebautes Gelände war mit oben abgerundeten, etwa drei Meter hohen Zementplatten gesperrt. Sie wirkten wie Grabsteine für unbekannte Verstorbene.

Wer mit seinem Karren durch das Tor kam, wurde von Beauftragten des Wohnungsressorts des Judenrates empfangen. Größere Familien erhielten zwei Räume zugeteilt, mit Küchenbenutzung. Für alle, die sich in den guten zwanziger und dreißiger Jahren an komfortable Wohnungen gewöhnt hatten, war es schlimm, auf so engem Raum mit anderen, die unterschiedliche religiöse Gebräuchen folgten, anders rochen, andere Gewohnheiten hatten, zusammenleben zu müssen. Mütter kreischten, Väter sogen an hohlen Zähnen, schüttelten den Kopf und bemerkten, alles könnte noch viel schlimmer sein. Am 20. März wurde die Übersiedlung für beendet erklärt. Wer sich jetzt noch außerhalb des Gettos aufhielt, war vogelfrei. Drinnen lebte man jedenfalls noch, und vorderhand in Frieden.

Die dreiundzwanzig Jahre alte Edith Liebgold bekam mit ihrer Mutter und ihrem Säugling ein Zimmer im Erdgeschoß zugeteilt. Seit achtzehn Monate zuvor Krakau besetzt worden war, hatte tiefste Verzweiflung ihren Mann befallen. Er gewöhnte sich an, gedankenverloren umherzuwandern; offenbar plante er, sich in den Wäldern ein sicheres Versteck zu suchen. Von einer solchen Wanderung kam er nicht mehr zurück. Die Witwe Liebgold konnte von ihrem Fenster hinter dem Stacheldrahtzaun die Weichsel sehen. Wollte sie andere Teile des Gettos aufsuchen, vor allem das Krankenhaus in der Wegierskastraße, mußte sie Plac Zgody überqueren, den Friedensplatz, den einzigen Platz, den es im Getto gab. Am zweiten Tag ihres Aufenthaltes im Getto entging sie um Haaresbreite einem SS-Kommando, das Schneeschaufler für die Stadt rekrutierte. Es hieß, daß nicht alle, die auf diese Weise zur Arbeit geholt wurden, zurückkamen, aber Edith fürchtete mehr als dies, daß sie auf dem Weg etwa zur Apotheke aufgegriffen werden könnte, eine Viertelstunde bevor sie ihr Kind füttern wollte. Sie ging also mit einigen Freundinnen zum Arbeitsamt in der Hoffnung, Schichtarbeit zugeteilt zu bekommen; die Mutter mochte dann während ihrer Abwesenheit das Kind hüten. In den ersten Tagen herrschte auf dem Arbeitsamt starker Andrang. Der Judenrat hatte jetzt seine eigene Polizei, den Ordnungsdienst (OD), der innerhalb des Gettos für Sicherheit und Ordnung sorgen sollte. Ein junger Mann mit Mütze und Armbinde ließ die Arbeitsuchenden vor dem Arbeitsamt eine Schlange bilden. Edith Liebgold und ihre Bekannte waren gerade mit einem Schub anderer eingelassen worden und in lärmender Unterhaltung begriffen, als ein kleiner, ältlicher Mann im braunen Anzug auf sie zutrat, der es offenbar auf diese lebhafte Gruppe abgesehen hatte, wenngleich es anfangs so aussah, als wolle er sich nur an Edith heranmachen. »Sie brauchen hier nicht zu warten. Wenn Sie wollen, kann ich Ihnen Arbeit in einer Emailwarenfabrik in Zablocie verschaffen.«

Er ließ dieses Angebot wirken. Zablocie lag außerhalb des Gettos, das hieß, man würde Gelegenheit zu Tauschgeschäften mit polnischen Arbeitern haben. Er suchte zehn gesunde Frauen für die Nachtschicht.

Die jungen Frauen schnitten Grimassen, sie taten, als wollten sie sich das überlegen. Als ob es da was zu überlegen gäbe! Die Arbeit sei nicht schwer, versicherte er, sie würden angelernt. Er sei Abraham Bankier und der Personalchef. Der Eigentümer sei selbstverständlich Deutscher. Was für eine Sorte Deutscher? wollten sie wissen. Bankier lächelte breit, als wollte er ihnen die schönsten Hoffnungen machen. Kein übler Bursche, versicherte er.

Am Abend ging Edith Liebgold, geleitet von einem OD-Mann, mit ihren Gefährtinnen nach Zablocie. Unterwegs erfuhr sie, daß es in der Emailfabrik für die Arbeiter eine kräftige Suppe gebe. Geschlagen werde nicht, es sei dort ganz anders als in Beckmanns Rasierklingenfabrik. Ungefähr wie bei Madritsch. Madritsch sei in Ordnung, hieß es, und Schindler auch.

Die neue Nachtschicht wurde am Eingang von Bankier in Empfang genommen und nach oben vor das Direktionsbüro geführt. Eine tiefe, grollende Stimme forderte die Frauen auf, einzutreten. Der Direktor saß auf der Schreibtischkante und rauchte. Sein dunkelblondes Haar war ordentlich gebürstet, er trug einen Zweireiher und eine seidene Krawatte. Er sah aus wie jemand, der eine Verabredung zum Abendessen hat, aber vorher noch etwas Wichtiges erledigen will. Er war groß und kräftig und noch jung. Von dieser nordischen Erscheinung erwartete Edith einen Vortrag über die Bedeutung der Rüstungsindustrie und die Notwendigkeit, die Produktion zu erhöhen. Statt dessen sagte er auf polnisch: »Ich möchte Sie hier gern selber begrüßen. Ich erweitere den Betrieb und brauche daher mehr Arbeitskräfte.« Er blickte beiseite – das interessierte die Frauen vermutlich nicht. Und dann fuhr er unvermittelt fort, ohne sie durch eine Geste, einige Worte oder sonstwie auf das vorzubereiten, was er ihnen sagen wollte: »Wenn Sie hier arbeiten, wird Ihnen nichts geschehen. Wenn Sie hier arbeiten, werden Sie den Krieg überleben. Guten Abend.« Und damit ging er hinaus. Bankier hielt die Frauen zurück, um ihm den Vortritt zu lassen. Der Herr Direktor ging die Treppe hinunter und setzte sich in sein Automobil.

Sein Versprechen hatte allen den Atem verschlagen. Er hatte

gesprochen wie ein Gott. Konnte ein Sterblicher denn eine solche Zusage geben? Und doch stellte Edith Liebgold fest, daß sie ihm aufs Wort glaubte. Nicht so sehr, weil sie wünschte, er möge recht behalten, sondern weil sie ihm einfach glauben mußte. Noch ganz benommen, ließen die Frauen der Nachtschicht sich in ihre Arbeit einführen. Sie fühlten sich, als hätte eine Zigeunerin ihnen geweissagt, daß sie demnächst einen Grafen heiraten würden. Schindlers Versprechen änderte Edith Liebgolds Perspektive durchschlagend. Sollte man sie jemals an die Wand stellen, um sie zu erschießen, würde sie vermutlich protestieren: »Aber der Herr Direktor hat gesagt, so etwas kann nicht passieren.«

Die Arbeit war einfach und leicht. Edith trug die in Email getauchten Töpfe, die an Haken von einer Stange hingen, zu den Brenntöpfen. Und dabei dachte sie unentwegt an Schindlers Versprechen. Eigentlich konnte nur ein Verrückter so etwas sagen. Ohne eine Miene zu verziehen. Aber verrückt war er gewiß nicht. Er war Geschäftsmann. Auf dem Weg zum Abendessen. Also wußte er was. Aber wissen konnte er nur, wenn er das Zweite Gesicht hatte. Oder einen direkten Draht zu Gott oder dem Teufel. Danach sah er aber nicht aus, die Hand mit dem Siegelring war nicht die eines Sehers. Es war eine Hand, die nach dem Weinglas greift. Die zärtlich sein konnte. Also war er eben doch verrückt. Oder betrunken? Wie sonst war zu erklären, daß er sie mit seiner Gewißheit angesteckt hatte?

Auch in den folgenden Jahren stellten viele Menschen, denen Schindler solche verwirrenden Versprechungen machte, ähnliche Überlegungen an. Und manche meinten: Wenn dieser Mensch sich irrt, oder wenn er seine Versprechungen leichtfertig macht, dann gibt es keinen Gott, keine Menschlichkeit, kein Brot, keine Rettung. Dann bleibt alles Zufall, und unsere Aussichten sind schlecht.

Kapitel 9

Im Frühling fuhr Schindler in seinem BMW von Krakau nach Westen über die Grenze durch ergrünende Wälder nach Zwittau. Er wollte seine Frau besuchen, seine Schwester und die Tanten. Sie alle hatten mit ihm gegen seinen Vater Partei ergriffen, seine Mutter war für sie eine Märtyrerin gewesen. Sollte es eine Parallele zwischen dem kummervollen Leben seiner verstorbenen Mutter und der beklagenswerten Existenz seiner Frau geben, Schindler jedenfalls sah sie nicht. Im pelzverbrämten Mantel, das Steuerrad in den behandschuhten Händen, auf den geraden Strecken der mit tauendem Schnee bedeckten Straßen immer wieder nach einer türkischen Zigarette greifend, so näherte er sich Zwittau.

Er besuchte die Tanten gern, es gefiel ihm, wenn sie seine gutgeschnittenen Anzüge bewunderten. Seine Schwester, jünger als er, hatte einen höheren Eisenbahnbeamten geheiratet und bewohnte eine komfortable Dienstwohnung. Ihr Mann war in Zwittau eine bedeutende Persönlichkeit, es war ein Bahnknotenpunkt mit einem großen Verschiebebahnhof.

Schindler trank Tee mit Schwester und Schwager, dann Schnaps. Im stillen beglückwünschten sie einander – sie hatten es beide zu was gebracht, die Schindlerkinder.

Seine Schwester hatte die Mutter selbstverständlich während deren letzter Krankheit gepflegt, und ebenso selbstverständlich hatte sie unterdessen mit ihrem Vater gesprochen. Sie beschränkte sich aber beim Tee darauf, anzudeuten, daß es vielleicht an der Zeit sei, eine Versöhnung herbeizuführen. Schindler knurrte bloß. Das Abendessen nahm Schindler mit seiner Frau ein. Sie freute sich, ihn über Ostern bei sich zu haben. Sie könnten gemeinsam den Gottesdienst besuchen, ein trautes Paar. Beide gingen sehr behutsam miteinander um, wie zwei höfliche Fremde. Beide waren wieder einmal erstaunt darüber, wie wenig sie miteinander anfangen konnten, besonders ihn verwunderte es, daß er ganz fremden Menschen, etwa den Arbeitern in seiner Fabrik, mehr zu bieten haben sollte als seiner Frau.

Es war zu überlegen, ob sie zu ihm nach Krakau ziehen sollte. Gab sie die Wohnung in Zwittau auf, besaß sie keine Zuflucht mehr, sollte ein Arrangement in Krakau sich als unmöglich erweisen. Doch hielt sie es für ihre Pflicht, bei ihrem Mann zu sein; die Kirche sah darin, daß sie von ihm getrennt lebte, eine Verleitung zur Sünde. Doch gemeinsam mit ihm in einer fremden Stadt zu leben, wäre nur erträglich, wenn er den Schein wahrte und auf ihre Empfindungen Rücksicht nahm. Und man konnte sich nicht darauf verlassen, daß er seine Fehltritte geheimhielt. Sorglos, trinkfreudig und lachend schien er zu sagen: Eine Frau, die mir gefällt, müßtest eigentlich auch du nett finden.

Die unbeantwortete Frage, ob sie ihn nach Krakau begleiten solle oder nicht, lag während der Mahlzeit so bedrückend über den beiden, daß er sich gleich danach entschuldigte und ein Café am Markt aufsuchte. Hier trafen sich Bergwerksingenieure, kleinere Geschäftsleute, Reserveoffiziere. Er fand auch etliche seiner Motorradfreunde vor, die meisten in Uniform, und setzte sich mit ihnen zum Trinken. Man wunderte sich darüber, daß ein so prachtvolles Exemplar wie er in Zivil herumlief. »Ich leite einen kriegswichtigen Betrieb«, knurrte er.

Man wärmte alte Erinnerungen auf – an sein erstes selbstgebasteltes Motorrad, an die 500er *Galloni*. Der Lärm wuchs, der Schnapskonsum stieg. Aus dem nebenan gelegenen Speiseraum kamen ehemalige Mitschüler, die sich an sein Lachen erinnerten. Einer von ihnen sagte: »Hör mal, Oskar, nebenan sitzt dein Vater allein beim Essen.« Schindler sah in sein Glas, wurde rot, zuckte die Achseln. »Du solltest mit ihm reden«, drängte ein anderer. »Er ist nur noch wie sein eigener Schatten, der arme Kerl.«

Oskar sagte, er müsse nun gehen und wollte aufstehen. Man hielt ihn auf seinem Stuhl fest. »Er weiß, daß du hier bist.« Nebenan im Speisesaal war man unterdessen dabei, den alten Schindler zu bearbeiten. Oskar war nun doch aufgestanden, er suchte seine Garderobenmarke, er wollte nichts als weg hier. Da kam sein Vater herein, sanft vorwärts gestoßen von zwei jungen Leuten, einen gequälten Ausdruck im Gesicht. Bei diesem Anblick hielt Oskar inne. Bei allem Zorn auf seinen Vater hatte er doch immer angenommen, sollte es zu einer Versöhnung kommen, müsse er selber den ersten Schritt tun, und nun war es sein Vater, der ihm entgegenkam, wenn auch widerstrebend.

Der alte Mann brachte ein halbes, um Verzeihung bittendes Lächeln zustande und hob die Brauen. Diese winzige Geste war es, der Oskar nicht widerstehen konnte. Sie schien zu sagen: *Ich war machtlos, zwischen deiner Mutter und mir ging alles nach eigenen Gesetzen.* Ob sein Vater dies wirklich dachte, wußte Oskar nicht, aber dieses Heben der Brauen hatte er schon einmal gesehen – an sich selber, vor ganz kurzer Zeit im Flurspiegel der Wohnung seiner Frau. Da hatte er sich angeblickt und bei sich gesagt: *Ich bin machtlos, zwischen Emilie und mir geht alles nach seinen eigenen Gesetzen.* Er war überrumpelt.

»Wie geht es dir, Oskar?« fragte der alte Mann keuchend. Offenbar war sein Gesundheitszustand nicht gut.

Und nun endlich überwand Oskar sich, auch in seinem Vater einen Menschen zu sehen, was er noch zur Teestunde bei der Schwester nicht vermocht hatte, und er umarmte ihn, küßte ihn auf die Wange und spürte die Stoppeln, und als seine Freunde Beifall klatschten, kamen ihm die Tränen.

Kapitel 10

Unter Artur Rosenzweig schärfte der Judenrat, der sich noch immer für die Wohlfahrt der Gettobewohner verantwortlich fühlte, der jüdischen Gettopolizei ein, daß sie sich als Diener am Gemeinwohl zu verstehen habe. Aufgenommen wurden fast nur junge Leute von einiger Bildung und etwas Feingefühl. Die SS betrachtete den Ordnungsdienst als Hilfspolizei, der Befehle entgegenzunehmen und auszuführen hatte, doch im Sommer 1941 hatten die meisten jungen Leute vom OD von sich eine andere Vorstellung.

Es sei nicht verschwiegen, daß der OD-Mann, je länger das Getto bestand, um so mißtrauischer betrachtet wurde. Er galt als Kollaborateur. Einige OD-Männer hielten Kontakt zum Untergrund und sabotierten, wo immer möglich, das Regime, doch die meisten merkten wohl, daß ihr Schicksal und das ihrer Familien mehr und mehr davon beeinflußt wurde, wie eng sie mit der SS zusammenarbeiteten. So erschien den Anständigen der OD als korrupt, und die Schufte sahen in ihm eine willkommene Pfründe.

Doch wie gesagt, in Krakau und in den ersten Monaten des Gettos hielt man den OD für ein notwendiges Übel. Leopold Pfefferberg mag als typisch für seine Mitglieder gelten. Als die jüdischen Schulen geschlossen wurden und auch die Kurse, die vom Judenrat organisiert worden waren, nicht mehr abgehalten werden durften, bot man Pfefferberg im Dezember 1940 an, unter den Wohnungssuchenden im Büro des Judenrates Ordnung zu halten und eine Art Bestellkartei zu führen. Das war nur eine Teilzeitbeschäftigung, doch sie gab ihm Gelegenheit, sich relativ frei und unbelästigt in der Stadt zu bewegen. Im Sommer 1940 wurde der OD mit der erklärten Absicht gegründet, die Juden zu schützen, die aus anderen Teilen der Stadt ins Getto von Podgorze zogen. Pfefferberg trat dem OD bei und setzte die Mütze auf. Er meinte, den Sinn dieser Einrichtung zu verstehen: Nicht nur sollte sie für vernünftiges Betragen innerhalb der Mauern sorgen, sondern auch jenes Maß an

Fügsamkeit durchsetzen, das in der Geschichte der europäischen Judenheit bewirkt hat, daß die Bedrücker schneller wieder abziehen, daß sie vergeßlich werden und daß man in solchen Phasen der Vergeßlichkeit wieder Luft holen kann.

Während Pfefferberg dem OD angehörte, schmuggelte er Lederwaren, Schmuck, Pelze und Geld aus dem Getto heraus und hinein. Er kannte Oswald Bosko, der am Tor Dienst tat und der das Regime so verabscheute, daß er Rohmaterial ins Getto reinließ, wo es zu Fertigwaren verarbeitet wurde, und diese zum Verkauf in der Stadt wieder hinausließ, und das alles, ohne dafür Geld zu nehmen. Hatte Pfefferberg das Getto, die Wachen und herumlungernden *schmalzowniks* oder Spitzel hinter sich gelassen, nahm er bei erster Gelegenheit die Armbinde mit dem Judenstern ab und ging in Kazimierz oder im Zentrum seinen Geschäften nach. An den Hausmauern, in der Straßenbahn las er die neusten Anschläge und Plakate: Reklame für Rasierklingen; eine Warnung, Partisanen aufzunehmen; die Parole JUDEN – LÄUSE – TYPHUS; sah das Bild einer jungfräulichen Polin, die einem Juden, dessen Schatten ein Abbild des Teufels ist, ein Stück Brot reicht und darunter WER EINEM JUDEN HILFT, HILFT SATAN. Vor Lebensmittelgeschäften hingen Darstellungen von Juden, die Wasser in die Milch, Läuse unters Mehl, gehackte Ratten unters Fleisch mischen und Teig mit dreckigen Füßen kneten. Die Notwendigkeit des Gettos wurde auf den Straßen Krakaus gerechtfertigt von Graphikern und Textern des Propagandaministeriums. Pfefferberg, der ganz wie ein Arier aussah, schlenderte lässig unter diesen Kunstwerken dahin, in der Hand einen Koffer voller Kleider, Schmuck oder Geld.

Seinen größten Coup hatte Pfefferberg im Vorjahr gelandet, nachdem die Hundert- und Fünfhundertzlotynoten aus dem Verkehr gezogen worden waren und alle im Privatbesitz befindlichen Banknoten umgetauscht werden mußten. Juden durften nur 2000 Zloty eintauschen, das heißt, alles, was sie über diese Summe hinaus an den genannten Banknoten besaßen, war wertlos, es sei denn, sie fanden einen Arier, der bereit war, sich für sie bei der Reichskreditbank anzustellen und die Noten gegen Besatzungsgeld einzutauschen. Pfefferberg und einer seiner zionistischen Freunde hatten etliche hunderttausend Zloty in diesen Banknoten im Getto gesammelt und umgetauscht; das Ganze hatte sie außer Mut nur das Bestechungsgeld für die blaue polnische Polizei gekostet. Ein solcher OD-Mann war also Pfefferberg: vortrefflich nach den Maßstäben Rosenzweigs, beklagenswert nach denen der SS in der Pomorskastraße.

Schindler besuchte das Getto im April, sowohl, weil er neugierig war, als auch, weil ein jetzt dort lebender Juwelier zwei Ringe für ihn in Arbeit hatte. Er fand das Getto viel überfüllter, als er sich vorgestellt hatte – pro Zimmer zwei Familien, es sei denn, man hatte Beziehungen zum Judenrat. Es roch nach verstopften Abflüssen, und die Frauen hielten nur mit Mühe den Typhus fern, indem sie unermüdlich scheuerten und wuschen. »Es geht was vor«, vertraute der Juwelier seinem Kunden an, »der OD hat Gummiknüppel bekommen.« Die Verwaltung des Gettos war in Krakau wie im übrigen Polen auf die Abteilung IVb der Gestapo übergegangen, die nun alles, was die Juden betraf, in Händen hatte, und den Abschnitt Krakau leitete Oberführer Scherner, ein kräftiger Mann an die Fünfzig, der in Zivil mit seiner Glatze und den dicken Brillengläsern wie ein blasser Bürokrat wirkte. Schindler war ihm schon gesellschaftlich begegnet. Scherner redete viel, weniger vom Krieg als von Geschäften. Er gehörte zu jener Sorte Funktionäre, die man in der mittleren Hierarchie der SS häufig traf, ein Mann, der sich für Alkohol, Frauen und Beutegut interessierte. Die Macht, die ihm so unerwartet zugefallen war, zeigte sich gelegentlich in einem höhnischen Schmunzeln, das ihm im Gesicht stand wie einem naschhaften Knaben ein Klecks gestohlener Marmelade. Er war umgänglich und verläßlich grausam. Schindler wußte, daß Scherner es vorzog, die Juden auszupressen, anstatt sie umzubringen, daß er, wenn es ihm Nutzen brachte, die Regeln umging, daß er aber im großen und ganzen die Linie der SS einhalten würde, einerlei, wie diese aussah. Zu Weihnachten hatte er ihm ein halbes Dutzend Flaschen Cognac geschickt. Nächstes Mal würden es mehr sein müssen, denn Scherners Macht hatte zugenommen.

Diese Machtverschiebung – die SS war nicht mehr nur ausführendes Organ, sondern bestimmte die Politik –, war die Ursache dafür, daß der OD im Juni eine Veränderung durchmachte. Schindler wurde mit dem Anblick eines Mannes vertraut, einfach, indem er am Getto vorbeifuhr, eines ehemaligen Glasers namens Symche Spira. Spira brachte einen anderen Geist in den OD. Er stammte aus einer orthodoxen Familie und verabscheute aus Prinzip, und weil er persönliche Gründe dafür hatte, die verwestlichten liberalen Juden, die noch zum Judenrat gehörten. Er nahm keine Befehle von Rosenzweig entgegen, sondern nur noch von Untersturmführer Brandt und von der Befehlsstelle der SS jenseits der Weichsel. Von seinen Besprechungen mit Brandt kam er ins Getto zurück, geschwollen von Machtbewußtsein und intimen Kenntnissen. Brandt hatte ihn beauftragt, dem OD eine Zivilabteilung anzugliedern und zu leiten, und die besetzte er mit seinen Freunden. Die begnügten sich nun nicht mehr mit Mütze und Armbinde, sondern trugen graue Hemden, Stiefelhosen, Koppel und blanke Schaftstiefel.

Spiras Abteilung ließ es nicht bei widerstrebender Fügsamkeit bewenden, sie bestand aus geldgierigen Leuten, Leuten, die an schweren Minderwertigkeitskomplexen litten, weil sie früher einmal von Juden des bürgerlichen Mittelstandes gekränkt oder beleidigt worden waren. Sie befaßten sich hinfort mit Erpressung und damit, für die SS Listen mit den Namen mißliebiger oder illoyaler Gettobewohner anzufertigen.

Pfefferberg wollte nun aus dem OD austreten. Angeblich sollte der auf den Führer vereidigt werden, so lautete ein Gerücht, außerdem wollte Pfefferberg nichts mit diesen Leuten, mit ihren grauen Hemden und ihren Listen zu tun haben. Also suchte er Rat bei Alexander Biberstein, einem sanftmütigen Arzt im Krankenhaus, dem Amtsarzt des Judenrates. Dessen Bruder Marek war bis zu seiner Verurteilung wegen versuchter Bestechung der erste Vorsitzende des Judenrates gewesen. Pfefferberg also bat ihn um ein Attest, das ihm ermöglichen sollte, aus dem OD auszuscheiden. Das sei nicht so leicht, meinte Biberstein, Pfefferberg sehe blühend aus. Einen zu hohen Blutdruck könne er auch nicht vortäuschen. Er möge lernen, sich wie jemand zu bewegen, der einen Bandscheibenschaden hat. Pfefferberg trat hinfort seinen Dienst gekrümmt und mit einem Gehstock an.

Spira war außer sich. Pfefferberg hatte ihn nämlich zuvor gebeten, ihn vom Ordnungsdienst zu dispensieren, und Spira hatte ihm, ganz nach Art des Kommandeurs einer Leibgarde, erklärt, er habe seine Pflicht gefälligst bis zum letzten Atemzug zu tun. Spira und seine infantilen Freunde spielten sich im Getto als Eliteverband auf, als Fremdenlegionäre, als Prätorianer. »Du gehst gefälligst zum Gestapoarzt!« schrie Spira jetzt. Biberstein, der mit Pfefferberg voll und ganz sympathisierte, hatte ihn aber so gut vorbereitet, daß Pfefferberg die Prüfung durch den Gestapoarzt bestand und vom OD entlassen wurde, weil er an einer Bandscheibenschwäche litt, die ihn hinderte, seinen Dienst ordnungsgemäß zu versehen. Spira verabschiedete seinen Untergebenen mit Haß und Verachtung.

Tags darauf fielen die Deutschen in Rußland ein. Schindler hörte die Neuigkeit von der BBC und wußte, daß das Unternehmen Madagaskar damit hinfällig geworden war. Schindler spürte, daß dieses Ereignis die Planung der SS veränderte, denn die Wirtschaftsexperten, die Techniker, die mit der Umsiedlung befaßten Planer, die Polizisten aller Spielarten stellten sich jetzt nicht nur auf einen langen Krieg ein, sondern schienen mit größerem Eifer ein rassisch gereinigtes Imperium anzustreben.

Kapitel 11

In einer Seitengasse der Lipowastraße, Schindlers Emailwarenfabrik benachbart, stand die *Deutsche Kistenfabrik*. Schindler, rastlos und hungrig nach Gesellschaft, schlenderte gelegentlich hinüber, um mit dem Treuhänder Kuhnpast oder dem ehemaligen Besitzer und jetzigen inoffiziell als Betriebsleiter tätigen Szymon Jereth zu plaudern. Aus *Jereths Kistenfabrik* war zwei Jahre zuvor auf die übliche Weise die *Deutsche Kistenfabrik* geworden; gezahlt wurde nichts, Verträge, die er zu unterschreiben gehabt hätte, wurden nicht aufgesetzt.

Die Ungerechtigkeit, die darin lag, bekümmerte Jereth kaum noch. Den meisten seiner Geschäftsfreunde war es ebenso ergangen. Das Leben im Getto bedrückte ihn allerdings, das ewige Gezänk in der Küche, das erzwungene enge Zusammenleben, der Gestank, die Läuse, die man sich bei der Berührung mit unsauberen Mitbewohnern im engen Treppenhaus holte. Seine Frau sei schwer deprimiert, erzählte er Schindler. Sie stamme aus einer angesehenen Familie in Kleparz nördlich von Krakau und sei ein besseres Leben gewöhnt. »Und wenn ich bedenke, daß ich mir aus all den Brettern hier ein eigenes Haus bauen könnte – gleich hier!« Und er zeigte auf das unbebaute Grundstück hinter seiner Fabrik. Dort spielten Arbeiter in der Mittagspause Fußball, Platz war reichlich vorhanden. Das meiste davon gehörte Schindler, ein Teil einem polnischen Ehepaar namens Bielski. Schindler erwähnte das nicht, auch nicht, daß ihn selber dieser Bauplatz schon beschäftigte. Mehr interessierte ihn die Erwähnung der Bretter. »Sie könnten also Holz organisieren?« fragte er. »Das ist nur eine Frage der Buchführung«, erwiderte Jereth. Sie blickten aus dem Fenster in Jereths Büro versonnen auf den Platz. Aus der Fabrik hörte man Nageln und das Kreischen der Kreissäge. »Ich möchte hier nicht weg«, sagte Jereth. »Ich möchte nicht in irgendeinem Arbeitslager enden und immer denken müssen: Was machen die verfluchten Narren aus meiner schönen Fabrik. Das werden Sie gewiß verstehen, Herr Schindler?«

Ein Mann wie Jereth konnte sich nicht mehr vorstellen, daß die Dinge einmal besser werden könnten. Die Wehrmacht schien in Rußland nichts als Erfolge zu erringen, und selbst der BBC fiel es schwer, noch zu behaupten, sie siege sich dort zu Tode. Schindler konnte sich vor Aufträgen der Rüstungsinspektion kaum retten, und er freute sich darüber, aber ebenso erfreuten ihn die Briefe seines Vaters, in denen der alte Mann ihn warnte, dies alles könne nicht von Dauer sein. Der Mensch (gemeint war Hitler) wird stürzen. Die Amerikaner werden ihn erledigen. Und die Russen? Sagte diesem Menschen denn niemand, wie viele gottlose Barbaren im Osten lebten? Schindler freute sich, wie gesagt, sowohl über die Aufträge als auch über die subversiven Kritzeleien seines Vaters und schickte ihm jeden Monat 1000 Reichsmark – weil es ihm Vergnügen bereitete und um seiner Sohnespflicht zu genügen.

Das Jahr verging rasch für ihn. Er arbeitete mehr als je zuvor, saß im *Hotel Krakowia*, trank im Jazzkeller, besuchte seine schöne Klonowska in ihrer Wohnung. Als die Blätter fielen, fragte er sich, wo die Zeit geblieben sei. Die Herbstregen setzten früher ein als gewöhnlich. Das kam den Russen zugute und sollte Folgen für alle Europäer haben. Für Schindler war vorderhand das Wetter nichts als Wetter.

Gegen Ende des Jahres wurde er verhaftet. Jemand hatte ihn bei der SS denunziert – ein polnischer Arbeiter, ein deutscher Techniker, er wußte es nicht. Eines Morgens sperrten zwei Gestapoleute in Zivil den Eingang zu Schindlers Bürotrakt mit ihrem Mercedes, gingen nach oben und zeigten Schindler einen Haftbefehl und eine Durchsuchungserlaubnis. Sie wollten alle Unterlagen mitnehmen, schienen aber nicht zu wissen, welche. »Welche Unterlagen wollen Sie sehen?« fragte Schindler.

»Das Kassenbuch«, sagte der eine.

»Das Hauptbuch«, der andere.

Die Verhaftung wurde ziemlich lässig vorgenommen, beide Gestapoleute plauderten mit der Klonowska, während Schindler die Bücher holte. Man erlaubte ihm, etliche Namen auf einem Zettel zu notieren, Namen von Leuten, mit denen er angeblich geschäftliche

Termine vereinbart hatte, die nun abgesagt werden mußten. Klonowska wußte aber sofort, daß es die Namen von Leuten waren, die sie um Hilfe für ihn bitten sollte.

Als erster stand Oberführer Scherner auf der Liste, darunter Leutnant Plathe von der Abwehr in Breslau. Ein Ferngespräch also. Der dritte war der Betriebsleiter von *Ostfaser*, der ewig betrunkene Weltkriegsveteran Bosch, dem Schindler massenhaft Küchenutensilien hatte zukommen lassen. Er beugte sich über Klonowskas Schulter, schnupperte den Duft ihres hochgekämmten Blondhaares ein und unterstrich den Namen Bosch. Bosch hatte Einfluß; er beriet sämtliche hohen Funktionäre in Krakau, die auf dem schwarzen Markt Geschäfte machten. Und Schindler wußte, daß seine Verhaftung irgendwie mit Schwarzmarktgeschäften zu tun hatte, die deshalb so gefährlich waren, weil man zwar immer einen bestechlichen Amtsträger fand, aber nie sicher sein konnte, ob einen nicht ein neidischer Angestellter denunzierte.

Der vierte Name war der des deutschen Aufsichtsratsvorsitzenden der *Ferrum AG* in Sosnowiec, von dem Schindler seinen Stahl bezog. Diese Namen verschafften ihm Trost, während er im Mercedes der Gestapo zur Pomorskastraße fuhr, etwa einen Kilometer westlich des Stadtzentrums. Die garantieren dafür, daß er nicht spurlos in der Mühle verschwinden würde. Er war nicht so schutzlos wie die Gettobewohner, die auf Spiras Liste standen und in einer kalten Adventsnacht auf dem Bahnhof Prokocim in Viehwagen verladen worden waren. Schindler hatte Beziehungen.

Der Dienstsitz des Kommandeurs der Sicherheitspolizei von Krakau war ein riesiges, modernes Bauwerk, nüchtern, aber nicht so düster wie das Gefängnis in der Montelupichstraße. Aber auch wer nicht an die Gerüchte von den dort stattfindenden Folterungen glaubte, geriet beim Betreten des Gebäudes in heillose Verwirrung, denn unzählige Korridore und Türen ließen einen glauben, in einen kafkaesken Alptraum geraten zu sein. In diesem Bienenkorb geriet Schindler an einen Gestapobeamten mittleren Alters, der von Wirtschaftsfragen mehr zu verstehen schien als die beiden, die ihn verhaftet hatten. Der Mann gab sich nachlässig amüsiert wie ein Zollbeamter, der feststellt, daß jemand, den man eines Devisenvergehens verdächtigt, in Wahrheit nur Grünpflanzen im Gepäck hat.

Er erklärte Schindler, alle mit der Kriegsproduktion befaßten Unternehmen würden überprüft. Schindler glaubte dies nicht, widersprach aber nicht. Herr Schindler verstehe gewiß, daß solche Firmen auch moralisch verpflichtet seien, ihre gesamte Produktion für Kriegszwecke zur Verfügung zu stellen und die Wirtschaft im Generalgouvernement nicht durch illegale Transaktionen schädigen dürften?

»Heißt das«, grollte Schindler in jenem ihm eigentümlichen Ton, der sowohl bedrohlich als auch wohlwollend klingen konnte, »man verdächtigt mich, meinen Lieferpflichten nicht nachzukommen?«

»Sie leben nicht schlecht«, sagte der Beamte ausweichend und so, als halte er es für selbstverständlich, daß Unternehmer nun mal einen aufwendigen Lebensstil haben. »Aber wenn jemand einen Aufwand treibt wie Sie, müssen wir uns mal ansehen, ob er das von den Einkünften kann, die er aus legalen Geschäften zieht.«

Schindler lächelte breit. »Wer mich bei Ihnen denunziert hat, ist ein Esel und verschwendet nur Ihre Zeit.«

»Wer ist Ihr Geschäftsführer?«

»Abraham Bankier.«

»Ein Jude?«

»Selbstverständlich. Die Firma hat früher Verwandten von ihm gehört.«

Die beschlagnahmten Unterlagen dürften wohl ausreichen, sagte der Beamte, doch falls man mehr brauche, könne dieser Bankier sie wohl herbeischaffen?

»Soll das heißen, Sie wollen mich hier festhalten?« Schindler lachte. »Nun, wenn ich Oberführer Scherner von diesem Mißverständnis erzähle, werde ich jedenfalls erwähnen, daß Sie mich mit größter Zuvorkommenheit behandelt haben.«

Man brachte ihn in den ersten Stock, wo er durchsucht wurde. Zigaretten und hundert Zloty für private Einkäufe durfte er behalten. Sodann wurde er in ein Zimmer gesperrt, eines der behaglichsten, wie er vermutete, denn es gab hier ein bequemes Bett und eine Waschgelegenheit samt Toilette, und vor den vergitterten Fenstern hingen staubige Gardinen. Vermutlich wurden hier angeschuldigte höhere Funktionäre während ihres Verhörs beherbergt. Ließ man sie gehen, konnten sie sich nicht beklagen, wenn sie auch nicht gerade begeistert sein würden. Wies man ihnen Wirtschaftsvergehen oder gar Hochverrat nach, fanden sie sich, so rasch, als hätte sich der Fußboden unter ihnen geöffnet, reglos und blutig geschlagen im Keller, in einer der nebeneinander gelegenen Zellen, die man Straßenbahn nannte, wieder, mit der Aussicht, im Montelupichgefängnis zu enden, wo man die Häftlinge in ihren Zellen erhängte. Schindler betrachtete die Tür. Wenn mich einer anfaßt, dachte er, sorge ich dafür, daß er nach Rußland kommt.

Das Warten fiel ihm schwer. Nach einer Stunde klopfte er an die Tür und beauftragte den SS-Posten, ihm eine Flasche Wodka zu besorgen. Dazu drückte er ihm fünfzig Zloty in die Hand. Das war selbstverständlich dreimal soviel, wie der Wodka kostete, doch das war nun mal Schindlers Methode. Klonowska und Ingrid sorgten dafür, daß er im Laufe des Tages einen Koffer mit Toilettensachen und einem Schlafanzug erhielt. Er bekam eine ausgezeichnete Mahlzeit samt einer halben Flasche ungarischen Weins, und niemand störte ihn, niemand verhörte ihn. Er nahm an, daß der Gestapo-Buchhalter noch mit seinem Hauptbuch beschäftigt war. Gern hätte er ein Radio gehabt und die Nachrichten der BBC über Rußland, den Fernen Osten und aus den nun ebenfalls kriegführenden USA gehört, und er vermutete, daß seine Bewacher ihm eines bringen würden, bäte er darum. Er hoffte, die Gestapo habe nicht seine Wohnung in der Straszewskiegostraße durchsucht und den Wert seiner Möbel und den von Ingrids Schmuck geschätzt. Als er endlich einschlief, fühlte er sich stark genug, seinen Vernehmern gegenüberzutreten.

Tags darauf erhielt er ein gutes, reichliches Frühstück, und wieder belästigte ihn niemand. Und dann bekam er doch Besuch – von dem Gestapobeamten, der auch gleich die Bücher mitbrachte. Der wünschte einen guten Morgen. Herr Schindler habe hoffentlich gut geschlafen? Im übrigen sei man der Meinung, jemand, der sich in den einflußreichsten Kreisen eines so guten Rufes erfreue wie Herr Schindler, brauche derzeit nicht besonders gründlich überprüft zu werden.

»Man hat Ihretwegen bei uns angerufen«, sagte der Herr. Schindler war klar, daß dies nicht das letzte war, was er in dieser

Sache hören würde. Er nahm die Bücher und bekam das Geld zurück, das man ihm abgenommen hatte.

Klonowska empfing ihn strahlend. Schindler verließ dieses Haus des Todes in seinem üblichen Zweireiher und ohne Kratzer, ihre Mühe hatte sich also gelohnt. Sie führte ihn zu seinem Adler, den sie ihm Hof hatte parken dürfen. Hinten saß der putzige Pudel.

Kapitel 12

Das Kind kam am späten Nachmittag bei Dresners an, auf der Ostseite des Gettos. Das kleine Mädchen war von dem polnischen Ehepaar zurückgebracht worden, bei dem man es auf dem Lande in Pflege gegeben hatte. Die blaue polnische Polizei hatte das Paar passieren lassen, und das Kind gehörte eben dazu.

Die beiden waren anständige Menschen, und sie schämten sich dafür, daß sie die Kleine vom Lande ins Getto brachten; sie sei ein so nettes Kind und ihnen beiden lieb. Aber man konnte auf dem Lande keinem Judenkind mehr Unterschlupf gewähren; die Gemeindebehörden – es war nicht einmal die SS! – zahlten für jeden verratenen Juden 500 Zloty oder mehr, und man durfte seinen Nachbarn nicht trauen. Und es träfe ja nicht nur das Kind, sondern auch die Familie, die es aufgenommen hatte. In manchen Gegenden machten die Bauern mit Sensen und Sicheln Jagd auf die Juden.

Das Kind schien unter den beengten Verhältnissen des Gettos nicht allzusehr zu leiden. Es saß an einem kleinen Tisch zwischen aufgehängter Wäsche und aß von dem Brot, das Frau Dresner ihm gab. Sie hörte die Koseworte, mit denen die Frauen in der Küche sie bedachten. Frau Dresner fiel auf, daß die Kleine sich außerordentlich vorsichtig ausdrückte. Immerhin war sie auch ein bißchen eitel, und wie die meisten Dreijährigen hatte sie eine Lieblingsfarbe – Rot. Da saß sie also mit ihrem roten Mützchen, dem roten Mantel, ihren roten Stiefelchen. Das Bauernpaar hatte sie verwöhnt.

Frau Dresner erzählte von den Eltern des Kindes, die sich ebenfalls auf dem Lande versteckt hielten, aber demnächst herkommen wollen. Das Kind nickte stumm, aber es schien nicht verschüchtert. Die Eltern hatten auf einer von Spiras Listen gestanden und waren im Januar von der SS zum Bahnhof Prokocim getrieben worden, unter den höhnischen Zurufen polnischer Zuschauer. Beide hatten sich aus der Marschkolonne entfernt, sich unter die Polen gemischt, sich ebenfalls an dem Spottgeschrei beteiligt und waren dann über die Vorstadt hinaus aufs Land gegangen. Dort wurde es jetzt aber unsicher, und so beabsichtigten sie, sich wieder ins Getto zu schmuggeln. Die Mutter von »Rotkäppchen«, wie die Dresnersöhne sie gleich nannten, als sie von der Arbeit nach Hause kamen, war eine Kusine von Frau Dresner.

Bald kam auch Danka, Frau Dresners Tochter, die als Putzfrau auf dem Feldflughafen Krakau arbeitete. Danka war erst vierzehn, sah aber älter aus und hatte eine Kennkarte, mit der sie außerhalb des Gettos zur Arbeit gehen durfte. »Ich kenne deine Mutter Eva gut, Genia«, sagte sie zu der Kleinen. »Ich durfte sie oft beim Einkaufen begleiten, und sie hat mir in der Konditorei in der Brackastraße immer Kuchen gekauft.«

Das Kind reagierte überhaupt nicht.

Endlich sagte es: »Meine Mutter heißt nicht Eva, sie heißt Jascha.« Und sie nannte noch mehr Namen von erfundenen Verwandten, die die Eltern und das polnische Bauernpaar ihr vorgesagt hatten für den Fall, daß sie je von der polnischen Polizei oder der SS gefragt werden sollte. Dresners hörten sich das an, sie waren bestürzt, aber sie trauten sich nicht, dem Kind zu widersprechen, denn was es da gelernt hatte, mochte schon in der nächsten Woche lebenswichtig sein.

Zum Essen kam Idek Schindel, ein junger Arzt aus dem Getto-Krankenhaus in der Wegierskastraße. Das war genau der Onkel, nach dem ein kleines Mädchen sich sehnt, und den umarmte sie stürmisch. Und da er die anderen Vettern und Kusinen nannte, waren es wohl wirklich welche, und sie konnte zugeben, daß sie Genia hieß und ihre Mutter Eva und ihre Großeltern nicht Ludwik und Sophia.

Als dann noch Juda Dresner dazukam, der Einkäufer der Firma Bosch, war die Gesellschaft komplett.

Der 28. April war Schindlers Geburtstag, und den feierte er 1942 wie ein echtes Frühlingskind, lärmend und üppig. Die DEF hatte einen großen Tag. Der Direktor ließ zur Mittagssuppe weißes Brot verteilen, in den Büros und den Werkstätten herrschte Feiertagsstimmung. Es war sein 34. Geburtstag, und er kam schon mit drei Flaschen Cognac unterm Arm in den Betrieb. Die wollte er mit den technischen Zeichnern, den Buchhaltern, den Technikern trinken. Er verteilte freigebig Zigaretten an das gesamte Personal, auch an die Arbeiter. Man brachte eine Torte, und Schindler schnitt sie auf Klonowskas Schreibtisch an. Eine Delegation der polnischen und der jüdischen Arbeiter überbrachte Glückwünsche, und er küßte eine junge Polin namens Kucharska, deren Vater vor dem Krieg im polnischen Parlament gesessen hatte. Dann kamen ein paar Jüdinnen und gratulierten, dann jüdische Arbeiter, denen er die Hand schüttelte, und endlich noch Stern, der jetzt bei den Progress-Werken war und von Schindler herzlich umarmt wurde.

Und am Nachmittag wurde Schindler wiederum denunziert, nun wegen seines Verhaltens gegenüber den Juden. Seine Bücher mochten ja in Ordnung sein, aber niemand konnte leugnen, daß er die Rassengesetze mißachtete.

Diesmal wurde die Verhaftung professioneller vorgenommen. Am 29. April morgens blockierte ein Gestapo-Mercedes die Einfahrt, und zwei Zivilisten verhafteten ihn im Werkshof wegen Verstoßes gegen die Rassengesetze.

»Haben Sie einen Haftbefehl?« fragte er.

»Brauchen wir nicht.«

Er sagte freundlich, die Herren würden es noch bedauern, wenn sie ihn ohne Haftbefehl festnähmen. Er sagte das lässig und erkannte doch an ihrem Betragen, daß diese Festnahme gefährlicher war als seine halbkomische Verhaftung im vergangenen Jahr. Diesmal ging es um die Übertretung von Vorschriften, die sich nur kranke Gehirne ausgedacht haben konnten. Das war wesentlich ernster zu nehmen.

»Das lassen Sie nur unsere Sache sein«, wurde ihm geantwortet. Er konnte sich nicht darüber täuschen, daß diese beiden ihrer Sache sicher zu sein schienen, und tröstete sich mit dem Gedanken an das halbwegs bewohnbare Zimmer in der Pomorskastraße. Doch als der Wagen in die Kolejowastraße einbog, wußte er: Diesmal geht es ins Gefängnis in der Montelupichstraße.

»Ich möchte meinen Anwalt sprechen«, sagte er.

»Das können Sie später«, hieß es.

Von einem Bekannten wußte Schindler, daß das anatomische Institut der Universität Leichen aus dem Gefängnis bekam. Die

Gefängnismauer zog sich einen ganzen Straßenblock entlang, und Schindler sah aus dem fahrenden Wagen die gleichförmigen Fenster im zweiten und dritten Stockwerk. Man nahm ihm sein Geld ab, eröffnete ihm aber, daß er täglich über fünfzig Zloty verfügen dürfe. Einen Anwalt dürfe er vorderhand nicht beiziehen. Man führte ihn in den Keller, vorbei an verschlossenen Zellen mit Gucklöchern. Durch eine offenstehende Zellentür sah er etwa ein halbes Dutzend Häftlinge, die in Hemdsärmeln auf Pritschen saßen, die Gesichter der Wand zugekehrt. Er fürchtete, in eine überfüllte Zelle gelegt zu werden, doch die, in die man ihn nun einwies, war nur von einem einzigen Gefangenen belegt, einem Soldaten, der seinen Mantelkragen hochgeschlagen hatte, um sich vor der Kälte zu schützen. Er hockte auf einer Pritsche mit Strohsack. Es gab noch eine zweite, außerdem einen Wassereimer und den Klosettkübel. Der Soldat erwies sich als Standartenführer der Waffen-SS, unrasiert, unter dem Mantel nur ein aufgeknöpftes Hemd, dazu verdreckte Stiefel. Er begrüßte Schindler mit einer leichten Handbewegung. »Herzlich willkommen«, sagte er dazu. Er sah trotz seiner Verwahrlosung recht gut aus und mochte einige Jahre älter sein als Schindler. Dieser hielt ihn für einen Spitzel, wunderte sich allerdings darüber, daß man einen Spitzel in Uniform gesteckt und ihm überdies einen so hohen Rang verliehen hatte.

Schindler blickte auf die Uhr, schaute zum dicht unter der Decke angebrachten Fenster, durch das nur wenig Licht in die Zelle fiel. Sehen konnte man nichts, aber das Fenster ging wohl auf den Innenhof.

Es kam zu einer Unterhaltung, die von seiten Schindlers zurückhaltend, von seiten des Standartenführers sehr offenherzig geführt wurde. Er stellte sich als Philip vor – Nachnamen täten hier wohl nichts zur Sache. Den Winter über habe er monatelang mit seinem Bataillon Nowgorod gehalten, dann Urlaub nach Krakau bekommen und sich zu lange bei seiner polnischen Freundin aufgehalten. Drei Tage nach Ablauf seines Urlaubs sei er verhaftet worden. Eigentlich habe er seinen Urlaub nicht überschreiten wollen, doch der Anblick all der Bonzen, die sich hier in der Etappe rumdrückten, habe ihn so wütend gemacht, daß er meinte, er wolle sich auch mal was leisten. Und weshalb Schindler hier sei?

»Weil ich eine Jüdin geküßt habe.«

Philip lachte laut. »Haben Sie sich dabei vielleicht infiziert?« Dann schimpfte er über die Etappenschweine, nannte sie Räuber und Speckjäger. Es sei ganz unglaublich, wie sich manche bereicherten. Und dabei sei die SS mit so hohen Idealen angetreten! Aber jetzt lebten sie in Saus und Braus.

Schindler tat, als sei ihm dies alles neu. Er hörte mit schmerzlicher Verwunderung, daß diese Elite es angeblich so wüst trieb; er als naiver Zivilist habe sich nichts dabei gedacht, nett zu dieser kleinen Jüdin zu sein. Philip, erschöpft von seinem Ausbruch, schlief schließlich ein.

Schindler brauchte dringend was zu trinken. Das würde die Zeit schneller vergehen lassen, der Standartenführer würde nach einem kräftigen Schluck noch umgänglicher werden und, falls er ein Spitzel war, sich womöglich verraten. Er kritzelte Namen und Telefonnummern auf eine Zehnzlotynote, knüllte sie mit den restlichen vier Zehnzlotynoten zusammen und klopfte an die Tür. Der SS-Unterführer, der öffnete, sah eher gutartig aus, ernst und schon ältlich, gar nicht der Typ, der Gefangene zu Tode trampelt, aber das war ja ein besonderer Aspekt der Folter, daß man sie nicht von jemand erwartete, der aussah wie ein gutmütiger Onkel aus der Provinz.

Schindlers Bitte, ihm fünf Flaschen Wodka zu besorgen, stimmte den Mann bedenklich. Fünf? fragte er in geradezu besorgtem Ton. Er schien auch zu überlegen, ob er das nicht melden müsse. Schindler erklärte, der Oberst und er hätten gern je eine Flasche, um die Unterhaltung zu beleben, und die drei übrigen seien für die Herren von der Bewachung bestimmt. Übrigens sei der Wärter doch sicher befugt, im Auftrag eines Gefangenen zu telefonieren? Die Nummern stünden auf dieser Banknote. Er brauche nur die erste Nummer anzurufen, die seiner Sekretärin, und ihr die anderen durchzugeben. Der Mann ging und verschloß die Zelle.

»Sie sind ein Idiot«, sagte Philip. »Sie werden erschossen wegen versuchter Beamtenbestechung.«

Schindler gab sich ungerührt.

»Das ist genauso blöd, wie eine Jüdin zu küssen.«

»Abwarten«, sagte Schindler. Aber wohl war ihm nicht.

Nach einer Weile kam der Wärter zurück, brachte zwei Flaschen

Wodka, ein Paket mit sauberen Hemden und Unterwäsche, einem Buch und einer Flasche Wein, alles von Ingrid gepackt und am Gefängnistor abgeliefert. Der Abend verging recht angenehm, nur wurde den beiden verboten, zu singen.

Schindler erwachte trotz allem mit klarem Kopf, Philip hingegen bleich und niedergeschlagen. Man holte ihn aus der Zelle, und nach einer Weile kam er zurück. Am Nachmittag sollte er vor einem Kriegsgericht erscheinen, doch wußte er bereits, daß er nicht erschossen, sondern nach Stutthof versetzt werden würde. Schindler las Karl May. Nachmittags kam ein Anwalt in seine Zelle, ein Sudetendeutscher, der seit zwei Jahren in Krakau praktizierte. Schindler hörte, daß man ihn wirklich dieser Judengeschichte wegen hier festhielt, daß sie nicht etwa ein Vorwand war, um unterdessen noch einmal seine Firma zu durchleuchten. »Vermutlich kommen Sie vor ein Gericht der SS, und man wird wissen wollen, weshalb Sie nicht Soldat sind.«

»Weil ich einen kriegswichtigen Betrieb leite«, antwortete Schindler. »Sie können sich das von General Schindler jederzeit bestätigen lassen.«

Schindler war ein langsamer Leser, und aus Gründen, die auf der Hand lagen, dehnte er seine Lektüre von Karl May möglichst lange aus. Sein Anwalt meinte, bis zur Verhandlung könne noch eine Woche vergehen, aber er werde wohl mit einer Verwarnung und einer Geldbuße davonkommen.

Am fünften Tage führte man ihn zur Vernehmung, ausgerechnet durch Obersturmbannführer Czurda, den Chef der SD von Krakau. In seinem gutgeschnittenen Zivilanzug wirkte Czurda wie ein wohlhabender Geschäftsmann.

»Schindler, Schindler!« begrüßte er ihn tadelnd, »wir überlassen Ihnen diese hübschen Jüdinnen für fünf Mark am Tag, da sollten Sie lieber uns küssen!«

Schindler sagte, es sei sein Geburtstag gewesen, er habe getrunken und sei leichtsinnig gewesen.

»Ich wußte gar nicht, daß Sie so gute Verbindungen haben. Sogar die Abwehr hat aus Breslau angerufen. Selbstverständlich können wir Sie einer solchen Lappalie wegen nicht von Ihrer Arbeit abhalten.«

»Das ist sehr liebenswürdig von Ihnen, Obersturmbannführer.« Schindler wußte, daß jetzt etwas von ihm erwartet wurde. »Falls ich mich irgendwie erkenntlich zeigen kann …«

»Das könnten Sie wirklich. Eine alte Tante von mir ist vollständig ausgebombt worden …«

Ah, wieder eine ausgebombte Tante. Schindler gab sich gebührend teilnahmsvoll. Jetzt kam es nur noch darauf an, möglichst das Gesicht zu wahren. Ob der Obersturmbannführer so freundlich sein wolle, ihn mit einem Dienstwagen in die Firma fahren zu lassen? Czurda lachte. »Aber gewiß. Mit meinem eigenen Wagen. Ich bringe Sie raus.« Als er sich verabschiedete, wurde er aber plötzlich ernst. »Im Vertrauen, Schindler, ich rate Ihnen, lassen Sie sich nicht mit einer Jüdin ein. Nicht nur wegen der Vorschriften. Sondern weil das nicht von Dauer sein könnte. Die Juden haben keine Zukunft mehr, und das ist nicht das übliche antisemitische Blabla, sondern beschlossene Sache.«

Kapitel 13

Noch im Sommer 1942 klammerten sich die Gettobewohner an die Vorstellung, daß sie hier auf Dauer in Sicherheit wären. 1941 hatte manches dafür gesprochen: Ein Postamt wurde eingerichtet, mit eigenen Wertzeichen. Es gab eine Gettozeitung, wenn die auch wenig anderes enthielt als die Bekanntmachungen der Behörden. Und es wurde ein Lokal eröffnet, Försters Restaurant. Hier traten die Brüder Rosner auf, zurück aus der Provinz, den unberechenbaren Launen der Bauern entronnen. Eine Weile schien es so, als sollten auch eine Schule gestattet, ein Orchester gebildet und regelmäßig Konzerte veranstaltet werden, als könne sich eine Art normales jüdisches Leben entwickeln, mit Handwerkern und Gelehrten. Noch hatten die SS-Bürokraten in der Pomorskastraße nicht durchblicken lassen, daß ein solches Getto nicht nur ein Wolkenkuckucksheim, sondern geradezu eine Beleidigung des vernunftbestimmten Ganges der Weltgeschichte wäre.

Untersturmführer Brandt bestellte den Präsidenten des Judenrates Rosenzweig zu sich und trieb ihm mit der Reitpeitsche die Vorstellung aus, das Getto könne ein dauerhafter Zufluchtsort werden, eine Vorstellung, an der Rosenzweig unbelehrbar festgehalten hatte. Das Getto war vielmehr ein Depot, ein Verschiebegleis, eine ummauerte Haltestelle. 1942 konnte von etwas anderem nicht mehr die Rede sein.

Es war also keineswegs mehr das Getto, an das die älteren Leute sich mit einer gewissen Wehmut erinnerten. Musik zum Beispiel sollte als Beruf dort nicht mehr ausgeübt werden, und Henry Rosner spielte jetzt in der Luftwaffenkantine. Dort wurde er mit dem Kantinenpächter bekannt, einem noch jungen Mann namens Richard. Der verstand sich mit Rosner so glänzend, daß er ihn beauftragte, die Lohngelder für die Kantine abzuholen – einem Deutschen wolle er das nicht mehr anvertrauen, sagte Richard, der letzte sei mit den Lohngeldern nach Ungarn durchgebrannt.

Wie jeder tüchtige Kantinenpächter schnappte Richard alle möglichen Informationen an der Theke auf. Am 1. Juni erschien er mit seiner Freundin, einer Volksdeutschen. Sie trug ein weites Regencape, was angesichts des Wetters weiter nicht auffiel. Richard kannte Wachtmeister Bosko und kam ohne weiteres ins Getto, zu dem er eigentlich keinen Zutritt hatte. Er suchte sogleich Henry Rosner auf, der erstaunt war über diesen Besuch, denn er hatte Richard ja erst vor einigen Stunden in der Kantine gesehen. Noch dazu waren seine Besucher fein herausgeputzt. Rosner war unbehaglich zumute, denn seit zwei Tagen standen die Gettobewohner vor der ehemaligen polnischen Sparkasse in der Jozefinskastraße Schlange, um neue Kennkarten in Empfang zu nehmen, richtiger, in die alten gelben Kennkarten mit dem blauen J bekam, wer Glück hatte, einen blauen Schein geklebt, der offenbar so etwas wie eine weitere Existenzberechtigung dokumentierte, jedenfalls bekamen ihn anstandslos diejenigen, die in der Luftwaffenkantine, in der Wehrmachtsgarage, bei Madritsch, Schindler und in den Progress-Werken arbeiteten. Wem der Blauschein verweigert wurde, der ahnte, daß seines Bleibens im Getto nicht mehr lange sein würde.

Richard nun sagte zu Rosner, der kleine Olek solle mit ihnen kommen, in die Wohnung von Richards Freundin. Offenbar hatte er in der Kantine etwas munkeln hören. Henry wandte ein, der Kleine könne doch nicht einfach das Getto verlassen. Das sei bereits mit Bosko geregelt, erwiderte Richard.

Henry beriet sich mit seiner Frau Manci. Die Freundin von Richard versprach ihnen, für Olek zu sorgen. »Steht eine Aktion bevor?« fragte Henry.

Richard antwortete mit einer Gegenfrage: ob Henry seinen Blauschein habe? Selbstverständlich. Und Manci? Ebenfalls. »Aber Olek hat keinen«, sagte Richard. Und so verließ denn im Nieselregen der gerade sechs Jahre alt gewordene Olek Rosner unter dem schützenden Regencape von Richards Freundin das Getto. Hätte man ihn entdeckt, wäre das Leben Richards und seiner Freundin wohl nichts mehr wert gewesen. Und auch Olek wäre nie wieder aufgetaucht. Rosners hofften inständig, die richtige Entscheidung getroffen zu haben.

Poldek Pfefferberg, der für Schindler gelegentlich Gänge erledigte, war vor einiger Zeit von Spira, dem Chef des Ordnungsdienstes und Lagertyrannen, damit beauftragt worden, dessen Kinder zu unterrichten. Spira behandelte ihn nach wie vor verächtlich, schien aber zu meinen, Pfefferberg könnte sich nützlich machen, indem er seine Kenntnisse an die Spirakinder weitergebe. Schindler hörte gelegentlich von Pfefferberg, wie es dabei zuging. Der Chef des Ordnungsdienstes bewohnte als einer von ganz wenigen Juden eine Etage für sich und war beim Unterricht anwesend, offenbar in der Erwartung, das vermittelte Wissen wie aufgehende Samenkörner aus den Ohren seiner Kinder sprießen zu sehen. Seine Frau war etwas verschüchtert, wohl wegen der unerwarteten Machtfülle, derer ihr Mann sich erfreute, und auch, weil die alten Bekannten ihr jetzt aus dem Wege gingen. Die Kinder, ein zwölfjähriger Junge und ein vierzehnjähriges Mädchen, waren willig, aber nicht gerade gelehrig.

Pfefferberg jedenfalls ging zur polnischen Sparkasse in der Erwartung, ohne weiteres den Blauschein zu bekommen. Immerhin unterrichtete er Spiras Kinder, und das dürfte wohl als hinreichende Rechtfertigung angesehen werden. Auf seiner gelben Kennkarte war als sein Beruf Gymnasiallehrer eingetragen, und das wurde in einer vernünftigen, noch nicht total auf den Kopf gestellten Welt doch wohl als ehrenhafte Tätigkeit angesehen.

Man verweigerte ihm den Blauschein, und er überlegte, ob er sich um Beistand an Schindler oder an Herrn Szepessi wenden solle, den österreichischen Funktionär, der das deutsche Arbeitsamt leitete. Schindler lag ihm schon seit einem Jahr mit dem Wunsch in den Ohren, endlich als Arbeiter in die Emailwarenfabrik zu kommen. Aber Pfefferberg scheute davor zurück: Ein Achtstundentag würde ihn zu sehr bei seinen illegalen Geschäften behindern.

Als er aus der Sparkasse trat, geriet er in eine Kontrolle; deutsche und polnische Polizei und der jüdische Ordnungsdienst sortierten die Passanten nach Inhabern von Blauscheinen und solchen, die keine hatten. Letztere wurden auf der Straße zusammengetrieben, und es nützte Pfefferberg nichts, daß er mit zur Schau getragenem Selbstbewußtsein behauptete, nicht nur eine, sondern mehrere wichtige Tätigkeiten auszuüben. »Keine Widerrede, du stellst dich zu den anderen!« Pfefferberg blieb nichts übrig, als sich zu den Aussortierten zu stellen. Wenigstens besaß seine junge Frau Mila, die er achtzehn Monate früher geheiratet hatte, einen Blauschein, weil sie bei Madritsch arbeitete. Als mehr als hundert Personen ausgesondert waren, führte man sie in den Hof der alten Schokoladenfabrik *Optima*. Dort warteten bereits weitere Hunderte, viele Akademiker, Bankiers, Apotheker, Zahnärzte. Sie standen in Grüppchen beieinander und unterhielten sich gedämpft. Es waren viele alte Leute darunter, die von den Rationen lebten, die der Judenrat ihnen zuteilte. Der Judenrat, der Lebensmittel und Wohnraum verwaltete, war in diesem Sommer nicht mehr ohne Ansehen der Person vorgegangen wie bisher.

Krankenschwestern aus dem Gettokrankenhaus verteilten Wasser an die Wartenden, abgesehen von dem auf dem schwarzen Markt gekauften Zyankali so ungefähr das einzige Linderungsmittel, das sie zur Verfügung hatten. Die Alten und die Familien aus der Provinz nahmen das Wasser ängstlich und schweigend.

In den nächsten Stunden erschien immer wieder Polizei mit Listen. Kolonnen wurden formiert und unter SS-Bewachung zum Bahnhof Prokocim geführt. Manche Leute versuchten, sich in die Ecken des Platzes zu verdrücken, Pfefferberg hingegen drängte zum Ausgang in der Hoffnung, einen Funktionär zu finden, der ihm günstig gesonnen wäre, beispielsweise Spira. Statt dessen sah er am Schilderhaus einen bekümmert aussehenden Jüngling mit der OD-Mütze, der eine Liste in der Hand hielt. Den kannte er von seiner eigenen Zeit beim OD, und überdies hatte er dessen Schwester in Podgorze unterrichtet, als er noch Lehrer war. Der Junge erblickte ihn und murmelte: »Pan Pfefferberg, was machen Sie denn hier?«

»Blöderweise habe ich noch keinen Blauschein«, antwortete Pfefferberg.

»Kommen Sie«, sagte der Junge und ging mit ihm auf einen uniformierten Polizisten zu, den er grüßte. »Dies ist Herr Pfefferberg vom Judenrat, der Verwandte besucht hat«, log er forsch drauflos. Der Polizist winkte ihn gelangweilt durch.

Pfefferberg dachte nicht weiter darüber nach, warum ein magerer Junge sich der Gefahr aussetzte und seinetwegen log – nur weil er dessen Schwester mal unterrichtet hatte? Statt dessen lief er zum

Arbeitsamt und drängte sich bis zum Schalter vor, hinter dem zwei Sudetendeutsche saßen, Fräulein Skoda und Fräulein Knosalla. Von denen verlangte er jetzt mit all seiner Überredungskunst einen Blauschein. Fräulein Skoda nahm seine Kennkarte. »Da kann ich Ihnen nicht helfen, wenn Sie drüben keinen bekommen haben, darf ich Ihnen auch keinen ausstellen. Das kann höchstens Herr Szepessi machen, und der ist nicht zu sprechen.« Pfefferberg gab nicht nach, und sie ließ ihn schließlich zu Szepessi vor. Sie galt als anständige Person, weil sie gelegentlich von der bürokratischen Routine abwich und in Einzelfällen Ausnahmen machte. Ein Greis mit Warzen im Gesicht dürfte bei ihr allerdings weniger gut gefahren sein als der ansehnliche Pfefferberg.

Herr Szepessi stand ebenfalls im Ruf, human zu sein, auch wenn er eine unmenschliche Maschinerie bediente. Er warf einen Blick auf Pfefferbergs Kennkarte und murmelte: »Lehrer können wir leider überhaupt nicht gebrauchen.«

Pfefferberg hatte Schindlers Angebot stets zurückgewiesen, weil er sich als Individualist fühlte, als einsamer Wolf. Er wollte nicht gegen geringen Lohn in Zablocie eine langweilige Arbeit verrichten. Nun wurde ihm klar, daß das Zeitalter der Individualisten vorbei war. Man mußte unbedingt eine Arbeit nachweisen, wenn man überleben wollte. Also sagte er: »Aber ich bin gelernter Schleifer!« Er hatte nämlich gelegentlich bei einem Onkel ausgeholfen, der eine kleine Metallbearbeitungswerkstatt in Rekawka betrieb. Herr Szepessi betrachtete ihn über den Rand seiner Brille. »Das ist schon eher was«, sagte er, vernichtete mit einem Federstrich Pfefferbergs akademische Ausbildung, indem er »Gymnasiallehrer« löschte und statt dessen »Metallschleifer« darüberschrieb. Dann klebte er den Blauschein in die Kennkarte und stempelte ihn. »Jetzt sind Sie ein nützliches Mitglied der Gesellschaft«, bemerkte er, als er Pfefferberg die Karte reichte.

Später in diesem Jahr wurde der bedauernswerte Szepessi seiner Gutmütigkeit wegen nach Auschwitz geschickt.

Kapitel 14

Schindler erfuhr von verschiedenen Seiten – unter anderem von Wachtmeister Toffel und dem Trunkenbold Bosch von *Ostfaser* –, daß »im Getto rigorosere Maßnahmen ergriffen werden«, was immer man sich nun darunter vorzustellen hatte. Die SS verlegte Sonderkommandos nach Krakau, die sich bereits in Lublin bei der »Entjudung« bewährt hatten. Toffel hatte Schindler vorgeschlagen, für die Arbeiter seiner Nachtschicht Feldbetten in der Fabrik aufstellen zu lassen, andernfalls müsse er bis nach dem ersten Sabbat im Juni mit Produktionsstockungen rechnen. Schindler richtete also im Bürotrakt und in der Munitionsfertigung Schlafsäle ein. Manche Arbeiter waren froh, hier schlafen zu können, andere, deren Frauen und Kinder sie im Getto erwarteten, schworen auf ihren Blauschein und gingen lieber tagsüber nach Hause.

Am 3. Juni erschien Abraham Bankier nicht in der Lipowastraße. Schindler war noch beim Frühstück in der Straszewskiegostraße, als eine seiner Sekretärinnen ihn anrief: Sie habe gesehen, daß sein Geschäftsführer mit anderen aus dem Getto zum Bahnhof Prokocim marschiert sei. Auch einige seiner Arbeiter seien dabeigewesen, Reich, Leser...

Schindler ließ sich den Wagen bringen und fuhr zum Bahnhof. Er wies sich aus und betrat das Bahngelände. Hier standen ordentlich aufgereiht die überzähligen Gettobewohner, immer noch überzeugt – womöglich zu Recht –, daß dies die beste Verhaltensweise sei. Schindler sah zum ersten Mal einen solchen Transport, und die Viehwagen schockierten ihn sehr.

Er bemerkte einen Juwelier, den er kannte. »Haben Sie Bankier gesehen?« fragte er.

»Der ist schon in einem Waggon.«

»Wohin werden Sie gebracht?«

»Angeblich in ein Arbeitslager bei Lublin. Wahrscheinlich auch nicht schlimmer als...«, und der Mann deutete Richtung Krakau.

Schindler gab dem Mann alle Zigaretten, die er bei sich hatte, samt einigen Zehnzlotyscheinen. Der bedankte sich; diesmal habe niemand Gepäck mitnehmen dürfen, das solle angeblich nachgeschickt werden.

Schindler hatte im vergangenen Jahr die Ausschreibung für Krematorien gesehen, die in einem Lager südöstlich von Lublin errichtet werden sollten; Belzec hieß der Ort. Er betrachtete den Juwelier. Mitte Sechzig dürfte der sein, ziemlich mager. Vermutlich hatte er im Winter Lungenentzündung gehabt. Er trug einen schäbigen Nadelstreifenanzug, für die Jahreszeit zu warm. Die Augen blickten wissend, fähig, unendliches Leid zu ertragen. Selbst jetzt, im Sommer 1942, ahnte Schindler nicht, welche Verbindung es zwischen diesem Mann und jenen Krematorien geben sollte. Wollte man Epidemien in den Lagern auslösen? War das etwa die Methode?

Schindler ging am Zug entlang, der etwa zwanzig Waggons hatte, und rief Bankiers Namen den Gesichtern zu, die aus den Ventilationsklappen starrten.

Ein junger Oberscharführer, der Erfahrung mit solchen Transporten hatte, fragte nach seinem Ausweis. Schindler sagte: »Ich suche meine Arbeiter. Spezialisten. Ich habe einen Rüstungsbetrieb. Es ist doch schlichte Idiotie, mir die Arbeiter wegzunehmen, die ich brauche, um meine Rüstungsaufträge zu erfüllen.«

»Die können Sie nicht wiederhaben.« Der SS-Unterführer wußte aus Erfahrung, daß alle, die hier waren, den gleichen Bestimmungsort hatten.

Schindler senkte die Stimme zu dem vertraulichen Grollen des Mannes mit guten Verbindungen, der sein schweres Geschütz noch in Reserve hält. Ob der Oberscharführer wisse, wie lange es dauere, solche Spezialisten auszubilden? »General Schindler, ein Namensvetter von mir, hat mich eigens beauftragt, in meiner Fabrik eine Anlage für die Fertigung von Panzerabwehrgranaten einzurichten. Es ist nicht nur so, daß Ihren Kameraden an der Ostfront die Granaten fehlen, sondern die Rüstungsinspektion wird eine Erklärung verlangen.«

Der junge Mann schüttelte störrisch den Kopf. »Ich kenne diese Geschichten«, wehrte er ab, aber schien doch etwas beunruhigt. Schindler merkte das und stieß nach. »Lassen Sie mich mal mit

Ihrem Vorgesetzten sprechen«, und das bereits mit einem leicht bedrohlichen Unterton.

Der Jüngere deutete mit dem Kopf auf einen SS-Offizier. »Dürfte ich Ihren Namen wissen?« fragte Schindler den und zog dabei ein Notizbuch aus der Tasche.

Der Untersturmführer berief sich ebenfalls auf die Liste. Für ihn bedeutete sie die einzige vernünftige Begründung für all dies Hin und Her von Eisenbahnzügen und Juden. Schindler wurde schroffer. Er habe bereits von der Liste gehört, was ihn interessiere, sei der Name des Transportführers. Er wolle sich sofort mit Oberführer Scherner und General Schindler von der Rüstungsinspektion in Verbindung setzen. »Schindler?« wiederholte der Untersturmführer, jetzt zum ersten Mal aufmerksam geworden, mit einem prüfenden Blick auf Schindler. Der sah aus wie der Prototyp des Industriellen, trug das Parteiabzeichen, war offenbar mit Generälen verwandt.

Es endete damit, daß alle drei den Bahnsteig entlanggingen und der Transportführer im Vorbeigehen einen Bahnbeamten anwies, den Zug, der eigentlich schon abfahren sollte, noch aufzuhalten. In einem der hintern Wagen fanden sie Bankier und ein Dutzend von Schindlers Arbeitern; sie waren beisammengeblieben und sprangen nun aus dem Waggon, sehr darauf bedacht, sich ihre Erleichterung nicht anmerken zu lassen – Bankier und Frankel aus dem Büro, Reich, Leser und die anderen aus der Fertigung. Die im Waggon Zurückgebliebenen redeten aufgeregt durcheinander, offenbar erfreut darüber, daß sie mehr Platz während der Reise haben würden. Der Untersturmführer forderte Schindler auf, die Übergabe zu quittieren. Bevor er ihn gehen ließ, nahm er ihn am Arm und sagte vertraulich: »Wissen Sie, uns ist es egal, wer in den Waggons sitzt. Wir können Ihre dreizehn Blechklopfer jederzeit ersetzen, nur bringt das unser Unternehmen durcheinander, und das haben wir nicht so gern.«

Der dickliche kleine Bankier gestand, daß er und seine Genossen versäumt hatten, sich den Blauschein geben zu lassen. Schindler wurde wütend und befahl ihm, die Sache in Ordnung zu bringen. Seine eigentliche Wut aber galt der Tatsache, daß hier so viele Menschen darauf warteten, in Viehwagen verladen zu werden. Die Viehwagen waren für sie das neue Sinnbild ihrer Lage.

Kapitel 15

Schindler sah den Gesichtern seiner Arbeiter an, daß Schlimmes im Getto vorging. Es waren die Gesichter von Menschen, die in qualvoller Enge nicht mehr zum Nachdenken kamen, die notgedrungen ihre Gewohnheiten ablegen, ihre Familienrituale vernachlässigen mußten. Viele mißtrauten jedem, denen, mit denen sie den Wohnraum teilten ebenso wie dem OD-Mann auf der Straße. Nicht einmal die Vernünftigsten wußten mehr, wem sie trauen konnten. Ein junger Maler namens Bau schilderte die Zustände in einem Haus des Gettos so: »Jeder Bewohner haust in seiner eigenen Welt von Geheimnissen.« Kinder verstummten, wenn die Treppe knarrte. Männer und Frauen erwachten aus Alpträumen von Exilierung und Enteignung besitzlos und exiliert in einem Raum des Gettos von Podgorze; ihre Alpträume setzten sich fort in der Angst eines jeden Tages. Die schlimmsten Gerüchte gingen in den Häusern, auf den Straßen, an den Arbeitsplätzen um. Spira bereite eine neue Liste vor, zwei- oder dreimal so lang wie die letzte. Alle Kinder werde in Tarnow erschossen, in Stutthof ertränkt, in Breslau indoktriniert, operiert. Die über Fünfzigjährigen komme nach Wieliczka in die Salzbergwerke. Nicht zur Arbeit. Mit ihnen wird man die Kavernen füllen.

Viele dieser Gerüchte, von denen die meisten auch bis zu Schindler drangen, waren so etwas wie eine magische Beschwörung – man glaubte, dem Schicksal in den Arm zu fallen, indem man demonstrierte, daß man ebenso phantasievoll war. Doch in jenem Juni nahmen die schlimmsten Träume Gestalt an, die unwahrscheinlichsten Gerüchte bewahrheiteten sich. Südlich des Gettos, jenseits der Rekawkastraße, gab es ein hügeliges, parkartiges Gelände; von hier aus meinte man ein Gemälde zu betrachte, das eine belagerte, mittelalterliche Stadt darstellte. Der Blick ging über die südliche Mauer direkt ins Getto, und wer auf dem Hügelkamm entlangritt, was Schindler im Frühling mit Ingrid getan hatte, der sah das Getto vor sich hingebreitet und konnte beobachten, was darin vorging.

Nach dem, was er auf dem Bahnhof Prokocim gesehen hatte, beschloß Schindler, ein weiteres Mal auszureiten, und mietete im Bednarskiegopark zwei Pferde. Ingrid und er trugen elegante Reitkleidung. Zwei blonde Riesen hoch über dem aufgestörten Ameisenhaufen des Gettos.

Sie näherten sich durch den Wald, galoppierten über Wiesen. Dann hatten sie plötzlich die Wegierskastraße im Blick, sahen Menschen sich beim Krankenhaus zusammendrängen und, näher, eine Abteilung SS mit Hunden in Häuser eindringen, aus denen gleich darauf Menschen quollen, die trotz der Wärme Mäntel überzogen, offenbar in Erwartung einer längeren Abwesenheit. Schindler und Ingrid hielten im Schatten der Bäume und nahmen immer mehr Einzelheiten in sich auf: OD-Männer mit Gummiknüppeln arbeiteten mit der SS zusammen. Es schien, als seien einige besonders eifrig, denn Schindler bemerkte, daß in kürzester Zeit allein drei alte Frauen von ihnen geschlagen wurden. Anfangs erregte das einen naiven Zorn in ihm. Die SS benutzte Juden, um Juden zu verprügeln!

Nach einiger Zeit wurde ihm aber klar, daß einige OD-Männer

mit diesen Schlägen die Opfer vor Schlimmerem bewahrten. Auch gab es eine neue Regel für den OD: Wer Hausbewohner »übersah«, der ging selber samt seinen Verwandten auf Transport.

Auf der Wegierskastraße bildeten sich zwei Menschenschlangen; die eine stand still, die andere schob sich, sobald sie eine bestimmte Länge erreicht hatte, vorwärts und außer Sicht um die Ecke der Jozefinskastraße. Es war nicht schwer, die Bedeutung dieser Vorgänge zu erkennen; Schindler und Ingrid hatten von da oben einen guten Überblick und waren ja auch nicht so sehr weit entfernt.

Familien wurden aus den Häusern getrieben und den beiden Reihen zugeteilt, ohne Rücksicht darauf, wer zusammengehörte. Heranwachsende Töchter mit den erforderlichen Papieren mußten sich in die haltende Schlange einreihen, während ihre Mütter der anderen zugeteilt wurden. Ein Arbeiter der Nachtschicht, noch völlig verschlafen, fand sich auf dieser, seine Frau und die Kinder auf jener Seite. In der Straßenmitte stritt ein junger Arbeiter mit einem Mann vom OD. Offenbar wollte er zu seiner Frau und seinem Kind in der anderen Reihe, obwohl er einen Blauschein besaß, den er schwenkte. Ein SS-Mann griff ein. Zwischen diesen trostlos wirkenden Gettomenschen nahm er sich in seiner gebügelten Uniform, gut genährt und rasiert, sehr exotisch aus, und von oben konnte man sogar den Ölfilm auf seiner Pistole glänzen sehen. Er versetzte dem Juden einen Schlag aufs Ohr und brüllte ihn an. Schindler konnte nicht verstehen, was er da brüllte, aber er konnte es sich nach seinen eigenen Erfahrungen auf dem Bahnhof denken. Der Mann wurde in die Schlange zu seiner Frau und dem Kind gestoßen. Als er sich zu seiner Frau durchdrängte, um sie zu umarmen, gelang es einer anderen Frau, ungesehen in eine Haustür zu schlüpfen. Schindler und Ingrid wechselten jetzt den Beobachtungsplatz, sie ritten auf einen Kreidefelsen, von dem aus man direkt auf die Krakusastraße hinunterblicken konnte. Hier ging es weniger tumultuös zu. Frauen und Kinder wurden hintereinander Richtung Piwnastraße geführt, ein Bewacher vorneweg, ein anderer hinterdrein. Es waren viel mehr Kinder, als die abgeführten Frauen haben konnten, und den Beschluß bildete eine kleine Gestalt ganz in Rot.

Ingrid behauptete, es müsse ein kleines Mädchen sein, Mädchen hätten eine Vorliebe für starke Farben, besonders für Rot.

Sie sahen, wie der Waffen-SS-Mann, der am Ende ging, hin und wieder diesen Winzling auf den rechten Weg stupste, nicht etwa roh, sondern mehr wie ein älterer Bruder. Hätte er Befehl gehabt, etwaige Zuschauer davon zu überzeugen, daß hier alles auf humane Weise zuging, er hätte es nicht besser machen können. Die beiden Beobachter im Bednarskiegopark waren denn auch von diesem Anblick gegen ihren Willen beeindruckt. Das war aber nur von kurzer Dauer, denn hinter diesen Frauen und Kindern erschienen nun SS-Leute mit Hunden und nahmen sich beide Straßenseiten vor.

Sie betraten ein Haus nach dem anderen; Gepäckstücke flogen aus den Fenstern, Frauen, Männer und Kinder, die auf dem Boden, in Kleiderschränken, in Kommoden versteckt der ersten Welle entgangen waren, rannten kreischend vor Angst, von den Hunden gejagt, auf die Straße. Das alles ging so rasch, daß die beiden Zuschauer den Vorgängen nur mit Mühe folgen konnten. Wer aus den Häusern kam, wurde an Ort und Stelle erschossen, die eindringenden Geschosse schleuderten die Körper meterweit, Blut floß in der Gosse. Eine Mutter kauerte mit ihrem mageren, etwa zehn Jahre alten Sohn unter einem Fenstervorsprung. Schindler verspürte eine fast unerträgliche Angst um die beiden und konnte sich kaum auf seinem Pferd halten. Ingrid umklammerte krampfhaft die Zügel, er hörte, wie sie neben ihm ächzte. Und er sah wieder das kleine Mädchen in Rot, das noch nicht mit den anderen in die Jozefinskastraße eingebogen war. Dieses Kind also mußte das alles mit ansehen. Warum dieser Umstand das Gemetzel auf der Straße für Schindler noch viel schlimmer machte, hätte er nicht sagen können, aber für ihn war es der schlüssige Beweis dafür, daß diese Menschen da vor nichts zurückschreckten. Unter den Augen der Kleinen, die stehengeblieben war und zuschaute, wurde erst die Frau erschossen, und als sie im Fall den wimmernden Jungen mit sich riß, trat ein anderer SS-Mann heran, setzte ihm den Stiefel zwischen die Schulterblätter und schoß ihm ins Genick. Das kleine Mädchen stand immer noch, ohne sich zu rühren, der Abstand zwischen ihr und den anderen Kindern war größer geworden, und wieder stupste der SS-Bewacher sie behutsam an, damit sie sich endlich in Bewegung setzte.

Schindler begriff nicht, warum er die Kleine nicht mit dem Kolben erschlug, denn nur wenige Meter entfernt in derselben Straße wußte man offenbar nichts von Barmherzigkeit.

Schindler glitt aus dem Sattel, hielt sich am nächsten Baum fest und kämpfte gegen Übelkeit. Diese Männer, die schließlich selber Mütter hatten, denen sie vermutlich Briefe schrieben (was mochten sie wohl schreiben?), schämten sich offenbar ihrer Handlungsweise nicht, aber das war nicht das Schlimmste. Daß sie sich nicht schämten, ersah er daraus, daß der geduldige SS-Mann es nicht für nötig gehalten hatte, die Kleine in Rot daran zu hinden, alles mit anzusehen. Nein, das Schlimmste war, daß das Verhalten dieser Männer nur damit zu erklären war, daß sie ihre Mordtaten mit Zustimmung ihrer Vorgesetzten ausführten. Was Schindler da in der Krakusastraße gesehen hatte, war nicht etwa eine momentane Verirrung, es war eine unmißverständliche Demonstration der amtlichen Politik.

Darüber konnte man sich nicht mehr täuschen, es gab keine Möglichkeit mehr, sich hinter dem Geschwätz von deutscher Kultur zu verstecken, die Augen zu verschließen und dies alles nicht zur Kenntnis zu nehmen. Die SS da unten handelte auf Befehl ihrer Führung, andernfalls hätte man nicht ein Kind dabei zusehen lassen. Ihm wurde klar, daß es ihnen egal war, ob es Zeugen dieser Untaten gab, denn sie glaubten fest, daß auch keiner dieser Zeugen überleben würde.

An einer Ecke des Friedensplatzes stand die Apotheke von Tadeus Pankiewicz, eine altmodische Apotheke mit lateinischen Inschriften auf großen Amphoren, Hunderten Schubladen aus poliertem Holz, die ihren Inhalt vor den Augen der Bewohner von Podgorze verbargen. Magister Pankiewicz wohnte mit behördlicher Genehmigung über seiner Apotheke, der einzige Pole im Getto. Er war ein besonnener Mann, Anfang Vierzig, mit geistigen Interessen. Der polnische Impressionist Abraham Neumann, der Komponist Mordechai Gebirtig, der Philosoph Leon Steinberg und der Naturwissenschaftler und Philosoph Dr. Rappaport waren regelmäßige Besucher bei ihm. Und sein Haus diente als Briefkasten für die Organisation Jüdischer Kämpfer (ZOB) und die Partisanen der Polnischen Volksarmee. Gelegentlich kamen der junge Dolek Liebeskind und

Schimon und Gusta Dranger, die Gründer der Krakauer ZOB, hierher, aber nur heimlich. Man durfte Tadeus Pankiewicz keinesfalls mit der ZOB in Verbindung bringen, denn anders als der Judenrat praktizierte die ZOB vorbehaltlosen gewaltsamen Widerstand.

Anfang Juni wurde der Friedensplatz zu einer Art Verschiebebahnhof. »Unmöglich, sich das vorzustellen«, beschrieb Pankiewicz später die Vorgänge, deren Zeuge er wurde. In der kleinen Grünanlage in der Mitte des Platzes wurden wieder Menschen sortiert und angewiesen, ihr Gepäck abzustellen – alles wird nachgeschickt! Wer sich sträubte, bei wem falsche (arische) Papiere gefunden wurden, wurde ohne weiteres gegen die Mauer gestellt. Immer wieder unterbrachen Gewehrschüsse die Gespräche; trotz der Schreie und des Jammerns der Angehörigen der Erschossenen stellten sich eine Menge Leute taub und blind, klammerten sich verzweifelt an ihren Willen, selber zu überleben. Kaum hatten jüdische Kommandos die Leichen auf Lastwagen geladen, war schon wieder von Zukunftsaussichten die Rede, und Pankiewicz hörte, was er schon den ganzen Tag aus den Mündern der SS-Leute vernahm: »Nein, nein, ihr werdet alle zur Arbeit geschickt, glaubt ihr vielleicht, wir könnten auf Arbeitskräfte verzichten?« Die Gier, daran zu glauben, malte sich auf den Gesichtern, und die SS, eben noch mit Erschießungen beschäftigt, stolzierte zwischen den Wartenden umher und gab Anweisungen, wie das Gepäck gekennzeichnet werden sollte.

Schindler hatte den Friedensplatz von oben nicht einsehen können. Pankiewicz war ebensowenig wie Schindler jemals zuvor Zeuge einer so leidenschaftslosen Grausamkeit gewesen, und ebenso wie Schindler war ihm fortgesetzt übel, in seinem Kopf summte es, als habe ihm jemand einen Schlag versetzt. Er wußte auch noch nicht, daß unter den Toten da auf dem Platz sein Freund Gebirtig lag, von dem das berühmte Lied *'Ss brent, Brider, 'ss brent!* stammte, und auch der sanftmütige Maler Neumann. Immer wieder kamen Ärzte aus dem Hospital und verlangten Verbandszeug für die Verwundeten, die sie auf den Straßen auflasen, auch Brechmittel, denn mindestens ein Dutzend Leute hatte Zyankali geschluckt.

Dr. Schindel, der im Gettokrankenhaus Ecke Wegierskastraße arbeitete, hörte von einer Frau, daß man die Kinder wegführe. Sie habe sie in der Krakusastraße gesehen, auch Genia. Schindel hatte Genia bei Nachbarn gelassen – solange ihre Eltern sich auf dem Lande verborgen hielten, war er für sie verantwortlich. Genia, die sehr selbständig war, hatte heute früh einen Besuch in dem Haus gemacht, in dem sie jetzt bei ihrem Onkel wohnte. Dort war sie aufgegriffen worden, und dann hatte Schindler sie von der Anhöhe aus gesehen.

Dr. Schindel zog seinen Kittel aus und eilte auf den Platz, wo er Genia gleich sah; sie saß zwischen Wachmannschaften im Gras, augenscheinlich unbeteiligt. Das war, wie Dr. Schindel wußte, eine Pose, denn er stand des Nachts oft auf, um sie aus ihren Alpträumen zu wecken.

Er bewegte sich am Rande des Platzes auf sie zu, und sie sah ihn. Er wünschte mit aller Kraft, sie möge ihn nicht anrufen, niemand auf ihn aufmerksam machen, denn das konnte für beide schlecht enden. Doch er hätte sich keine Sorgen zu machen brauchen: Sie sah gleich wieder weg, stumm und wie unbeteiligt. Es zerriß ihm fast das Herz: Schon mit drei Jahren wußte sie, daß es gefährlich war, einem Impuls nachzugeben, den Onkel anzurufen und sich von ihm trösten zu lassen. Sie wußte, daß es besser war, die SS nicht auf ihn aufmerksam zu machen.

Dr. Schindel überlegte, ob er den Oberscharführer ansprechen sollte, der an der Mauer stand, und was er ihm sagen wollte. Es war immer das beste, sich in einem solchen Fall an den Ranghöchsten zu wenden und nicht zu bescheiden aufzutreten. Er schaute wieder zu Genia und sah, daß sie zwischen zwei Bewachern hindurch aus der Absperrung schlüpfte und sich sehr gemächlich entfernte. Die Langsamkeit ihrer Bewegungen prägte sich seinem Gedächtnis besonders ein, er sah dieses Bild später oft bei geschlossenen Augen: das kleine rotgekleidete Mädchen zwischen den blinkenden schwarzen Stiefeln. Niemand achtete auf sie. Sie behielt ihren langsamen, wie abwesenden Gang bei bis zu Pankiewicz' Apotheke und verschwand dort um die Ecke. Dr. Schindel hätte am liebsten laut bravo gerufen; ihr Auftritt verdiente ein Publikum, das allerdings ihr Verderben bedeutet hätte.

Keinesfalls durfte er ihr sogleich folgen. Er vertraute darauf, daß der Instinkt, der sie bisher geleitet hatte, sie in ein sicheres Versteck führen würde, und kehrte ins Krankenhaus zurück.

Genia ging in das zur Krakusastraße gelegene Zimmer, das sie jetzt mit ihrem Onkel bewohnte. Die Straße lag verlassen; sollte sich noch jemand verborgen halten, wagte er sich noch nicht ins Freie. Sie versteckte sich unterm Bett. Dr. Schindel sah von der Straßenecke her, daß die SS eine letzte Durchsuchung vornahm. Man fand Genia aber nicht. Sie rührte sich auch nicht, als er später selbst ins Zimmer kam. Allerdings wußte er, wo er sie zu suchen hatte; er sah eine rote Stiefelspitze unter dem Bettüberwurf.

Schindler hatte derweil die Pferde zurückgebracht und nicht gesehen, wie das kleine Mädchen in Rot in das Haus zurückkehrte, von dem sie fortgeführt worden war. Er saß bereits in seinem Büro in der DEF, hatte sich eingeschlossen, war außerstande, jemandem zu sagen, was er mit angesehen hatte. Sehr viel später hat Schindler dann in einer so ernsten und nachdrücklichen Weise, wie man sie diesem Lebemann kaum zugetraut hätte, erklärt: »Seit damals mußte jedem denkenden Menschen klar sein, was geschehen würde. Und ich nahm mir fest vor, das zu verhindern, soweit es in meiner Macht stand.«

Kapitel 16

Die SS setzte ihre Arbeit im Getto bis zum Abend des Samstags fort. Sie ging überall mit der Gründlichkeit vor, die Schindler bei den Erschießungen in der Krakusastraße beobachtet hatte. Allerdings wußte niemand, wann sie sich welche Straßen vornehmen würde, und wer am Freitag noch entwischt war, wurde am Samstag festgenommen. Genia überlebte die Woche, weil sie es verstand, sich still zu verhalten und sich trotz ihrer roten Kleidung unsichtbar zu machen.

Schindler glaubte nicht, daß die Kleine in Rot die Aktion überlebt haben könnte. Von Toffel und anderen Bekannten bei der Polizei erfuhr er, daß 7000 Personen »ausgekämmt« worden waren. Für die Schreibtischtäter in der Pomorskastraße war die Aktion ein voller Erfolg.

Schindler hörte jetzt genauer hin, wenn von diesen Dingen die Rede war. So wußte er, daß ein gewisser Wilhelm Kunde die Oberleitung gehabt hatte, daß die Aktion aber von einem SS-Obersturmführer durchgeführt worden war. Schindler machte sich keine Notizen, aber er merkte sich so etwas für den Tag, an dem er entweder Canaris oder der Weltöffentlichkeit darüber berichten wollte. Dieser Tag kam früher, als er erwartete. Zunächst einmal forschte er Vorkommnissen nach, die er bislang als vereinzelte Irrsinnstaten beurteilt hatte. Informationen bekam er von seinen Bekannten bei der Polizei, aber auch von nüchternen Juden, wie Stern einer war. Im Getto trafen Nachrichten aus anderen Teilen Polens ein, meist über Pankiewicz' Apotheke. Dolek Liebeskind, einer der Führer des jüdischen Widerstandes, sammelte Informationen über die Zustände in anderen Gettos, er reiste als Beauftragter der von den Deutschen noch geduldeten Selbsthilfeorganisation der Jüdischen Gemeinden im Lande herum.

Dem Judenrat mit solchen Dingen zu kommen war nutzlos. Der Judenrat hielt es für unangebracht, die Gettobewohner über die

Lage aufzuklären. Das würde nur Unruhe hervorrufen, und Unruhe führte zu Strafaktionen. Besser war es, die wildesten Gerüchte zu dulden, denen die Leute dann doch keinen Glauben schenkten, sich vielmehr nach wie vor Hoffnungen machten. Das war die Meinung der meisten Mitglieder des Judenrates schon unter Rosenzweig gewesen. Den gab es aber nicht mehr. Statt seiner übernahm der Handelsvertreter David Gutter den Vorsitz. Nun wurden nicht nur von der SS Teile der für das Getto bestimmten Rationen unterschlagen, sondern auch von Gutter und seinen neugewählten Ratsmitgliedern, deren würdiger Handlanger Spira war. Weil sie selber nicht glaubten, daß ihnen das gleiche Schicksal zuteil werden könnte wie allen anderen, fanden sie es richtig, die Gettobewohner im unklaren zu halten. Und doch erfuhr man im Getto die Wahrheit.

Acht Tage nachdem er auf dem Bahnhof Prokocim eingeladen worden war, kam der junge Drogist Bachner ins Getto zurück. Wie ihm das gelungen war und warum er ausgerechnet an einen Ort zurückkehrte, von wo die SS ihn wiederum auf Transport schicken würde, wußte niemand zu sagen. Es zog ihn wohl dahin zurück, wo er sich schon auskannte.

Der also erzählte, was er gesehen hatte, und er wirkte immer noch völlig verstört. Sein Haar war in diesen wenigen Tagen weiß geworden. Die Krakauer Juden, so berichtete er, die Anfang Juni verladen worden waren, wurden ins Lager Belzec geschafft. Ukrainische Wachmannschaften trieben sie mit Knüppeln aus den Waggons. Es stank fürchterlich, doch erklärte man das mit Desinfektionsmaßnahmen. Die Ankömmlinge wurden vor zwei Lagerhäusern aufgestellt, eines mit der Aufschrift GARDEROBE, das andere mit der Aufschrift WERTSACHEN. Sie mußten sich ausziehen und bekamen Bindfäden, mit denen sie ihr Schuhwerk zusammenbinden mußten. Brillen und Ringe wurden auch weggenommen. Die nackten Gefangenen wurden alsdann geschoren; das Haar sollte für irgendwelche U-Bootausrüstungen dienen und würde ja wieder nachwachsen, hieß es. Sodann wurden die Opfer zwischen Stacheldrahtzäunen den Bunkern zugetrieben, auf denen man kupferne Davidsterne befestigt und die Aufschrift BÄDER UND INHALATIONSRÄUME angebracht hatte. Dort wurden sie vergast. Die

Leichen wurden anschließend von besonderen Kommandos entfernt und in Gruben geworfen. Zwei Tage hatte es gedauert, bis alle tot waren. Er selber hatte sich in eine Latrine retten können und, bis zum Hals in Exkrementen stehend, überlebt. Bei Nacht war es ihm gelungen, aus dem Lager zu entkommen. Das gelang wohl nur, weil er nicht mehr bei Verstand gewesen war. Er ging am Bahndamm zurück, woher er gekommen war, wurde unterwegs von irgendeiner mitleidigen Seele – er wußte davon nichts mehr – gewaschen und neu eingekleidet.

Bachners Bericht wurde nicht von allen geglaubt. Hatten nicht Häftlinge aus Auschwitz an ihre Verwandten hier geschrieben? Dort konnte es also nicht so sein wie in Belzec. Und war denn das alles glaubhaft?

Schindler bekam heraus, daß die Gaskammern von Belzec im März 1942 von einer Hamburger Baufirma und Ingenieuren der SS aus Oranienburg fertiggestellt worden waren. Bachners Bericht nach zu urteilen, konnten dort täglich 3000 Menschen ermordet werden. Derzeit wurden Krematorien gebaut, um zu verhindern, daß das Tempo der Tötungen durch altmodische Methoden der Leichenbeseitigung verlangsamt werden könnte. Die Firma, die in Belzec die Gaskammern gebaut hatte, hatte auch in Sobibor und im Bezirk Lublin solche Anlagen errichtet. Der Bau einer ähnlichen Anlage war für Treblinka bei Warschau ins Auge gefaßt. Größere Anlagen waren in den Lagern Auschwitz I und Auschwitz II, also in dem etliche Kilometer entfernt gelegenen Birkenau in Betrieb. Aus Widerstandskreisen verlautete, daß in Auschwitz II bis zu 10 000 Menschen pro Tag ermordet werden konnten. Für den Bereich Lodz gab es im Lager Chelmno ebenfalls eine moderne Tötungsanlage.

Heute liest man das als geschichtliche Tatsachen, doch die Entdeckung gleichsam aus heiterem Junihimmel bedeutete 1942 einen Schock, der einem wahrlich den Sinn verwirren konnte. Daß Menschen so etwas ausdenken und in die Tat umsetzen konnten, war für den Verstand nicht zu fassen. In jenem Sommer machten sich unzählige Menschen, darunter Schindler und die Bewohner des Krakauer Gettos, mühsam und unter furchtbaren Qualen mit dem Gedanken vertraut, daß derartiges in Belzec und anderswo in der Abgeschiedenheit der polnischen Wälder tatsächlich geschah.

Schindler regelte nun endgültig die Übernahme der in Konkurs gegangenen *Rekord*-Werke vor dem polnischen Handelsgericht. Es fand eine Pro-forma-Versteigerung statt, bei der er Eigentümer wurde. Ihm lag daran, ordnungsgemäß als Eigentümer eingetragen zu sein, weil er nicht glaubte, daß die Deutschen den Krieg gewinnen könnten, auch wenn ihre Armeen derzeit den Don überschritten und auf dem Weg zum Kaukasus waren. Er hoffte, daß seine Rechtsansprüche auch den Sturz jenes furchtbaren Menschen in Berlin überleben, daß er auch in einer neuen Ära weiterhin als der erfolgreiche Sohn des alten Schindler aus Zwittau prosperieren werde. Dies war naiv und wurde auch nicht Wirklichkeit.

Der Kistenfabrikant drängte ihn immer wieder, auf dem unbebauten Gelände eine Baracke zu errichten, einen Zufluchtsort. Schindler besorgte sich die Genehmigung für die Errichtung eines Ruheraumes für die Arbeiter seiner Nachtschicht. Das Holz stellte Jereth zur Verfügung. Im August war der Bau beendet; er war unscheinbar, primitiv und nicht gerade wetterfest. Das grüne Kistenholz sah aus, als werde es sich werfen und könne niemals einem winterlichen Schneetreiben standhalten. Während einer Aktion im Oktober fanden darin aber das Ehepaar Jereth, die Kistenmacher, die Arbeiter der Heizkörperfabrik und Schindlers Nachtschicht Schutz.

Jener Schindler, der am Morgen einer Aktion im Getto aus dem Büro kommt, mit dem SS-Mann, den Ukrainern oder den Leuten vom Ordnungsdienst spricht, die aus Podgorze gekommen sind, um die Arbeiter seiner Nachtschicht abzuholen, jener Schindler, der beim Frühstück Wachtmeister Bosko anruft und unter einem Vorwand behauptet, seine Nachtschicht müsse heute im Betrieb bleiben, dieser Schindler beachtet nicht mehr die Grenzen, die einem vorsichtigen Geschäftsmann gezogen sind, er exponiert sich auf gefährliche Weise. Seine einflußreichen Bekannten, die ihn schon zweimal aus der Haft befreit haben, werden das nicht beliebig oft wiederholen, auch wenn er ihnen großzügige Geschenke macht. In diesem Jahr finden sich einflußreiche Leute selber in Auschwitz wieder, und wenn sie dort zugrunde gehen, bekommen ihre Angehörigen ein Telegramm der Lagerleitung: IHR EHEMANN IST IM KZ AUSCHWITZ GESTORBEN.

Bosko war ein schlaksiger Volksdeutscher aus der Tschechoslowakei. Er kam aus einem Elternhaus, das, wie das von Schindler, die alten deutschen Werte hochhielt. Der Aufstieg Hitlers hatte ihn eine Weile mit großdeutschen Hochgefühlen erfüllt, und in Wien, wo er Theologie studierte, war er der SS beigetreten. Er bereute seinen damaligen Eifer mehr, als Schindler ahnte, und tat Buße. Schindler wußte damals weiter nichts, als daß Bosko mit Wonne jede Aktion sabotierte, soweit ihm das möglich war. Er war für den Außenbereich des Gettos verantwortlich und zwang sich, alles mit anzusehen, was innerhalb der Mauern vorging, denn auch er verstand sich wie Schindler als künftiger Zeuge. Schindler wußte nicht, daß Bosko während der Aktion im Oktober Dutzende von Kindern in Pappkartons aus dem Getto geschmuggelt hatte, auch nicht, daß der Wachtmeister Angehörigen des jüdischen Widerstandes (ZOB) Passierscheine ausstellte. Es waren dies hauptsächlich junge Leute, Mitglieder der Akiva, eines Vereins, der sich nach dem legendären Rabbi Akiva ben Joseph nannte; geleitet wurde der ZOB von dem Ehepaar Dranger – das Tagebuch von Gusta Dranger ist ein klassisches Werk über den Widerstand geworden – und von Dolek Liebeskind. Mitglieder des ZOB brauchten Passierscheine für das Getto, um jederzeit mit Geld, falschen Papieren, Flugblättern der Widerstandsbewegung und zwecks Anwerbung neuer Mitglieder das Getto betreten und verlassen zu können. Es bestanden Kontakte zur linksgerichteten polnischen Volksarmee in den Wäldern um Krakau, die ebenfalls Dokumente brauchte, die Bosko verschaffen konnte. Das reichte selbstverständlich aus für ein Todesurteil gegen Bosko, und doch war ihm das alles noch nicht genug, er verachtete sich dafür, daß er nur in einzelnen Fällen helfen konnte, er wollte alle retten, er versuchte es auch, und das kostete ihn sein Leben.

Danka Dresner, die Kusine von Rotkäppchen, war schon vierzehn und verfügte nicht mehr über den sicheren Instinkt, der die Kleine bislang gerettet hatte. Danka hatte zwar Arbeit als Putzfrau in einer Luftwaffenunterkunft, doch das schützte sie in jenem Herbst nicht mehr davor, auf Transport geschickt zu werden.

Als ein SS-Sonderkommando und Abteilungen des SD wieder

einmal in die Lwowskastraße kamen, nahm ihre Mutter Danka mit zu einer Nachbarin in der Dabrowskistraße, in deren Haus es eine falsche Mauer gab. Die Nachbarin war Ende Dreißig und als Küchenhilfe in der SS-Kantine unweit des Wawel beschäftigt, konnte also auf Vorzugsbehandlung hoffen. Aber ihre Eltern lebten bei ihr, und für die hatte sie die falsche Wand hochmauern lassen, ein kostspieliges Unternehmen, denn jeder Ziegelstein mußte unter Lumpen, Feuerholz oder Desinfektionsmitteln verborgen ins Getto geschmuggelt werden. Das gemauerte Versteck mochte sie 5000, auch 10 000 Zloty gekostet haben.

Zu Frau Dresner hatte sie gesagt, es sei genügend Platz für zwei weitere Personen darin, und im Notfall möge sie mit Danka kommen. Deshalb hasteten die beiden Frauen dorthin, als sie das Gebell der Hunde und das durch die Megaphone verstärkte Gebrüll der SS-Leute hörten. Die Nachbarin war allerdings so nervös, daß sie gleich sagte: »Danka kann ins Versteck, aber Sie nicht, Frau Dresner, es ist zu eng.« Danka starrte fasziniert auf die Wand, hinter der die Eltern verborgen waren.

Frau Dresner suchte die andere zu überzeugen, daß sie sehr wohl noch in dieses Versteck passen würde, doch Schüsse, die jetzt in der Nähe fielen, brachten diese um den Rest ihrer Fassung, und sie schrie: »Danka ja, Sie nicht! Gehen Sie!«

Frau Dresner verließ die Wohnung, die Nachbarin ging mit Danka auf den Boden, zog einen Teppich weg und hob einige Dielen an. Danka ließ sich in das Versteck hinunter zu den beiden alten Leutchen, die ihr bedeuteten, sie könne sich auf den Boden kauern. Sie fühlte sich hier überraschend sicher; aus der Wohnung war nichts zu hören. Sie begann, um ihre Mutter zu fürchten.

Diese hatte das Haus noch nicht verlassen. Die SS war bereits in der Dabrowskistraße und würde Frau Dresner mit Sicherheit im Hausflur finden, falls sie hier bliebe. Warum gehe ich eigentlich nicht auf die Straße? fragte sie sich. Es war so etwas wie ein ungeschriebenes Gesetz, daß die Gettobewohner zitternd in ihren Zimmern warteten, bis man sie hinaustrieb. Jetzt erschien eine Gestalt mit der Mütze des OD im Hausflur. Sie erkannte den jungen Mann, der mit ihrem Sohn befreundet war, und er sie ebenfalls. Ob ihr das nützen würde, war fraglich. Der junge Mann kam näher.

»Pani Dresner«, sagte er, »verstecken Sie sich da unter der Treppe. In zehn Minuten ist alles vorbei.«

Sie gehorchte benommen, kauerte sich unter die Treppe, wußte aber schon, daß dies nichts nützen würde. Das Licht aus dem Hinterhof fiel genau dorthin, wo sie hockte. Sie richtete sich auf. Der Mann vom OD bedeutete ihr noch einmal, an Ort und Stelle zu bleiben, dann verschwand er.

Nebenan war, dem Lärm nach zu urteilen, die Suche schon im Gange. Gleich darauf hörte sie Schritte im Treppenhaus, hörte den jungen Mann auf deutsch sagen, er habe unten schon nachgesehen, da sei niemand. Oben allerdings wohnten Leute. Nichts ließ darauf schließen, daß er sein Leben riskierte, offenbar auf die geringe Chance hin, daß die Polizisten, nachdem sie bereits die Lwowskastraße durchgekämmt hatten, nicht mehr so eifrig suchen, sich auf seine Auskunft verlassen und Frau Dresner nicht finden würden, die er doch nur flüchtig kannte.

Tatsächlich begnügten sie sich mit seiner Auskunft. Sie hörte Stiefel die Treppe hinaufpoltern, hörte in der Wohnung ihrer Bekannten einen erregten Wortwechsel, man ließ sie aber offenbar in Frieden, denn gleich darauf kamen die Männer die Treppe wieder herunter, zwei andere Hausbewohner zwischen sich. Der Lärm ebbte ab. Frau Dresner wartete. Die zweite Welle blieb aus. Bis morgen. Oder übermorgen. Sie würden wieder und wieder kommen. Was im Juni noch wie der Höhepunkt des Schreckens gewirkt hatte, war im Oktober zum fast täglichen Ereignis geworden. Sie war dem jungen Mann dankbar, als sie hinaufging, ihre Tochter zu holen, wußte aber, daß seine heldenhafte Geste nichts daran änderte, daß Morde im Krakauer Getto systematisch und wie am Fließband verübt wurden. Die Orthodoxen pflegten zu sagen: »Eine gelebte Stunde ist immer noch Leben.« Diese Stunde hatte er ihr vergönnt. Niemand würde ihr mehr geben können.

Ihre Bekannte schämte sich jetzt. Vielleicht gerade deshalb beharrte sie auf ihrer Forderung: »Das Mädchen kann jederzeit kommen, Sie aber nicht.«

Frau Dresner beklagte sich nicht, bedankte sich vielmehr bei der Frau; wer wußte schon, wie bald Danka dieses Versteck benötigen würde. Frau Dresner selber blieb nur der Versuch, sich irgendwo so nützlich zu machen, daß man sie ihrer Arbeitskraft wegen schonte. Doch wurde in diesen Tagen auch den Verstocktesten klar, daß die SS in den Juden nicht so sehr auszubeutende Arbeitskräfte als zu vernichtende Sozialschädlinge sah. Es war nur eine Frage der Zeit, bis man die Konsequenzen daraus ziehen würde. Als der junge OD-Mann Frau Dresner in der Dabrowskistraße rettete, führten die jungen jüdischen Widerstandskämpfer ihrerseits eine Aktion aus. Angetan mit SS-Uniformen, betraten sie das der SS vorbehaltene Restaurant Cyganeria gegenüber dem Slowacki-Theater und legten eine Bombe, die sieben SS-Leute in Fetzen riß und mehr als vierzig verletzte.

Schindler, der davon hörte, dachte: Ein Glück, daß ich nicht gerade mit einem Bonzen dort gegessen habe.

Erklärte Absicht der Widerständler war es, die Gettobewohner aus ihrer traditionellen Lethargie aufzurütteln und zur Rebellion anzustacheln. Sie legten eine Bombe im der SS vorbehaltenen Bagatela-Kino in der Karmelickastraße, während dort ein Film mit Leni Riefenstahl lief. Einige Monate später versenkten sie Patrouillenboote auf der Weichsel, warfen Molotowcocktails in Automobilwerkstätten der Wehrmacht in allen Stadtteilen, verteilten Passierscheine an Personen, die darauf kein Anrecht hatten, stellten falsche Papiere her, brachten den Wehrmachtszug zwischen Krakau und Bochnia zum Entgleisen, druckten eine illegale Zeitung. Auch ließen sie Spiras Adjutanten, die Tausende auf die Transportlisten gesetzt hatten, in einen Hinterhalt der Gestapo laufen.

Trotz alledem änderten die Gettobewohner ihr Verhalten nicht. Ihr Vorbild war Rosenzweig, der, als man ihn im Juni aufforderte, die Namen der zu Deportierenden auf eine Liste zu setzen, als ersten seinen eigenen Namen und dann den seiner Frau und seiner Tochter hinschrieb. Unterdessen trafen Jereth und Schindler im Hinterhof der Emalia ihre eigenen Maßnahmen: Sie planten eine zweite Baracke.

Kapitel 17

In Krakau traf ein österreichischer Zahnarzt namens Sedlacek ein und stellte unter der Hand Erkundigungen über Schindler an. Er war mit der Bahn aus Budapest gekommen und hatte die Namen möglicher Kontaktpersonen sowie eine größere Summe Besatzungsgeld in einem Koffer mit doppeltem Boden. Er gab vor, geschäftlich unterwegs zu sein, in Wahrheit reiste er als Kurier einer zionistischen Organisation in Budapest.

Noch im Herbst 1942 wußten die palästinensischen Zionisten, von der übrigen Welt ganz zu schweigen, nichts Genaues über das Schicksal der europäischen Juden. Man hörte nur Gerüchte. Folglich wurde in Istanbul ein Büro eingerichtet, dessen Aufgabe es war, die wirklichen Tatsachen herauszufinden. Man verschickte Postkarten an alle zionistischen Vereinigungen im besetzten Europa mit dem Text: »Wir möchten gern wissen, wie es Ihnen geht, *Eretz* erwartet Sie.« Jeder Zionist weiß, daß mit *Eretz* das Land Israel gemeint ist. Auf diese Postkarten erhielt man nur eine einzige

Antwort, und auch die erst im Spätherbst 1942. Es war eine Ansichtskarte von Budapest und darauf stand:

»Freue mich, daß Sie für meine Umstände Interesse zeigen. *Rahamim maher*. (Hilfe ist dringend notwendig.) Bitte halten Sie Verbindung.«

Absender war ein Budapester Juwelier namens Samu Springmann, der eine Postkarte aus Istanbul erhalten hatte. Ein kleiner Mann, nicht größer als ein Jockey, Mitte der Dreißig, war er gewöhnt, Schmiergelder zu zahlen, Diplomaten gefällig zu sein, die ungarische Geheimpolizei zu bestechen. Nun sollte er Hilfsgelder an die im besetzten Gebiet lebenden Juden verteilen und nach Istanbul berichten, was da wirklich vorging.

Springmann und seine zionistischen Freunde in Ungarn wußten ebensowenig, was jenseits der Grenze zu Polen passierte, wie das Büro in Istanbul. Springmann sah sich nach Leuten um, die bereit waren, Nachrichten für ihn zu sammeln. Einer davon war Erich Popescu, Diamantenhändler und Agent der ungarischen Geheimpolizei; ein anderer war Bandi Grosz, Teppichschmuggler und ebenfalls Polizeispitzel. Ein dritter war Rudi Schulz, österreichischer Safeknacker und Gestapoagent. Springmann verstand es, mit diesen Leuten umzugehen, er appellierte an ihre Gier, ihre Sentimentalität, an ihre Grundsätze, falls sie welche hatten.

Es gab auch Idealisten unter seinen Kurieren, und Sedlacek gehörte dazu. Er unterhielt in Wien eine gutgehende Zahnarztpraxis, war Mitte Vierzig und hatte es nicht nötig, einen Koffer mit doppeltem Boden durch Polen zu schleppen. Aber da war er nun, mitsamt der Liste aus Istanbul, und der zweite Name auf dieser Liste lautete Oskar Schindler. Irgendwie mußten die Zionisten in Palästina auf ihn aufmerksam geworden sein, vielleicht durch Stern, durch Ginter, durch Biberstein. Er ahnte jedenfalls nicht, daß man ihn zu den Gerechten zählte.

Dr. Sedlacek kannte in Krakau einen ehemaligen Patienten, einen Major der Wehrmacht, Franz von Korab. Mit dem verabredete er sich für den Abend im Hotel Krakowia. Der Tag war trübe gewesen, und Sedlacek hatte über die Weichsel hinweg das Getto von Podgorze betrachtet, das mit seinem nachgemachten orientalischen

Tor einen besonders niederschmetternden Anblick bot; selbst die Polizisten machten den Eindruck von Verdammten.

Korab hatte angeblich eine jüdische Großmutter. Derartige Spekulationen waren nichts Ungewöhnliches, man flüsterte sogar, Heydrichs Großmutter sei mit einem Juden namens Süß verheiratet gewesen, Korab vertraute Sedlacek an, daß die Vermutung in seinem Fall zutreffend sei. Sedlacek fühlte sich also berechtigt, den Major nach einigen Leuten auf der Istanbuler Liste zu fragen. Korab kannte Schindler, beschrieb ihn als einen gutaussehenden Burschen, der das Geld nur so scheffelte. Viel gerissener, als er merken ließ. Keine Mühe, eine Verabredung mit ihm zu treffen.

Um zehn Uhr am folgenden Tag betraten beide Herren Schindlers Büro, wo der Major sie bald allein ließ. Sedlacek vertraute Schindler an, wer seine Auftraggeber waren, erwähnte aber nichts von dem Geld, sagte auch nicht, daß Vertrauenspersonen in Polen von *Jewish Joint Distribution Committee* erhebliche Barmittel erhalten würden. Der Zahnarzt wollte zunächst wissen, was Schindler über den Stand des Krieges der Deutschen gegen die Juden wußte.

Schindler zögerte, und Sedlacek erwartete eine ausweichende Antwort. Schindler beschäftigte immerhin 550 Juden, die er von der SS gemietet hatte; die Rüstungsinspektion garantierte ihm fortlaufend gewinnbringende Aufträge; die SS stellte ihm für RM 7,50 pro Tag soviel Sklaven, wie er wollte. Es wäre also nicht überraschend, wenn er jede Kenntnis abgestritten hätte.

Schindler zögerte jedoch aus einem anderen Grund: »Ich weiß nicht, ob Sie glauben werden, was mit den Juden hierzulande geschieht«, sagte er endlich.

»Soll das heißen, Sie vermuten, daß meine Auftraggeber Ihnen nicht glauben könnten?«

»Ich kann es ja selber kaum glauben.« Er schenkte seinem Besucher und sich einen Cognac ein, stierte auf einen Lieferschein, ging damit zur Tür und riß sie auf, wie um einen Horcher zu ertappen. Dann sprach er polnisch mit seiner Sekretärin, kam zurück, setzte sich, nahm einen Schluck und berichtete.

Auch in Sedlaceks Wiener regimefeindlicher Zelle wußte man nicht, daß die Judenverfolgung derart systematisch betrieben wurde. Das war auch schwer zu glauben, nicht aus moralischen

Gründen, sondern weil es unvorstellbar schien, daß die Nationalsozialisten während eines Krieges auf Tod und Leben Tausende von kampffähigen Männern, dringend benötigte Waggons, die ohnedies überlastete Eisenbahn, eine beträchtliche Bürokratie, ganze Arsenale automatischer Waffen und Mengen von Munition, nicht zu reden vom technischen Aufwand der Mordfabriken für die Vernichtung eines Gegners verwenden sollten, der weder militärisch noch wirtschaftlich von Bedeutung war, sondern einzig als ein Phantom in abartigen Gehirnen spukte. Sedlacek hatte Horrorgeschichten erwartet – Hunger, Pogrome, Schikanen, Enteignungen –, alles, was man ja schon aus der Geschichte kannte. Daß er Schindler aufs Wort glaubte, lag daran, daß Schindler ein Mann war, der unter der Besatzungsmacht prosperierte, in seinem eigenen Betrieb saß, einen Cognacschwenker vor sich auf dem Tisch. Er machte einen zugleich gelassenen und unerhört zornigen Eindruck, den Eindruck eines Menschen, der zu seinem Bedauern das Schlimmste für möglich halten muß. Nichts in seiner Darstellung klang nach Übertreibung.

Sedlacek fragte, ob Schindler nach Budapest kommen und selber berichten würde? Schindler war verblüfft. Warum Sedlacek das nicht tue? Und man habe derartiges doch gewiß schon aus anderer Quelle gehört? Sedlacek verneinte. Es gebe nur Berichte von einzelnen Vorfällen, kein Gesamtbild. Er möge also nach Budapest kommen, wenngleich die Reise unbequem sein könnte.

Ob er zu Fuß über die Grenze solle? fragte Schindler.

So schlimm wird es nicht, aber sie müssen vielleicht in einem Güterzug fahren.

Er werde mitkommen, sagte Schindler.

Sedlacek fragte ihn sodann nach den anderen Leuten auf seiner Istanbuler Liste. Ganz oben stand der Name eines Krakauer Zahnarztes. Ein Besuch beim Zahnarzt läßt sich immer rechtfertigen, meinte Sedlacek, jeder hat mal ein Loch im Zahn. Schindler warnte ihn: Der Mann sei von der SS korrumpiert worden.

Es wurde noch eine weitere Zusammenkunft vor Sedlaceks Rückkehr nach Budapest vereinbart und bei dieser Gelegenheit Schindler die gesamte Geldsumme übergeben. Obwohl nicht auszuschließen war, daß der verschwenderische Fabrikant für das Geld auf dem schwarzen Markt Schmuck kaufte, wurde keine Quittung verlangt. Wie hätte man das auch kontrollieren wollen? Es ist hier anzumerken, daß Schindler das Geld bis auf den letzten Pfennig seinen Kontaktpersonen in der jüdischen Gemeinde übergab, die damit nach Gutdünken verfahren sollten.

Mordechai Wulkan, der ebenso wie Frau Dresner später mit Schindler bekannt werden sollte, war von Beruf Juwelier. Gegen Ende des Jahres wurde er von einem der Schergen Spiras aufgesucht. Er brauche keine Angst zu haben, hieß es gleich. Im Vorjahr war er nämlich vom OD wegen verbotener Geldgeschäfte festgenommen worden, und als er sich weigerte, für die Devisenüberwachungsstelle Spitzeldienste zu leisten, hatte die SS ihn verprügelt. Seine Frau bekam ihn nur gegen ein Geldgeschenk an Wachtmeister Beck frei. Im Juni hätte er auf Transport nach Belzec gehen sollen, wurde aber von einem OD-Mann im letzten Moment aus dem Hof der alten Schokoladenfabrik geholt. Es gab nämlich auch beim OD Zionisten, deren Aussichten, jemals Jerusalem zu erblicken, allerdings gering waren.

Diesmal war der OD-Mann kein Zionist, vielmehr suchte er im Auftrag von Spira vier Juweliere für die SS, und Wulkan wurde zusammen mit Herzog, Friedner und Grüner in die alte technische Hochschule geführt, die dem SS-Wirtschaftsverwaltungshauptamt als Lagerhaus diente.

Hier waren außerordentliche Sicherheitsmaßnahmen getroffen worden. An jeder Tür stand ein SS-Posten. Den Juden wurde eröffnet, daß, sollten sie je ein Wort über ihre Arbeit hier verlauten lassen, dies ihr Ende bedeuten würde. Man führte sie in den Keller. An den Wänden standen Regale, und darauf türmten sich Koffer und Aktenmappen, sämtlich mit dem Namensschild der ehemaligen Eigentümer versehen. Unter den nahe der Decke angebrachten Fenstern standen Holzkisten. Die Juweliere kauerten sich in der Kellermitte auf den Boden hin, und zwei SS-Männer schleppten einen Koffer herein, den sie vor Herzog umkippten. Den nächsten leerten sie vor Grüner aus, dann schütteten sie einen Berg Gold vor Friedner hin und den letzten vor Wulkan. Es war meist altes Gold – Ringe, Broschen, Armreifen, Taschenuhren, Lorgnetten, Zigarettenspitzen. Die Juweliere sollten die vergoldeten Gegenstände von den massiv goldenen separieren, den Goldgehalt feststellen, Diamanten und Perlen schätzen. Alles war nach Wert und Goldgehalt sortiert auf verschiedene Haufen zu legen.

Anfangs griffen sie nur zögernd nach den einzelnen Stücken, dann setzte sich die berufliche Routine durch. Die wachsenden Häufchen wurden von SS-Leuten in die Kisten umgefüllt und diese mit der Aufschrift REICHSFÜHRER SS BERLIN versehen. Die den europäischen Juden geraubten Wertsachen wurden also in Himmlers Namen bei der Reichsbank deponiert. Es waren viele Kinderringe dabei, und den Gedanken an deren Herkunft mußte man verdrängen. Nur einmal starrten die Juweliere wie gelähmt auf den vor ihnen ausgeschütteten Inhalt eines Koffers: Goldzähne, noch mit getrocknetem Blut daran. Die erinnerten zu eindringlich an Tausende von Toten und schienen die vier Männer dazu aufzufordern, ihr Gerät von sich zu schleudern und laut die Herkunft dieses Goldes anzuprangern. Nachdem aber der erste Schock sich gelegt hatte, fuhren die vier in ihrer Arbeit fort, nun allerdings in dem Bewußtsein, selber das begehrte Material in ihren Zähnen zu haben, und von der Angst gepackt, man könnte es ihnen entreißen.

Sechs Wochen dauerte es, die Schätze in der Technischen Hochschule zu sortieren. Von dort wurden sie in eine stillgelegte Garage geführt, die zu einem Silberspeicher umgewandelt worden war. Die Abschmiergruben waren bis zum Überquellen mit Schmuck und zeremoniellem Silbergerät gefüllt. Sie mußten das nur Versilberte vom massiv Silbernen trennen, und alles wurde gewogen. Als einer der SS-Leute darüber klagte, wie mühsam es sei, das in den Synagogen und am Sabbat benutzte Tafelgerät und die Leuchter zu verpakken, schlug Wulkan vor, doch alles einzuschmelzen, denn, obwohl er kein gläubiger Jude war, hätte ihm das eine gewisse Befriedigung verschafft. Das durfte aber nicht geschehen. Möglich, daß dieser Silberschatz in irgendein Museum wandern sollte, möglich auch, daß der Kunstwert der Arbeiten erkannt wurde.

Als dies vorüber war, stand Wulkan wieder ohne Arbeit da. Und doch mußte er eine Möglichkeit finden, das Getto zu verlassen, um Lebensmittel für seine Frau und seine lungenkranke Tochter aufzutreiben. Er fand Arbeit in einer metallverarbeitenden Fabrik in

Kazimierz und machte die Bekanntschaft eines gemäßigten SS-Unterführers, Gola mit Namen. Der Oberscharführer verschaffte ihm Arbeit in einer Kaserne unweit des Wawel als Gehilfe des Hausmeisters. Als er zum ersten Mal mit seinem Werkzeug die Kantine betrat, las er über der Tür den Hinweis FÜR JUDEN UND HUNDE EINTRITT VERBOTEN. Dieses Schild und die Goldzähne, die durch seine Hände gegangen waren, machten ihm endgültig klar, daß er sich Rettung nicht von der lässigen Großmut eines Oberscharführers Gola versprechen durfte. Gola kam in die Kantine, ohne das Verbotsschild zu beachten, und ihm würde auch nicht auffallen, daß Wulkan samt den Seinen nicht mehr da war, sobald man sie nach Belzec oder an einen ähnlichen Ort verbracht hätte. Wulkan wußte ebenso wie Frau Dresner und fünfzehntausend weitere Gettobewohner, daß die Rettung nur auf unerwartete, ungeahnte Weise erfolgen konnte, und daran glaubte keiner.

Kapitel 18

Dr. Sedlacek hatte eine unbequeme Reise in Aussicht gestellt, und so war sie denn auch. Schindler trug einen warmen Mantel, führte einen Koffer und eine Reisetasche mit dem Nötigsten bei sich sowie ordnungsgemäße Papiere. Die wollte er an der Grenze aber nicht vorzeigen. Man hielt es für besser, wenn niemand ihm nachweisen konnte, daß er in jenem Dezember nach Ungarn eingereist war.

Also machte er die Fahrt in einem Güterwagen voller Exemplare des Völkischen Beobachters, die für Ungarn bestimmt waren. Man hatte ein Zimmer im *Pannonia* für ihn genommen, unweit der Universität, und am Nachmittag seines Ankunftstages erhielt er den Besuch des kleinen Springmann und eines Dr. Rezso Kastner. Beide Männer hatten mit Flüchtlingen gesprochen, aber von denen war nichts Wesentliches zu erfahren gewesen. Schon die Tatsache, daß sie hatten fliehen können, bewies, daß sie Einzelheiten, Lage und Funktionsweise der Vernichtungslager nicht kennen konnten. Falls Sedlacek recht hatte, würden sie von diesem Sudetendeutschen den ersten umfassenden Bericht über die Massenmorde in Polen erhalten.

Man kam gleich zur Sache. Schindler ging, von innerer Unruhe getrieben, im Zimmer auf und ab –, was er zu sagen hatte, setzte ihm hier, fern von Krakau und den Aktionen im Getto, offenbar mehr zu als dort. Er gab zunächst seine eigenen Eindrücke von den Vorgängen im Getto wieder, erwähnte, was er von Juden und von Angehörigen der SS gehört hatte. Er brachte Briefe zum Vorschein, die ihm Ärzte aus dem Getto mitgegeben hatten, auch einen von Itzhak Stern.

Die Gettos würden aufgelöst, sagte er, in Krakau sowohl als in Warschau und in Lodz. Die Zahl der Bewohner des Warschauer Gettos sei um vier Fünftel zurückgegangen, die des Lodzer um zwei Drittel, die des Krakauer um die Hälfte. Wo waren diese Menschen geblieben? Einige waren in Arbeitslagern, doch man müsse als gegeben annehmen, daß wenigstens drei Viertel von ihnen in jenen Lagern verschwunden seien, in denen die modernen Mordmaschinerien arbeiteten. Es gebe mehrere solcher Lager, und die SS habe auch eine amtliche Bezeichnung für sie: Vernichtungslager.

In den letzten Wochen seien etwa 2000 Krakauer Juden aus dem Getto weggebracht worden, nicht nach Belzec, sondern in unweit der Stadt gelegene Zwangsarbeitslager. Eines befinde sich in Wielicka, ein anderes in Prokocim, beide also an der Ostbahn, die zur Front in Rußland führte. Aus beiden Lagern bringe man die Juden täglich zur Arbeit nach Plaszow am Stadtrand von Krakau, wo sie Fundamentierungsarbeiten für ein sehr großes Arbeitslager ausführten. In einem derartigen Lager würden sie ein jammervolles Leben fristen müssen, sagte Schindler. Die Lagerbaracken von Wielicka und Prokocim unterstünden einem SS-Oberscharführer namens Horst Pilarzik, der sich im Juni besonders hervorgetan hatte, als 7000 Juden aus dem Krakauer Getto abtransportiert worden waren, von denen nur einer, ein Drogist, zurückgekommen sei. Das geplante Lager Plaszow dürfte einem Mann ähnlichen Kalibers unterstellt werden. Für diese Arbeitslager spreche einzig, daß sie nicht mit den Einrichtungen für systematischen Massenmord versehen waren. Auch sei die Vernichtung der Arbeitskräfte durch Mord nicht beabsichtigt, vielmehr benötigte man sie ebenso wie die noch im Getto lebenden Juden für bestimmte Aufgaben. Die bestehenden und das geplante Lager fielen in die Zuständigkeit von Scherner und Czurda, den Polizeichefs von Warschau, während die Vernichtungslager direkt dem SS-Wirtschaftsverwaltungshauptamt in Oranienburg bei Berlin unterstünden. Auch die Häftlinge in den Vernichtungslagern würden vorübergehend für Arbeiten eingesetzt, doch seien sie unweigerlich zum Tode bestimmt, und alles, was sie besäßen – Kleidung, Schmuck, Brillen, ja sogar ihre Haare fänden weitere Verwendung.

Schindler riß plötzlich die Zimmertür auf und lauschte in den Korridor. Er fürchtete offenbar Horcher. Man beruhigte ihn. Das *Pannonia* sei vergleichsweise sicher. Schindler trat nun ans Fenster und fuhr in seinem Bericht fort. Die Arbeitslager würden dem Kommando von Leuten unterstellt werden, die sich bei der Räumung der Gettos als ausreichend brutal erwiesen hätten. Es würde also in den Lagern zu Mord und Mißhandlungen kommen, auch würden bestimmt Teile der für die Häftlinge vorgesehen Rationen verschoben werden, was bedeute, daß diese würden hungern müssen. Doch sei das dem sicheren Tod in den Vernichtungslagern vorzuziehen. Selbst im Lager könne man sich noch etwas organisieren, auch könne man Einzelpersonen freikaufen und nach Ungarn schmuggeln.

Dann sei also auch die SS bestechlich? fragten die Herren aus Budapest. »Ich kenne keinen, der es nicht wäre«, grollte Schindler und beendete damit seinen Bericht.

Kastner und Springmann waren so leicht nicht zu schockieren. Sie kannten von Kind auf das Wirken der Geheimpolizei. Ihre derzeitige Tätigkeit erregte das Mißtrauen der ungarischen Polizei – die durch Schmiergelder bei Laune gehalten werden mußte – und das Mißfallen der ehrbaren Judenschaft. So bezeichnete Samuel Stern, Präsident des Judenrates und Mitglied des ungarischen Senates, Schindlers Bericht, als er informiert wurde, nicht nur als eine bösartige Phantasterei, sondern auch als eine Beleidigung der deutschen Kultur und eine Verleumdung der Absichten der ungarischen Regierung. Aber Springmann und Kastner glaubten Schindler. Sie waren von dem, was sie gehört hatten, nicht völlig erschlagen, nur sahen sie sich vor eine nicht zu bewältigende Aufgabe gestellt. Sie hatten es nicht mit dem bekannten, berechenbaren Goliath der Philister zu tun, sondern mit Behemoth persönlich. Mag sein, sie überlegten bereits, ob man nicht eine große Rettungsaktion starten müsse, die Unsummen kosten würde, statt sich mit den trotzdem notwendig bleibenden Einzelaktionen zu begnügen, also der illegalen Belieferung eines Lagers mit Lebensmitteln, dem Loskauf von Individuen, der Bestechung besonders brutaler SS-Leute, um ihren Eifer zu dämpfen.

Schindler ließ sich in einen Sessel fallen. Springmann schaute ihn an. Er war stark beeindruckt. Man würde nach Istanbul berichten, würde die Zionisten in Palästina, das *Joint Distribution Committee* zu noch größeren Anstrengungen auffordern. Und selbstverständlich diese Informationen Churchill und Roosevelt zukommen lassen. Im übrigen, sagte Springmann, habe Schindler durchaus recht, wenn er daran zweifle, daß die Leute seinen Informationen glaubten, es sei ja auch alles unglaublich. »Und darum bitte ich Sie dringend, selber in Istanbul mit unseren Leuten dort zu sprechen.«

Schindler willigte nach kurzem Zögern ein. »Das müßte gegen Ende des Jahres passieren«, sagte Springmann. »Und bis dahin halten Sie in Krakau Verbindung zu Dr. Sedlacek.«

Sedlacek holte Schindler zum Abendessen im Hotel *Gellert* ab. Von ihrem Tisch hatten sie Ausblick auf die Donau, die beleuchteten Lastkähne, die Lichter von Pest jenseits der Donau. Die Stadt wirkte wie vom Kriege unberührt, und Schindler fühlte sich wie ein Tourist. Nachdem er sich den ganzen Nachmittag über zurückgehalten hatte, trank er jetzt Unmengen *Ochsenblut*.

Beim Essen setzte sich ein österreichischer Journalist, ein Dr. Schmidt, mit seiner Freundin zu ihnen. Schindler bewunderte den Schmuck der Dame, verlor aber den Spaß an diesen Tischgenossen, als er merkte, daß die von nichts weiter als Spekulationsgeschäften redeten. Sedlacek meinte, Schindler sei deshalb so verstimmt, weil ihm hier eine Art Spiegelbild vorgehalten wurde, jedenfalls sagte er, nachdem die beiden gegangen waren: »Stehen Sie in näherer Verbindung zu diesem Schmidt?«

»Ja.«

»Das sollten Sie aber nicht. Der Mann ist ein Bandit.«

Sedlacek unterdrückte ein Lächeln.

»Woher wissen Sie, daß er auch nur einen Pfennig des Geldes abliefert, das Sie ihm geben?«

»Er bekommt Prozente.«

Schindler brütete ein Weilchen vor sich hin. »Ich will keine Prozente. Bieten Sie mir ja keine an!«

»Einverstanden.«

Kapitel 19

Schindler saß noch in dem Güterzug von Budapest, wo er die baldige Räumung des Krakauer Gettos vorhergesagt hatte, als sich von Lublin her bereits der Mann Krakau näherte, der diese Räumung vornehmen und das geplante Zwangsarbeitslager Plaszow leiten sollte: Untersturmführer Göth. Göth war etwa acht Monate jünger als Schindler, hatte aber mehr mit ihm gemein als nur das Geburtsjahr. Auch er war als Katholik aufgewachsen, war erst seit 1938 kein praktizierender Christ mehr, und seine Ehe war gescheitert. Er war ebenfalls Absolvent eines Realgymnasiums, ein Mann der Praxis, kein großer Denker und hielt sich doch für einen Philosophen.

Er stammte aus Wien und war schon 1930 der NSDAP beigetreten. Als die Partei 1933 in Österreich verboten wurde, gehörte er schon zur SS. 1940 trug er die Rangabzeichen eines Oberscharführers, und 1941 wurde er Untersturmführer, also Offizier. Als Führer eines Sonderkommandos nahm er an Aktionen im dichtbevölkerten Getto von Lublin teil und bewährte sich so, daß ihm die Liquidierung des Krakauer Gettos anvertraut wurde.

Göth war von athletischer Statur, hatte ein offenes, angenehmes Gesicht, langgliedrige muskulöse Hände. Er hing sehr an seinen Kindern aus zweiter Ehe, die er in den vergangenen drei Jahren nur selten gesehen hatte. Gelegentlich spielte er mit den Kindern von Offizierskameraden. Er konnte auch ein sentimentaler Liebhaber sein, hatte einen ebenso unstillbaren sexuellen Appetit wie Schindler, aber anders als dieser mißhandelte er nicht selten seine Mätressen. Auch homosexuelle Neigungen waren ihm nicht fremd. Seine beiden Ehefrauen wußten aus Erfahrung, daß er zu Grausamkeiten neigte, sobald die erste Liebesglut erloschen war. Er hielt sich für sensibel, was er auf seine Herkunft aus einer Familie von Druckern und Buchbindern zurückführte, und nicht selten bezeichnete er sich als Literaten. Befragt, hätte er geantwortet, daß er seinem neuen Kommando mit freudiger Erwartung entgegensah, denn die Liquidierung des Gettos mochte mit einer Beförderung belohnt werden; doch war der Dienst beim Sonderkommando nicht spurlos an ihm vorübergegangen. Seit zwei Jahren litt er unter Schlaflosigkeit, und wenn es möglich war, blieb er bis zum frühen Morgen auf und schlief dann in den Mittag hinein. Er war zum Trinker geworden und glaubte, jede Menge Alkohol zu vertragen. Und was ein Kater ist, wußte er ebensowenig wie Schindler.

Der Befehl, der ihm die Liquidierung des Gettos und das Kommando über das Zwangsarbeitslager Plaszow übertrug, war vom 12. Februar 1943 datiert. Er hoffte, Mitte März mit der Räumung des Gettos beginnen zu können.

Göth wurde am Krakauer Bahnhof von Kunde empfangen und dem jungen Pilarzik, der vorderhand mit dem Kommando über die Lager Prokocim und Wieliczka betraut war. Sie begaben sich sogleich im Wagen zu einer Besichtigung des Gettos und des im Entstehen begriffenen neuen Lagers Plaszow. Der Tag war bitterkalt, und als sie die Weichsel überquerten, begann es zu schneien. Göth nahm dankbar einen Schluck aus Pilarziks Schnapsflasche. Der Wagen rollte durch das orientalische Tor und entlang der Lwowskastraße, welche das Getto durchschnitt. Kunde, ehedem Zollbeamter, gab eine knappe Beschreibung. »Zur Linken sehen Sie das Getto B«, sagte er, »dessen Bewohner, etwa 2000, bislang noch unbehelligt geblieben sind, weil die meisten irgendwo beschäftigt sind. Wir haben unterdessen neue Kennkarten ausgegeben, markiert mit Großbuchstaben: W für Wehrmacht, Z für Verwaltung, R für Rüstungsindustrie. Niemand im Getto B hat solche Kennkarten, und deshalb werden die Bewohner der Sonderbehandlung zugeführt. Man könnte vielleicht am besten bei denen anfangen, aber das müssen selbstverständlich Sie entscheiden.«

Der rechter Hand liegende Teil des Gettos war erheblich größer, und hier lebten etwa 10 000 Personen. Die sollten zunächst einmal die Zwangsarbeiter für Plaszow stellen. Es war anzunehmen, daß die deutschen Unternehmer – Bosch, Madritsch, Beckmann, Schindler – ihre Betriebe ganz oder teilweise ins Lager verlegen würden. Es gab ferner ein Kabelwerk, etwa einen Kilometer vom Lagerareal entfernt, und dorthin konnten die Arbeiter täglich marschieren.

Am Hof des Kabelwerkes, wo riesige Rollen unter Schnee begraben lagen, bog man rechts ab. Hier begann die Jerozolimskastraße. Göth erblickte undeutlich einige Frauen, die Barackenteile über die Landstraße und die Jerozolimskastraße hinauftrugen; sie kamen vom Bahnhof Krakau-Plaszow und hausten im Lager Prokocim, wie Pilarzik erläuterte. Das werde nach Fertigstellung des Lagers Plaszow selbstverständlich geschlossen.

Göth schätzte die Entfernung, die die Frauen mit den Barackenteilen zurücklegen mußten, auf etwa einen knappen Kilometer. »Und immer bergauf«, bemerkte Kunde, womit er andeuten wollte, einerseits ist das eine gute Übung für die Frauen, andererseits verlangsamt es die Bauarbeiten. Göth meinte, man müsse ein Anschlußgleis zum Lager legen lassen. Er werde mal bei der Ostbahn vorsprechen. Rechter Hand stand eine Leichenhalle, und hinter einer halbzerfallenen Mauer ragten Grabsteine auf. Der jüdische Friedhof war Teil des Lagerareals. »Ein großer Friedhof«, bemerkte Kunde. »Nun, dann haben die Juden es ja nicht weit«, erwiderte Göth gut gelaunt.

Ebenfalls zur Rechten stand ein Haus, das der Kommandant vorerst bewohnen könne, daneben ein großes neues Verwaltungsgebäude. Die Leichenhalle bei der Synagoge sei schon teilweise gesprengt und könne als Stall dienen. Von hier aus sah man die beiden Kalksteinbrüche, die zum Lager gehörten. Einer lag in einer Senke, der andere auf dem Hügel hinter der Synagoge. Feldbahngeleise waren für den Transport der Steine ausgelegt. Sobald es aufhörte zu schneien, konnte man weiter verlegen.

Sie fuhren zum südöstlichen Ende des Lagerareals und einen jetzt im Schnee kaum zu befahrenden Weg auf dem Kamm des Hügels entlang bis zu einer ehemaligen österreichischen Batteriestellung, einer kreisrunden Mulde, eingefaßt von einem aufgeschütteten Wall. Von hier aus konnte die nach Rußland führende Straße unter Beschuß genommen werden. Göth fand, dieser Platz eigne sich vorzüglich zur Bestrafung von Häftlingen.

Man überblickte von hier oben das ganze Lagergelände. Ein breites Tal zwischen zwei Hügeln, der jüdische Friedhof der einzige Schmuck. In diesem Wetter glich es zwei fast unbedruckten Seiten eines aufgeschlagenen Buches, das man ein wenig schräg hält. Am Eingang zum Tal stand ein ländliches Gebäude aus grauem Stein, und daran vorüber zogen die jenseitige Anhöhe hinauf Gruppen von Frauen durch die schneeig schimmernde Dunkelheit des sinkenden Abends, schwarz wie eine Notenschrift. Sie kamen aus den eisigen Gassen jenseits der Jerozolimskastraße und schleppten Fertigteile von Baracken und legten sie ab, wo Ingenieure der SS, zivil gekleidet in Hut und Mantel, es ihnen befahlen.

Das Arbeitstempo, bemerkte Göth, könnte zu Verzögerungen führen, denn selbstverständlich dürften die Gettobewohner erst hergebracht werden, wenn Umzäunung und Wachtürme stünden. Er wolle sich nicht über das Arbeitstempo der Gefangenen da drüben beklagen, fuhr er fort. Tatsächlich beeindruckte es ihn insgeheim, daß weder die SS-Leute noch die Ukrainer sich an diesem bitterkalten Abend in ihre Unterkünfte verdrückt hatten.

Pilarzik versicherte, alles sei in Wahrheit viel weiter vorgeschritten, als man erkennen könne: das Land sei terrassiert, die Fundamente trotz des Frostes ausgeschachtet und eine Menge Fertigteile schon vom Bahnhof heraufgetragen. Moderne Vorfertigung und ein fast unerschöpflicher Vorrat an Arbeitskräften machten es möglich, solche Barackenstädte fast über Nacht zu errichten, vorausgesetzt, das Wetter erlaubte es.

Pilarzik schien zu glauben, Göth sei von diesem Anblick entmutigt, doch war das Gegenteil der Fall. Er konnte sich genau vorstellen, wie das hier mal aussehen würde. Und die Umzäunung? Nun, die war weniger eine Vorsichtsmaßnahme, als vielmehr eine geistige Stütze für die Häftlinge. Waren die Bewohner des Gettos von Podgorze erst einmal nach allen Regeln der Kunst von der SS behandelt worden, würden sie in den Baracken von Plaszow eine willkommene Zuflucht sehen. Selbst die, die sich, mit arischen Papieren versehen, außerhalb des Gettos herumtrieben, würden hier hereingekrochen kommen. Den meisten bedeutete der Stacheldraht nur ein Requisit, anhand dessen sie sich überzeugen konnten, daß sie gegen ihren Willen hier waren.

Zeitig am folgenden Morgen fand in Scherners Büro eine Besprechung statt zwischen den Betriebsinhabern, den Treuhändern und Göth. Göth in seiner maßgeschneiderten Uniform schien den Raum zu dominieren. Er zweifelte nicht daran, daß er Bosch, Madritsch und Schindler dazu überreden konnte, ihre jüdischen Arbeiter in seinem Lager unterzubringen. Ein flüchtiger Überblick hatte ihm auch schon gezeigt, daß im Getto sehr nützliche Berufe vertreten waren, mit denen sich etwas anfangen ließ: Juweliere, Polsterer, Schneider, die auf Weisung des Kommandanten Aufträge der SS, der Wehrmacht, der wohlhabenden deutschen Verwaltungsbeamten übernehmen könnten. Außer Madritschs Uniformschneiderei und Schindlers Emailwarenfabrik würde es noch einen metallverarbeitenden Betrieb, eine Bürstenwarenfabrik, einen Betrieb für die Säuberung und Reparatur verschlissener Uniformen und einen ähnlichen Betrieb für die Ausbesserung jüdischer Bekleidungsstücke aus dem Getto geben, die man an ausgebombte Volksgenossen im Reich verteilen konnte. Alle im Lager ausgeführten Arbeiten würden ihm persönlich einen Profit abwerfen, das wußte er von Lublin her, wo er mit Pelzen und Schmuck zu tun gehabt hatte; da hatte jeder seinen Anteil bekommen. Er war jetzt an dem Punkt in seiner Laufbahn angelangt, wo Pflichterfüllung und Bereicherung zusammenfielen. Oberführer Scherner hatte ihm gestern beim Abendessen ausgemalt, welche Goldgrube das Lager Plaszow für ihn werden könnte – für sie alle beide.

Scherner eröffnete die Besprechung, indem er besonders die »Konzentration der Arbeitskräfte« hervorhob, so als sei dies eine funkelnagelneue Entdeckung der SS. Man habe die Arbeitskräfte direkt am Arbeitsplatz. Die Instandhaltung der Betriebe – dies besonders an Schindler und Madritsch gerichtet – erfolge kostenlos, Pacht brauche nicht bezahlt zu werden. Anschließend könnten die Herren einen Rundgang durch das geplante Lager machen. Dann stellte er den neuen Kommandanten vor. Der sagte, es sei ihm eine besondere Freude, künftig mit so tüchtigen Unternehmern zusammenzuarbeiten, die weithin den besten Ruf genössen.

Auf einem Plan des Lagers zeigte er sodann, wo die neuen Betriebe errichtet werden sollten, nämlich neben dem Männerlager. Die Frauen würden etwa 200 Meter vom Arbeitsplatz entfernt untergebracht werden. Er selber denke nicht daran, sich in die eigentliche Betriebsführung einzumischen, seine Aufgabe beschränke sich darauf, den ordnungsgemäßen Ablauf des Lagerlebens zu garantieren; die Herren würden in ihrer Betriebspolitik ebenso ungestört sein wie jetzt in Krakau. Oberführer Scherner könne bestätigen, daß seine Anweisungen ihm ausdrücklich untersagten, sich in die Interna der Betriebe einzumischen. Der Oberführer habe schon mit Recht darauf hingewiesen, daß es opportun sei, die Betriebe innerhalb des Lagers zu haben: Die Inhaber brauchten weder Pacht noch Miete zu zahlen und er selber keine Wachmannschaften für die Beaufsichtigung der Häftlinge auf dem Weg zur Arbeit zu stellen. Und es leuchte ihnen gewiß ein, daß ein langer Weg, noch dazu angesichts der judenfeindlich gesonnenen Einwohnerschaft, den Nutzwert der Arbeitskräfte vermindern müsse.

Er blickte dabei immer wieder Madritsch und Schindler an, die er unbedingt für sich gewinnen wollte. Boschs Unterstützung hatte er schon, aber Schindler hatte eine Munitionsfertigung, wenn auch noch im Zustand der Erprobung, und wenn er die im Lager hätte, würde das sein Ansehen bei der Rüstungsinspektion erheblich steigern.

Madritsch hörte ihm mit gerunzelter Stirne zu, während Schindler entgegenkommend lächelte. Göth wußte, schon bevor er mit seiner Ansprache zu Ende war, daß Madritsch ins Lager kommen werde, Schindler aber nicht. Es ist nicht leicht zu beurteilen, wer von beiden sich seinen Juden gegenüber mehr verantwortlich fühlte, Madritsch, indem er zu ihnen ins Lager kam, oder Schindler, der seine Juden in der Emalia behalten wollte.

Schindler, immer noch einverständig lächelnd, schloß sich den anderen zur Besichtigung an. Plaszow glich jetzt schon einem Lager; eine Wetterbesserung hatte das Aufstellen der Baracken erlaubt, das Ausheben der Latrinen und Löcher für die Pfosten der Umzäunung. Eine polnische Baufirma hatte den Zaun gezogen. Nach Krakau hin begrenzten Wachtürme den Horizont, ebenfalls am Eingang zum Tal entlang der Wielickastraße, und hier oben, bei der ehemaligen österreichischen Artilleriestellung, waren die Arbeiten in vollem Gange. Zur Rechten erblickte Schindler Frauen, die auf verschlammten Wegen vom Bahnhof kamen, vorgefertigte Barackenteile zwischen sich. Die Barackenzeilen begannen am tiefsten Punkt des Tales und zogen sich auf terrassiertem Gelände den Hang hinauf. Häftlinge waren mit der Montage von Fertigteilen beschäftigt, und von hier hatte es den Anschein, als arbeiteten sie mit großem Eifer.

Die besichtigenden Herren blickten genau auf die am besten geeigneten, weil ganz ebenen, Teile des Lagergeländes, auf dem sich Holzbauten befanden, die im Bedarfsfall mit einem Betonboden versehen werden konnten, etwa für das Aufstellen schwerer Maschinen. Die SS würde die Überführung der technischen Einrichtung der Betriebe übernehmen. Noch sei die Zufahrt zum Lager ein besserer Feldweg, doch die Firma Klug habe schon den Auftrag, eine feste Lagerstraße anzulegen, und die Ostbahn habe zugesagt, ein Zubringergleis bis ans Lager und bis zu dem rechts sichtbaren Steinbruch zu führen. Kalkstein aus dem Steinbruch und die »von den Polen geschändeten« Grabsteine (so drückte Göth sich aus) des jüdischen Friedhofes könnten für die Anlage von Verbindungsstraßen innerhalb des Lagers benutzt werden. Der Straßen wegen sollten sich die Herren keinesfalls Gedanken machen, für den Straßenbau und Steinbrucharbeiten würden stets genügend Häftlinge eingesetzt.

Für den Transport der Steine war eine Feldbahn angelegt worden, die am Verwaltungsgebäude vorbei zunächst bis zu den im Bau befindlichen, aus Stein errichteten Unterkünften der SS und der

Ukrainer führte. Die beladenen Loren, jede sechs Tonnen schwer, wurden von etwa vierzig Frauen bergauf gezogen. Wer dabei hinfiel, wurde niedergetrampelt oder rollte beiseite; die Arbeit erforderte ein Tempo, das durch nichts unterbrochen werden durfte. Bei diesem Anblick empfand Schindler die gleiche Übelkeit, die er ehedem schon oberhalb der Krakusastraße verspürt hatte. Göth ging davon aus, daß die Unternehmer Kinder des gleichen Geistes seien wie er selber, mithin unempfindlich gegenüber derartigen Szenen. Ihm selber machte es nichts aus, mit anzusehen, wie die Frauen sich da quälten. Und Schindler fragte sich wie schon einmal: Gibt es etwas, was die SS beschämen kann? Etwas, das einen Mann wie Göth beschämt?

Selbst ein gut informierter Beobachter wie Schindler hätte denken können, die Häftlinge am Hang gegenüber betrieben mit Feuereifer die Errichtung von Unterkünften für ihre Frauen. Er wußte nämlich nicht, daß Göth am frühen Morgen vor aller Augen eine wohlberechnete Erschießung befohlen hatte und die Männer daher genau wußten, was sie erwartete. Göth war nach der Frühbesprechung mit den Bauleitern zu den im Bau befindlichen SS-Unterkünften geschlendert, wo ein zuverlässiger Unterführer namens Albert Hujer die Aufsicht hatte, der demnächst befördert werden sollte. Hujer machte Meldung. Ein Teil der Fundamente habe sich gesenkt. Göth fiel eine junge Frau auf, die um das halbfertige Bauwerk ging und hier und dort mit Arbeitern redete. Wer das sei? fragte er Hujer. Eine Gefangene namens Diana Reiter, eine Architektin, die ihm zugeteilt worden sei. Sie behaupte, die Fundamente seien nicht ordnungsgemäß ausgehoben worden, und verlange, daß Steine und Zement entfernt und die Arbeit an diesem Teil des Baus noch einmal gemacht werden müsse. Göth sah Hujer an, daß er mit dieser Frau gestritten hatte, und er verzog den Mund. »Wir streiten nicht mit denen, Hujer«, sagte er. »Lassen Sie sie herkommen.«

In der Art, wie sie sich ihm näherte, erkannte er noch etwas von der Eleganz, zu der ihre bürgerlichen Eltern sie erzogen hatten. Vermutlich war sie zum Studium nach Wien oder Mailand geschickt worden, weil die polnischen Universitäten sie ablehnten. Die akademische Ausbildung sollte ihr die gewünschte Tarnfarbe verschaffen. Sie näherte sich, als wäre sie gleichrangig mit ihm, erhaben über tölpelhafte Unteroffiziere und die Pfuscharbeit eines SS-Ingenieurs, der die Aushebung der Fundamente beaufsichtigt hatte. Sie ahnte nicht, daß Göth niemand so sehr haßte wie Juden ihres Typs, die meinten, man sehe es ihnen nicht mehr an, obwohl er doch hier in Uniform vor ihr stand und sie an einer Unterkunft für die SS arbeiten mußte. »Du hast mit Oberscharführer Hujer gestritten«, stellte er fest. Sie nickte nachdrücklich. Dieses Nicken besagte: Sie als Kommandant sind intelligent genug zu begreifen, was der Idiot Hujer nicht kapiert. »Hier muß das gesamte Fundament aufgegraben werden«, sagte sie in bestimmtem Ton. Göth wußte selbstverständlich, daß die Juden darauf aus waren, jede Arbeit in die Länge zu ziehen, denn die dabei Beschäftigten waren ihres Lebens sicher, solange ein Projekt nicht beendet war. »Wenn Sie das nicht machen lassen, wird sich das Mauerwerk senken, es kann zum Einsturz kommen.«

Sie fuhr in ihren Erklärungen fort, und Göth nickte zu allem, fest davon überzeugt, daß sie log. Regel Nummer eins: Glaube nie einem jüdischen Fachmann. Jüdische Spezialisten ähneln Marx, der den Staat zerstören wollte, und Freud, der die Mentalität der Arier in den Dreck zog. Diese argumentierende Jüdin empfand er als persönliche Bedrohung. Er rief Hujer. Hujer kam ungern, glaubte er doch, ihm würde befohlen, zu tun, was diese Frau da riet. Und die glaubte das auch. »Erschießen«, sagte Göth zu Hujer. Hujer mußte das erst verdauen. »Erschießen!« wiederholte Göth.

Hujer ergriff die Frau, um sie an eine abgelegene Stelle zu führen.

»Hier!» befahl Göth. »Jetzt, sofort.«

Hujer verstand sich darauf. Er packte sie am Oberarm, stieß sie vor sich, setzte ihr die Pistole ins Genick und drückte ab.

Der dumpfe Knall entsetzte alle Anwesenden außer den Henkern und ihrem Opfer. Göth fühlte sich im Gegenteil beschwingt. Daß dies eine krankhafte Reaktion war, hätte er nicht geglaubt. Er meinte, so fühle man sich nun mal nach einer rechtschaffenen Tat. Immerhin verlor sich dieses Gefühl im Lauf des Tages, und am Abend mußte er, um sich überhaupt zu spüren, viel essen und trinken und eine Frau haben.

Davon abgesehen hatte die Ermordung der Diana Reiter mit ihrem akademischen Grad einen praktischen Nutzen: Keiner, der in

Plaszow an Bauarbeiten beteiligt war, durfte sich hinfort für unentbehrlich halten; wenn nicht einmal Diana Reiter mit ihrem professionellen Wissen verschont worden war, konnten andere sich nur durch prompte und unauffällige Ausführung ihrer Arbeit retten. Daher arbeiteten die Frauen, die Barackenteile vom Bahnhof schleppten, die Steinbrucharbeiter und die Männer, die die Baracken zusammensetzten, mit einer Energie, die genau dem entsprach, was sie aus der Ermordung von Diana Reiter gelernt hatten.

Was Hujer und seine Kameraden angeht, so wußten die nun, daß willkürliche Erschießungen künftig in Plaszow zum Stil des neuen Regimes gehören sollten.

Kapitel 20

Zwei Tage nach dem Besuch der Unternehmer in Plaszow erschien Schindler mit einer Flasche Cognac als Mitbringsel bei Göth in dessen vorläufigem Büro in der Stadt. Er wußte unterdessen von dem Mord an Diana Reiter, und das bestärkte ihn nur noch in dem Entschluß, seinen Betrieb nicht nach Plaszow zu verlegen.

Die beiden athletisch gebauten Männer saßen einander gegenüber und spürten, daß sie einander verstanden, das heißt, jeder wußte vom anderen, daß er hier in Krakau ein Vermögen machen wollte und daß Schindler für Gefälligkeiten, die man ihm erwies, bezahlen würde. Auf dieser Ebene verstanden sie sich wie gesagt durchaus. Schindler besaß die für gute Verkäufer bezeichnende Fähigkeit, mit Menschen, die er verabscheute, wie mit Brüdern im Geiste umzugehen, und er täuschte den Kommandanten so vollständig, daß dieser Schindler bis zum Ende für einen guten Freund hielt.

Die Aussagen von Stern und anderen bestätigen jedoch, daß Schindler den Kommandanten von Anfang an verabscheute, weil der so seelenruhig mordete, wie ein Beamter sein Frühstücksbrot ißt. Einerlei, ob er zu Göth, dem Lagerkommandanten, oder Göth, dem Spekulanten, sprach, immer war er sich bewußt, daß Göths Verhalten nicht das eines mit normalen Maßstäben zu messenden Menschen war. Die geschäftlichen und gesellschaftlichen Beziehungen, die beide zueinander unterhielten, legen den Verdacht nahe, daß Schindler gegen seinen Willen von dem Bösen in diesem Menschen fasziniert war, doch haben diejenigen, die ihn damals kannten, nichts dergleichen bemerkt. Sein Abscheu überstieg bald jedes Maß, und seine Handlungen beweisen das zur Genüge. Gleichwohl kann man den Gedanken nicht abweisen, daß Göth so etwas wie der dunkle Bruder Schindlers war, ein berserkerhafter, fanatischer Mordgeselle, wie auch Schindler einer hätte werden können, wären seine Neigungen andere gewesen.

Beim Cognac erklärte Schindler, weshalb es für ihn unmöglich sei, seinen Betrieb nach Plaszow zu verlegen. Seine Maschinen eigneten sich nicht dafür. Sein Freund Madritsch beabsichtigte seines Wissens, mitsamt seiner jüdischen Belegschaft umzuziehen. Doch habe der keinen vergleichbaren Maschinenpark, es handele sich, soweit er sehe, nur um Nähmaschinen. Seine eigenen schweren Blechpressen würden das aber übelnehmen, solche empfindlichen Maschinen bekämen mit der Zeit ihre Launen, und seine Arbeiter hätten sich darauf eingestellt. Auf einer anderen Unterlage würden die Maschinen wieder ganz neue Tücken zeigen, man müsse dann mit längeren Ausfallzeiten rechnen, was Madritsch nicht zu befürchten habe. Göth werde gewiß verstehen, daß Schindler sich angesichts der Flut von Wehrmachtsaufträgen keinen Zeitverlust leisten könne. Beckmann, der sich vor ähnlichen Problemen sähe, wolle in den *Corona*-Werken keine Juden mehr beschäftigen, weil ihm das Hin und Her seiner Arbeiter zwischen Plaszow und Krakau zu lästig würde. Er, Schindler, beschäftige leider sehr viel mehr gelernte jüdische Arbeiter als Beckmann, und wenn er die entlasse, müßten polnische Arbeiter mühsam angelernt werden, was wiederum einen Rückgang der Produktion zur Folge habe, ja, der werde noch schlimmer ausfallen, als wenn er Göths Angebot, ganz ins Lager zu übersiedeln, annähme.

Göth vermutete, Schindler wolle nicht nach Plaszow, weil ihn das bei illegalen Transaktionen in Krakau hindere, und versicherte deshalb noch einmal, die Betriebsführung sei selbstverständlich einzig Schindlers Sache.

Schindler beharrte scheinheilig darauf, daß nur technische Überlegungen ihn leiteten. Er wolle den Kommandanten nicht kränken, aber er wäre dankbar, und mit ihm gewiß auch die Rüstungsinspektion, falls man die DEF an ihrem jetzigen Standort belassen könne.

Das Wort »dankbar« hatte zwischen Männern wie Göth und Schindler einen handfesten Inhalt. Dankbarkeit bedeutete einen Anteil. Göth sagte, er begreife Schindlers Schwierigkeiten gut, und es werde ihm ein Vergnügen sein, nach Auflösung des Gettos Wachmannschaften zur Verfügung zu stellen, die Schindlers Arbeiter an ihren Arbeitsplatz und zurück eskortieren sollten.

Stern, der eines Nachmittags von den *Progress*-Werken in Geschäften bei Schindler vorbeikam, fand ihn deprimiert und spürte, daß sich eine gewisse Resignation Schindlers zu bemächtigen drohte. Beim Kaffee, den er stets mit einem Schuß Cognac nahm, berichtete er Stern, er sei wieder in Plaszow gewesen, weil er wissen wolle, wann mit einer Übersiedlung der Gettojuden zu rechnen sei. »Ich habe mal die Baracken gezählt. Falls Göth 200 Frauen pro Baracke rechnet, kann er jetzt schon 6000 Frauen unterbringen. Im Männerlager weiter unten am Hang stehen weniger Baracken, aber wenn die Bauarbeiten in diesem Tempo weitergehen, ist es nur noch eine Frage von Tagen. Hier in der Fabrik wissen alle, was sie erwartet, und es hat auch keinen Sinn, die Nachtschicht hierzubehalten, denn wenn das Getto aufgelöst ist, wird kein anderes mehr eingerichtet. Ich kann ihnen bloß raten, sich bei der Aktion nicht zu verstecken, es sei denn, sie haben ein wirklich gutes Versteck. Ich habe gehört, daß das Getto anschließend gründlich durchgekämmt werden soll, da bleibt nichts unentdeckt.«

Es trat also der sonderbare Fall ein, daß Stern, der ja von diesen Maßnahmen betroffen war, Schindler, der es nicht war, Mut zusprach. Schindler sah jetzt nicht mehr nur das Schicksal seiner eigenen Arbeiter, sondern die Tragödie, die sich mit der Räumung des Gettos anbahnte. Stern wies darauf hin, daß Plaszow ein Arbeitslager sei, und in solchen Lagern könne man überleben. Es war nicht Belzec, wo man Menschen wie am Fließband ermordete. Gewiß, auch Plaszow würde schlimm werden, aber es sei eben doch nicht das Ende der Welt. Schindler antwortete ihm bloß, daß er sich damit nicht abfinden könne. »Aber Sie müssen, etwas anderes gibt es nicht.« Und Stern bot seine ganze Überredungskunst auf, denn er hatte Angst. Verlor Schindler die Hoffnung, verloren die Juden ihre Arbeit in der DEF, denn dann wäre es nur natürlich, daß Schindler sich aus diesem ganzen schmutzigen Geschäft zurückzöge. »Wir können später bestimmt mehr unternehmen«, behauptete er, »jetzt ist es noch zu früh.«

Schindler lehnte sich zurück. »Sie wissen, Göth ist ein Wahnsinniger«, sagte er. »Er sieht nicht so aus, aber er ist es.«

Göth traf am 13. März, einem Sabbat, dem letzten Tag des Bestehens des Gettos kurz vor Sonnenaufgang auf dem Friedensplatz ein. Er sah, daß sein Sonderkommando bereits da war. Die Männer standen in der kleinen Grünanlage leise schwatzend und rauchend beisammen. Die Gettobewohner ahnten nichts von ihrer Anwesenheit. Die Straßen lagen verlassen, tauender Schnee an den Rändern aufgehäuft.

Göth nahm einen Schluck Cognac, während er auf den ältlichen Sturmbannführer Willi Haase wartete, der die Aktion beaufsichtigen, wenn auch nicht anführen sollte. Heute war das Getto A dran, westlich vom Friedensplatz, wo die arbeitsfähigen, gesunden Juden wohnten. Im kleineren Getto B am Ostrand lebten die Alten, die Arbeitsunfähigen. Die sollten noch am Abend oder am folgenden Tage drankommen. Ihr Bestimmungsort war das unter Rudolf Höß erweiterte Vernichtungslager Auschwitz.

Seit sieben Jahrhunderten hatten Juden in Krakau gelebt, am Ende dieses Tages, spätestens am folgenden Tag, würde Krakau judenfrei sein. Das war ein historisches Datum. Die SS-Männer, die an der Aktion teilnahmen, hatten keinerlei Gegenwehr zu befürchten, niemand würde auf sie schießen, schießen würden allein sie selber. Gefährdet war allerdings bei so manchem die Psyche; jeder SS-Offizier kannte Fälle von Selbstmord unter seinen Freunden und Kameraden, und im Unterricht wurden die Mannschaften immer wieder darüber belehrt, daß man in den Juden die gefährlichsten Feinde von allen zu sehen habe, auch wenn sie keine Waffen trügen. Es gelte, unbedingt hart zu bleiben. Und Göth war hart. Er verachtete jene Offiziere, die die Drecksarbeit den Mannschaften und Unteroffizieren überließen und sich selber die Hände nicht schmutzig machten, ja, er hielt das sogar für gefährlich. Er wollte mit gutem Beispiel vorangehen.

Einen knappen Kilometer entfernt saß Dr. H. zwischen seinen letzten Patienten im dunklen Oberstock des Getto-Hospitals und war froh darüber, daß nichts von dem hier heraufdrang, was auf der Straße vorging. Man wußte, was im Seuchenkrankenhaus unweit des Friedensplatzes geschehen war: Oberscharführer Albert Hujer war mit seinen SS-Leuten erschienen, um das Spital zu räumen. Frau Dr. Rosalia Blau sagte, hier seien nur noch Scharlachfälle und die müßten bleiben. Die Patientinnen von Frau Dr. Blau waren Mädchen im Alter zwischen 12 und 16 Jahren. Alle wurden mit Maschinenwaffen niedergemacht, nachdem Hujer als erste die Ärztin erschossen hatte. Anschließend ließ er die Leichen von Gettobewohnern entfernen, die blutigen Laken zusammenlegen, die Wände mit Wasser abspritzen.

Das Krankenhaus war in einer vormaligen polnischen Polizeiwache untergebracht und seit Eröffnung des Gettos ständig voll belegt gewesen. Direktor war der angesehene Arzt Dr. B. Am Morgen des 13. gab es hier nur noch vier Patienten, allesamt nicht transportfähig. Einer war ein junger Arbeiter, der an galoppierender Schwindsucht litt; einer ein begabter Musiker mit einer unheilbaren Nierenerkrankung. Ferner ein von einem Schlaganfall getroffener Blinder und ein Greis, der eine Darmoperation hinter sich und jetzt einen künstlichen Magenausgang hatte. Dr. H., der zweite Arzt, meinte, man solle diesen Kranken wenigstens ersparen, erschossen zu werden.

Die Ärzte hier waren vorzüglich; als erste in Polen erforschten sie die Weilsche Krankheit und das Wolff-Parkinson-White-Syndrom. Im Moment ging es aber um anderes. H. besaß, wie andere Ärzte auch, Blausäure. Seit dem letzten Jahr gab es viele Fälle von Depression im Getto, und H. war ebenfalls davon befallen worden, obwohl jung und kerngesund. Doch die Zeit schien nicht nur aus den Fugen, sondern selber krank geworden zu sein, und im Besitz von Blausäure zu sein, war ihm in düsteren Stunden ein Trost.

H. war an diesem Morgen schon vor fünf vom Geräusch haltender Lastwagen geweckt worden und hatte gesehen, daß jenseits der Gettomauer ein Sonderkommando zusammentrat. Da wußte er, daß Entscheidendes geschehen würde. Er eilte ins Hospital, wo Dr. B. und das Personal zu dem gleichen Schluß gelangt waren und alle Transportfähigen im Erdgeschoß sammelten, wo sie von Verwandten und Freunden abgeholt werden sollten. Als dies geschehen war, schickte Dr. B. auch das Personal weg, das gehorchte, ausgenommen die Oberschwester. Die beiden Ärzte und die Schwester saßen jetzt also bei den vier letzten Patienten. Die Frage war: Sollte man den Patienten die Blausäure geben oder sie erschießen lassen. Und die nächste Frage lautete: Soll man nicht auch selber das Gift nehmen? H. überlegte lange. Einerseits schien ihm der Gedanke verlockend, zumal er an drei Tagen hintereinander schwer deprimiert erwacht war, andererseits sprach seine religiöse Erziehung dagegen. Und daß er verheiratet war. Und für sich und seine Frau einen Fluchtweg ausgekundschaftet hatte: durch den Abwasserkanal aus dem Getto und weiter in die Wälder von Ojcow. Blausäure war der einfachere Weg.

Als der Tag anbrach, berichtete die Oberschwester über das Befinden der Patienten; sie waren teils unruhig, teils schliefen sie. Dr. H. trat in die kalte Morgenluft auf den Balkon und rauchte eine Zigarette. Im vergangenen Jahr war er dabei, als die SS das Seuchenhospital in der Rekawkastraße räumte; man hatte die Patienten auch damals brutal behandelt. Aber niemand hatte daran gedacht, ihnen die Wohltat eines schmerzlosen Todes zu erweisen. Das war jetzt anders. Er hörte in der Ferne das durch Megaphone verstärkte Gebrüll: »Raus! Raus!«, hörte die ersten Feuerstöße, das Jammern derjenigen, deren Angehörige man erschossen hatte. Und wieder Gebrüll und Schüsse.

Er ging zurück ins Krankenzimmer. Die vier Patienten starrten ihn erwartungsvoll an. Er seinerseits sah Dr. B. an und trat dann zu ihm. Es bedurfte weiter keiner Worte. Dr. B. entnahm dem Medikamentenschrank die Flasche und reichte sie der Schwester. »Geben sie jedem Patienten vierzig Tropfen ins Wasser.« Er hätte die Dosis selbst verabreichen können, doch das hätte die Patienten unnötig aufgeregt; Medikamente wurden von den Schwestern verabreicht, das wußte jeder.

Sie ging mit den Wassergläsern von einem zum anderen und murmelte jedesmal: »Bitte trinken Sie das, es wird Ihnen guttun.« Sie wußte selbstverständlich, was für Tropfen sie da verabreichte, und Dr. H. fand, daß sie die wahre Heldin in diesem Drama sei.

Es ging alles so rasch und schmerzlos vor sich, wie Dr. H. gehofft hatte. Er betrachtete die Verstorbenen mit dem Neid, mit dem alle Gettobewohner an die dachten, denen die Flucht gelungen war.

Kapitel 21

Poldek Pfefferberg wohnte in einem Haus aus dem vorigen Jahrhundert am Ende der Jozefinskastraße. Man sah von dort über die Mauer auf die Weichsel, wo lebhafter Verkehr von Frachtkähnen herrschte; dazwischen hin und wieder ein Patrouillenboot der SS. Pfefferberg erwartete hier mit seiner Frau Mila das Eintreffen des Sonderkommandos. Mila war eine schmächtige junge Frau von zweiundzwanzig Jahren, aus Lodz geflohen, die er in den ersten Tagen im Getto geheiratet hatte. Ihr Vater war Chirurg gewesen und schon 1937 verstorben, ihre Mutter Dermatologin. Die war im Vorjahr bei einer Aktion im Getto von Tarnow erschossen worden, inmitten ihrer Patienten.

Mila hatte eine schöne Jugend verlebt, obgleich sie in dem sehr antisemitischen Lodz aufwuchs, und 1938 mit dem Medizinstudium begonnen. Als die Juden von Lodz 1939 nach Krakau gebracht wurden, wies man sie in die Wohnung ein, in der auch Pfefferberg wohnte. Poldek war, ebenso wie Mila, der letzte seiner

Familie. Seine Mutter, die ehedem Schindlers Wohnung in der Straszewskiegostraße ausgestattet hatte, war mit ihrem Mann ins Getto von Tarnow gekommen und von dort nach Belzec, wo sie, wie sich später herausstellte, ermordet wurden. Seine Schwester und sein Schwager hatten es mit arischen Papieren versucht und waren im Pawiak-Gefängnis in Warschau verschwunden. Er und Mila hatten nur noch einander. Vom Temperament her waren sie sehr verschieden, Poldek der geborene Anführer und Organisator, der jederzeit frisch von der Leber weg redete, Mila zurückhaltend und besonnen, jetzt, angesichts des Schicksals, das ihre Familie betroffen hatte, noch stiller als ohnedies. Eine solche Verbindung wäre in friedlichen Zeiten vortrefflich gewesen. Mila hatte einen Hang zur Ironie und konnte ihren Mann bremsen, wenn er wieder einmal einen Redeschwall von sich gab. Doch an diesem Tag, diesem fürchterlichen Tag, hatten sie eine tiefgehende Meinungsverschiedenheit.

Zwar war Mila bereit, sollte sich die Gelegenheit ergeben, das Getto zu verlassen, sie konnte sich auch unter Partisanen in den Wäldern sehen, doch die Flucht durch den Abwasserkanal schreckte sie über alle Maßen. Poldek hingegen war schon öfter auf diesem Weg aus dem Getto hinaus und wieder hereingekommen, obwohl das nicht ungefährlich war, denn die Polizei lauerte manchmal am Ende des Kanals. Auch sein guter Bekannter, Dr. H., hatte von dem Abwasserkanal als von einem Fluchtweg gesprochen, der am Tag der Räumung des Gettos unbewacht sein mochte. Nur mußte man die frühe Winterdämmerung abwarten. Ein Einstieg in den Kanal lag ganz dicht beim Haus des Arztes. Man wandte sich, war man eingestiegen, nach links und ging unter dem nicht zum Getto gehörenden Teil vom Podgorze bis zum Austritt des Kanals am Weichselufer unweit der Zatorskastraße. Gestern hatte Dr. H. ihm gesagt, er und seine Frau würden es jedenfalls versuchen und ob Pfefferbergs sich nicht anschließen wollten? Poldek konnte ihm noch keine Zusage geben. Mila befürchtete nicht zu Unrecht, daß die SS den Kanal fluten oder vergasen oder auch schon die bloße Möglichkeit einer Flucht vereiteln könnte, indem sie vor der Dämmerung in der Jozefinskastraße erschien.

So warteten sie denn auf dem Dachboden ab, wie die Dinge sich entwickelten. Auch die Nachbarn warteten, soweit sie es nicht vorgezogen hatten, freiwillig mit ihren Bündeln und Koffern zum Sammelplatz zu gehen, weil sie die Spannung nicht ertrugen, die durch den ständigen Wechsel der Geräusche verursacht wurde: In der Ferne wurde geschrien und geschossen, hier herrschte eine unheimliche Stille, in der man die alten Balken des Hauses knacken hörte. Um die trübe Mittagsstunde kauten Pfefferbergs an ihrer Brotration – 300 Gramm pro Tag. Dann hörte man wieder aus der Richtung Wegierskastraße Schießen, und gegen die Mitte des Nachmittags wurde es wieder ruhig. Jemand versuchte vergeblich, die defekte Wasserspülung zu betätigen. Man hätte wirklich glauben können, dieser Teil der Straße sei übersehen worden. Der Nachmittag wollte nicht enden, allerdings meinte Poldek, es sei nun dämmrig genug, die Flucht zu wagen. Während der jetzt herrschenden Ruhe wollte er sich noch einmal mit Dr. H. beraten. Mila bat ihn zu bleiben, doch sagte er, er werde die Durchgänge benutzen, welche die Häuser untereinander verbanden. Auch sei es hier ja jetzt ganz ruhig, und er werde schon keiner Patrouille in die Hände laufen. In fünf Minuten sei er zurück.

Er ging über die Hintertreppe in den Hof und trat zum ersten Mal beim Arbeitsamt auf die Straße, die er rasch überquerte. In den gegenüberliegenden Häusern stieß er auf Menschen, die gänzlich verwirrt berieten, was zu tun sei, und nicht wußten, was vorging. Er wandte sich nach der Krakusastraße und trat gegenüber dem Haus ins Freie, in dem der Arzt wohnte. Das Haus war leer, doch fand Pfefferberg im Hof einen benommenen älteren Mann, der erzählte, das Sonderkommando sei bereits dagewesen; der Arzt und seine Frau hätten sich anfangs versteckt und seien dann in den Abwasserkanal gestiegen. »Die kommen wieder«, sagte der Mann. Poldek nickte, er hatte jetzt einige Aktionen erlebt und kannte die Taktik der SS. Er ging auf demselben Weg zurück, auf dem er gekommen war, kreuzte wieder unbemerkt die Straße, fand sein Haus aber total verlassen. Alle Türen standen offen, Mila war samt dem Gepäck verschwunden. Er fragte sich, ob sich nicht alle – Dr. H., dessen Frau und Mila – im Hospital verborgen hielten. Vielleicht hatte der Doktor Mila abgeholt.

Poldek erreichte auf Schleichwegen den Hof des Hospitals. Blutiges Leinzeug hing aus den Fenstern der oberen Stockwerke, und auf dem Kopfsteinpflaster lagen Leichen. Das waren nicht die vier letzten Patienten von Dr. H., sondern Menschen, die tagsüber hier eingesperrt und später erschossen worden waren.

Pfefferberg schätzte ihre Zahl auf sechzig bis siebzig; er hatte keine Zeit, die Leichen zu zählen, erkannte aber einige der Toten, denn er war in Krakau aufgewachsen und mit seiner Mutter in vielen Bürgerhäusern gewesen, hatte auch selber unzählige Bekannte im Zentrum und in den Außenbezirken. Aus einem ihm unerklärlichen Grunde kam es ihm nicht in den Sinn, nach den Leichen von Mila oder dem Ehepaar H. zu suchen.

Nun erblickte er auf der Wegierskastraße Menschen, die sich Richtung Rekawkator bewegten, schlurfend wie Arbeiter, die noch verschlafen an einem Montagmorgen zur Fabrik gehen. Er bemerkte unter ihnen Nachbarn aus der Jozefinskastraße, gesellte sich zu ihnen und fragte nach Mila. Die sei schon weg, hieß es. Das Sonderkommando sei dagewesen; Mila sei schon unterwegs nach Plaszow.

Darauf hatten sich die beiden vorbereitet. Sollten sie getrennt werden und einer von beiden nach Plaszow kommen, sollte der andere versuchen, draußen zu bleiben. Falls es Mila träfe, die sehr litt, wenn sie hungrig war, würde er versuchen, sie von draußen mit Lebensmitteln zu versorgen. Daß dies möglich war, bezweifelte er nicht. Es fiel ihm aber sehr schwer, sich an diese Vereinbarung zu halten, denn der Anblick dieser Menschen, die, kaum von der SS bewacht, den Weg nach Plaszow antraten, sprach Bände: Sie alle glaubten, daß es dort am sichersten sein werde.

Es dunkelte schon, doch war die Luft klar, als ob es zu schneien anfangen wolle. Pfefferberg gelang es, in eines der offenbar verlassenen Häuser zu schlüpfen, wo sich trotz alledem noch Menschen verborgen halten mochten, jene nämlich, die glaubten, daß, einerlei wohin die SS sie führte, am Ende mit Sicherheit der Tod warte.

Pfefferberg gelangte durch Hinterhöfe auf den Holzplatz in der Jozefinskastraße, und das hier gestapelte Holz schien ihm ein gutes Versteck abzugeben. Durch das Hoftor konnte er gut sehen, was auf der Straße vorging: Leute kamen vorbei, die meisten hatten es eilig, ans Tor zu gelangen, und warfen unterwegs Gepäck ab, alles säuberlich etikettiert. KLEINFELD las er, LEHRER, BAUM, WEINBERG, SMOLAR, STRUS, ROSENTHAL, BIRMAN, TEITLIN. Dann hörte er Hunde bellen, und drei SS-Leute erschienen auf der gegenüberliegenden Straßenseite, deren einer zwei Hunde führte. Die zerrten ihren Herrn in das Haus Jozefinskastraße Nr. 41, während die beiden anderen Männer draußen blieben. Gleich darauf hörte man eine Frau schreien und sah sie auch schon aus dem Haus stürzen, samt ihrem Kind. Der Hund hatte sich in sie verbissen. Der Hundeführer packte das Kind und schleuderte es gegen die Hauswand, ein Schuß machte dem Schreien der Frauen ein Ende.

Ohne recht zu wissen, was er tat, verließ Pfefferberg sein Versteck, das ihn vor den Hunden nicht schützen konnte, trat auf die Straße und ging mit abgezirkelten Schritten auf den Haufen von Koffern und Bündeln zu. Hier begann er, die Gepäckstücke aus der Straßenmitte zu entfernen und aufzuschichten. Er hörte die drei SS-Leute näher kommen, tat aber, als sähe er sie nicht. Erst als sie ganz nahe waren, blickte er auf. Ihre Uniformen waren blutbespritzt, aber es machte ihnen nichts aus, sich so vor Menschen zu zeigen. Der in der Mitte gehende Offizier überragte die beiden anderen, er sah nicht aus, wie man sich einen Mörder vorstellt, er hatte im Gegenteil ein sanftes Gesicht. Pfefferberg griff zu einem verzweifelten Mittel: Er kehrte sich dem Offizier zu, trat vor, knallte nach polnischer Manier, so gut es gehen wollte, die Hacken zusammen und machte militärisch Meldung. Ihm sei befohlen worden, die Straße vom Gepäck frei zu machen.

Große Hoffnung davonzukommen, machte er sich nicht, allein schon nicht wegen der Hunde, die kaum zu bändigen waren. Und wenn die Frau mit dem Kind es nicht geschafft hatte, was sollte da schon seine Geschichte von wegzuschaffenden Bündeln und Koffern nützen?

Doch der Offizier schien sich über Pfefferberg zu amüsieren. Da spielte einer dieser Gettomenschen doch wirklich den Soldaten, machte drei SS-Leuten Meldung, rührend, falls es stimmte und geradezu bewundernswert, wenn er sich das nur ausgedacht hatte. Der einzige, der es heute mit Hackenzusammenschlagen versucht hatte. Göth, denn der war es, lachte laut. »Da hauen gerade die letzten ab, verschwinde!«

Pfefferberg lief los. Er erwartete jeden Moment, eine Kugel in den Rücken zu bekommen. An der Ecke Wegierskastraße bog er ab, rannte am Hospital vorbei und zum Podgorze-Platz, wo die letzte Gruppe von Gettobewohnern stand, nachlässig bewacht von SS und Ukrainern. Zu denen sagte er: »Ich glaube, ich bin der letzte, der da lebend rausgekommen ist.«

Vielleicht waren die letzten aber auch der Juwelier Wulkan mit Frau und Sohn. Wulkan war einige Monate bei Progress beschäftigt gewesen, und weil er ahnte, was bevorstand, bat er den Treuhänder Unkelbach, im Fall der Räumung des Gettos seine Frau und seinen Sohn nach Plaszow zu bringen und ihr die gewaltsame Evakuierung zu ersparen. Unkelbach versprach es und nahm von Wulkan dafür eine große Diamantbrosche an.

Seit dem frühen Morgen des 13. März saßen alle drei in der OD-Wache und warteten darauf, daß Unkelbach sie abholte. Das Warten war quälend; der Junge war verängstigt, zugleich langweilte er sich aber auch, und Wulkans Frau machte ihm unentwegt Vorwürfe. Wo Unkelbach nur bleibe, und ob man überhaupt mit ihm rechnen könne? Am frühen Nachmittag kam er dann wirklich auf die Wache, um die Toilette zu benutzen und einen Kaffee zu trinken. Aber was war das für ein Unkelbach? Er trug SS-Uniform, eine blutbeschmierte Uniform, und in der Hand eine Pistole. Er sah Wulkan, aber er nahm ihn überhaupt nicht wahr, er war wie berauscht. Wulkan wußte, er durfte ihn nicht ansprechen, denn nicht nur würde das nichts nützen, sondern es könnte schlimme Folgen haben. Nicht, daß Unkelbach die Abmachung nicht hätte einhalten wollen, er wußte ganz einfach nichts mehr davon!

Er zog sich wieder zu seiner Frau in den Winkel zurück, wo sie zu dritt warteten. Sie drängte: »Warum redest du nicht mit ihm? Wenn du es nicht tust, tue ich es.« Sie lugte um die Ecke, und als sie den Treuhänder in seiner Uniform erblickte, wich sie zurück. Sie war jetzt ebenso verzweifelt wie ihr Mann, und mit Grund. Das machte das Warten irgendwie leichter. Der OD-Mann, der sie hier aufgenommen hatte, sprach ihnen Mut zu. Bis auf Spira und seine Garde müßte auch der OD um 18 Uhr das Getto verlassen, und er wolle dafür sorgen, daß Wulkans auf einem Wagen nach Plaszow fahren könnten. Nach Einbruch der Dunkelheit, als Pfefferberg und die letzten Gettobewohner vom Podgorze-Platz abmarschierten, als Dr. H. und seine Frau in Gesellschaft und unter dem Schutz einer Gruppe angetrunkener Polen nach Osten wanderten, als das Sonderkommando vor der letzten Durchsuchung des Gettos eine Pause machte, hielten zwei Pferdewagen vor der OD-Wache. Die Familie Wulkan wurde unter Bergen von Akten und Kleiderbündeln versteckt. Spira und seine Spießgesellen ließen sich nicht blicken, sie waren auf der Straße beschäftigt, tranken Kaffee mit der SS, überzeugt davon, daß sie endlich innerhalb des Systems ihren festen Platz gefunden hatten.

Als die Pferde anzogen, hörte Wulkan vom Getto her erst vereinzelte Schüsse, dann fast kontinuierliches Feuer. Dies bedeutete, daß Göth und Haase, Hujer und Pilarzik und mit ihnen noch Hunderte Dachböden und Keller säuberten, daß sie diejenigen fanden, die den Tag in ihren Verstecken überlebt hatten.

Es waren mehr als 4000, die so in den Straßen des Gettos ermordet wurden. Zwei Tage dauerte der Transport der Leichen auf offenen Lastwagen nach Plaszow, wo sie außerhalb des Lagers in zwei Massengräbern im Wald verscharrt wurden.

Kapitel 22

Wir wissen nicht, in welcher seelischen Verfassung Schindler den 13. März verbrachte, diesen letzten und schlimmsten Tag des Gettos. Aber als seine Arbeiter unter Bewachung in der Fabrik erschienen, befragte er sie nach Einzelheiten, die er Dr. Sedlacek bei dessen nächsten Besuch mitzuteilen gedachte. Er mußte hören, daß im Zwangsarbeitslager Plaszow – so die amtliche Bezeichnung – keinesfalls Vernunft regieren würde. Göth hatte seinen Zorn auf die Architekten bereits an Zygmunt Grünberg ausgelassen. Auf seinen Befehl hin wurde er bewußtlos geschlagen und erst so spät ins Revier eingeliefert, daß sein Tod gewiß war. Von den Häftlingen, die in der DEF ihre kräftige Suppe aßen, erfuhr er weiter, daß Plaszow nicht nur als Arbeitslager diente, sondern daß hier auch Hinrichtungen vorgenommen wurden. Die Schüsse waren im ganzen Lager zu hören, einige Häftlinge hatten die Exekution aber auch gesehen, so etwa M.*, der vor dem Krieg in Krakau selbständiger Dekorateur gewesen war. Anfangs war er beauftragt worden, die kleinen Landhäuser zu dekorieren, welche längs des Feldweges an der Nordseite des Lagers standen und von SS-Angehörigen bewohnt wurden. Wie alle diese Handwerker konnte er sich freier bewegen als andere Häftlinge, und eines Nachmittags war er von der Villa des Untersturmführers Leo John zu der ehemaligen österreichischen Batteriestellung auf der Chujowa Gorka genannten Höhe hinaufgegangen. Unterwegs überholte ihn ein Lastwagen, auf dessen Ladefläche Frauen standen, bewacht von Ukrainern. M. versteckte sich hinter einem Holzstapel und sah, wie die Frauen in die Geschützstellung geführt wurden, wo sie der SS-Mann Edmund Zdrojewski erwartete, der ihnen befahl, sich auszuziehen. Als sie sich weigerten, schlugen die Ukrainer mit Peitschen auf sie ein. M.

* Lebt jetzt in Wien, will nicht, daß sein Name genannt wird.

glaubte, daß es sich um Frauen handelte, die im Montelupich-Gefängnis gesessen hatten, offenbar Jüdinnen mit arischen Papieren, denn bevor sie erschossen wurden, stimmten sie das *Schema Jisrael* an. In der Nacht wurden sie von Ukrainern auf Schubkarren in den Wald jenseits der Anhöhe gebracht und verscharrt. Man hatte die Schüsse wohl im Lager gehört. Manche redeten sich ein, da oben würden Partisanen erschossen, unverbesserliche Marxisten oder übergeschnappte Nationalisten. Das da oben sei eine andere Welt. Wer sich innerhalb der Umzäunung folgsam verhalte, brauche da nicht hin. Aber die klarer denkenden von Schindlers Arbeitern wußten sehr wohl, warum die Gefangenen von Montelupich dort oben erschossen wurden, warum die SS es nicht für nötig hielt, Ankunft und Hinrichtung dieser Gefangenen vor den Insassen des Lagers Plaszow zu verbergen: Die Häftlinge galten nicht als künftige Zeugen. Hätte man mit einer Untersuchung, mit der Befragung von Zeugen gerechnet, man hätte die Frauen tiefer in den Wald geführt.

Schindler kam zu dem Schluß, daß Chujowa Gorka keineswegs eine Welt für sich sei und mit Plaszow nichts zu tun habe, sondern daß alle im Lager ebenso wie die, die von außerhalb dorthin gebracht wurden, Todeskandidaten waren.

Als Kommandant Göth eines Morgens vor die Tür seines Hauses trat und willkürlich einen Häftling erschoß, neigte man ebenfalls dazu, dies wie die Hinrichtungen auf der Hügelkuppe als Ausnahme zu betrachten, als etwas, das nicht zum normalen Lagerleben gehörte. Die Massenmorde auf dem Hügel wurden aber bald ebenso Teil des Alltags wie Göths morgendliche Schießübungen.

Er pflegte nach dem Frühstück in Hemd, Stiefelhose und auf Hochglanz polierten Stiefeln vor seine temporäre Unterkunft zu treten (am anderen Ende des Lagers wurde eine geeignete Villa für ihn instand gesetzt). Als es wärmer wurde, verzichtete er auf das Hemd, denn er war ein Sonnenanbeter. In einer Hand hielt er ein Fernglas, in der anderen ein Gewehr mit Zielfernrohr. Durchs Glas beobachtete er die Arbeiter im Lager, im Steinbruch, an den Loren, die auf den Gleisen der Feldbahn direkt an seiner Haustür vorüberrollten. Die Zigarette nahm er dabei nicht aus dem Mund, wie es eben ein Mann tut, der zu beschäftigt ist, sein Handwerkszeug niederzulegen. Er erschoß einen Häftling, der eine Lore schob. Warum gerade diesen, blieb unklar. Die anderen hielten vor Schreck inne und erwarteten ein Massaker. Er winkte sie aber nur ungeduldig weiter, wie um zu sagen, daß er mit ihnen im Moment durchaus zufrieden sei.

Er verübte nicht nur Greueltaten an den Häftlingen, die im Lager arbeiteten, er brach auch eines der Versprechen, die er den Unternehmern gemacht hatte. Madritsch rief Schindler an und schlug vor, sie sollten sich gemeinsam darüber beschweren, daß durch die Maßnahmen des Kommandanten immer wieder Verzögerungen in der Produktion eintraten, weil Arbeiter auf dem Appellplatz festgehalten wurden. Verhängte Göth Kollektivstrafen über Barackenbelegschaften, Auspeitschungen, etwa einer gestohlenen Kartoffel wegen, so wurde diese vor allen angetretenen Häftlingen ausgeführt. Zweihundert Männern je 25 Hiebe zu versetzen, dauert seine Zeit. Es schlugen die Ukrainer, und die Häftlinge mußten jeden Schlag laut mitzählen; verzählte sich jemand, begannen die Schläge wieder von vorn. Und Göth kannte noch andere Schikanen, die allesamt viel Zeit kosteten.

Die Arbeiter in den Betrieben innerhalb des Lagers kamen daher oft Stunden später an ihren Arbeitsplatz, und bei Schindler trafen sie mit einer weiteren Stunde Verspätung ein, außerdem waren sie geschockt, konnten sich nicht konzentrieren, standen unter dem inneren Zwang über das zu reden, was Göth oder John oder Scheidt sich diesmal wieder an Grausamkeiten hatten einfallen lassen. Schindler beschwerte sich bei der Rüstungsinspektion. Es hatte keinen Zweck, sich deshalb mit diesen Leuten anzulegen, hieß es. Die führen nicht denselben Krieg wie wir.

»Ich würde meine Arbeiter am liebsten auf dem Fabrikgelände unterbringen«, sagte Schindler. »In meinem eigenen Lager.«

»Aber haben Sie denn Platz für so was?« wurde er gefragt.

»Angenommen, ich hätte Platz, würden Sie mich unterstützen?«

Das wurde ihm zugesagt. Er wandte sich an Bielskis in der Stradomstraße, denen das an die DEF angrenzende unbebaute Grundstück gehörte, und machte ihnen ein Kaufangebot, das so verlockend war, daß sie auf der Stelle darauf eingingen. Schindler fuhr gleich weiter nach Plaszow hinaus und eröffnete Göth, er wolle sein eigenes Arbeitslager auf dem Fabrikgelände einrichten. Göth stimmte bereitwillig zu. »Falls die SS-Führung nichts dagegen hat, können Sie mit mir rechnen. Bloß meine Musiker und mein Dienstmädchen möchte ich behalten.«

Tags darauf fand eine Besprechung bei Oberführer Scherner in der Oleanderstraße statt. Scherner wußte ebensogut wie Göth, daß Schindler bereit sein würde, die gesamten Kosten für ein Nebenlager zu übernehmen. Sie ließen sich nicht durch das vorgeschobene Argument täuschen, er wolle seine Arbeiter in unmittelbarer Nähe der Fabrik haben, um sie besser »ausbeuten« zu können – sie wußten, daß er andere Zwecke damit verfolgte, daß er eine Schwäche für Juden hatte, eine beklagenswerte Verirrung bei einem so netten Menschen, aber so etwas kam vor, dem jüdischen Bazillus war schon mancher erlegen, das war ja bekannt, und in Schindler sahen sie so etwas wie einen in einen Frosch verwandelten Prinzen. Aber dafür mußte er selbstverständlich zahlen. Für die Errichtung von Nebenlagern gab es Richtlinien. Vorgeschrieben waren eine drei Meter hohe Umzäunung samt Wachtürmen in bestimmten Abständen; Latrinen; Baracken; ein Krankenrevier, wo auch Zahnbehandlungen durchgeführt werden konnten; Duschräume und Entlausungsvorrichtungen; Friseurstube; Wäscherei; Verwaltungsbaracke; Unterkünfte für Wachpersonal in besserer Ausführung als die Häftlingsbaracken; sonstiges Zubehör. Die Herren von der SS gingen davon aus, daß Schindler dies alles bezahlen werde, sei es nun aus ökonomischen Gründen, sei es, weil er von den Kabbalisten behext war.

Schindlers Vorschlag kam ihnen auch insoweit gelegen, als in absehbarer Zeit das Getto Tarnow aufgelöst werden würde und dessen Insassen von Plaszow übernommen werden sollten. Auch kamen Tausende von Juden aus den polnischen Südprovinzen. Ein Nebenlager in der Lipowastraße würde den Druck wenigstens etwas mindern. Zudem begriff Göth, auch wenn er das seinen Vorgesetzten nicht sagte, sehr gut, daß man das Lager in der Lipowastraße nicht allzu korrekt mit den Mindestmengen von Lebensmitteln würde beliefern müssen, welche die Richtlinien vorsahen. Schon jetzt ließ Göth – ein Gott, der nach Lust und Laune Blitze von seiner Veranda schleudern durfte, und überdies davon ausging, daß es ganz im Sinne seiner Vorgesetzten war, wenn die Lagerbelegschaft in Plaszow dezimiert wurde – einen Teil der dem Lager zugewiesenen Lebensmittel in Krakau durch einen Agenten verkaufen, einen Juden namens Wilek Chilowicz, der seine Verbindungen hatte. Dr. Alexander Biberstein, nunmehr Zwangsarbeiter in Plaszow, schätzte, daß die Tagesration dort im Kalorienwert zwischen 700 und 1000 schwankte. Zum Frühstück gab es einen halben Liter Ersatzkaffee, der nach Eicheln schmeckte, und 175 Gramm Roggenbrot für den ganzen Tag. Die Mittagssuppe war mal dünn, mal weniger dünn und basierte auf Karotten oder Rüben mit Sagoersatz. Die Außenkommandos schmuggelten, wenn möglich, Lebensmittel ins Lager. Dies suchte Göth zu verhindern, indem er solche Kommandos vor der Verwaltungsbaracke filzen ließ. Zusätzliche Lebensmittel hätten den natürlichen Abnutzungsprozeß verlangsamt. Göth hatte nicht die Absicht, seine Zwangsarbeiter zu verwöhnen; sollte Schindler dies vorhaben, mochte er das aus seiner eigenen Tasche bezahlen. Brotrationen und Rüben würde er in Grenzen aus den Vorräten von Plaszow zugeteilt bekommen.

Schindler mußte übrigens nicht nur die SS-Oberen für seinen Plan gewinnen, er mußte sich auch mit seinen Nachbarn verständigen. Dies waren Hodermann von der Kühler- und Flugzeugteilefabrik und Kühnpast, der Kistenhersteller. Die waren nicht sehr begeistert, weil sie nur wenige Leute aus dem Lager Plaszow beschäftigten, aber sie hatten auch nichts dagegen. Schließlich bot Schindler an, ihre Juden ebenfalls aufzunehmen. Als nächsten Verbündeten gewann Schindler einen unweit von der DEF residierenden Ingenieur namens Chmielewski, der einen Vertrag mit der Krakauer Wehrmachtsgarnison hatte und ebenfalls Arbeiter aus dem Lager Plaszow beschäftigte. Zusammen mit Hodermann und Kühnpast unterschrieb er Schindlers Gesuch an die SS-Behörden. Vermesser von der SS sowie Schindlers guter Bekannter, der Vermessungsingenieur Steinhauser von der Rüstungsinspektion, nahmen eine Ortsbesichtigung vor, die in Schindlers Büro bei Kaffee und Cognac in vollem Einvernehmen endete. Schon wenige Tage später wurde die Errichtung eines Nebenlagers auf Schindlers Gelände genehmigt.

Die DEF machte in jenem Jahr einen ziemlich großen Gewinn. Man könnte meinen, die 300 000 Mark, die Schindler jetzt für die Errichtung des Nebenlagers aufwandte, seien zwar ein erheblicher Betrag gewesen, aber durchaus zu verkraften. In Wahrheit stellte das nur einen Bruchteil seiner Kosten dar.

Schindler bat die Bauleitung des Lagers Plaszow, ihm einen jungen Ingenieur namens Adam Garde zu überlassen, der nun nur noch allgemeine Anweisungen für die Fortführung der Arbeiten im Lager gab, selbst aber unter Bewachung täglich in die Lipowastraße kam, um die Errichtung von Schindlers Nebenlager zu beaufsichtigen. Er fand bei seiner Ankunft bereits 400 Zwangsarbeiter vor, die in zwei Hütten hausten. Es gab auch schon einen Zaun und Wachpersonal der SS; dieses hatte sich außerhalb des Lagers zu halten. Die Wachmannschaften hatten es bei Schindler gut, es gab reichlich Alkohol, und sie waren mit ihrem Dienst zufrieden. Auch die Gefangenen schienen sich in ihren Baracken – eine für Männer, eine für Frauen – zufrieden zu fühlen. Sie bezeichneten sich selber bereits als Schindler-Juden und das in einem Ton, als beglückwünschten sie sich dazu. Sie hatten Latrinen angelegt, die man schon am Fabriktor roch, und wuschen sich an einer Pumpe im Hof.

Schindler legte Garde die Pläne vor. Hier der Küchenblock; da, außerhalb des Zaunes, am anderen Ende, die Baracke für die SS. Im Moment hausten die Wachmannschaften in einem Teil der Fabrik.

»Ich brauche erstklassige Duschräume und eine Wäscherei. Sie können für die Installationen meine Leute benutzen. Wir wollen hier keinen Typhus haben und kein Fleckfieber. In Plaszow gibt es schon Läuse. Hier soll eine Entlausungsvorrichtung hin.«

Garde marschierte täglich mit Vergnügen in die Lipowastraße. In Plaszow hatte man bereits zwei Ingenieure ihrer Diplome halber liquidiert, aber in der DEF galt ein Spezialist noch etwas. Eines Tages, als Garde wieder mit seinem Posten unterwegs nach Zablocie war, hielt eine schwarze Limousine neben den beiden. Es war Göth. »Ein Häftling, ein Posten«, bemerkte der Untersturmführer. Was das zu bedeuten habe? Der Ukrainer meldete, der Gefangene werde täglich zur Emalia geführt, wo er für Herrn Schindler tätig sei. Das sollte Göth beschwichtigen und tat es auch, denn der wiederholte zwar noch einmal: »Ein Gefangener, ein Posten?« unterließ aber radikale Maßnahmen. Er wies dann im Laufe des Tages sein Geschöpf Chilowicz an, Garde endgültig zu Schindler zu versetzen und künftig den Posten zu sparen. »Aber erst, wenn er meinen Wintergarten fertig hat. Ingenieure haben wir im Lager reichlich.« Er glaubte, Juden, denen in Polen die Zulassung zum Medizinstudium verweigert worden wäre, wären aufs Ingenieurstudium ausgewichen.

Dieser Chilowicz war übrigens nicht nur in Schwarzmarktgeschäften für Göth tätig, er leitete auch die jüdische Lagerpolizei, die »Feuerwehr«, wie sie genannt wurde, denn Spira, bislang der Napoleon des Gettos, befand sich noch immer dort, beschäftigt mit dem Aufspüren vergrabener Diamanten, Goldgegenständen und Geldsummen – alles Eigentum von Menschen, die in Belzec schon ermordet worden waren. Spira hatte in Plaszow keinen Einfluß, hier herrschte Chilowicz. Wie der eigentlich diesen Posten ergattert hatte, wußte man nicht; möglich auch, daß er eine Entdeckung von Göth war. Jedenfalls herrschte er jetzt im Lager wie vordem Spira im Getto und hielt sich, beschränkt wie er war, für unersetzlich.

Garde erfuhr von seinem Glück in der Baracke 21 mit den vierstöckigen Pritschen. Seine Prüfungen sollten vorüber sein, sobald er mit Göths Wintergarten fertig war, und Zablocie erschien ihm wie das gelobte Land. Diana Reiter und Grünberg hätten ihm allerdings sagen können, daß im näheren Umgang mit Göth keine festen Regeln galten.

Der Firstbalken für den Wintergarten sollte aufgelegt werden und hing an einem Flaschenzug – ein Trumm von einem Stamm. Göth sah sich die Arbeiten an seinem Projekt häufig an, oft begleitet von seinen Hunden Rolf und Alf, die auf den Mann dressiert waren, und die er erst kürzlich auf eine Zwangsarbeiterin gehetzt hatte, der sie eine Brust abrissen. Göth sah mit kundigem Blick den Arbeiten zu und stellte gelegentlich Fragen. So auch diesmal. Garde verstand immer noch nicht, und Göth packte das Ende des schwebenden Balkens und stieß ihn mit voller Wucht Garde entgegen. Dieser suchte ihn mit der Hand abzuwehren, der Balken zerschmetterte die Hand und warf Garde um. Göth machte kehrt und ging weg.

Um nicht als arbeitsunfähig zu gelten, ließ Garde an der Hand nur das Nötigste machen – nur nicht auffallen. Schließlich konnte Dr. Hilfstein ihn zu einem Gipsverband überreden, der sich mit dem Ärmel verdecken ließ. Eine Woche mußte er noch aushalten, mußte zwischen Wintergarten und Emalia hin und her wandern, und weil ihm der Gipsverband doch zu riskant schien, schnitt er ihn weg. Mit einem Reservehemd und ein paar Büchern traf er dann endlich in der Lipowastraße ein.

Kapitel 23

Gutunterrichtete Gefangene drängten sich danach, Arbeit bei der DEF zu finden. Dolek Horowitz, Einkäufer bei Bosch und Häftling im Lager Plaszow, wußte, daß er niemals die Erlaubnis bekommen würde, zu Schindler zu wechseln, aber er hatte eine Frau und zwei Kinder. Richard, der jüngere, erwachte morgens in der Frauenbaracke im Bett seiner Mutter, ging hinaus und lief den Hang hinunter ins Männerlager zu seinem Vater, mit dem er sich morgens auf dem Appellplatz einzufinden hatte. Man kannte ihn, und er hatte weder von der jüdischen Lagerpolizei noch von den Posten auf den Wachtürmen etwas zu befürchten, denn sein Vater war für Bosch unersetzlich, und Bosch war ein Saufkumpan des Kommandanten. Richard gelangte also unbehelligt in die Baracke seines Vaters und weckte ihn mit Fragen: »Warum gibt es immer nur morgens Nebel und nicht am Nachmittag? Kommen heute Lastwagen? Wird es heute früh auf dem Appellplatz lange dauern? Werden welche geschlagen?«

Horowitz wurde klar, daß Plaszow kein geeigneter Ort für Kinder war, auch nicht für so privilegierte wie seine. Er nahm sich vor, mit Schindler zu sprechen, der gelegentlich herkam, seinen alten Freunden unauffällig kleine Geschenke mitbrachte, sich mit ihnen unterhielt, mit Stern zum Beispiel, mit Ginter, mit Pfefferberg. Als es ihm nicht gelang, mit Schindler in Kontakt zu kommen, versuchte er es über Bosch. Bosch und Schindler waren häufig zusammen, in der Stadt, bei gesellschaftlichen Anlässen. Freunde waren sie nicht, das konnte man sehen, aber sie machten Geschäfte miteinander, erwiesen sich gegenseitig Gefälligkeiten.

Horowitz war weniger um seinen Sohn besorgt als um seine Tochter. Richard wurde mit seiner Angst besser fertig, aber die zehnjährige Niusia stellte schon keine Fragen mehr; am Fenster der Halle sitzend, in der sie Bürsten anfertigte, sah sie fast täglich die Lastwagen den Hügel hinauffahren; sie verschloß ihre Augen in sich, wie es Erwachsene tun, sie konnte sich nicht mehr ausweinen. Um ihren Hunger zu stillen, hatte sie sich angewöhnt, Zwiebelschalen in Zeitungspapier zu rauchen, und soweit man hörte, war so etwas in der Emalia nicht nötig.

Horowitz wurde also bei Bosch vorstellig, prägte ihm die Namen der Kinder durch mehrmaliges Wiederholen ein und bat dringend, Bosch möge mit Schindler etwas vereinbaren. Bosch sagte: »Den kenne ich gut, der tut alles für mich.«

Horowitz war skeptisch. Seine Frau Regina verstand sich weder auf die Herstellung von Emailwaren noch auf die von Kartuschen. Bosch selber erwähnte die Angelegenheit mit keinem Wort, und doch verging keine Woche, da verließen Regina und die Kinder das Lager, sie standen mit Erlaubnis von Göth, der dafür ein Päckchen mit Schmuck erhalten hatte, auf Schindlers Liste. Schindler selbst ließ durch nichts merken, daß er die Hand im Spiel gehabt hatte. Regina Horowitz erwartete, daß er sie einmal ansprechen werde, denn daß er wußte, wer sie war, unterlag keinem Zweifel, und sie überlegte lange, mit welchen Worten sie ihm danken wollte, doch nichts dergleichen geschah. Hin und wieder scherzte er mit Richard, und dieser stellte jetzt ganz andere Fragen als in Plaszow. Daran merkte sie am besten, welches Geschenk ihr gemacht worden war. Im Nebenlager Emalia regierte kein Kommandant, der die

Häftlinge tyrannisierte. Es gab nicht einmal eine ständige Wachmannschaft, sondern SS und Ukrainer wechselten alle zwei Tage. Sie kamen gern, denn so primitiv Schindlers Küchen auch waren, das Essen war hier besser als in Plaszow.

Das Lager oder die Fabrik allerdings betrat man besser nicht, denn solche Übergriffe meldete der Direktor unweigerlich Oberführer Scherner.

Ausgenommen gelegentlicher Inspektionen durch höhere SS-Führer, bekamen die Arbeiter der DEF nur selten eine Uniform aus der Nähe zu sehen. Gassen aus Stacheldraht führten von den Unterkünften zur Emailwarenfabrik und zur Munitionsfertigung. Die Arbeiter, die Kisten und Heizkörper herstellten und der Garnison zur Verfügung standen, gingen unter Bewachung zu ihren Arbeitsplätzen. Auch deren ukrainische Wachposten wechselten alle zwei Tage.

Man könnte also sagen, die SS bestimmte über die Lebensdauer der Arbeiter im Lager Emalia, aber Schindler bestimmte die Atmosphäre, in der dieses Leben sich abspielte. Hunde gab es nicht. Auch Schläge nicht. Es gab mehr und besseres Essen als in Plaszow, etwa 2000 Kalorien am Tag, wie ein Arzt schätzte, der in der Fabrik arbeitete. Die Schichten dauerten manchmal bis zu zwölf Stunden, denn Schindler war schließlich Unternehmer und hatte seine Lieferfristen einzuhalten, und er wollte seinen Profit machen. Die Arbeit aber war nicht aufreibend, und viele Häftlinge scheinen damals begriffen zu haben, daß sie sich durch ihre Arbeit buchstäblich am Leben hielten. Aus Unterlagen, die Schindler nach dem Krieg dem *Joint Distribution Committee* vorlegte, geht hervor, daß er 1 800 000 Zloty für Lebensmittel für das Lager Emalia aufwandte. Auch in den Büchern der IG Farben und denen von Krupp finden sich ähnliche Eintragungen, doch Tatsache ist, daß bei Schindler niemand unter Hunger, Schlägen und Überarbeitung zusammenbrach, während allein in den Bunawerken der IG Farben 25 000 von 35 000 Arbeitskräften zu Tode geschunden wurden. Die Belegschaft der Emalia hat viele Jahre später das Lager von Schindler ein Paradies genannt. Es kann sich dabei nicht um eine nachträgliche Sprachregelung handeln, denn diese Menschen waren unterdessen über die ganze Welt verstreut. Man muß das damals bereits so empfunden haben. Selbstverständlich war es ein relatives Paradies, der Himmel im Vergleich mit Plaszow. Aber wer in der Emalia lebte, hatte das Gefühl, noch einmal davonkommen zu können. Man wollte dieses Gefühl auch nicht allzu genau analysieren aus Furcht, es könnte sich verflüchtigen. Neuzugänge kannten Schindler nur von Beschreibungen. Sie wichen ihm nach Möglichkeit aus. Es brauchte Zeit, sich an sein ungewöhnliches Gefängnissystem zu gewöhnen.

Typisch ist dafür die Haltung einer jungen Frau namens Lusia. Ihr Mann war kürzlich auf Transport nach Mauthausen geschickt worden, und sie trauerte um ihn wie eine Witwe – zu Recht, wie sich erwies. In der DEF beschickte sie die Brennöfen. Es war erlaubt, Wasser auf den erhitzten Flächen der Geräte zu wärmen, und auch der Fußboden war warm. Heißes Wasser empfand sie als die erste Wohltat in der Emalia. Schindler war für sie anfangs nichts als eine mächtige Gestalt im Gang zwischen den Maschinen oder auf einem Laufsteg. Bedrohlich wirkte er nicht auf sie. Trotzdem wollte sie nicht auffallen, wollte nur ihre Arbeit verrichten und durch die Stacheldrahtgasse in die Baracke zurückgehen. Nach einer Weile nickte sie, wenn er grüßend an ihr vorüberging. Sie wagte sogar, auf seine Frage zu antworten, ja, es gehe ihr gut. Einmal schenkte er ihr Zigaretten, die wertvoll waren, als Tauschobjekt. Weil sie aber die Erfahrung gemacht hatte, daß Freunde verschwinden, wollte sie ihn nicht zum Freund, er sollte nur dasein, eine Art magischer Vater.

Ein Paradies, das von einem Freund beherrscht wurde, wäre gefährdet; ein Zufluchtsort konnte nur Bestand haben, wenn jemand mit viel Autorität und umwittert von Geheimnissen dafür verantwortlich war. So wie Lusia dachten damals viele in Emalia.

Betrachten wir den Fall Regina Perlmann, die mit einem südamerikanischen Paß in Krakau lebte, als Schindler sein Lager bauen ließ. Ihre dunkel getönte Haut paßte zu ihrem Paß, und sie arbeitete als Sekretärin in einer Fabrik in Podgorze. In Warschau, Lodz oder Gdingen wäre sie sicherer gewesen, doch waren ihre Eltern im Lager Plaszow, und dank ihres falschen Passes konnte sie ihnen mit Lebensmitteln, Medikamenten und sonstigen Kleinigkeiten helfen. Aus den Tagen im Getto wußte sie, daß Schindler in der jüdischen

Mythologie von Krakau bereits einen festen Platz einnahm; es hieß, er tue alles, was menschenmöglich sei. Sie wußte ebenfalls, was in Plaszow vorging, im Steinbruch, auf dem Balkon des Kommandanten. Sie mußte sich verraten, wenn sie tun wollte, was sie für geboten hielt, aber sie wollte unbedingt ihre Eltern bei Schindler in Sicherheit bringen.

Der erste Versuch, ihn zu erreichen, scheiterte an ihrem Aussehen. Ein verblaßtes Sommerkleidchen und ihre nackten Beine bewogen den Pförtner, sie gar nicht erst anzumelden. Der Herr Direktor wolle sie nicht empfangen. Der Pförtner hielt sie für ein Fabrikmädchen, und sie hatte Angst vor ihm, die Angst aller mit arischen Papieren ausgestatteten Juden vor bösartigen Polen, die einen sechsten Sinn für Juden besaßen. Sie ging weg mit dem Gefühl, glücklich einer Gefahr entronnen zu sein.

Aber dann unternahm sie doch einen zweiten Versuch, diesmal sorgfältig vorbereitet: gut gekleidet und geschminkt, selbstverständlich mit Strümpfen vom schwarzen Markt, mit Hütchen und Schleier, gerade so elegant, wie sie vor dem Krieg gewesen war. Der polnische Pförtner erkannte sie nicht wieder, meldete sie, ohne zu zögern an, und Schindler ließ sie vor, ja, er kam ihr auf der Treppe entgegen und begrüßte sie freundlich, diese Senorita Rodriguez. Sie merkte gleich, daß er eine besondere Art hatte, mit Frauen umzugehen, achtungsvoll und doch vertraut. Sie wolle ihn unter vier Augen sprechen? Bitte sehr. Er führte sie durchs Vorzimmer, vorbei an seiner Sekretärin, die mit keiner Wimper zuckte. Für die Klonowska konnte diese Besucherin alles mögliche im Schilde führen – Schwarzmarktgeschäfte, Devisentransaktionen, vielleicht war sie gar eine Partisanin. Liebe dürfte an letzter Stelle rangieren, und wenn, dann war das ohne Bedeutung. Sie erhob keinen Anspruch auf Schindler und fühlte sich von ihm auch nicht in Besitz genommen. Schindler bot seiner Besucherin einen Sessel an und nahm am Schreibtisch unter dem großen Führerbild Platz. Ob sie rauchen wolle? Vielleicht einen Pernod? Einen Cognac? Danke, nein, aber er möge sich bitte keinen Zwang auferlegen. Er bediente sich. Was er für sie tun könne? Er merkte, daß es ihr schwer fiel, zu beginnen. Und dann brach es doch aus ihr hervor: »Ich bin keine Südamerikanerin, Herr Schindler, ich bin Jüdin und habe einen falschen südamerikanischen Paß. Meine Eltern sind in Plaszow. Sie behaupten, hier bei Ihnen wären sie sicher, und ich glaube das auch. Ich kann Ihnen nichts anbieten, was ich am Leibe habe, ist geliehen, ich habe mich so zurechtgemacht, um hier hereingelassen zu werden. Wollen Sie bitte meine Eltern herholen?«

Schindler setzte das Glas ab und stand auf. »Solche Dinge tue ich nicht. Sie schlagen mir da etwas Ungesetzliches vor, Fräulein Perlmann. Ich betreibe hier eine Fabrik, und das einzige Kriterium, nach dem ich Leute bei mir im Lager aufnehme, ist, ob sie über die nötige Qualifikation als Arbeitskräfte verfügen. Lassen Sie mir Ihre Adresse hier, und falls ich jemand mit der Qualifikation Ihrer Eltern brauche, werde ich Sie benachrichtigen.«

»Aber mein Vater ist Importeur, er ist kein gelernter Metallarbeiter.«

»Wir beschäftigen auch Büropersonal, aber im wesentlichen Facharbeiter.«

Sie war wie vor den Kopf geschlagen und schrieb mit Tränen in den Augen ihren falschen Namen und ihre richtige Adresse auf einen Zettel. Sollte er damit machen, was er wollte. Als sie auf der Straße stand, kam ihr der Gedanke, Schindler könnte sie für eine Provokateurin gehalten haben. Das würde sein Verhalten rechtfertigen. Aber in seinem Auftreten war nicht die Spur von Güte zu erkennen gewesen, er hatte sie kaltblütig hinausgeworfen!

Im Laufe des Monats kam das Ehepaar Perlmann ins Nebenlager Emalia. Nicht allein, wie Regina sich vorgestellt hatte, sondern als zwei von dreißig neuen Arbeitern. Manchmal besuchte sie sie in der Fabrik. Ihr Vater schaufelte Kohlen, fegte die Fabrikhalle. »Er redet aber wieder«, sagte ihre Mutter. In Plaszow war er gänzlich verstummt. Trotz der zugigen Baracken und der stinkenden Latrinen herrschte im Lager Emalia eine Atmosphäre der Geborgenheit, so daß sie, die mit falschen Papieren in Krakau ein gefährdetes Leben führte, die Lagerinsassen jedesmal beneidete, wenn sie nach einem solchen Besuch die Fabrik verließ.

Dann ging es darum, den Rabbi Menasha Levartov ins Lager Emalia zu bringen, der sich als Schlosser in Plaszow am Leben hielt. Er war jung und trug einen schwarzen Bart, war liberaler als die

Kleinstadtrabbiner, die glaubten, den Sabbat einzuhalten sei wichtiger als am Leben zu bleiben, und die deshalb 1942 und 1943 Freitag abends zu Hunderten erschossen wurden, weil sie sich weigerten, am Samstag Zwangsarbeit zu verrichten.

Itzhak Stern, der in der Verwaltung der Werkstätten arbeitete, bewunderte Levartov seit je und pflegte, wann immer sich die Gelegenheit bot, tiefgründige Gespräche mit ihm über religiöse Themen zu führen. Er bat Schindler, dafür zu sorgen, daß Levartov so bald wie möglich aus dem Lager komme, andernfalls werde Göth ihn umbringen. Denn Levartov hatte eine Ausstrahlung, die ihn gefährdete, er konnte tun, was er wollte, er fiel einfach auf. Und dafür hatte Göth eine Antenne, solche Leute waren für ihn ein bevorzugtes Ziel. Göth hatte bereits versucht, ihn zu ermorden, und so sonderbar es klingt, es war ihm mißlungen.

Göth hatte jetzt mehr als 30 000 Zwangsarbeiter unter sich. Unweit der ehemaligen Leichenhalle, die jetzt als Stall diente, waren Unterkünfte für bis zu 1200 Polen errichtet worden, und nach einer Besichtigung der gesamten Anlage war Obergruppenführer Krüger so beeindruckt, daß er Göth zum Hauptsturmführer beförderte. Außer den Polen wurden Juden aus dem Osten und aus der Tschechoslowakei aufgenommen und hier behalten, bis man sie weiterschicken konnte nach Auschwitz-Birkenau oder nach Groß-Rosen. Manchmal waren bis zu 25 000 Menschen im Lager, und der Appellplatz konnte sie nicht fassen. Man mußte also immer wieder Platz schaffen, und dafür hatte Göth sein eigenes Rezept. Er ging in die Werkstätten oder in die Büros, ließ die dort anwesenden Gefangenen in zwei Reihen antreten, deren eine entweder auf die Anhöhe geführt und in der alten Batteriestellung erschossen oder am Bahnhof Krakau-Plaszow in Viehwagen verladen wurde. Seit dem Herbst 1943 gab es übrigens das Zubringergleis der Ostbahn, und die Verladung fand nahe den Unterkünften der SS statt.

Bei einer solchen Selektion war ihm Levartov aufgefallen, der in der Schlosserei arbeitete. Göth kam herein, ließ sich Meldung machen und befahl: »25 gelernte Schlosser vortreten!« Levartov wurde von den anderen in diese Gruppe gedrängt. Man wußte zwar nie, wer bleiben und wer abgeführt werden würde, doch schien er da besser aufgehoben. Ein Junge von vielleicht siebzehn Jahren meldete sich eifrig: »Ich bin auch gelernter Schlosser, Herr Kommandant!«, was Göth mit einem gemurmelten: »Ach wirklich?« zur Kenntnis nahm und den Jungen auf der Stelle erschoß. Die Schlosser blieben da und mit ihnen Levartov, während die anderen zum Bahnhof marschierten. Levartov aber war Göth aufgefallen, und obwohl der Zwischenfall mit dem Jungen ihn vorübergehend abgelenkt hatte, warf er Levartov einen Blick zu, der deutlich sagte: Du bist auch so einer.

Einige Tage später kam Göth wiederum in die Schlosserei und selektierte noch einmal, diesmal persönlich. Bei Levartov blieb er stehen, ganz wie dieser vermutet hatte.

»Was machst du da?«

»Scharniere, Herr Kommandant.« Und der Rabbi deutete auf ein Häufchen Scharniere neben sich am Boden.

»Dann mach mir eins«, befahl Göth, zog die Uhr aus der Tasche und schaute ostentativ aufs Zifferblatt. Levartov gab sich große Mühe, so rasch wie möglich zu arbeiten, er schätzte, daß er für das Scharnier eine knappe Minute brauchte.

»Noch eins«, befahl Göth, und wieder blickte er auf die Uhr. Etwa eine Minute später fiel das zweite Scharnier neben Levartov auf das Häufchen am Boden. Göth betrachtete es aufmerksam. »Seit heut früh um sechs stehst du hier an der Drehbank«, sagte er, ohne aufzublicken, »du brauchst für ein Scharnier knapp eine Minute. Und das hier ist alles, was du bis jetzt geschafft hast?« Er ließ Levartov vor sich her aus der Baracke gehen, stellte ihn draußen vor die Mauer und zog die Pistole, mit der er Tage zuvor den Jungen erschossen hatte. Levartov sah, daß etliche Gefangene sich beeilten, wegzukommen aus der Gefahrenzone. Er sagte lautlos das *Schema Jisrael* und hörte Göth durchladen. Es erfolgte aber kein Knall, als der Hauptsturmführer abdrückte, sondern ein Klicken. Göth wechselte das Magazin aus und drückte wieder ab. Wieder nichts. Göth fluchte. Er steckte die Pistole weg und zog aus der Tasche einen exotischen Revolver, wie Levartov noch keinen gesehen hatte. Nichts wird mich retten, dachte er, und wenn auch dieser Revolver versagen sollte, dann schlägt er mich mit einem Knüppel tot. Trotzdem machte er noch einen Versuch: »Herr Kommandant, die Drehbänke sind heute früh neu justiert worden, und ich mußte solange

Kohlen schaufeln. Deshalb habe ich nicht mehr Scharniere machen können.«

Er kam sich dabei vor, als verletze er die Regeln eines Spiels, das mit seinem unabwendbaren Tode enden sollte. Aber auch der Revolver versagte. Göth versetzte ihm einen Faustschlag ins Gesicht und ließ ihn einfach stehen. Aber damit war die Angelegenheit nicht ausgestanden, davon war Stern fest überzeugt.

Schindler bemerkte nur: »Wozu so viele Worte, Stern? Ich kann immer jemand brauchen, der in einer Minute ein Scharnier macht.«

Als Levartov im Sommer 1943 zu Schindler kam, erlebte er eine Überraschung: Am ersten Freitagnachmittag trat Schindier zu ihm an die Drehbank und sagte: »Sie haben jetzt hier nichts mehr zu suchen. Bereiten Sie sich gefälligst auf den Sabbat vor.« Dabei steckte er dem Rabbi eine Flasche Wein zu. Und so wurde es fortan gehalten. Levartov ging in die Baracke und sprach *Kiddusch* über einem Glas Wein auf einer Pritsche zwischen zum Trocknen aufgehängten Wäschestücken, praktisch im Schatten eines Wachturmes, auf dem ein SS-Posten stand.

Kapitel 24

Der Oskar Schindler, der in diesen Tagen im Hof seiner Fabrik vom Pferd stieg, wirkte immer noch wie das Idealbild des Unternehmers. Er sah äußerst gepflegt aus, ähnelte den Filmschauspielern George Sanders und Curd Jürgens, mit denen man ihn immer verglichen hat. Reitjacke und Hose waren maßgeschneidert, seine Stiefel blinkten. Ganz augenscheinlich ein Mann, der aus allem Profit zu schlagen weiß. Jetzt von einem ländlichen Ausritt zurückgekehrt, setzte er sich an einen Schreibtisch, auf dem sich Rechnungen häuften, wie sie es bislang nicht einmal in einem so ausgefallenen Unternehmen wie der DEF gegeben hatte.

Die Lagerbäckerei Plaszow lieferte zweimal wöchentlich etliche hundert Laibe Brot in die Lipowastraße in Zablocie und gelegentlich eine halbe Lkw-Ladung Rüben. Ein Vielfaches dieser Mengen dürfte in den Büchern des Lagerkommandanten erschienen sein, und die Differenz verkaufte vermutlich Chilowicz für Göth auf dem schwarzen Markt. Hätte Schindler sich mit dem begnügt, was er zugeteilt bekam, hätten seine 900 Arbeiter wohl nicht mehr als 750 Gramm Brot pro Woche und jeden dritten Tag Suppe gegessen. Statt dessen beschaffte er für monatlich 50000 Zloty auf dem schwarzen Markt Lebensmittel für die Lagerküche. Wöchentlich verbrauchte er manchmal mehr als 300 Brotlaibe. Die bekam er über die deutschen Treuhänder der Großbäckereien und zahlte dafür in Reichsmark.

Schindler schien nicht zu bemerken, daß er in jenem Sommer einer der bedeutendsten illegalen Ernährer von Gefangenen war und daß die Blässe des Hungers, die die SS den Insassen nicht nur der Todesfabriken, sondern auch jedes kleinen stacheldrahtumzäunten Arbeitslagers verordnet hatte, seinen Gefangenen auf verdächtige Weise fehlte.

In diesem Sommer ereigneten sich auch viele von jenen Vorkommnissen, die zum Entstehen des Schindler-Mythos beitrugen, die den mystischen Glauben an ihn als den Retter bei vielen Häftlingen in Plaszow und bei allen Bewohnern des Nebenlagers Emalia weckten.

Die Nebenlager wurden bald nach ihrer Errichtung von höheren Chargen des Hauptlagers daraufhin kontrolliert, ob hier auch die Arbeitskraft der Häftlinge vorbildlich genutzt wurde. Wer von den Plaszowern diese Besichtigung in der Emalia durchführte, steht nicht fest, doch haben Schindler und etliche Gefangene behauptet, Göth sei jedenfalls dabeigewesen. Aber ob nun Göth oder John, Scheidt oder Neuschel, sie alle verstanden sich darauf, das Äußerste aus ihren Häftlingen herauszuholen, das hatten sie in Plaszow zur Genüge bewiesen. Und in der Emalia entdeckten sie denn auch sofort einen Gefangenen namens Lamus, der in aller Gemütsruhe einen Schubkarren über das Werksgelände schob. Schindler also sagte, Göth habe Anweisung gegeben, Lamus zu erschießen, den Befehl erhielt der Unterführer Grün, einer von Göths Schützlingen, ein ehemaliger Ringkämpfer. Grün nahm Lamus fest, und die anderen setzten die Besichtigung fort. Schindler erfuhr sofort von diesem Vorfall. Er rannte die Treppe hinunter und kam gerade dazu, wie Grün sein Opfer an die Wand stellte. Schindler protestierte: »Sie können das hier nicht machen, meine Leute werden demoralisiert, wenn hier Erschießungen vorkommen, und das kann ich bei der augenblicklichen Auftragslage nicht gebrauchen.« Usw., usw., das Schindlersche Standardargument, mit dem er auf versteckte Weise zu verstehen gab, daß er Beziehungen nach oben hatte und Grün namentlich melden würde, sollten sich Produktionsausfälle ereignen.

Grün war nicht dumm. Er wußte, daß die anderen Inspektoren unterdessen in der Werkshalle waren, wo die Pressen jedes Geräusch übertönen mußten, das er hier draußen verursachte oder auch nicht. Und Lamus war ein solches Nichts, daß Göth nicht einmal fragen würde, ob er erschossen worden sei. »Was springt dabei für mich raus?« fragte er.

»Mögen Sie Wodka?« fragte Schindler seinerseits.

Grün fand das nicht übel. Lag er während der Aktionen den ganzen Tag hinterm MG und erschoß Hunderte von Juden, bekam er dafür einen halben Liter Wodka. Hier würde er einen ganzen Liter dafür bekommen, daß er überhaupt nichts tat. »Ich sehe nirgendwo eine Flasche«, bemängelte er. Schindler schubste Lamus bereits von der Wand weg. »Verschwinde, Jude!« brüllte Grün. Und Schindler: »Sie können sich nachher die Flasche in meinem Büro abholen.«

Ähnliches spielte sich ab, als die Gestapo die ganze Familie Wohlfeiler verhaften wollte, nachdem sie in einer Fälscherwerkstatt Papiere entdeckt hatte, die Wohlfeilers zu Ariern machen sollten. Einmal verhaftet, wären sie zum Verhör ins Montelupich-Gefängnis gebracht und von dort nach Chujowa Gorka geschafft worden. Drei Stunden, nachdem sie Schindlers Büro betreten hatten, kamen die beiden Herren von der Gestapo angetrunken die Treppe herunter, wohlwollend gestimmt durch Cognac und vermutlich auch eine angemessene Entschädigung. Die gefälschten Papiere lagen auf Schindlers Schreibtisch, und er beeilte sich, sie zu verbrennen.

Die nächsten waren die Brüder Danziger, arglose, ungeschickte Juden aus der tiefsten Provinz, die versehentlich eine Maschine demolierten. Schindler war gerade nicht im Betrieb, und irgendwer – ein Spitzel, wie Schindler stets behauptete – denunzierte die beiden wegen Sabotage bei der Lagerverwaltung in Plaszow. Sie wurden sofort abgeholt, und beim Frühappell des nächsten Tages wurde angekündigt, daß die Häftlinge Gelegenheit haben würden, abends der Erhängung von zwei Volksschädlingen beizuwohnen. Die orthodoxen Danzigers waren als Opfer besonders geeignet.

Nachmittags um drei, nur drei Stunden vor der angesetzten Hinrichtung, kehrte Schindler von seiner Geschäftsreise zurück und fand auf seinem Schreibtisch eine entsprechende Mitteilung vor. Er fuhr sofort hinaus nach Plaszow, wohlversehen mit Cognac und der sehr geschätzten *kielbasa,* einer Wurst. Zum Glück begegnete er Göth gleich in der Verwaltungsbaracke, brauchte ihn also nicht aus seinem Mittagsschlaf zu reißen. Was er mit Göth ausgehandelt hat, weiß niemand, jedenfalls wurde in dem Büro des Kommandanten, in dessen Wände Ringbolzen eingelassen waren, an denen Häftlinge zwecks Bestrafung oder bei verschärftem Verhör aufgehängt wurden, eine Regelung getroffen, die es Schindler erlaubte, die beiden Delinquenten im Rücksitz seines Automobils mitzunehmen. Ein Schluck Cognac und eine Wurst dürften dafür wohl kaum gelangt haben.

Das waren selbstverständlich immer nur Teilsiege. Schindler wußte genau, daß der Tyrann ebenso selbstherrlich begnadigt wie er straft, und der Fall Krautwirt zeigte, daß auch mit Teilsiegen nicht immer zu rechnen war. Krautwirt arbeitete in der Heizkörperfabrik und wohnte in Schindlers Baracke. Krautwirt nannte das Nebenlager Plaszow wie alle anderen Häftlinge auch Schindlers Lager, doch die SS machte deutlich, wem das Lager wirklich gehörte, indem sie Krautwirt nach Plaszow holte und ihn dort erhängen ließ. Die wenigen Überlebenden des Lagers Plaszow berichteten als erstes über diese Hinrichtung, wenn sie ihre eigene Leidensgeschichte erzählt hatten. Der Galgen in Plaszow ähnelte einem Fußballtor und erschreckte ebenso wie der von Auschwitz nicht durch seinen eindrucksvollen Anblick, sondern durch eben diese banale Allegorie. Aber seinen Zweck erfüllte er nichtsdestoweniger. Außer Krautwirt sollte ein Sechzehnjähriger namens Haubenstock erhängt werden. Krautwirt mußte sterben, weil er mit gewissen aufwieglerischen Elementen in Krakau korrespondiert hatte, während Haubenstock dabei ertappt worden war, daß er russische Lieder sang, angeblich, um die ukrainischen Posten zum Bolschewismus zu bekehren.

Erhängungen fanden unter völligem Schweigen der auf dem Appellplatz angetretenen Häftlinge statt, deren Reihen von Männern und neuerdings auch Frauen patrouilliert wurden, die sich ihrer Machtfülle sehr bewußt waren: Hujer und John, Scheidt und Grün, Landstorfer, Amthor und Grimm, Ritschek und Schreiber sowie den gewandt mit Gummiknüppel hantierenden Aufseherinnen Alice Orlowski und Luise Danz. Was die Verurteilten etwa noch zu sagen hatten, war also gut zu verstehen.

Krautwirt blieb anfangs stumm, doch der Junge beteuerte verzweifelt seine Unschuld. Der Henker, ein jüdischer Schlachter aus Krakau, der für ein anderes Verbrechen begnadigt worden war, weil er sich zu diesem Amt bereit fand, stellte Haubenstock auf einen Hocker und legte ihm die Schlinge um den Hals. Er wußte, daß Göth den Jungen als ersten sterben lassen wollte, damit das Geschrei aufhörte. Der Schlachter trat also den Hocker unter Haubenstocks Füßen weg. Der Strick riß, und der Junge kroch auf den Knien zu Göth, umklammerte dessen Beine und bat um Erbarmen. Göth stieß den Jungen mit dem Fuß weg und schoß ihn in den Kopf. Krautwirt, der dies mit angesehen hatte, schnitt sich beide Pulsadern mit einer Rasierklinge auf, die er in seiner Kleidung versteckt hatte. Göth befahl dem Henker, gleichwohl die Hinrichtung vorzunehmen, und zwei Ukrainer hoben ihn auf den Hocker. Das hervorspritzende Blut tränkte ihre Uniformjacken, während Krautwirt mit dem Strick erdrosselt wurde.

Es war nur allzu verständlich, daß Häftlinge sich einzureden versuchten, jede dieser barbarischen Mordtaten sei die letzte ihrer Art gewesen, es müsse sich doch eine Änderung in den Methoden von Menschen wie Göth irgendwann vollziehen, und wenn nicht in denen, dann in jenen nie erblickten Bürokraten, die das alles von ihren Schreibtischen in gepflegten Büros mit gewachstem Parkett und dem Ausblick auf Grünanlagen teils veranlaßten, teils duldeten.

Als Dr. Sedlacek zu seinem zweiten Besuch nach Krakau kam, dachten er und Schindler sich einen Plan aus, der in den Augen analysierender Beobachter nur naiv wirken konnte. Es war Schindler, der auf den Gedanken verfiel, Göth verhalte sich womöglich deshalb so brutal, weil er Unmassen von Schnaps trank und sich so über mögliche Folgen seiner Handlungen überhaupt keine Rechenschaft ablegte. Deshalb solle man einen Teil des von Sedlacek mitgebrachten Geldes zum Ankauf von wirklich erstklassigem Cognac verwenden, der in Polen gar nicht einfach zu beschaffen war. Mit dem sollte Schindler sein Glück bei Göth versuchen, ihm im Laufe eines ausführlichen Gespräches klarmachen, daß der Krieg so oder so einmal zu Ende gehen und dann die Taten gewisser Einzelpersonen untersucht werden würden. Selbst Leute, die ihm wohlgesonnen seien, könnten sich dann daran erinnern, daß er so manches Mal allzu großen Eifer bewiesen habe. Es lag in Schindlers Charakter zu glauben, man könne sich mit dem Teufel an einen Tisch setzen und über einem Cognacschwenker das Böse wenigstens zum Teil aus der Welt schaffen. Nicht etwa, daß er vor radikaleren Maßnahmen zurückgeschreckt wäre, sie kamen ihm nur nicht in den Sinn. Er war seit je ein Mann des Handelns und Verhandelns.

Wachtmeister Oswald Bosko, ehedem mit der Aufsicht über den Außenbezirk des Gettos betraut, war da von ganz anderer Art. Er fand es unerträglich, innerhalb des Systems zu arbeiten, hier eine Erleichterung zu schaffen, dort jemand mit falschen Papieren auszurüsten, ein Dutzend Kinder aus dem Getto zu schmuggeln, während Hunderte auf Transport gingen. Also verließ er seinen Posten in Podgorze und verschwand in den Wäldern von Niepolomice. Bei den Partisanen wollte er Buße tun dafür, daß er sich im Sommer 1938 für die Nationalsozialisten begeistert hatte. Er wurde in einem Dorf westlich von Krakau erkannt und als Hochverräter erschossen. So wurde er zum Märtyrer.

Bosko ging in die Wälder, denn einen anderen Weg sah er nicht. Er verfügte nicht über die finanziellen Mittel, mit denen Schindler Funktionäre schmierte. Es paßte zum Charakter dieser beiden Männer, daß der eine nichts besaß, seinen Rang nicht mehr und auch nicht seine Uniform, während der andere stets dafür sorgte, daß er Bargeld und Tauschwaren zur Verfügung hatte. Es sagt nichts für Bosko und nichts gegen Schindler, wenn man behauptet, daß Schindler nur dann das Martyrium erlitten hätte, wäre er als Geschäftsmann gescheitert. Aber eben weil Schindler war, der er war, leben heute Menschen wie Wohlfeilers, die Brüder Danziger und Lamus. Weil Schindler war, der er war, gab es dieses aberwitzige Lager in der Lipowastraße, und dort waren, alles in allem, täglich tausend Menschen vor dem Zugriff der SS in Sicherheit. Hier wurde niemand geschlagen, und die Suppe war so dick, daß sie einen am Leben hielt. An dem jeweiligen Charakter dieser beiden Männer gemessen, war der Abscheu, den sie, beide Parteigenossen, gegen das System empfanden, gleich groß, auch wenn Bosko ihn zeigte, indem er seine Uniform in Podgorze ablegte und Schindler sein Parteiabzeichen ansteckte, um Hauptsturmführer Göth in Plaszow Cognac zu bringen.

Es war später Nachmittag. Schindler und Göth saßen im Salon der Villa des Kommandanten. Dessen Freundin Majola, eine zartgliedrige junge Frau, Sekretärin in der Fabrik von Wagner in Krakau, schaute zu ihnen herein. Sie verbrachte ihre Tage nicht in Plaszow, diesem schändlichen Ort, dazu war sie zu empfindsam, und es ging das Gerücht, sie habe Göth gedroht, sich ihm zu verweigern, falls er nicht aufhörte, nach Lust und Laune Menschen zu erschießen. Das kann aber auch eine Ausgeburt der Phantasie von Häftlingen sein, die aus therapeutischen Gründen nach Strohhalmen griffen, die dic Erde bewohnbar erscheinen ließen.

Jedenfalls blieb sie nicht lange. Ihr war klar, daß es ein Gelage geben würde. Was man zu Cognac essen würde – Kuchen, belegte Brote, Wurst –, wurde von Helene Hirsch serviert. Die war sichtlich am Ende ihrer Kräfte. Am Abend zuvor hatte Göth sie geschlagen, weil sie, ohne ihn zu fragen, Majola eine Mahlzeit bereitet hatte, und heute hatte er sie fünfzigmal die Treppe hinauf- und hinuntergehetzt, weil er Fliegendreck auf einem Bild entdeckt hatte. Über Schindler hatte sie Gerüchte gehört, sah ihn aber jetzt zum ersten Mal. Der Anblick dieser beiden bulligen Männer, die da in offensichtlicher Eintracht an dem niedrigen Tisch saßen, bot ihr keinen Trost. Sie nahm an nichts besonderen Anteil, denn die Gewißheit ihres Todes stand ihr zu deutlich vor Augen. Ihr sehnlichster Wunsch war, ihre jüngere Schwester, die in der Lagerküche arbeitete, möge überleben. In der Hoffnung, damit das Leben ihrer Schwester zu retten, hielt sie eine Summe Geldes versteckt. Ihre eigenen Aussichten waren mit Geld nicht zu bessern, wie sie meinte.

Sie tranken in der Dämmerung, tranken noch, als die Gefangene

Tosia Liebermann die Frauen in ihrer Baracke wie allabendlich mit dem Wiegenlied von Brahms in den Schlaf gesungen hatte, und tranken weiter, bis Schindler die Zeit für gekommen hielt, Göth in Versuchung zu führen, ihm Mäßigung anzuraten.

Göth nahm das gut auf. Schindler hatte den Eindruck, als gefalle ihm dieser Vorschlag. Es stand einem Herrscher wohl an, sich maßvoll zu gebärden. Er sah sich bereits einem saumseligen Häftling, der wie alle diese Kreaturen in gespielter Erschöpfung durchs Tor schlich, großmütig vergeben. So wie Caligula hätte versucht sein können, an sich als an Caligula den Guten zu denken, so reizte es den Kommandanten, eine Weile sich selber als Amon der Gute zu sehen. Ganz verließ ihn dieser Gedanke übrigens nie. An diesem Abend, als der goldene Cognac in seiner Blutbahn kreiste und das Lager ihm zu Füßen schlief, gab jedenfalls weniger die Furcht vor Vergeltung den Ausschlag als seine Neigung, Gnade walten zu lassen. Am folgenden Morgen fielen ihm Schindlers Warnungen wieder ein und zusammen mit den schlechten Nachrichten von der Front stimmten sie ihn nachdenklich. Bei Kiew stand es schlecht. Stalingrad war weit weg gewesen, aber Kiew...

Aus Plaszow war während einiger Tage zu hören, daß der Kommandant offenbar Schindlers zweifacher Verführung erlegen war. Dr. Sedlacek berichtete in Budapest, daß Göth, jedenfalls vorderhand, damit aufgehört habe, willkürlich Menschen zu ermorden. Und der kleine Springmann, der sich um Dachau und Dancy im Westen bis zu Sobitor und Blezec im Osten kümmerte, hoffte eine Weile, daß er Plaszow von der Liste seiner Sorgenkinder streichen könne.

Doch die Verlockung, durch Barmherzigkeit zu glänzen, verblaßte nur zu bald. Sollte es wirklich eine Pause gegeben haben, so waren sich die Überlebenden von Plaszow dessen nicht bewußt. Ihnen schien es, als hätten die willkürlichen Erschießungen niemals ausgesetzt. Sollte Göth mal morgens nicht auf seinem Balkon erscheinen und womöglich am folgenden Tag ebenfalls nicht, so doch gewiß am dritten. Es hätte größerer Ereignisse bedurft, als nur der vorübergehenden Abwesenheit des Kommandanten, um selbst im optimistischsten Gefangenen die Hoffnung zu wecken, er könnte sich geändert haben.

Sedlacek brachte nach Budapest nicht nur seine übertriebene Hoffnung mit, was Göth betraf, sondern auch handfeste Daten über Plaszow. Die verdankte er einem Bericht Sterns, der von Schindler in seine neue Wohnung im Bürotrakt gerufen und mit zwei ihm unbekannten Herren bekannt gemacht worden war. Der eine war Sedlacek, der andere ein Jude – mit Schweizer Paß –, der sich Babar nannte. »Lieber Freund«, begrüßte ihn Schindler, »ich möchte, daß Sie jetzt gleich einen ausführlichen schriftlichen Bericht über die Zustände in Plaszow anfertigen.« Stern hielt das für leichtsinnig, denn er kannte die beiden ja nicht. Folglich rieb er die Hände und murmelte, er möchte doch zuvor ein paar Worte unter vier Augen mit dem Herrn Direktor sprechen. Mit ungewohnter Direktheit fragte er nun Schindler: »Halten Sie das nicht für sehr riskant, Herr Schindler?«

Der explodierte. »Glauben Sie, ich würde Sie darum bitten, wenn es riskant wäre?« Und schon ruhiger: »Natürlich besteht immer ein Risiko, das wissen Sie besser als ich. Aber diese beiden Männer sind zuverlässig.«

Stern faßte also seinen Bericht ab. Er verstand sich aufs Schreiben, und die Budapester wie die Zionisten in Istanbul bekamen etwas Handfestes und Verläßliches. Wer Sterns Bericht mit 1700 multiplizierte, der Zahl der kleinen und großen Zwangsarbeiter in Polen, der konnte wahrhaftig die Welt in Staunen versetzen!

Sedlacek und Schindler wollten aber noch mehr von Stern. Am Morgen nach dem denkwürdigen Gelage mit Göth fuhr Schindler, schon ehe die Lagerverwaltung ihren Dienst begann, nach Plaszow und zeigte eine Erlaubnis vor, zusammen mit zwei Geschäftsfreunden die vorbildlichen Fertigungsanlagen zu besichtigen – eine Erlaubnis, die er abends zuvor Göth abgehandelt hatte. Er verlangte nun, daß der Häftling Itzhak Stern diese kleine Delegation durchs Lager führte. Babar hatte eine Kleinbildkamera mit, die er offen in der Hand hielt. Man konnte sich geradezu vorstellen, wie er, von einem Aufseher zur Rede gestellt, die Vorzüge dieses kleinen Gerätes anpries, das er kürzlich in Stockholm oder Brüssel erworben hatte. Schindler instruierte Stern: Seine Freunde wollten die Fertigungsanlagen und die Unterkünfte sehen, doch falls Stern sie auf etwas Besonderes aufmerksam machen wolle, solle er sich bücken und sein Schnürband neu binden.

Die erste von Sterns Sehenswürdigkeiten war die mit jüdischen Grabsteinen gepflasterte Lagerstraße, und er ließ ihnen Zeit, die Namen der Verstorbenen zu lesen. Vorbei am Lagerbordell, in dem Polinnen für die Wachmannschaften der SS und die Ukrainer zur Verfügung standen, erreichten sie den weit in den Felsen hineinreichenden Steinbruch. Auch hier hielt Stern an, denn im Steinbruch wurden Menschen zu Tode geschunden oder auch einfach getötet. Die hier arbeitenden Häftlinge, viele mit Schrunden und Narben bedeckt, zeigten kein Interesse an den Besuchern. Göths ukrainischer Fahrer Iwan tat hier Dienst, und der Kapo war Erik, ein deutscher kugelköpfiger Krimineller. Der hatte seine mörderischen Talente bereits unter Beweis gestellt, indem er Mutter, Vater und Schwester umgebracht hatte. Er hätte wohl unter dem Fallbeil geendet, wäre er nicht von der SS dazu benützt worden, seinerseits schlimmere Verbrecher als Elternmörder zu bestrafen. In Sterns Bericht stand zu lesen, daß der Krakauer Arzt Edward Goldblatt von SS-Arzt Dr. Blancke und seinem Schützling, dem jüdischen Arzt Dr. Leon Gross, nach Plaszow geschickt und in den Steinbruch kommandiert worden war. Erik fand sein größtes Vergnügen darin, nicht an Handarbeit gewöhnte Intellektuelle zu schikanieren. Er prügelte Goldblatt, als der sich ungeschickt mit dem Werkzeug anstellte, und die Prügel setzten sich über Tage fort. Erik, einige Ukrainer und SS-Leute beteiligten sich daran. Es endete damit, daß man den bewußtlosen Dr. Goldblatt zur Krankenstube schaffte, wo Dr. Leon Gross sich weigerte, ihn aufzunehmen. Und so, von diesem Mediziner gedeckt, trampelten Erik und ein SS-Mann Goldblatt zu Tode.

Stern verhielt also beim Steinbruch, weil er ebenso wie Schindler und etliche andere im Lager glaubte, daß irgendwann einmal irgendwo ein Richter fragen würde: Wo genau hat sich das zugetragen?

Schindler verschaffte seinen Besuchern einen Überblick über das Lager, indem er sie nach Chujowa Gorka hinauf in die ehemalige Feuerstellung führte, wo sie die blutigen Schubkarren sahen, mit denen die Leichen Erschossener in den nahen Wald transportiert wurden. In den Kiefernwäldern waren bereits Tausende verscharrt worden. Als die Russen von Osten anrückten, fielen ihnen diese

Opfer eher in die Hände als die noch lebenden oder schon halbtoten Häftlinge von Plaszow.

Als Industriebetrieb betrachtet, war Plaszow eine Enttäuschung. Göth, Bosch, Leo John, Josef Neuschel und andere meinten, hier Vorbildliches geschafft zu haben, einzig weil es sie reich machte. Sie wären erstaunt gewesen zu hören, daß sie ihr einträgliches Sybaritendasein nicht dem Umstand verdankten, daß die Rüstungsinspektion ihre Leistungen schätzte. Nutzen aus der hier geleisteten Arbeit zogen einzig der Kommandant und seine Clique. Daß den Betrieben im Lager Plaszow überhaupt noch Rüstungsaufträge gegeben wurden, mußte jeden unbefangenen Beobachter verblüffen, denn die Anlagen waren veraltet und recht jämmerlich. Aber es gab im Lager scharfsinnige Zionisten, die es verstanden, moralischen Druck auf Außenstehende wie Schindler und Madritsch auszuüben, die den entsprechenden Druck auf die Rüstungsinspektion weitergeben konnten. Weil der Hunger und die noch unsystematischen Mordtaten in Plaszow dem mechanisierten Massenmord in Auschwitz und Belzec vorzuziehen waren, erklärte Schindler sich bereit, mit den Herren von der Rüstungsinspektion immer wieder zu verhandeln. Man verzog zwar das Gesicht, man sagte: »Sie meinen das doch nicht im Ernst?«, und doch ließ man ihm immer wieder Aufträge für Göths Lager zukommen, bestellte Schaufeln, die aus dem anfallenden Schrott in der Lipowastraße gemacht wurden. Daß die Wehrmacht je in den Besitz der Schaufeln samt Stielen kommen würde, war ungewiß. Von den Leuten, mit denen Schindler in der Rüstungsinspektion zu tun hatte, wußten die meisten, was hinter seinen Bemühungen steckte, sie wußten, daß der Fortbestand des Zwangsarbeitslagers Plaszow das Überleben einer Anzahl Zwangsarbeiter garantierte. So mancher mußte sich überwinden, weil er wußte, daß Göth ein Lump war und für einen aufrechten altmodischen Patrioten ein unerträglicher Anblick.

Im Fall Roman Ginter zeigte sich das Groteske dieser Zustände besonders deutlich, grotesk insofern, als die Sklaven alles taten, um dem Sklavenhalter sein Reich zu sichern, auch wenn sie dabei mit dem Tode spielten. Ginter, ehedem Unternehmer und jetzt Kapo in der Schlosserei, aus der Levartov gerettet worden war, wurde zum Kommandanten gerufen. Kaum eingetreten, wurde er mit Schlägen traktiert und gleich darauf ins Freie gezerrt und an die Wand gestellt. Ginter fragte: »Darf ich erfahren, warum das alles geschieht?« Er bekam wieder Prügel und die Antwort: »Weil du die Handschellen nicht geliefert hast, die ich bestellt habe, darum!« »Die habe ich gestern Oberscharführer Neuschel gegeben, Herr Kommandant.«

Göth stieß Ginter ins Haus zurück und rief Neuschel. »In der linken oberen Schreibtischschublade, Hauptsturmführer«, sagte Neuschel. Göth sah nach. »Und deshalb hätte ich den Kerl beinahe umgebracht«, beklagte er sich bei seinem jungen Schützling.

Eben dieser Ginter, der vor dem Verwaltungsgebäude Zähne in den Sand spuckt, diese jüdische Null, deren willkürliche Ermordung Göth seinem Untergebenen vorgeworfen hätte, dieser Ginter geht mit einem Passierschein zu Schindler in die DEF und bittet ihn um Ersatzteile für Maschinen in Plaszow, um möglichst viel Schrott, damit nicht die Schlosser von Plaszow nach Auschwitz müssen. Und während der pistolenschwingende Hauptsturmführer glaubt, Plaszow verdanke sein Bestehen seinem administrativen Genie, sind es doch in Wahrheit die blutspuckenden Häftlinge, denen der Fortbestand des Lagers zu verdanken ist.

Kapitel 25

Manchen Leuten kam es jetzt so vor, als werfe Schindler mit Geld um sich wie ein krankhafter Glücksspieler. Selbst seine Gefangenen, die ja nicht viel von ihm wußten, ahnten, daß er sich ihretwegen ruinieren würde, falls es denn nicht anders ging. Später – nicht damals, damals nahmen sie seine Gaben hin, wie ein Kind Weihnachtsgeschenke von den Eltern entgegennimmt –, später also sagten sie, es sei ein Glück für sie gewesen, daß er ihnen treuer war als seiner Frau. Aber nicht nur die Gefangenen ahnten etwas von Schindlers Besessenheit, sondern auch so mancher Bürokrat.

So ließ ein gewisser Dr. Sopp, SS-Arzt am Krakauer Gefängnis, Schindler durch einen polnischen Mittelsmann wissen, er habe ihm ein Geschäft vorzuschlagen. Im Gefängnis Montelupich saß eine Frau Helene Schindler, die, wie Sopp wußte, mit Oskar Schindler nicht verwandt war, doch ihr Mann hatte Geld in die Emalia investiert. Ihre arischen Papiere waren dubios, und Sopp brauchte nicht eigens darauf hinzuweisen, daß Frau Schindler in Gefahr war, nach Chujowa Gorka geschafft zu werden. Gegen einen bestimmten Betrag sei er aber bereit, zu bescheinigen, daß Frau Schindler zu einem Kuraufenthalt von unbestimmter Dauer nach Marienbad müsse.

Der Mediziner forderte, wie Schindler von ihm selber hörte, 50 000 Zloty. Den Preis herunterhandeln zu wollen, war sinnlos. Sopp betrieb dieses Geschäft seit drei Jahren und wußte genau, wieviel er im Einzelfall fordern konnte. Schindler beschaffte das Geld noch am selben Nachmittag, wie Sopp richtig vorgesehen hatte; er wußte, daß Schindler über Schwarzmarktgelder verfügte.

Schindler verlangte, daß ihm die Frau persönlich von Dr. Sopp im Montelupich-Gefängnis übergeben werde. Er selber wolle sie dann zu Freunden in der Stadt fahren. Sopp hatte nichts dagegen, und so bekam Frau Schindler denn in ihrer eiskalten Zelle unter einer matt brennenden Glühbirne das Attest ausgehändigt.

Ein pedantischerer Mensch als Schindler hätte sich die verauslagten 50 000 Zloty wohl von dem Geld zurückgenommen, das Sedlacek aus Budapest brachte; das waren insgesamt 150 000 eingeschmuggelte Reichsmark. Doch Schindler gab alles Geld, das er auf diese Weise erhielt, an seine jüdischen Kontaktpersonen weiter, ausgenommen jene Summe, von der er den Cognac für Göth kaufte. Es war übrigens nicht immer einfach, das Geld loszuwerden. Als Sedlacek ihm im Sommer 1943 50 000 Reichsmark brachte, fürchteten die Zionisten im Lager Plaszow, denen Schindler das Geld anbot, eine Falle. Henry Mandel, Schweißer und Mitglied in der *Hitach Dut,* der zionistischen Arbeiterjugend, an den Schindler sich zuerst wandte, wollte damit nichts zu tun haben. Schindler zeigte einen hebräisch geschriebenen Brief aus Palästina vor, aber das bewies nichts. Ein Provokateur würde genau solch einen Brief haben. Zudem war die Summe von RM 50 000 – 100 000 Zloty – einfach zu groß, als daß man hätte glauben können, sie werde einem zur freien Verfügung übergeben.

Schindler versuchte es sodann bei einem anderen Mitglied der *Hitach Dut,* bei Alta Rubner. Schließlich lag das Geld die ganze Zeit über im Kofferraum seines Wagens vor dem Verwaltungsgebäude des Lagers. Alta Rubner beriet sich mit Mandel, und beide schlugen vor, das Geld durch Kontaktpersonen dem polnischen Untergrund zukommen zu lassen. Der mochte entscheiden, ob man Geld von Schindler nehmen dürfe oder nicht. Schindler suchte sie zu überzeugen, daß es mit dem Geld seine Richtigkeit habe; das Gespräch fand in Madritschs Uniformschneiderei statt, und die Nähmaschinen übertönten diese nun heftiger werdende Auseinandersetzung. Schindlers Beteuerungen fanden keinen Glauben, und er nahm das Geld wieder mit.

Später jedoch, als Stern den beiden versichert hatte, der Brief sei authentisch und Schindler mit der Übergabe des Geldes beauftragt, entschlossen sie sich, es anzunehmen. Allerdings wußten sie, daß Schindler nicht noch einmal mit diesem Geldbetrag nach Plaszow kommen würde. Mandel wandte sich also an Marcel Goldberg, einen Schreiber in der Lagerverwaltung, ehedem ebenfalls Mitglied der *Hitach Dut,* unterdessen aber durch seine Arbeit korrumpiert – er stellte die Listen der Arbeitskommandos zusammen und Listen, die über Leben und Tod entschieden, über Verbleib im Lager oder Transport in die Todesfabriken und ließ sich bestechen. Mandel allerdings konnte ihn unter Druck setzen und erreichte, daß er auf die Liste derer kam, die zur Emalia geschickt wurden, um Schrott zu holen. Zu Schindler drang er dann allerdings nicht vor, daran hinderte ihn Bankier. Herr Schindler sei beschäftigt. In der folgenden Woche erschien Mandel wiederum. Und wiederum ließ Bankier ihn nicht zum Herrn Direktor. Beim dritten Mal wurde er dann deutlich: »Sie möchten wohl das zionistische Geld holen? Nun, daraus wird nichts. Sie haben es abgelehnt, und jetzt ist es weg. So ist nun mal das Leben, Herr Mandel!«

Mandel zog ab. Er glaubte, Bankier habe bereits einen Teil des Geldes für sich abgezweigt, doch darin irrte er. Bankier war nur vorsichtig. Das Geld kam am Ende doch noch zu den Zionisten nach Plaszow, denn die Quittung mit Alta Rubners Unterschrift wurde von Sedlacek an Springmann übergeben. Das Geld wurde offenbar für die Unterstützung von Juden verwendet, die von auswärts kamen und in Krakau nicht auf Hilfe zählen konnten. Man weiß nicht genau, ob der größere Teil für Lebensmittel ausgegeben wurde, wie Stern riet, oder für falsche Papiere und Waffen. Schindler hat sich darum nie gekümmert. Nichts davon jedenfalls diente zum Loskauf von Frau Schindler oder der Brüder Danziger. Auch die 30 000 Kilo Küchenutensilien, die Schindler im Jahre 1943 großzügig verteilte, um zu verhindern, daß das Nebenlager Emalia geschlossen wurde, sind davon nicht bezahlt worden. Und auch nicht die gynäkologischen Instrumente im Wert von 16 000 Zloty, die Schindler auf dem schwarzen Markt besorgen mußte, weil eine seiner Arbeiterinnen schwanger wurde – Schwangerschaft bedeutete sicheren Tod. Und ebenfalls nicht der reparaturbedürftige Mercedes, den Schindler dem Untersturmführer John abkaufte, als er weitere dreißig Gefangene aus Plaszow für die Emalia anforderte. Johns Freund, Untersturmführer Scheidt, beschlagnahmte das für 12 000 Zloty gekaufte Fahrzeug schon tags darauf wieder. Schindler war zunächst wütend, meinte später aber, es sei ihm ein Vergnügen gewesen, diesen beiden Herren einen Dienst erwiesen zu haben.

Kapitel 26

Raimund Titsch leistete Zahlungen anderer Art. Dieser stille, blasse österreichische Katholik, der seit seiner Verwundung im Ersten Weltkrieg (manche meinten auch von Kindheit an) hinkte, war zehn Jahre älter als Schindler und Göth. Er leitete Madritschs Uniformschneiderei im Lager Plaszow, die 3000 Näherinnen und Mechaniker beschäftigte. Eine seiner Zahlungsformen bestand darin, daß er mit Göth Schach spielte. Der Kommandant rief häufig bei Madritsch an und bestellte Titsch zu einer Partie in sein Büro. Die erste dieser Partien endete nach einer halben Stunde damit, daß Göth mattgesetzt wurde. Titsch sah mit Erstaunen, daß Göth vor Wut über die Niederlage schier platzte. Er schnallte das Koppel um, setzte die Mütze auf und stürmte aus dem Büro, so daß der entsetzte Titsch glaubte, Göth wolle sich durch Erschießung der ersten Gefangenen, die ihm über den Weg liefen, für seine Niederlage rächen. Titsch änderte im folgenden seine Taktik und verstand es, eine Partie über Stunden hinzuziehen und zu verlieren. Wenn die Gefangenen Titsch zu einer seiner Schachpartien in die Lagerverwaltung hinken sahen, wußten sie, daß der Nachmittag gerettet war.

Titsch beschränkte sich allerdings nicht darauf, vorbeugend Schach zu spielen. Er fotografierte auch. Aus dem Fenster seines Büros, gelegentlich auch in den Werkstatträumen, knipste er die Häftlinge in den gestreiften Kitteln beim Schieben der Loren, bei der Essensausgabe, beim Ausheben von Fundamenten und Abzugsgräben. Auf manchem dieser Bilder sieht man die Verteilung eingeschmuggelter Brotrationen in Madritschs Werkstatt. Er kaufte nämlich mit Zustimmung von Madritsch und von dessen Geld Brot, das er auf Lastwagen unter Textilien versteckt ins Lager schmuggelte. Und die Verteilung dieser runden Schwarzbrotlaibe auf der den Wachtürmen abgewendeten Seite von Madritschs Baracken hielt Titsch im Bilde fest.

Er knipste SS-Leute und Ukrainer beim Exerzieren, beim Sport und bei der Arbeit. Er knipste ein Arbeitskommando unter dem Ingenieur Karp, auf den bald darauf die Hunde gehetzt wurden, die ihm die Genitalien abbissen und schwere Verletzungen am Oberschenkel zufügten. Eine Aufnahme des Lagers gibt die Trostlosigkeit, die Verlassenheit wieder, die dort herrschten. Es existierten sogar Nahaufnahmen von Göth auf seiner Terrasse in der Sonne. Nahezu 120 Kilo wog er jetzt, und der SS-Arzt Blancke ermahnte ihn dringlich abzunehmen. Titsch knipste Rolf und Alf, wie sie in der Sonne tollten, knipste Majola, die einen der Hunde am Halsband hielt und so aussah, als mache ihr das Vergnügen. Und er machte eine Aufnahme von Göth in voller Pracht auf seinem Schimmel.

Die Filme entwickelte er nicht, die Rollen waren leichter zu verbergen. Er versteckte sie in seiner Krakauer Wohnung, wo er auch Wertsachen für Madritschs Juden aufbewahrte. Viele Juden trugen einen allerletzten Schatz mit sich herum, etwas, womit man im Augenblick der größten Gefahr den Mann mit der Liste bestechen konnte oder den, der die Tür des Viehwaggons schloß. Titsch war klar, daß nur die ganz Hilflosen solche Schätze bei ihm deponierten. Wer Ringe, Uhren und Schmuck im Lager verstecken konnte, brauchte seine Hilfe nicht.

Als es mit Plaszow zu Ende war, als Scherner und Czurda sich abgesetzt hatten und die sorgsam geführten Lagerakten der SS als Beweismittel verladen worden waren, entwickelte Titsch die Filme immer noch nicht. Die geheime Hilfsorganisation ODESSA der SS führte ihn in ihren Listen als Vaterlandsverräter. Die Presse hatte nämlich darüber berichtet, daß er Madritschs Gefangene ernährt und daß die Regierung Israels ihn für die von ihm bewiesene Menschlichkeit geehrt hatte. Und dafür erhielt er in Wien, wo er nach dem Kriege wohnte, Drohbriefe. Zwanzig Jahre lang ruhten die Filme in der Kassette in der Grünanlage eines Wiener Vorortes, wo Titsch sie vergraben hatte, und sie lägen dort wohl immer noch, wenn nicht 1963 Leopold Pfefferberg, einer der überlebenden Schindlerjuden, sie ihm für 500 Dollar abgekauft hätte. Titsch litt damals an einer unheilbaren Herzkrankheit und stellte gleichwohl noch die Bedingung, daß die Filme erst nach seinem Tode entwickelt werden dürften. Der unheimliche Schatten von ODESSA machte ihm noch immer angst. Nach seinem Tode wurden die Filme entwickelt, und fast alle Bilder waren gut geworden.

Keiner der wenigen Überlebenden des Lagers Plaszow hat je abfällig von Raimund Titsch gesprochen. Aber der Held eines Mythos ist er nicht geworden. Schindler war einer. Die ehemaligen Häftlinge erzählen gern von einem Vorfall, der sich Ende 1943 zugetragen haben soll und mythischen Charakter hat. Es kommt dabei nicht darauf an, ob wahr ist, was erzählt wird, auch nicht, ob es wahr sein sollte, sondern darauf, daß es wahrer ist als wahr. Hört man solche Geschichten erzählen, wird einem klar, daß Titsch den Häftlingen in Plaszow als hilfreicher Eremit erschienen ist, Schindler aber als eine Art niedere Gottheit, doppelgesichtig wie aus der griechischen Mythologie, ausgestattet mit menschlichen Lastern, vielhändig, mächtig, imstande, nach Lust und Laune zu retten.

Berichtet wird, daß die SS-Führung gedrängt wurde, das Lager Plaszow aufzulösen, weil es nach Ansicht der Rüstungsinspektion als Produktionsstätte wertlos war. Göths jüdisches Hausmädchen Helene Hirsch weiß zu erzählen, daß sie in Göths Villa so manchen Gast abfällig über die Verhältnisse in Plaszow sprechen hörte und daß man besonders auch von seiten der SS-Führung Anstoß an Göths sybaritischer Lebensführung nahm. Es kam dahin, daß General Julius Schindler persönlich eine Besichtigung vornahm, um zu entscheiden, ob das Lager noch als kriegswichtig betrachtet werden könne. Daß er an einem Sonntagabend kam, war allerdings sonderbar, aber vielleicht war er des bedrohlich heranrückenden Winters wegen zu anderer Zeit verhindert. Wie auch immer, der Besichtigung war ein Abendessen bei Schindler vorausgegangen, wo Wein und Cognac reichlich flossen, denn Schindler gehörte zu den mit Dionysos verwandten Göttern. Daß die anschließend nach Plaszow hinausrollende Gesellschaft nicht gerade als nüchterne Expertengruppe bezeichnet werden kann, versteht sich von selber, wenngleich berücksichtigt werden muß, daß die Herren nun bereits seit vier Jahren auf ihrem Sektor tätig waren und deshalb über reichliche Erfahrung verfügten. Auf Schindler machte das indessen wenig Eindruck.

Man begann mit der Besichtigung von Madritsch, weil dessen Fabrik in Plaszow das einzig Vorzeigbare war. 1943 wurden hier monatlich mehr als 20 000 Uniformen hergestellt, aber trotzdem schien es geboten, Madritsch aufzufordern, die Produktion gänzlich in seine Fabriken Podgorze und Tarnow zu verlegen, denn niemand verspürte noch Lust, in den Baracken von Plaszow neue wertvolle Maschinen aufzustellen.

Die Besichtigung hatte gerade begonnen, als das Licht ausging, weil die Stromversorgung von Madritschs Baracken durch Freunde von Stern unterbrochen worden war. Die Besichtigung wurde beim Licht von Taschenlampen fortgesetzt, so heißt es, und es heißt ferner, daß alle diese Umstände dazu führten, daß das Lager nicht aufgelöst wurde und die Häftlinge von Plaszow gerettet waren.

Allein hieraus erhellt der märchenhafte Charakter dieser Geschichte, denn tatsächlich wurde nicht ein Zehntel der Plaszower gerettet. Den Überlebenden erscheint es so, und für ihre Beurteilung Schindlers ist das ausschlaggebend. »Man darf nicht vergessen«, sagte einer, »daß Schindler nicht nur Deutscher war, sondern auch Tscheche. Er hatte viel von Schwejk an sich, und nichts machte ihm größeren Spaß, als Sand ins Getriebe zu streuen.«

Man sollte nicht fragen, was eigentlich Göth zu alledem sagte, und auch nicht, ob Plaszow bestehen blieb, weil es einem umnebelten General Schindler bei dürftigem Licht noch kriegswichtig erschien oder weil es quasi als Abstellgleis vor der überfüllten Endstation Auschwitz seinen Nutzen hatte. Diese Geschichte jedenfalls sagt mehr über die Häftlinge in Plaszow und ihre an Schindler gerichteten Erwartungen aus als über das Lager Plaszow und das schreckliche Ende der meisten seiner Insassen.

Und während SS und Rüstungsinspektionen noch erwogen, was mit Plaszow geschehen sollte, verliebte sich der junge Maler Josef Bau aus Krakau in Rebecca Tannenbaum. Bau arbeitete als Zeichner bei der Bauleitung des Lagers. Er war in Plaszow so etwas wie ein Flüchtling, denn er hatte nie die für das Getto notwendigen Papiere besessen. Man konnte ihn dort nicht als Arbeitskraft verwenden, und seine Mutter hielt ihn bei Freunden versteckt. Bei der Auflösung des Gettos im März 1943 schmuggelte er sich in eine Kolonne, die nach Plaszow abging. Anders als im Getto wurde hier gebaut, und das Baubüro befand sich in einem düsteren Bau, in dem auch der Kommandant sein Büro hatte. Bau fertigte Blaupausen an. Er war ein Schützling von Stern, der ihn auch Schindler empfahl als einen versierten Zeichner und möglichen Fälscher von Dokumenten.

Zum Glück lief er dem Kommandanten nur selten über den Weg; er zeichnete sich nämlich durch jene echte Sensibilität aus, die Göth zur Pistole greifen ließ, wenn er ihr begegnete. Die Schreiber, deren Arbeitsplätze dem Büro des Kommandanten näher lagen, hatten Schlimmeres zu gewärtigen – möglicherweise eine Kugel in den Kopf, ganz sicher aber von Zeit zu Zeit einen Schock.

Mundek Korn, der für die Lagerwerkstätten Rohmaterial einkaufte, arbeitete auf dem Flur, an dem auch Göths Büro lag. Als er eines Morgens aus dem Fenster sah, erblickte er etwa zwanzig Meter entfernt einen Bekannten aus Krakau, einen etwa zwanzigjährigen Mann, der sein Wasser gegen einen Holzstoß abschlug. Und aus dem Augenwinkel sah er gleichzeitig einen Arm im weißen Ärmel sich durchs Fenster der an diesem Korridor gelegenen Toilette schieben, eine Pistole in der schweren Faust. Zwei Schüsse krachten, von denen mindestens einer den Jungen in den Kopf traf, dann wurde der Arm zurückgezogen. Vor Korn auf dem Tisch lagen von Göth unterzeichnete Schriftstücke. Nichts an der Handschrift ließ vermuten, daß der Schreiber wahnsinnig war. Korn blickte aus dem Fenster auf den Leichnam. Es lag eine gewisse Verlockung in dem Gedanken, den Tod als reine Routine zu akzeptieren, einem Mord nicht mehr Gewicht beizulegen als einem Gang zur Toilette: eine willkommene Abwechslung bei der langweiligen Schreibtischarbeit. Bau scheint derartiges nicht erlebt zu haben. Er war auch nicht von der Säuberung betroffen, die der Kommandant unter seinem Schreibstubenpersonal veranstaltete. Die nahm er vor, als sein Schützling Neuschel eines der Mädchen beschuldigte, eine Speckschwarte gestohlen zu haben. »Ihr werdet mir hier alle zu fett!« brüllte er und ließ sein Büropersonal in zwei Reihen antreten. Korn erinnerte das an die Vorbereitung zu einem Schulausflug – ihr besichtigt die Denkmäler, die andern gehen ins Museum. Nur gingen die jungen Frauen nicht ins Museum, sondern den Hang hinauf nach Chujowa Gorka und wurden dort niedergeschossen.

In solche Dinge also war Bau nicht verwickelt, was nicht heißt, daß er ein behütetes Dasein gehabt hätte. Aber so gefährdet wie Rebecca Tannenbaum, die Erwählte seines Herzens, lebte er nicht. Sie war Waise, es hatte aber nicht an freundlichen Tanten und Onkeln gefehlt, die sie umsorgten. Sie zählte neunzehn Jahre und war hübsch, sprach fließend Deutsch und verstand, gescheit zu plaudern. Seit kurzem arbeitete sie in Sterns Büro, etwas außerhalb der Reichweite des Kommandanten, aber sie war gelernte Maniküre und behandelte ihn zweimal wöchentlich, wie sie auch die Hände von Untersturmführer Leo John, des SS-Arztes Blancke und die von dessen unfreundlicher Mätresse manikürte. Sie fand die Hände von Göth wohlgeformt; die langen Finger wurden nach vorne zu schmaler, es waren ganz und gar nicht die Hände eines Fettwanstes und schienen auch nicht die eines grausamen Menschen zu sein.

Als sie erfuhr, daß sie zum Kommandanten kommen sollte, wollte sie weglaufen und ließ sich daran nur hindern, weil der Gefangene sagte: »Stell dich nicht an, wenn ich dich nicht zu ihm bringe, bestraft er mich!« Also war sie dem Mann zu Göths Villa gefolgt, wo sie zunächst auf Helene Hirsch stieß. Die riet ihr, sich ganz professionell zu betragen, das sei noch das sicherste. »Wenn du fertig bist, gebe ich dir was zu essen, aber nimm nichts, ohne zu fragen.«

Göth nahm die Dienste von Rebecca in Anspruch wie ein deutscher Gast im Hotel Krakovia. In zweierlei Hinsicht allerdings unterschied er sich von einem solchen: Er hatte stets die Pistole zur Hand und meist auch einen der Hunde bei sich. Rebecca hatte auf dem Appellplatz mit angesehen, wie die den unseligen Karp zerfleischten. Solche Erinnerungen kamen ihr allerdings unwirklich vor, wenn sich zwischen ihr und Göth eine freundliche Unterhaltung entspann, was durchaus vorkam. Eines Tages hatte sie den Mut zu fragen, warum er immer die Pistole bei sich habe. »Die brauche ich, falls du mich schneidest«, sagte er, und es rann ihr kalt den Rücken herunter.

Den Beweis dafür, daß er in ihrer Gegenwart zu Untaten ebenso fähig war wie zu einer freundlichen Unterhaltung, lieferte er ihr bald genug: Einmal zerrte er in ihrem Beisein Helene Hirsch an den Haaren aus dem Salon, und als einer der Hunde sie eines Abends beim Betreten des Zimmers ansprang und sie jeden Moment erwartete, er werde ihr in die Brust beißen, bemerkte Göth nur lässig vom Sofa her: »Hör auf zu zittern, albernes Ding, sonst beißt er wirklich.« In der Zeit, in welcher sie seine Hände manikürte, erschoß er seinen Stiefelputzer wegen Nachlässigkeit; ließ er seinen 15jährigen Burschen Poldek Deresiewicz in seinem Büro an die Ringe hängen, weil einer der Hunde einen Floh hatte; erschoß er Lisiek, weil der, ohne vorher zu fragen, für Bosch eine Droschke angespannt hatte. Und doch ging sie zweimal wöchentlich zu ihm und packte den Tiger bei den Tatzen.

Bau lernte sie eines Morgens vor dem Verwaltungsgebäude kennen, wo er mit seinen Blaupausen stand. Er machte ihr ein liebenswürdiges Kompliment, so etwas waren die Frauen im Lager nicht gewöhnt. In den Freistunden von 19 bis 21 Uhr ließ man sich für derartiges keine Zeit. Wer denkt auch schon an Komplimente, wenn die Läuse in Scham- und Achselhaaren kribbeln? Man machte kurzen Prozeß, das galt für die Frauen nicht weniger als für die Männer.

Bei Schindler ging es weniger desperat zu. Liebespaare konnten sich zwischen die Maschinen zurückziehen wie in Nischen, konnten sich Zeit lassen. Und die strikte Trennung von Männern und Frauen wurde in den überbelegten Baracken nicht so ernst genommen. Außerdem mußte man nicht damit rechnen, daß SS-Personal auftauchte. Und sollte das doch mal zu befürchten sein, konnte Schindler von seinem Büro aus eine Klingel betätigen, die den Lagerinsassen sagte, daß sie als erstes die verbotene Zigarette auszumachen und sodann jeder seinen Platz aufzusuchen hatten.

Von einem jungen Mann hofiert zu werden, als hätte sie ihn in einem der Cafés der Stadt kennengelernt, war für Rebecca geradezu ein Schock; es erinnerte sie allzusehr an die glücklichen Zeiten vor dem Kriege. Bau zeigte ihr seinen Schreibtisch, an dem er Zeichnungen für neue Baracken anfertigte, und fragte sie, wo sie denn untergebracht und wer ihre Barackenälteste sei. Sie gab ihm scheu die erbetene Auskunft. Sie hatte gesehen, wie Helene Hirsch an den Haaren aus dem Salon geschleift wurde, und hatte den Tod zu gewärtigen, sollte sie die Nagelhaut des Kommandanten verletzen, aber im Gespräch mit diesem jungen Mann wurde sie wieder zum koketten jungen Mädchen. Er wolle mit ihrer Mutter sprechen, sagte Bau. »Ich habe keine Mutter.« »Dann eben mit der Barackenältesten.«

Es wurde also eine richtige Werbung, mit Zustimmung und unter Aufsicht der älteren Frauen, ganz als habe man jede Menge Zeit zur Verfügung. Nicht einmal zu küssen versuchte er Rebecca. Dazu kam es ganz zufällig, noch dazu in der Villa des Kommandanten. Dort sollte der Oberstock umgebaut werden und war deshalb im Moment nicht bewohnt. Rebecca wusch hier nach einer Sitzung mit Göth ihre Unterwäsche in ihrem Eßnapf, und Bau hatte da irgendwelche Vermessungen vorzunehmen. Hier waren sie also ein Weilchen miteinander allein.

In Plaszow gab es selbstverständlich andere Liebesaffären, auch solche, in die SS-Leute verwickelt waren. Oberscharführer Hujer zum Beispiel, der Dr. Rosalia Blau und Diana Reiter erschossen hatte, verliebte sich in eine Jüdin. Madritschs Tochter war in einen jungen Juden aus dem Getto von Tarnow verliebt, der in der Fabrik ihres Vaters in Tarnow gearbeitet hatte und jetzt in Plaszow war. Hier durfte sie ihn besuchen, aber das war auch alles. Die Gefangenen konnten sich miteinander zwischen den Maschinen verkriechen, doch für Fräulein Madritsch und den von ihr geliebten jungen Mann galten nicht nur die Rassengesetze, sondern auch die ungeschriebenen Gesetze des Lagers, die intimere Beziehungen zwischen den beiden nicht zuließen. Selbst der unscheinbare Raimund Titsch hatte sich in eine seiner Näherinnen verliebt. Und auch daraus konnte nichts werden.

Oberscharführer Hujer erhielt den dienstlichen Befehl, den Unfug mit seiner Jüdin gefälligst zu lassen, und auf einem Spaziergang im Wald schoß er sie mit aufrichtigem Bedauern tot.

Überhaupt schienen solche Regungen, wurden sie von SS-Leuten verspürt, unter keinem guten Stern zu stehen. Henry und Leopold Rosner, der Geiger und der Ziehharmonikaspieler, die bei Göths Gesellschaften aufspielen mußten, wurden Zeugen eines einschlägigen Vorganges. Göth hatte eines Abends einen schon grauhaarigen schlanken Offizier der Waffen-SS zu Gast, der von Rosners einen ungarischen Schlager mit dem Titel *Düsterer Sonntag* hören wollte. Der handelte von einem jungen Mann, welcher sich einer unglücklichen Liebe wegen umbringen will. Es lag genau jene Art von Sentimentalität darin, für welche nach Rosners Beobachtungen SS-Leute in ihrer Freizeit anfällig waren. In den dreißiger Jahren war dieser Schlager ungemein populär gewesen, er hatte sogar zu einer kleinen Selbstmordepidemie geführt, weshalb die ungarische, die tschechische und die polnische Regierung erwogen, ihn zu verbieten, und in Deutschland durfte er ebenfalls nicht gespielt werden. Und nun verlangte dieser SS-Führer, der alt genug war, selber Kinder in dem Alter zu haben, in dem sie sich zum ersten Mal verlieben, immer wieder diesen *Düsteren Sonntag* zu hören. Für Henry Rosner besaß Musik seit je etwas Magisches, und niemand verstand ihre Macht besser einzuschätzen als ein Krakauer Jude wie Rosner, der aus einer Familie stammte, in der man Musik weniger erlernte als ererbte, und ihm schoß der Gedanke durch den Kopf: Vielleicht habe ich Kraft genug, diesen Mann mit meinem Spiel zum Selbstmord zu treiben.

Er legte also alles in sein Spiel, was er aufbieten konnte, wobei er allerdings fürchten mußte, daß der in gewissen Dingen sehr empfindliche Göth ihn durchschauen und der Sache ein Ende machen könnte. Eigentlich war es verwunderlich, daß er sich die mehrfache

Wiederholung dieses Stückes nicht bereits verbeten hatte. Als der Gast sich erhob und auf den Balkon ging, wußte Henry, daß er alles in seiner Macht Stehende getan hatte, und wechselte, wie um seine Spuren zu verwischen, auf der Stelle zu Suppé und Lehar über. Der Gast blieb eine Weile auf dem Balkon und verdarb dann den anderen Anwesenden die Laune, indem er sich eine Kugel in den Kopf schoß.

So also sahen die Beziehungen der Geschlechter zueinander in Plaszow aus: Läuse und ständiger Zeitdruck innerhalb des Stacheldrahts; Mord und Wahnsinn außerhalb. Und mittendrin Josef Bau und Rebecca Tannenbaum, die eine altmodische Romanze aufführten.

Im Winter veränderte sich der Status des Lagers in einer Weise, die sich unter anderem für alle Liebespaare ungünstig auswirkte. Anfang Januar 1944 wurde es zum Konzentrationslager erklärt und unterstand fortan samt seinem Nebenlager Emalia der Befehlsgewalt der Amtsgruppe D (Konzentrationslager) des SS-Wirtschaftsverwaltungshauptamtes in Oranienburg bei Berlin. Scherner und Czurda waren nicht mehr unmittelbar zuständig. Schindler und Madritsch hatten die Miete für ihre Zwangsarbeiter nicht mehr in der Pomorskastraße zu entrichten, sondern an die Dienststelle von Gruppenführer Glücks abzuführen, dem Leiter der Amtsgruppe D (Konzentrationslager) unter Obergruppenführer Pohl. Wollte Schindler jetzt etwas für seine Gefangenen tun, mußte er nicht nur Göth freundlich stimmen, nicht nur Oberführer Scherner zum Essen einladen, sondern auch Verbindungen zu der Bürokratie in Oranienburg knüpfen.

Dazu bedurfte es einer Reise nach Berlin. Oranienburg war ursprünglich ein Konzentrationslager gewesen, in dessen Baracken jetzt jene Bürokraten untergebracht waren, die den Häftlingen vorschrieben, wie sie zu leben und zu sterben hatten. Glücks und Pohl entschieden unter anderem darüber, wie sich das Zahlenverhältnis zwischen den zur Arbeit Verurteilten und den zum Tode Verdammten ausnahm. Überdies ergoß sich von ihren Schreibtischen eine Flut von pedantischen Anweisungen, verfaßt in der Sprache der Planer, der engstirnigen Spezialisten:

SS-Wirtschaftsverwaltungshauptamt
Leiter der Amtsgruppe D (Konzentrationslager)
Di-AZ: 14fl-Ot-S-
GEH TGB NR 453-44

An die Kommandanten der Konzentrationslager
Da, Sah, Bu, Mau, Neu, Au I – III
Gr-Ro, Natz, Stu, Rav, Herz, A-L-Bels,
Gruppenl. D Riga, Gruppenl. D. Krakau (Plaszow).

Die Gesuche von Lagerkommandanten, in Fällen von durch Häftlinge begangener Sabotageakte die Prügelstrafe zu verhängen, häufen sich. Ich ordne an, daß künftig in allen Fällen von *nachgewiesener* Sabotage (ein Bericht der Betriebsleitung ist beizulegen) ein Gesuch um Genehmigung einer Hinrichtung durch Erhängen gestellt wird. Die Vollstreckung ist vor allen zum Arbeitskommando gehörenden Häftlingen zum Zwecke der Abschreckung durchzuführen.

Unterschrift
SS-Obersturmführer

In dieser gespenstischen Kanzlei wurde festgelegt, wie lang die Haare von Häftlingen sein sollten, damit sie »zu Haarfilzsocken für U-Bootbesatzungen und zu Filzstiefeln für Reichsbahnbedienstete verarbeitet werden können«; es wurde darum gestritten, ob Todesfälle in achtfacher Ausfertigung zu protokollieren seien oder ob es reiche, der Karteikarte bei den Personalakten einen Vermerk hinzuzufügen. Und mit diesen Leuten also sollte Schindler über die Zukunft seines kleinen Arbeitslagers in Zablocie reden. Man wies ihn an eine mittlere Charge. Das sah Schindler ein. Es gab Firmen, die viel mehr Juden als er beschäftigten, Krupp zum Beispiel und IG Farben. Die Kabelwerke in Plaszow. Walter C. Toebbens in Warschau. Die Stahlwerke Stalowa Wola, die Flugzeugfabriken in Budzyn und Zakopane, Steyr-Daimler-Puch in Radom.

Der Sachbearbeiter hatte die Pläne des Lagers Emalia vor sich auf dem Tisch. »Ich hoffe, Sie wollen nicht Ihre Belegschaft vergrößern. Dann müßten Sie mindestens mit einer Typhusepidemie rechnen.« Schindler winkte ab. Er sei einzig an einer Antwort auf die Frage interessiert, ob er damit rechnen könne, die von ihm angelernten

Arbeiter zu behalten. Er habe darüber bereits mit einem seiner Freunde, Oberst Erich Lange, gesprochen. Dieser Name schien dem Sachbearbeiter bekannt. Schindler reichte ihm einen Brief Langes, und der Mann las ihn aufmerksam. Es war sehr still in diesem Büro. Niemand hätte geahnt, daß hier der Mittelpunkt eines Gebildes war, das von Schreien widerhallte.

Oberst Lange war als Leiter der Rüstungsinspektion beim OKW ein Mann von Einfluß. Schindler hatte ihn in Krakau kennengelernt, wo beide Gäste von General Schindler waren, und sie waren sich auf Anhieb sympathisch gewesen. Es passierte häufig, daß dem Regime abgeneigte Männer sich bei gesellschaftlichen Anlässen sozusagen erschnüffelten, ein Gespräch und womöglich eine Freundschaft miteinander begannen. Lange war entsetzt von dem, was er in den Arbeitslagern in Polen gesehen hatte – so etwa im Bunawerk der IG Farben, wo die Vorarbeiter sich wie SS-Aufseher benahmen und Zementsäcke von Häftlingen im Laufschritt entladen ließen; wo die Leichen von Verhungerten und Geschundenen in Kabelschächte geworfen und mit den Kabeln einzementiert wurden. »Ihr seid nicht hier, um zu leben, sondern, um im Beton zu verrecken«, hatte ein Betriebsführer die Neuankömmlinge begrüßt. Lange hatte das gehört und fühlte sich mitschuldig.

Seinem Schreiben waren Telefonate mit Oranienburg vorausgegangen, und beide hatten den gleichen Tenor: Die Rüstungsinspektion legt Wert darauf, daß Herr Schindler auch weiterhin in gewohntem Umfang Kochgeschirre und Panzerabwehrgranaten herstellt. Er verfügt über geschulte Arbeitskräfte, und es wird ersucht, in den Ablauf der unter Herrn Schindlers Leitung stehenden Produktion nicht einzugreifen.

Das machte dem Sachbearbeiter Eindruck. Er wolle ganz offen sprechen, sagte er. Noch bestünde nicht die Absicht, den Status von Zablocie zu ändern oder anderweitig über die dortigen Häftlinge zu verfügen. Herr Schindler müsse sich aber darüber klar sein, daß Juden, auch ausgebildete Rüstungsarbeiter, immer gefährdet seien. Die SS habe eigene Industriebetriebe – Ostindustrie beispielsweise beschäftige Häftlinge bei der Torfgewinnung, in einer Bürstenfabrik, in einer Eisengießerei in Lublin, einer Ersatzteilfabrik in Radom, einer Pelzgerberei in Trawniki. Doch andere Dienststellen eben dieser SS dezimierten die Belegschaft ständig durch Erschießungen, und Osti liege derzeit praktisch still. In den Vernichtungslagern reserviere man ebenfalls niemals genügend Häftlinge für Fabrikarbeiten. Darüber gebe es endlos interne Auseinandersetzungen, doch die Leute in den Lagern ließen nicht mit sich reden. »Selbstverständlich sehe ich, was ich für Sie tun kann«, schloß er und tippte mit dem Finger auf den Brief.

»Ich begreife Ihre Schwierigkeiten«, sagte Schindler breit lächelnd, »und falls ich meinerseits Ihnen irgendwie behilflich sein kann...« Er verließ Oranienburg mit der unter diesen Umständen erreichbaren Zusicherung, daß sein kleiner Hinterhof in Krakau unbehelligt bleiben sollte.

In Plaszow wurde nun das Männerlager von dem der Frauen in der Weise getrennt, wie die Richtlinien für Konzentrationslager dies vorsahen. Drahtzäune wurden elektrifiziert. Die Einzelheiten waren den Anweisungen zu entnehmen. Die Elektrifizierung bot die Möglichkeit, neue Disziplinarstrafen zu verhängen: Man stellte Häftlinge stundenlang zwischen den elektrifizierten neuen Außenzaun und den alten Lagerzaun. Fielen sie um oder taumelten auch nur, verrichtete der elektrische Zaun sein Werk. Mundek Korn zum Beispiel hatte dort einen Tag und eine Nacht zu stehen.

Männer und Frauen kamen nun nur noch auf dem Appellplatz in den wenigen Minuten vor der Zählung zusammen. Wer sich in der Menge finden wollte, pfiff eine Erkennungsmelodie. Es war, als würden die Häftlinge gezwungen, die Gewohnheiten balzender Vögel anzunehmen.

Und trotz alledem fanden Rebecca und Bau Wege, ihre Beziehung zueinander zu vertiefen.

Kapitel 27

Schindler wurde am 28. April 1944 36 Jahre alt, und ein Blick in den Spiegel belehrte ihn darüber, daß er Fett angesetzt hatte. Immerhin konnte er an diesem Tage unbedenklich die jungen Frauen umarmen, die ihm gratulierten, denn niemand denunzierte ihn mehr. Seine Frau schickte Glückwünsche aus der Tschechoslowakei, Ingrid und Klonowska brachten Geschenke. Sein Privatleben lief in diesen Jahren in Krakau nach einem fast unveränderten Muster ab: Ingrid war nach wie vor seine Geliebte, Klonowska seine Freundin, Emilie die verständlicherweise abwesende Ehefrau. Niemand weiß, was und ob überhaupt diese Frauen gelitten haben, doch im nun anbrechenden Jahr gab es Veränderungen: Seine Beziehung zu Ingrid kühlte sich ab, Klonowska blieb zwar die loyale Freundin, sah ihn aber außerhalb der Fabrik nur selten. Nur seine Frau hielt unerschütterlich an der Unauflösbarkeit der Ehe fest.

Göth machte ihm ebenfalls ein Geburtstagsgeschenk: Henry

Rosner durfte gemeinsam mit dem besten Bariton der Ukrainer in der Lipowastraße auftreten. Göth fand seine Beziehung zu Schindler um diese Zeit überhaupt sehr befriedigend. Als Belohnung dafür, daß er sich für das Fortbestehen des Nebenlagers Emalia verwendete, überließ Schindler ihm seinen Mercedes zum dauernden Gebrauch, den besten Wagen aus seinem Stall.

Das Konzert fand in Schindlers Büro statt, und er war der einzige Zuhörer. Es schien, als wünsche er keine Gesellschaft mehr. Als der Ukrainer auf die Toilette ging, vertraute sich Schindler dem Geiger an. Ihn deprimierten die Nachrichten von der Ostfront. Die Rote Armee hatte in Weißrußland hinter den Pripjetsümpfen haltgemacht und war auch vor Lemberg stehengeblieben. Rosner verstand nicht, warum das Schindler so deprimierte, er mußte doch wissen, daß für ihn hier alles zu Ende wäre, wenn man die Russen nicht aufhielt.

Schindler änderte das Thema. »Ich habe Göth mehrmals gebeten, Sie mir zu überlassen, er will aber nicht. Er schätzt Sie zu sehr. Doch irgendwann einmal ...«

Henry beruhigte ihn; er und die Seinen seien in Plaszow gewiß so gut aufgehoben wie bei Schindler. Göth habe beispielsweise seine Schwägerin erwischt, wie sie bei der Arbeit rauchte, und sie sofort erschießen lassen wollen, doch habe der SS-Unterführer ihn darauf aufmerksam gemacht, daß sie mit Rosner verwandt sei, woraufhin Göth nur gesagt habe: »Ah, das ist was anderes. Aber vergiß nicht: Bei der Arbeit wird nicht geraucht.«

Eben diese Haltung des Hauptsturmführers habe ihn und seine Frau bewogen, den kleinen Olek ins Lager zu holen, der bislang bei Freunden versteckt in Krakau lebte, doch werde das immer schwieriger. Im Lager werde Olek sich unter den Kindern verlieren, von denen viele gar nicht in der Lagerkartei geführt würden. Das werde von einigen SS-Aufsehern stillschweigend geduldet, und überdies stehe er ja unter dem besonderen Schutz von Göth. Es sei nicht einfach gewesen, Olek ins Lager zu bringen, doch Poldek Pfefferberg habe es geschafft.

Henry lachte in Erinnerung an die Klippen, die dabei zu umschiffen gewesen waren, wenn auch etwas gequält. Schindler hingegen reagierte dramatisch, mag sein, weil er am Abend seines Geburtstages von einer etwas alkoholisierten Melancholie befallen war. Er packte die Stuhllehne und reckte den Stuhl drohend dem Führerbild entgegen, doch statt es zu zertrümmern, rammte er mit aller Kraft die Stuhlbeine in den Teppich. Und dann sagte er: »Draußen werden Leichen verbrannt, nicht wahr?«

Rosner verzog das Gesicht, als könne er den Gestank hier drinnen riechen. »Ja, sie haben damit angefangen«, gab er zu.

Seit Plaszow zum Konzentrationslager befördert worden war, fürchteten die Häftlinge ihren Kommandanten nicht mehr ganz so sehr wie früher. In Oranienburg duldete man keine willkürlichen Erschießungen. Vorbei die Tage, wo jemand erschossen wurde, bloß weil er ungeschickt Kartoffeln schälte. Vorschriften waren zu beachten. Es mußte eine Untersuchung stattfinden, und das Protokoll war in dreifacher Ausfertigung nach Oranienburg zu schicken. Nicht nur Glücks mußte das Urteil bestätigen, sondern auch Pohls Abteilung W (Wirtschaft).

Falls nämlich ein Kommandant Facharbeiter erschoß, mußte die Abteilung W unter Umständen mit Schadenersatzforderungen rechnen. Die Porzellanfabrik Allach-München, die Häftlinge aus Dachau beschäftigte, hatte beispielsweise RM 31 800 Schadenersatz gefordert, »weil wir aufgrund der im Januar 1943 ausgebrochenen Typhusepidemie vom 26. Januar bis zum 3. März keine Arbeitskräfte zur Verfügung hatten. Deshalb sind wir nach Absatz 2...« Und schießwütiges Lagerpersonal konnte der Abteilung W gleichfalls solche Forderungen eintragen.

Göth also bezwang sich jetzt im allgemeinen, schon um innerbetriebliche Querelen und den damit verbundenen Papierkrieg zu vermeiden. Wer im Frühjahr und Sommer 1944 in seinen Schußbereich geriet, merkte wohl, daß die Gefahr geringer geworden war, auch wenn keiner etwas von den Richtlinien der obersten SS-Führung wußte. Die plötzliche Verwandlung, die mit ihrem Kommandanten vor sich ging, war genauso unerklärlich wie sein bisher gezeigter Wahnwitz.

Unterdessen war man in Plaszow dabei, Leichen zu verbrennen. In Erwartung der russischen Offensive wurden die Todesfabriken im Osten geschlossen. Treblinka, Sobibor und Belzec hatten bereits im vergangenen Herbst die Arbeit eingestellt. Die Kommandanten waren angewiesen worden, die Krematorien zu sprengen und alle Spuren zu verwischen. Die Wachmannschaften wurden zur Partisanenbekämpfung nach Italien verlegt. Die riesige Anlage von Auschwitz im ungefährdeten Oberschlesien sollte die große Aufgabe im Osten vollenden, und sobald das erledigt war, sollten auch dort die Krematorien verschwinden. Es würde dann keine Beweise und keine Zeugen mehr geben.

In Plaszow war die Lage insofern etwas komplizierter, als die Massengräber ganz unsystematisch ausgehoben worden waren. Die Opfer des Jahres 1943 – vor allem Juden, die anläßlich der Auflösung des Gettos im März ermordet wurden – lagen an allen möglichen Stellen in den Wäldern verscharrt. Göth erhielt nun Befehl, alle Leichen auszugraben und zu verbrennen.

Die Schätzungen der Anzahl der Opfer variieren erheblich. Polnische Veröffentlichungen, die sich hauptsächlich auf Berichte der Kommission stützen, welche nach dem Krieg die Verbrechen der Deutschen in Polen untersuchte, sprechen von 150 000 Häftlingen in Plaszow und seinen fünf Nebenlagern, die für viele nur eine Durchgangsstation waren. Die Polen meinen, daß 80 000 Häftlinge dort umgekommen sind, meist durch Massenerschießungen auf Chujowa Gorka oder durch Epidemien.

Die überlebenden Plaszower, die mit dem Wiederauffinden, Ausgraben und Verbrennen der Toten zu tun hatten, bezweifeln diese Angaben. Ihrer Schätzung nach haben sie damals zwischen 8000 und 10 000 Leichen ausgegraben – eine Zahl, die grauenhaft genug ist und die zu übertreiben sie keine Neigung haben. Der Unterschied zwischen diesen Schätzungen wird erheblich geringer, berücksichtigt man, daß auch 1944 Polen, Zigeuner und Juden weiterhin auf Chujowa Gorka erschossen wurden, deren Leichen die SS sofort nach der Exekution verbrennen ließ. Außerdem wurden längst nicht alle Toten in den Wäldern ausgegraben. Nach dem Krieg fand man noch Tausende weitere, und auch heute noch stößt man bei Bauarbeiten in den Vorstädten Krakaus, die sich bis nach Plaszow ausdehnen, auf Gebeine.

Schindler sah die brennenden Scheiterhaufen entlang dem Kamm oberhalb der Werkstätten im Lager das erste Mal einige Tage vor seinem Geburtstag. Als er eine Woche später das Lager erneut besuchte, hatte die damit verbundene Tätigkeit erheblich zugenommen. Häftlinge, Nase und Mund durch Tücher geschützt, gruben die Toten aus und transportierten sie auf Decken, improvisierten Tragen und Schubkarren zu den Scheiterhaufen. Dort stapelten sie sie auf, und wenn der Haufen Schulterhöhe erreichte, wurde er mit Dieselöl übergossen und angezündet. Der Anblick der durch die Hitze des Feuers anscheinend neu zum Leben erwachten Leichen war grauenhaft. Die Asche von diesen Brandstätten rieselte auf Kleidung und Unterkünfte von Häftlingen und Bewachungspersonal. Niemand schien Anstoß zu nehmen an der Qualmwolke, die über dem Lager stand. Göth unternahm mit Majola wie üblich seinen Ausritt, und John ging mit seinem zwölfjährigen Sohn in den Wald, um in Tümpeln nach Kaulquappen zu fischen. Die Feuer und der Gestank änderten nichts am Tagesablauf.

Schindler saß bei hochgekurbelten Scheiben in seinem BMW und hielt sich ein Tuch vor die Nase. Ihm fiel ein, daß auch Spira und die Seinen da oben verbrannt wurden. Zu seiner Verblüffung waren Spira und alle übrigen Gettopolizisten samt ihren Familien um Weihnachten herum erschossen worden, nachdem die Sucharbeiten im Getto beendet waren. Die eifrigsten (Spira und Zellinger) wurden ebenso erschossen wie die widerstrebenden. Spira, seine schüchterne Frau und die gelehrigen Spirakinder standen vor den Gewehrläufen in der ehemaligen Feuerstellung auf Chujowa Gorka, nackt und vor Kälte zitternd, die OD-Uniform nichts als ein Haufen Kleider, der demnächst umgearbeitet werden würde. Spira war bis zuletzt davon überzeugt, daß dies nicht geschehen könne. Dieser Massenmord hatte Schindler deshalb besonders entsetzt, weil sich daran zeigte, daß es für Juden keine Überlebensgarantie gab, einerlei wie sie sich erniedrigten. Auch Gutter und die Seinen waren erschossen worden, im Vorjahr, nach einer Abendgesellschaft bei Göth. Schindler war schon weggegangen, als es passierte, hörte aber später davon. Es begann damit, daß Neuschel und John ausgerechnet Bosch hänselten. Der prahle zwar immer mit seinen Kriegserlebnissen, doch in Wahrheit sei er viel zu zimperlich, um selber jemand umzubringen. Sie gaben keine Ruhe, bis Bosch das Ehepaar Gutter und die beiden Kinder aus ihren Baracken holen ließ. Auch Gutter war als letzter Vorsitzender des Judenrates ein ergebener Erfüllungsgehilfe der SS gewesen, hatte nie einen Widerspruch gewagt oder gar aufbegehrt. Er unterschrieb, was man verlangte, fand jede Forderung berechtigt. Bosch hatte ihn überdies innerhalb und außerhalb des Lagers als Handlanger benutzt, hatte durch ihn auf dem schwarzen Mark Polstermöbel und Schmuck verkaufen lassen. Das alles hatte Gutter anstandslos getan, einerseits, weil er ein Lump war, andererseits, weil er glaubte, sich selber, seine Frau und seine Kinder damit zu retten.

Aber nun ließ Bosch sie alle zu einer Kuhle unweit des Frauenlagers führen. Die Kinder weinten und bettelten, David Gutter und seine Frau blieben still, denn sie wußten, das würde nichts nützen. Und alle diese Toten, die Spiras und die Gutters, die Aufsässigen, die Priester, die Kinder, die jungen Frauen mit den falschen Papieren, sie alle wurden nun verbrannt, wo man sie zuvor erschossen hatte, damit die Russen, wenn sie nach Plaszow kämen, nichts Belastendes vorfänden. Aus Oranienburg kam die Weisung, künftig schon rechtzeitig Vorbereitungen für die Beseitigung weiterer Opfer zu schaffen, und man schickte auch einen Fachmann aus Hamburg, der die Errichtung eines Krematoriums planen sollte. Bis zu dessen Fertigstellung war dafür zu sorgen, daß die Ermordeten an gut markierten Plätzen vergraben wurden.

Als Schindler bei seinem zweiten Besuch sah, welchen Umfang die Leichenverbrennungen auf der Anhöhe erreicht hatten, war sein erster Impuls, umzudrehen und heimzufahren. Statt dessen suchte er Bekannte in den Werkstätten auf und ging anschließend zu Stern in dessen Büro. Es hätte ihn nicht überrascht, wenn im Lager angesichts des Qualms und der rieselnden Asche eine Selbstmordepidemie ausgebrochen wäre. Aber es schien, als sei von allen er der Deprimierteste. Er fragte Stern, wie die Stimmung sei. Stern sagte, die Stimmung sei unverändert. »Häftlinge bleiben Häftlinge. Sie tun ihre Arbeit und hoffen, daß sie mit dem Leben davonkommen.«

»Ich hole euch hier raus«, sagte Schindler unvermittelt und ballte die Hand zur Faust. »Ich hole euch hier raus, und zwar alle!«

»Alle?« zweifelte Stern. Das wäre eine Rettungsaktion biblischen Ausmaßes, und die paßte nicht in die Zeit.

»Mindestens Sie«, sagte Schindler. »Sie auf alle Fälle.«

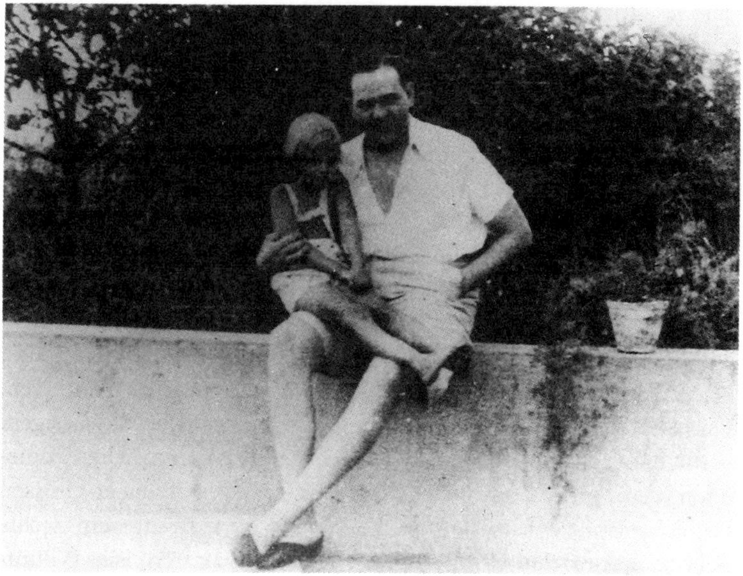

Kapitel 28

Der Kommandant hatte zwei Stenotypisten zur Verfügung, eine deutsche Zivilangestellte und einen gelehrigen jungen Häftling namens Mietek Pemper. Pemper wurde später Schindlers Privatsekretär, aber im Sommer 1944 war er noch bei Göth und machte sich keine großen Hoffnungen, was sein eigenes Los betraf. Pemper schrieb blind Schreibmaschine, konnte polnisch und deutsch stenografieren. Er hatte das sprichwörtliche Elefantengedächtnis. Dies alles machte ihn für Göth brauchbar, und er arbeitete teils in der Lagerverwaltung, teils in Göths Villa. Es mutet wie eine Ironie an, daß Pempers phänomenales Erinnerungsvermögen mehr als die Aussagen anderer Zeugen dazu beitrug, daß Göth in Krakau gehängt wurde. An eine solche Möglichkeit dachte Pemper damals nicht, und hätte man ihn gefragt, wer wohl das Opfer des Pemperschen Gedächtnisses werden würde, so hätte er sich selbst genannt.

Vertrauliche Korrespondenz sollte eigentlich von der deutschen Zivilangestellten erledigt werden, doch weil die weniger tüchtig und vor allem nicht so schnell war wie Pemper, diktierte Göth gelegentlich diesem auch geheimhaltungsbedürftige Korrespondenz. Und Pemper konnte sich dabei zweier Gedanken nur schwer erwehren: Was er da an vertraulichen Einzelheiten erfuhr und sich einprägte, würde ihn zu einem ergiebigen Zeugen machen, falls er und Göth sich jemals vor Gericht wiedersehen sollten und, zweitens, aus eben diesem Grunde würde Göth ihn, bevor es dahin kam, unbedingt zum Schweigen bringen.

Pemper legte jeden Morgen nicht nur für sich Maschinen-, Kohle- und Durchschlagpapier zurecht, sondern auch für die deutsche Schreibkraft. Hatte diese ihre Arbeit erledigt, tat Pemper, als vernichte er das Kohlepapier, doch in Wahrheit legte er es beiseite und las es. Notizen machte er sich nicht, er besaß ja sein berühmtes Gedächtnis. Er wußte, daß der Kommandant verblüfft sein würde über seine präzisen Erinnerungen, falls es je zu dem von Pemper erträumten Prozeß käme.

Es kamen ihm dabei erstaunliche Dinge vor Augen, so etwa die Anweisungen betreffend die Auspeitschung von Frauen. Die Kommandanten wurden daran erinnert, daß diese mit maximaler Wirkung zu geschehen habe. SS-Personal dürfe dazu nicht verwendet werden, das wäre ehrenrührig, vielmehr sollten weibliche Häftlinge von anderen weiblichen Häftlingen geschlagen werden, so etwa Tschechinnen von Slowakinnen, Russinnen von Polinnen und vice versa. Man möge sich den Haß zwischen den unterschiedlichen Nationalitäten zunutze machen. Dann wieder wurden sie darauf hingewiesen, daß sie nicht das Recht hatten, die Todesstrafe zu verhängen oder zu vollziehen. Todesurteile seien per Telegramm oder Brief an das Reichssicherheitshauptamt zu melden und dessen Bestätigung abzuwarten. Göth hatte telegrafisch darum ersucht im Falle zweier Juden, die aus dem Nebenlager Wieliczka geflohen waren, und die Bestätigung umgehend erhalten, unterzeichnet von Kaltenbrunner. Im April kam ein Schreiben von Gerhard Maurer, der für die Zuteilung von Arbeitskräften durch die Konzentrationslager zuständig war. Maurer wollte wissen, wie viele Ungarn vorübergehend vom Lager Plaszow aufgenommen werden könnten.

Die für die DAW (Deutsche Ausrüstungswerke, eine Krupptochter, die in Auschwitz Granatzünder fertigte) bestimmten ungarischen Juden, die erst nach der Besetzung Ungarns durch deutsche Truppen eingefangen worden waren, hatten nicht wie andere Juden unter jahrelangen Entbehrungen in deutschen Lagern zu leiden gehabt und waren deshalb in wesentlich besserem Gesundheitszustand, als Arbeitskräfte in Auschwitz deshalb hochwillkommen. Nur konnte man sie noch nicht unterbringen. Die Amtsgruppe D wäre daher dem Kommandanten von Plaszow sehr verbunden, falls er sie vorübergehend aufnehmen wolle.

Göth schrieb zurück, Plaszow sei voll belegt, innerhalb der Umzäunung sei kein Platz mehr, doch wolle er vorübergehend bis zu 10 000 Häftlinge aufnehmen, falls man ihm gestatte a) unproduktive Elemente innerhalb des Lagers zu liquidieren und b) gleichzeitig die Doppelbelegung der Pritschen in den Baracken anzuordnen. Maurer erwiderte, wegen der im Sommer erhöhten Typhusgefahr könne die Doppelbelegung nicht erlaubt werden, überhaupt sähen die Richtlinien pro Häftling drei Kubikmeter Raum vor, doch mit Punkt a) in Göths Vorschlag sei er einverstanden. Die Amtsgruppe D werde Auschwitz-Birkenau anweisen, sich auf die Sonderbehandlung der in Plaszow ausgesuchten Häftlinge vorzubereiten. Auch werde der benötigte Transportraum auf der Ostbahn bereitgestellt. Göth mußte folglich eine Selektion unter seinen Häftlingen vornehmen. Mit Einwilligung der Amtsgruppe D würde er an einem einzigen Tage so viele Menschen der Ermordung zuführen, wie Schindler unter Aufwendung all seiner Phantasie und unter Einsatz seines privaten Vermögens im Nebenlager Emalia beherbergte.

Die Selektion wurde als Gesundheitsaktion deklariert und begann am Morgen des 7. Mai, einem Sonntag. Der Appellplatz war mit Transparenten geschmückt, auf denen zu lesen stand: JEDEM HÄFTLING EIN ANGEMESSENER ARBEITSPLATZ, aus Lautsprechern erklangen muntere Weisen. An einem langen Tisch amtierte der SS-Arzt Blancke, unterstützt von Dr. Leon Gross und etlichen Lagerschreibern. Blancke hatte eine ganz eigene Auffassung von Gesundheit. Das Krankenrevier war von allen chronischen Fällen geräumt worden, indem man ihnen Benzol injizierte.

Das war nicht etwa ein »Gnadentod«, sondern die Opfer verfielen in Krämpfe und erstickten qualvoll nach etwa einer Viertelstunde. Marek Biberstein, ehedem Vorsitzender des Judenrates, zählte auch zu denen, die »abgespritzt« werden sollten, denn er hatte einen Herzanfall erlitten. Doch wurde ihm dieser qualvolle Tod durch Dr. Idek Schindel erspart, dem Onkel jenes Rotkäppchens, das Schindler zwei Jahre zuvor im Getto beobachtet hatte. Er vergiftete Biberstein rechtzeitig mit Zyankali.

Blancke nahm die Häftlinge barackenweise vor; neben ihm auf dem Tisch war die Lagerkartei aufgebaut. Die Gefangenen mußten sich auf dem Appellplatz völlig ausziehen und an dem Tisch mit den beiden Ärzten vorüberlaufen, die ihre körperliche Verfassung prüften und entsprechende Vermerke in die Karteikarten eintrugen. Es war eine sonderbare und entwürdigende Prozedur. Männer und Frauen gaben sich die größte Mühe, gesund zu wirken, sie liefen da um ihr Leben, und sie wußten es auch. Die junge Frau Kinstlinger, die bei der Olympiade in Berlin für Polen gestartet war, befand sich ebenfalls unter den weiblichen Häftlingen; aber hier ging es nicht mehr um Medaillen, sondern ums bloße Überleben, das war die wahre Prüfung.

Das Resultat der Inspektion erfuhren die Häftlinge erst am folgenden Sonntag, als die Belegschaft des Lagers erneut unter den Klängen von Lautsprechermusik auf dem Appellplatz versammelt wurde. Die Ausgesonderten wurden am östlichen Rand des Platzes aufgestellt, und es kam dabei zu Tumulten. Göth hatte schon so etwas erwartet und Wehrmachtverstärkung angefordert, falls die Häftlinge offen rebellieren sollten. Am vergangenen Sonntag waren mehr als 300 Kinder entdeckt worden, die nicht aktenkundig waren, und als man die nun ihren protestierenden Eltern wegnahm, entstand ein Tumult, dessen die Soldaten, verstärkt durch Sicherheitspolizei aus Krakau, nur mit Mühe Herr wurden. Es dauerte Stunden, bis man die beiden Gruppen voneinander getrennt hatte. Zwar war noch gar nicht bekanntgemacht worden, was mit den Ausgesonderten geschehen sollte, doch wußten alle, daß die Selektierten in den Tod gehen mußten. Zwischen den beiden Gruppen flogen immer wieder Zurufe hin und her. Henry Rosner, in Angst um seinen Sohn Olek, der im Lager versteckt war, hörte einen jungen SS-Mann mit Tränen in den Augen verfluchen, was hier geschah, und schwören, er wolle sich an die Front versetzen lassen. Schließlich wurde gedroht, wahllos in die Menge schießen zu lassen. Das wäre Göth womöglich ganz recht gewesen, hätte er auf diese Weise doch mehr Platz im Lager bekommen. Denn die Gesundheitsaktion hatte in seinen Augen ein mageres Ergebnis – 1400 Erwachsene und 268 Kinder standen schließlich am östlichen Rand des Appellplatzes versammelt, fertig zum Transport nach Auschwitz. Pemper merkte sich die Zahl. Es waren längst nicht so viele, wie Göth gehofft hatte, doch konnte er nun einen Teil der Ungarn aufnehmen.

Die Kinder waren wie gesagt großenteils nicht registriert; viele waren schon am vergangenen Sonntag versteckt worden und blieben auch an diesem Tag in ihren Verstecken. Andernfalls wären sie unweigerlich der für Auschwitz bestimmten Gruppe zugeteilt worden. Olek Rosner verbarg sich im Dachgebälk einer Baracke zusammen mit zwei anderen Kindern. Sie verhielten sich dort mucksmäuschenstill. Hier verbargen die Barackenbewohner ihre kleinen Kostbarkeiten, denn da waren sie am sichersten; SS und Ukrainer krochen da oben nicht gern herum, sie fürchteten, sich mit Typhus zu infizieren, denn da lag zuviel Schmutz, es gab Ratten, und Läuse waren berüchtigte Typhusüberträger. Eine Typhusbaracke stand nahe dem Männerlager, und in der hausten schon seit Monaten einige Lagerkinder.

Die Gesundheitsaktion war allerdings für die Kinder wesentlich gefährlicher als die mögliche Ansteckung mit Typhus. Manche verkrochen sich unter den Baracken, manche in der Wäscherei, wieder andere in einem Schuppen hinter der Garage. Viele dieser Verstecke waren an einem der beiden Sonntage entdeckt worden. Wieder andere Kinder wurden von ihren Eltern mit auf den Appellplatz genommen in der Hoffnung, der eine oder andere ihnen wohlgesonnene Unterführer würde sie schützen. Zu Recht hatte Himmler sich darüber beklagt, daß auch die bewährtesten SS-Männer ihre Schützlinge unter den Kindern hatten, als ob der Appellplatz ein Schulhof wäre! Jedenfalls glaubten manche Eltern, für ihre Kinder nichts befürchten zu müssen.

Ein dreizehnjähriger elternloser Junge fühlte sich geschützt, weil er normalerweise beim Zählappell für einen Erwachsenen durchging; ohne Kleider allerdings erkannte man ihn als Kind, und er wurde der Kindergruppe zugewiesen. In der allgemeinen Aufregung gelang es ihm jedoch, sich wieder zwischen die Männer zu mischen, und nach einer Weile bat er einen Aufseher, zur Latrine gehen zu dürfen.

Die Latrinen lagen jenseits des Männerlagers. Der Junge kletterte über den Balken, auf den man sich normalerweise setzte, und ließ sich in die Grube hinunter, ganz darauf bedacht, mit Zehen und Fingerspitzen Halt an der Grubenwand zu finden. Es stank grauenhaft, und Fliegen setzten sich ihm aufs Gesicht. Zu seiner maßlosen Verwunderung hörte er Stimmen aus der Grube: »Sind sie hinter dir her?« und »Vorsicht da, das ist *unser* Platz.« Außer ihm hatten sich noch weitere zehn Kinder in der Latrine versteckt.

Der Bericht, den Göth abfaßte, enthielt das Wort Sonderbehandlung, ein Terminus, der später berühmt werden sollte, den Pemper aber zum ersten Mal las. Dem flüchtigen Leser mochte es scheinen, als sei damit etwas Medizinisches gemeint, Pemper ließ sich aber nicht täuschen. Diese Medizin kannte er bereits zu gut.

Das Telegramm, das Göth nach Auschwitz schickte, ließ schon mehr ahnen. Göth teilte mit, um Fluchtgefahr zu verringern, lasse er die zur Sonderbehandlung vorgesehenen Gefangenen gänzlich mit Häftlingskleidung versehen, sie hätten alle noch in ihrem Besitz befindlichen zivilen Kleidungsstücke abzugeben. Mit Rücksicht auf den herrschenden Mangel an Häftlingskleidung bitte er aber darum, nach Vollzug der Sonderbehandlung diese Sachen umgehend von Auschwitz nach Plaszow zurückzusenden.

Die Kinder, die in Plaszow zurückblieben, wurden bei späteren Durchsuchungen allesamt gefunden und auf der Ostbahn 60 Kilometer weiter transportiert, nach Auschwitz. Die Viehwagen waren den ganzen Sommer über unterwegs, schafften Truppen und Nachschub an die Front bei Lemberg und beförderten auf dem Rückweg Häftlinge, die von Ärzten der SS auf den Rampen selektiert wurden.

Kapitel 29

Der Sommertag war heiß und windstill, die Fenster im Büro des Lagerkommandanten weit geöffnet. Schindler kam es so vor, als wäre die Besprechung, an der er hier mit Madritsch und Bosch teilnahm, eine Posse. Immer wieder blickten die Herren aus den Fenstern zu den mit Steinen beladenen Loren hin, die von Häftlingen geschoben wurden, sahen den Fahrzeugen nach, die am Hause vorüberfuhren. Einzig John, der eine Art Protokoll führte, saß straff aufgerichtet und hatte den obersten Uniformknopf geschlossen.

Angeblich ging es bei dieser Sitzung um Fragen der Sicherheit. Die Front halte zwar, behauptete Göth, doch habe im gesamten Generalgouvernement die Partisanentätigkeit zugenommen, seit die Rote Armee vor Warschau stehe. Man müsse damit rechnen, daß Juden mehr als bisher zu flüchten versuchten. Sie wüßten eben nicht, wie gut sie es hier hinter dem Stacheldraht hätten, wo sie vor mordlüsternen antisemitischen polnischen Banditen geschützt wären. Doch wie auch immer, jedermann müsse sich der drohenden Gefahr von Aktionen der Partisanen bewußt sein, schlimmer noch, einer geheimen Zusammenarbeit von Häftlingen mit Partisanen.

Schindler versuchte, sich vorzustellen, wie die Partisanen nach Plaszow kämen und aus den Häftlingen eine Kampfgruppe machten. Ein Wunschtraum. Wer konnte schon daran glauben? Und Göth versuchte, ihnen einzureden, daß er jedenfalls genau dies tat. Damit verfolgte er einen Zweck, dessen war Schindler gewiß.

»Ich hoffe, ich bin nicht gerade hier zu Besuch, wenn die Partisanen kommen«, bemerkte Bosch nur.

»Amen«, stimmte Schindler zu.

Nach der Sitzung führte Schindler den Kommandanten zu seinem Wagen, öffnete den Kofferraum und zeigte ihm einen herrlich gearbeiteten Sattel mit den in der Tatra üblichen Verzierungen. Auch jetzt noch mußte er Göth Geschenke machen, zumal er die Miete für seine Arbeiter nicht mehr an ihn abführte, sondern an den Beauftragten von Obergruppenführer Pohl in Krakau.

Schindler erbot sich, Göth samt Sattel in seine Villa zu fahren. An diesem heißen Tag zeigten die Lorenschieber nicht ganz so viel Eifer, wie von ihnen erwartet wurde, doch Göth war durch das prächtige Geschenk milde gestimmt, und auch wenn er gewollt hätte, er durfte nicht mehr ohne weiteres Häftlinge erschießen, die sich für seinen Geschmack nicht genügend anstrengten. Der Wagen rollte an den Unterkünften des Wachpersonals vorüber bis zum Anschlußgleis. Über den Dächern der hier haltenden Viehwagen waberte die Hitze. Die Türen waren zugeschoben, die Waggons augenscheinlich besetzt, denn trotz des Fauchens der Lok hörte man aus dem Inneren Stöhnen und Wimmern. Schindler hielt an und horchte. In Anbetracht des Sattels war ihm das gestattet. Göth lächelte seinen Freund nachsichtig an. »Da sind auch welche aus Plaszow drin«, sagte er. »Und Polen und Juden aus Montelupich. Die sind für Mauthausen bestimmt. Die denken jetzt schon, sie haben was auszustehen, aber die werden sich noch wundern...«

Schindler betrachtete die heißen Waggondächer. »Sie haben doch wohl nichts dagegen, wenn ich die Feuerwehr alarmiere?« fragte er. Göth lachte, als wolle er sagen: was denn noch? Selbstverständlich werde er niemand erlauben, die Feuerwehr zu alarmieren, aber bei Schindler wolle er mal eine Ausnahme machen, denn Schindler sei eben ein komischer Kauz, und das Ganze gebe eine gute Anekdote ab.

Als Schindler einem Ukrainer auftrug, die Feuerwehr zu alarmieren, wurde Göth allerdings nachdenklich. Er wußte, daß Schindler wußte, was Mauthausen bedeutete. Wer jetzt die Viehwagen mit Wasser besprengen ließ, weckte in den darin Eingesperrten Hoffnungen, die er nicht erfüllen konnte, und das war, richtig betrachtet, eine Grausamkeit. Aber nun wurden schon die Schläuche entrollt und angeschlossen, die ersten Wasserstrahlen verzischten auf dem Blech der Dächer. Göth wurde zwischen Unglauben und Belustigung hin und her gerissen.

Neuschel trat zu der Gruppe und schüttelte ebenfalls verblüfft den Kopf. Aus den Viehwagen drang erleichtertes Seufzen. Doch die Reichweite der Schläuche war ungenügend, sie konnten nur die Hälfte der Waggons bestreichen. Also forderte Schindler von Göth, er möge einen Lastwagen zur Emalia um die dortigen Feuerwehrschläuche schicken. Göth wollte sich ausschütten vor Lachen. »Selbstverständlich schicke ich einen Lkw!«

Schindler gab dem Ukrainer einen Zettel für Bankier und Garde mit. Während man auf die Schläuche wartete, war Göth von diesem neuen Spiel so hingerissen, daß er erlaubte, die Türen aufzuschieben und die Leichen aus den Waggons zu werfen. Auch ließ er mit Wasser gefüllte Eimer herumreichen. Die herzugetretenen SS-Offiziere und Unterführer waren gutmütig amüsiert: »Was meint er bloß, was er damit ausrichten kann?« Als die langen Schläuche kamen und alle Waggons besprengt worden waren, nahm diese lustige Begebenheit eine andere Qualität an. Schindler hatte von Bankier einen Korb mit Delikatessen und Schnaps herausschicken lassen, und den überreichte er nun ganz offen dem SS-Transportführer im letzten Waggon. Er machte keinen Versuch, das zu vertuschen, und der Mann war denn auch etwas betreten, verstaute den Korb aber rasch genug im letzten Wagen in der Hoffnung, von keinem der anwesenden Offiziere gemeldet zu werden. Es schien ja auch, als könne dieser Zivilist sich beim Kommandanten alles herausnehmen, und der Mann hörte ihm also aufmerksam zu, als

Schindler sagte: »Machen Sie bitte bei jedem längeren Halt die Waggontüren auf.«

Zwei Überlebende dieses Transports, die Ärzte Rubinstein und Feldstein, haben Schindler Jahre später bestätigt, daß jener SS-Unterführer auf der Fahrt nach Mauthausen wiederholt die Türen öffnen und Wasser unter den Häftlingen verteilen ließ. Für die meisten war das selbstverständlich nur ein kurzer Trost vor dem baldigen Tod.

Während Schindler, begleitet vom Gelächter der SS, am Zug entlanggeht und für Erleichterungen sorgt, die ja eigentlich sinnlos sind, ist nicht mehr zu übersehen, daß er nicht so sehr tollkühn als vielmehr besessen ist. Göth begreift, daß eine Veränderung in seinem Freund vorgeht. Erst die Schläuche, dann noch längere Schläuche, dann die Bestechung des Transportführers vor aller Augen – es hängt an einem Haar, daß die Stimmung umkippt und Schindler von einem der Anwesenden bei der Gestapo gemeldet wird, und das wäre dann eine Anschuldigung, die man nicht mehr unter den Teppich kehren kann. Schindler würde nach Montelupich gebracht werden und vermutlich in Auschwitz enden. Göth war auf einmal entsetzt darüber, daß Schindler diese lebenden Leichname behandelte, als wären es arme Verwandte, die zwar dritter Klasse reisen müssen, aber doch irgendwie da ankommen werden, wo sie hin wollen.

Kurz nach 14 Uhr zog die Lokomotive die Waggons auf die Hauptstrecke, die Schläuche wurden eingerollt, Schindler fuhr Göth samt Sattel zu seiner Villa. Der Kommandant sah, daß Schindler noch immer vor sich hin brütete, und zum ersten Mal, seit er ihn kannte, gab er ihm einen Rat fürs Leben: »Nicht alles so ernst nehmen. Sie können sich nicht um jeden Transport kümmern, der hier abgeht.«

Auch der Ingenieur Garde im Nebenlager Emalia bemerkte Anzeichen einer Veränderung an Schindler. Am Abend des 20. Juli wurde Garde von einem SS-Mann aus der Baracke geholt: Direktor Schindler wolle ihn sofort dienstlich in seinem Büro sehen.

Schindler saß am Radio, vor sich auf dem Tisch eine Flasche und zwei Gläser. Hinter dem Schreibtisch hing seit kurzem eine Landkarte von Europa. Zu Zeiten der deutschen Offensiven hatte da nichts gehangen, Schindler schien sich erst für den Kriegsverlauf zu interessieren, seit die Front mehr und mehr nach Westen vorrückte. Er hatte den Deutschlandsender eingestellt, nicht wie üblich die BBC. Man hörte anfeuernde Musik, wie immer vor wichtigen Verlautbarungen. Schindler bedeutete Garde, sich hinzusetzen und schenkte ihm zu trinken ein. »Ein Attentat auf Hitler«, erklärte er dabei. Er hatte die Meldung schon vorher gehört und auch, daß Hitler das Attentat überlebt habe. Angeblich würde er selber zum deutschen Volk sprechen. Aber noch war nichts dergleichen geschehen, und die Ankündigung war vor Stunden durchgekommen. Außerdem wurde viel von Beethoven gespielt, ganz wie bei der Niederlage von Stalingrad.

Die beiden Männer saßen stundenlang beieinander – das allein war schon Hochverrat: ein Deutscher und ein Jude gemeinsam vor dem Radio, um endlich zu hören, daß Hitler tot sei. Garde geriet ebenfalls in einen Rausch der Hoffnung. Ihm fiel auf, daß Schindlers Bewegungen matt waren, so als fühle er sich von der bloßen Möglichkeit, daß der Führer tot sei, bereits erschöpft. Er trank viel und forderte auch Garde immer wieder auf zu trinken. Falls dies stimme, sagte Schindler, dann könnten Deutsche wie er, ganz gewöhnliche Menschen, damit anfangen, ihre Schuld zu tilgen. Bloß weil endlich mal jemand in seiner näheren Umgebung den Schneid aufgebracht habe, Hitler zu töten. Das ist das Ende der SS, sagte Schindler. Morgen früh sitzt Himmler hinter Gittern.

Er blies Zigarettenrauch von sich. »Oh, mein Gott, was für eine Erlösung, das Ende dieses Regimes noch mitzuerleben!«

Um 22 Uhr wurde die Meldung wiederholt. Auf den Führer sei ein Attentat verübt worden, doch sei es mißlungen. Der Führer werde in wenigen Minuten selber sprechen. Als eine weitere Stunde vorüber war, erging sich Schindler in Wunschträumen wie viele Deutsche gegen Kriegsende. »Das Schlimmste ist vorbei. Die Welt ist wieder im Geleise. Deutschland kann sich mit den Westmächten gegen die Russen verbünden.« Gardes Hoffnungen waren bescheidenerer Art – ein Getto etwa nach Art der Gettos zu Zeiten Franz Josephs. Und während die Zeit verging, Musik aus dem Lautsprecher quoll, wurde es mehr und mehr wahrscheinlich, daß Europa jener Tod beschert werden würde, ohne den die Vernunft nicht zur Herrschaft kommen konnte. Sie fühlten sich als Bürger dieses Erdteils, nicht mehr als der Häftling und der Herr Direktor. Immer wieder hieß es, der Führer werde gleich sprechen, und von Mal zu Mal lachte Schindler höhnischer. Als Mitternacht heranrückte, achteten sie schon nicht mehr auf die Ansage, welche Hitlers Rede in Aussicht stellte. Es atmete sich in diesem Krakau post Hitler bereits leichter. Am Morgen würde auf Straßen und Plätzen getanzt werden, die Wehrmacht würde Frank im Wawel festnehmen, die SS in der Pomorskastraße einschließen.

Kurz vor ein Uhr hörten sie Hitler aus Rastenburg. Schindler war so fest davon überzeugt, daß er diese Stimme nie wieder würde hören müssen, daß er sie nicht gleich erkannte, aber Garde hörte die Rede vom ersten Wort an und wußte genau, wer da sprach.

»Deutsche Volksgenossen und -genossinnen! Wenn ich heute zu Ihnen spreche, dann geschieht es aus zwei Gründen: erstens, damit Sie meine Stimme hören und wissen, daß ich selbst unverletzt bin und gesund, und zweitens, damit Sie aber auch das Nähere erfahren über ein Verbrechen, das in der deutschen Geschichte seinesgleichen sucht.«

Vier Minuten später endete die Ansprache mit einem Hinweis auf das, was den Verschwörern bevorstand: »Diesmal wird nun so abgerechnet, wie wir das als Nationalsozialisten gewohnt sind.«

Garde hatte Schindlers Hoffnungen nicht ganz geteilt. Er sah in Hitler mehr als nur einen Menschen, er sah in ihm ein System mit vielen Verzweigungen. Nichts garantierte, daß das System sich nach seinem Tode ändern werde. Auch war es unwahrscheinlich, daß jemand wie Hitler von einer Stunde zur anderen zu existieren aufhörte.

Schindler hatte sich so in seine Wunschvorstellungen verrannt, daß Garde ihn trösten mußte, als die Seifenblase platzte. »Es ist nichts mit unserer Erlösung«, seufzte er. »Nehmen Sie die Flasche und Zigaretten mit und legen Sie sich schlafen. Wir müssen noch etwas länger auf unsere Befreiung warten.« Und er schob ihm die Flasche und seine Zigarettendose hin.

Garde fand es angesichts der verwirrenden Ungewißheit der vergangenen Stunden nicht weiter sonderbar, daß Schindler von

»unserer Befreiung« sprach, als wären sie beide Gefangene, hätten die gleichen Bedürfnisse, müßten untätig darauf warten, befreit zu werden. Aber als er auf seiner Pritsche lag, fand er es denn doch sonderbar, daß der Direktor sich so seinen Phantasien und Depressionen überließ, er, der so ganz und gar Pragmatiker war.

Im Spätsommer brodelte es in der Pomorskastraße und in den Lagern um Krakau von Gerüchten, die von einer bevorstehenden Änderung im Status der Lager wissen wollten. Schindler war beunruhigt. Göth erhielt unter der Hand einen Hinweis: Die Lager würden aufgelöst.

Die Sitzung beim Kommandanten, auf der er von der Bedrohung durch Partisanen sprach, hatte ihre Ursache tatsächlich schon in der bevorstehenden Auflösung des Lagers. Madritsch, Schindler und Bosch waren zum Kommandanten gerufen worden, weil dieser sich eines ganz bestimmten Vorhabens wegen Rückendeckung verschaffen wollte. Sein nächster Zug war der Besuch bei Obergruppenführer Koppe, dem neuen SS- und Polizeiführer für das Generalgouvernement. Göth saß ihm an seinem Schreibtisch gegenüber und erweckte den Eindruck, sehr besorgt zu sein. Auch zu Koppe sprach er von der Bedrohung durch Partisanen, die Verbindungen zu Zionisten im Lager hätten und deshalb eine Gefahr darstellten. Der Obergruppenführer könnte sich gewiß vorstellen, wie schwierig es sei, solche Verbindungen total abzuschneiden, und er als Kommandant fühle sich verpflichtet, beim ersten Anzeichen einer subversiven Aktion einzugreifen. Frage: Falls er erst schießen und nachträglich seinen Papierkram erledigen würde, könne er dann damit rechnen, daß der Obergruppenführer ihn Oranienburg gegenüber decken würde?

Aber klar, sagte Koppe. Dem waren die Bürokraten ebenfalls ein Greuel. Als höherer SS- und Polizeiführer im Warthegau hatte er jene beweglichen Mordvehikel kommandiert, deren Abgase in den mit Untermenschen gefüllten Laderaum geleitet wurden. Auch das war eine Operation, die keine präzise Buchführung erlaubte. »Gebrauchen Sie Ihren gesunden Menschenverstand, dann können Sie auf mich rechnen.«

Schindler hatte schon bei der erwähnten Besprechung bemerkt, daß Göth irgendwas im Schilde führte. Hätte er gewußt, daß Plaszow aufgelöst werden sollte, er hätte sich schon damals einen Reim auf das Verhalten des Kommandanten machen können. Göth mußte sich seines jüdischen Lagerpolizeichefs entledigen, Wilek Chilowicz, der für ihn die Schwarzmarktgeschäfte erledigte. Chilowicz kannte sich in Krakau aus, wußte, wo er Mehl, Reis, Butter verkaufen konnte, die der Kommandant von den für das Lager bestimmten Rationen abzweigte. Auch kannte er Abnehmer für den kunstgewerblichen Schmuck, der von Häftlingen wie Wulkan im Lager hergestellt wurde. Chilowicz hatte eine ganze Clique um sich versammelt: seine Frau Marysia; Mietek Finkelstein; seine Schwester Frau Ferber und deren Mann. Die bildeten sozusagen die Lageraristokratie. Sie hatten Macht und Einfluß dank ihrer Kenntnis aller Vorgänge, insbesondere der illegalen Transaktionen des Kommandanten. Sollten sie nach der Schließung des Lagers Plaszow anderswohin kommen, würden sie mit Sicherheit versuchen, ihre Kenntnisse zu verwerten, sei es, daß sie sich plötzlich unter den Selektierten fänden, sei es auch nur, um ihren Hunger zu stillen.

Chilowicz hatte selbstverständlich ebenfalls Bedenken; er fürchtete, nicht lebend aus Plaszow herauszukommen, und Göth verfiel auf den Gedanken, sich eben diese Bedenken seines Handlangers zunutze zu machen. Er ließ Sowinski in sein Büro kommen, einen zur SS gezogenen *Beutedeutschen* aus der Hohen Tatra, und heckte mit ihm einen Plan aus. Sowinski sollte Chilowicz heimlich anbieten, ihm zur Flucht zu verhelfen. Und darauf, so rechnete Göth, würde Chilowicz mit Sicherheit eingehen.

Sowinski machte seine Sache gut. Er könne, so sagte er Chilowicz, ihn und seine ganze Clique in einem der großen Lastwagen, die sowohl mit Dieselöl als auch mit Holzgas betrieben würden, aus dem Lager schmuggeln. Chilowicz müsse ihm eine Kontaktperson außerhalb des Lagers nennen, die ihrerseits in der Lage sei, ein Fahrzeug zu stellen. An einem vorher zu vereinbarenden Ort sollten sie dann umsteigen. Chilowicz erklärte sich bereit, für diese Fluchthilfe in Diamanten zu zahlen, verlangte aber zum Zeichen dafür, daß er Sowinski vertrauen könne, von diesem eine Waffe. Sowinski bekam von Göth eine Pistole mit abgefeiltem Schlagbolzen, die Chilowicz ausgehändigt wurde, der selbstverständlich keine Gelegenheit hatte, ein Probeschießen zu veranstalten. Göth würde also in der Lage sein, gegenüber Koppe und Oranienburg zu behaupten, er habe bei dem Häftling eine Waffe gefunden.

An einem Sonntag Mitte August trafen sich Sowinski und die Chilowicz-Clique im Schuppen, wo das Baumaterial gelagert wurde, und der SS-Mann verbarg die Juden in dem Laster. Dann fuhr er die Jerozolimskastraße hinunter zum Lagertor. Die Kontrolle am Tor würde eine reine Formalität sein, der Lkw unbelästigt aus dem Lager fahren können. Den fünf Juden, die sich im Behälter der Holzgasanlage versteckt hatten, klopfte das Herz bei dem Gedanken, bald aus Göths Reichweite zu sein.

Am Tor allerdings standen Göth, Amthor und Hujer und der Ukrainer Scharujew. Man veranstaltete eine lässige Kontrolle und hob sich den Behälter der Holzgasanlage bis zuletzt auf. Als man die wie Sardinen in dem Behälter eingequetschten Juden »entdeckte«, herrschte große Überraschung. Kaum hatte man Chilowicz ans Tageslicht gezogen, fand Göth die Pistole in dessen Stiefel. Außerdem hatte er die Tasche voller Diamanten und Bestechungsgelder, die von verzweifelten Häftlingen stammten.

Es sprach sich im Lager herum, daß Chilowicz am Tor gefaßt worden war, und man hörte das mit der gleichen Verblüffung, mit der man im Vorjahr von der Erschießung Spiras und der übrigen Leute vom Ordnungsdienst gehört hatte. Welche Auswirkungen das für die Häftlinge haben würde, konnte noch niemand ermessen.

Chilowicz und seine Clique wurden einer um den anderen an Ort und Stelle erschossen. Göth selber, jetzt ungeheuer fett, schnaufend und gelb verfärbt seiner kranken Leber wegen, setzte Chilowicz die Pistole ins Genick. Anschließend wurden die Leichen auf dem Appellplatz zur Schau gestellt, jede mit einem Plakat auf der Brust, auf dem zu lesen stand: WER DAS GESETZ BRICHT, HAT MIT EINER GERECHTEN STRAFE ZU RECHNEN! Daß die Häftlinge sich bei diesem Anblick ihre eigenen Gedanken machten, versteht sich von selber.

Göth verbrachte den Nachmittag mit dem Diktat zweier Berichte, einen für Koppe, den anderen für die Amtsgruppe D von Obergruppenführer Glücks. Er schilderte darin, wie er einen Aufstandsversuch subversiver, noch dazu bewaffneter Elemente im Lager Plaszow im Keim erstickt habe, indem er die Anführer erschoß. Da seine deutsche Schreibkraft nicht verfügbar war, ließ er Pemper holen. Als dieser eintraf, beschuldigte Göth ihn rundheraus, an dem Ausbruchsversuch beteiligt gewesen zu sein. Pemper war verblüfft und wußte darauf nicht zu antworten. Er blickte an sich herunter, sah sein aufgeschlitztes Hosenbein und fragte bloß: »Wie hätte ich denn draußen in diesen Fetzen überleben sollen?«

Göth war mit dieser arglosen Antwort zufrieden. Er gab Pemper genaue Anweisungen, wie er die Berichte geschrieben haben wollte. »Ich erwarte erstklassige Arbeit.« Pemper dachte nur: Entweder erschießt er mich wegen eines angeblichen Fluchtversuches, oder er wartet noch damit, bis ich mit diesem Bericht fertig bin. Als er mit den Entwürfen hinausging, rief Göth ihm nach: »Wenn du die Liste mit den Namen der Aufrührer tippst, laß noch Platz für einen weiteren Namen.«

Pemper nickte nur. Es hatte ihm die Sprache verschlagen. Was sollte er auch sagen? Es war ihm zur Gewißheit geworden, daß in diese freibleibende Zeile nur ein einziger Name eingefügt werden würde: Mietek Pemper.

Auf dem Weg zur Lagerverwaltung fiel Pemper ganz plötzlich ein Brief ein, den er vor Wochen an Göths Vater getippt hatte, den Verleger in Wien, worin Göth mit rührender Sohnesliebe beklagte, daß sein Vater schon seit dem Frühjahr von einer Allergie befallen war; er hoffe sehr, daß die mittlerweile überwunden sei. Pemper erinnerte sich deshalb an diesen Brief, weil der Kommandant, kurz bevor er ihn diktierte, eine Gefangene, die in der Ablage arbeitete, vors Haus gezerrt und erschossen hatte. Dieser plötzliche Wechsel vom brutalen Mörder zum besorgten Sohn schien Pemper bezeichnend für Göth; wenn er seinem brauchbaren Sekretär befahl, Raum für seinen Namen auf einer Liste von Hingerichteten zu lassen, erwartete er, daß dies auch geschah.

Pemper ließ den Platz auf der Namensliste frei. Es nicht zu tun, hätte mit absoluter Sicherheit den Tod bedeutet. Im Freundeskreis von Stern war die Rede davon, daß Schindler eine Rettungsoperation größeren Ausmaßes im Sinne habe, aber davon würde er, Pemper, nun nicht mehr profitieren. Er tippte. Und in beiden Berichten ließ er den Platz für seinen Namen frei. Dieser freie Raum bedeutete, daß alles, was er sich nach der Lektüre der Kohlepapiere aus Göths Korrespondenz eingeprägt hatte, vergeblich war.

Er ging mit den Berichten zu Göth, der beide sorgfältig in Pempers Anwesenheit durchlas. Pemper fragte sich, ob auf seiner Brust vielleicht ein Plakat mit der Aufschrift SO STERBEN ALLE JÜDISCHEN BOLSCHEWISTEN befestigt sein würde, wenn man seine Leiche auf dem Appellplatz auslegte, aber Göth sagte unerwartet: »Geh zu Bett.«

»Herr Kommandant?« fragte Pemper verdutzt.

»Ich sagte, geh schlafen!«

Pemper ging. Nach allem, was er gesehen hatte, konnte Göth ihn nicht am Leben lassen. Aber vielleicht hatte er es nicht besonders eilig.

Der auf der Liste freigelassene Platz war, wie sich dann herausstellte, dem Namen eines ältlichen Häftlings vorbehalten, der sich mit Hujer und John auf zweifelhafte Geschäfte eingelassen und angedeutet hatte, er besitze außerhalb des Lagers einen Vorrat an Diamanten. Göth ließ sich gegen das Versprechen, den Mann entkommen zu lassen, das Diamantenversteck zeigen, erschoß ihn und setzte seinen Namen in den Bericht an Koppe und Oranienburg ein. So zerschlug Hauptsturmführer Göth den drohenden Aufstand in seinem Lager.

Kapitel 30

Auf Schindlers Schreibtisch lag ein Schreiben der Rüstungsinspektion beim OKH, das ihn wissen ließ, mit der Auflösung des KL Plaszow werde auch das Nebenlager Emalia aufgelöst. Dessen Insassen seien ins Lager Plaszow zwecks Umsiedlung zu verbringen. Schindler habe seine Fabrik in Zablocie umgehend zu schließen und nur die für den Abtransport der Maschinen notwendigen Techniker zu behalten. Zwecks weiterer Anweisungen möge er sich an die Abteilung für Betriebsverlegungen beim OKH in Berlin wenden.

Schindler war zunächst von kalter Wut gepackt worden. Daß man ihm in diesem Ton Weisungen erteilte, erzürnte ihn maßlos. Selbstverständlich wußte in Berlin niemand, daß seine Gefangenen in ihm einen Ernährer hatten. Man dachte sich nichts dabei, ihn anzuweisen, das Tor aufzumachen und sie wegzuschicken. Am meisten ärgerte ihn der Ausdruck *Umsiedlung*. Da war der Generalgouverneur immerhin ehrlicher: »Nach dem Endsieg kann meinethalben das ganze Pack, das sich hier herumtreibt, durch den Wolf gedreht werden, Polen und Ukrainer, das ist mir egal!« hatte er erst kürzlich gesagt. Frank versteckte sich nicht wie die Leute in Berlin hinter schönen Worten wie Umsiedlung. Göth wußte selbstverständlich, was es damit auf sich hatte, er wußte sogar die Details und ließ sie Schindler bei dessen nächstem Besuch in Plaszow wissen. Die Männer würden sämtlich nach Groß-Rosen geschickt, die Frauen nach Auschwitz. Groß-Rosen lag in Niederschlesien, und die Männer arbeiteten in Steinbrüchen der SS-eigenen Deutsche Erd- und Steinwerke, die in Deutschland, in Polen und den übrigen Ostgebieten Filialen unterhielt. Die Insassen von Auschwitz würden selbstverständlich schneller und auf fortschrittlichere Art liquidiert werden.

Als man im Lager erfuhr, daß die Emalia geschlossen werden sollte, sahen die meisten von Schindlers Juden das Ende gekommen. Perlmanns, deren mit arischen Papieren versehene Tochter sie zu

Schindler gebracht hatte, packten ihre Sachen und resignierten. Immerhin verdanken sie ihm ein Jahr Leben, Essen, Sicherheit. Aber das ist jetzt vorbei. Sie rechneten fest mit ihrem Ende.

Auch Rabbi Levartov resignierte. Göth wartete wohl bereits auf ihn. Edith Liebgold, die in den ersten Tagen des Gettos von Bankier für die Nachtschicht eingestellt worden war, fiel auf, daß Schindler sich zwar stundenlang mit den jüdischen Vorarbeitern besprach, den anderen aber aus dem Wege ging. Keine sinnverwirrenden Versprechungen mehr. Die Anweisungen aus Berlin trafen ihn wohl ebenso unvermutet wie die Häftlinge. Er glich nicht mehr dem Propheten, den sie bei ihrem Eintreffen vor mehr als drei Jahren in ihm gesehen hatte.

Als die Häftlinge Ende des Sommers ihre Bündel schnürten und nach Plaszow zurückmarschierten, hielt sich gleichwohl hartnäckig ein Gerücht: Schindler habe geäußert, er wolle sie alle zurückkaufen. Das habe er zu Garde gesagt und auch zu Bankier. Man hielt das für möglich, ja man konnte es ihn geradezu sagen hören mit seiner selbstbewußten, väterlich grollenden Stimme. Aber als die Häftlinge die Jerozolimskastraße hinaufgingen, vorbei an der Lagerverwaltung, mit ungläubigen Augen die Frauen sahen, die Loren voller Steine schoben, war die Erinnerung an Schindlers Versprechen eher bedrückend.

Nun war also auch die Familie Horowitz wieder im Lager, die der Vater Dolek erst im vergangenen Jahr mit viel Geschick ins Nebenlager Emalia gebracht hatte: der sechsjährige Richard und seine Mutter, die elfjährige Niusia, die jetzt wieder Bürsten anfertigte und von ihrem Arbeitsplatz die Lastwagen zur alten österreichischen Feuerstellung hinauffahren sah, wo der schwarze Qualm von den Leichenverbrennungen in der Luft hing. Plaszow war, wie sie es vor einem Jahr verlassen hatte. Unvorstellbar, daß es je anders werden könnte.

Ihr Vater allerdings glaubte, daß Schindler eine Liste von Häftlingen zusammenstellen würde, die er hier herausholen wollte. Man glaubte bereits, daß es eine solche Liste wirklich gäbe. Und die mochte Rettung bringen.

Schindler erwähnte Göth gegenüber, er plane, seine Fabrik in die Tschechoslowakei zu verlegen und wolle deshalb Juden aus Plaszow mitnehmen. Dies geschah an einem stillen Sommerabend in Göths Villa, wo es nur noch selten Gäste gab, weil die Ärzte ihm dringend geraten hatten, sich mit dem Trinken zurückzuhalten. Göth freute sich über Schindlers Besuch und ging bereitwillig auf dessen Vorschläge ein. Er brauche seine alten Arbeiter, sagte Schindler, und womöglich noch diesen oder jenen tüchtigen Arbeiter aus Plaszow. Irgendwo in Mähren würde sich gewiß ein geeigneter Ort finden, und die Behörden würden ihm behilflich sein, seinen Maschinenpark zu transportieren. Und er wäre Göth sehr dankbar, falls dieser ihm entgegenkomme. Solche Worte hörte der Kommandant gern. Falls er sich mit den Behörden einigen könne, wolle er, Göth, ihm nicht im Wege sein, und Schindler dürfe sich gern geeignete Häftlinge in Plaszow aussuchen.

Göth hatte Lust, Karten zu spielen, am liebsten 17 und 4, ein ehrliches Spiel, wobei man nicht leicht jemanden gewinnen lassen kann, von dem man sich eine Gefälligkeit erhofft. Aber Schindler hatte auch nicht vor, Göth gewinnen zu lassen, die Liste würde ihn schon teuer genug zu stehen kommen.

Der Hauptsturmführer begann vorsichtig mit einem Einsatz von hundert Zloty, so, als müsse er nicht nur im Essen und Trinken maßhalten, sondern auch beim Kartenspiel. Aber bald schon erhöhte er den Einsatz auf fünfhundert Zloty. Er verlor, verlor aber nicht die gute Laune. Er ließ von Helene Hirsch Kaffee bringen, die in dem unvermeidlichen schwarzen Kleidchen hereinkam, wieder mit einem geschwollenen Auge. Sie war so zierlich, daß Göth sich vermutlich bücken mußte, wenn er sie schlug. Sie kannte Schindler jetzt, sah ihn aber nicht an. Es war fast ein Jahr her, daß er ihr versprochen hatte, sie hier herauszuholen, und immer, wenn er Göth besuchte, ging er zu ihr in die Küche und erkundigte sich nach ihrem Befinden. Das tat ihr wohl, änderte aber nichts. Erst vor ein paar Wochen hatte Göth, als er die Suppe nicht richtig temperiert fand, seinen Ukrainern befohlen, sie an der Birke im Garten zu erschießen. Er sah am Fenster stehend zu, wie die beiden sie zwischen sich abführten. Sie lehnte sich gegen den Stamm, denn sie konnte sich kaum auf den Beinen halten vor Angst. Dann hörte sie Göth rufen: »Bringt das Luder zurück. Ich kann sie immer noch erschießen, und unterdessen lernt sie vielleicht noch was dazu.«

Es kam vor, daß er zwischen seinen Anfällen von Raserei den gütigen Dienstherren spielte, und das wirkte ebenfalls wahnsinnig. So sagte er eines Vormittags: »Du bist jetzt wirklich ein sehr tüchtiges Dienstmädchen, und wenn du nach dem Krieg mal eine Empfehlung brauchst, kannst du jederzeit eine von mir haben.« Das war leeres Gerede, sie wußte es wohl. Sie kehrte ihm das taube Ohr zu, dessen Trommelfell er beschädigt hatte. Früher oder später würde sie einem seiner Wutanfälle zum Opfer fallen, das stand für sie fest.

In solch einem Leben bedeutete das Lächeln eines Fremden nur geringen Trost. Sie stellte die riesige silberne Kaffeekanne neben den Kommandanten – er trank Kaffee immer noch literweise mit viel Zucker –, machte einen Knicks und ging.

Eine Stunde später betrugen Göths Spielschulden bei Schindler bereits 3700 Zloty. Nun machte Schindler ihm einen Vorschlag: Zöge er nach Mähren, brauche er ein geschicktes Dienstmädchen, und ein so gut erzogenes wie Helene Hirsch würde er so bald nicht finden. Warum sie nicht um diese Jüdin spielten? Und zwar doppelt oder nichts. Verlöre Schindler, wolle er Göth 7400 Zloty zahlen, gewinne Göth mit einem Paar Asse sogar 14 800. Verlöre er aber, so solle Helene Hirsch auf Schindlers Liste.

Göth mochte sich nicht sogleich entscheiden. »Na, überlegen Sie nicht lange«, ermunterte ihn Schindler, »sie kommt ja doch nach Auschwitz.« Aber so einfach lagen die Dinge nicht, Göth war so sehr an das Mädchen gewöhnt, daß er sie nicht im Kartenspiel verlieren wollte. Dachte er überhaupt je daran, was aus ihr werden sollte, so vermutlich, daß er sie persönlich erschießen wolle. Das war er ihr sozusagen schuldig. Als Ehrenmann wäre er verpflichtet, sie Schindler zu überlassen. Schindler hatte ihn mehr als einmal gebeten, ihm Helene abzutreten, aber er hatte das stets abgelehnt. Noch vor einem Jahr schien es, als werde es immer ein Lager Plaszow geben, und der Kommandant und sein Dienstmädchen würden hier alt werden miteinander, mindestens so lange beisammenbleiben, bis er sie in einer Laune erschoß. Schindler machte seinen Vorschlag in nachlässigem Ton, er sah sich und Göth offenbar nicht in der Rolle von Gott und Mephisto, die um eine unsterbliche Seele würfelten. Ob er überhaupt das Recht habe, einen derartigen Vorschlag zu machen, fragte er sich nicht; immerhin würde es sehr schwer sein, sie auf andere Weise loszueisen, falls er verlor. Aber jetzt war alles riskant, auch seine eigenen Aussichten waren keineswegs rosig.

Schindler stand auf und suchte einen Briefbogen mit dem Briefkopf des Lagers. Darauf schrieb er: »Hiermit genehmige ich, daß der Name der Lagerinsassin Helene Hirsch in die Liste der Arbeitskräfte aufgenommen wird, die Herrn Oskar Schindler bei der Verlegung der DEF zu übergeben sind.«

Göth hielt die Bank und teilte Schindler ein As und eine Fünf aus. Schindler paßte. Göth überkaufte sich. Verloren. »Herr im Himmel!« sagte er. Göth benutzte keine gemeinen Flüche, das lag ihm nicht. »Überkauft.« Widerstrebend unterschrieb er. Schindler gab ihm alle Spielmarken, die er an diesem Abend gewonnen hatte, und bemerkte dabei: »Passen Sie mir gut auf das Mädchen auf. Und nun gute Nacht.« Helene Hirsch ahnte nicht, daß sie Schindlers Kartenglück ihr Leben verdankte. Wohl weil Schindler seinem Freund Stern von diesem Abend erzählte, verbreitete sich das Gerücht von Schindlers Liste in der Lagerverwaltung und sogar in den Werkstätten. Kein Einsatz war zu hoch, um auf diese Liste zu kommen.

Kapitel 31

Spricht man mit den überlebenden Freunden Schindlers über ihn, kommt unfehlbar der Moment, wo der Versuch gemacht wird, seine Motive nachträglich zu klären. »Ich weiß wirklich nicht, was ihn dazu bewogen hat«, gehört zu den stehenden Wendungen der überlebenden Schindlerjuden. Man könnte zunächst darauf verweisen, daß Schindler eine Hasardeur war, jemand, der sich von seinem Gefühl leiten ließ, und diese Gefühle tendierten zum Guten. Ferner, daß er vom Temperament her ein Anarchist war, dem es Spaß machte, ein System durcheinanderzubringen. Auch, daß sich unter einer stark entwickelten Sinnlichkeit eine mühsam beherrschte Wildheit verbarg, die ihn dazu trieb, zu handeln und nichts hinzunehmen. Das alles reicht aber wohl nicht, die Verbissenheit zu erklären, mit der er im Herbst 1944 die Rettung seiner Häftlinge aus dem ehemaligen Nebenlager Emalia betrieb. Und nicht nur dieser. Anfang September setzte er sich mit Madritsch, der jetzt mehr als 3000 Häftlinge in seiner Uniformfabrik beschäftigte, in Podgorze zusammen. Die Fabrik sollte nun aufgegeben werden. Madritsch würde seine Nähmaschinen zurückbekommen, und seine Arbeiter würden verschwinden. »Wenn wir gemeinsam einen Versuch machen, könnten wir mehr als 4000 rausholen«, sagte Schindler. »Nicht nur meine, auch Ihre. Wir könnten sie allesamt nach Mähren evakuieren.«

Madritsch steht mit Recht bei seinen überlebenden Häftlingen in bestem Angedenken. Auf eigene Kosten und unter großen Risiken schaffte er für sie jahrelang Brot und sonstige Lebensmittel ins Lager. Man hat ihn wohl auch für berechenbarer gehalten als Schindler, er war alles andere als ein bunter Vogel, und er war auch nicht besessen. Er war nie verhaftet worden. Aber er war sehr viel menschlicher, als er hätte sein dürfen, und er hätte, wäre er weniger gewitzt und energisch gewesen, gewiß in Auschwitz geendet. Und nun malte ihm Schindler ein Madritsch-Schindler-Lager aus, irgendwo in einem kleinen Industrieort des Altvatergebirges, wo man sicher wäre.

Madritsch gefiel der Gedanke, doch übereilte er nichts. Er wußte, daß die Massenmörder nur desto verbissener ihr Geschäft fortsetzten, je mehr der Krieg seinem unvermeidlichen Ende zuging. Seine Vermutung, die Häftlinge von Plaszow würden in den kommenden Monaten in die Vernichtungslager geschickt, war nur allzu richtig. Schindler war besessen, aber die Kommandanten der Todesfabriken und das Judenreferat im RSHA waren es nicht weniger. Er lehnte allerdings auch nicht ab. Er müsse sich das überlegen. Er hat das nicht zu Schindler gesagt, doch ist vorstellbar, daß er sich scheute, zusammen mit einem impulsiv handelnden, dämonischen Mann wie Schindler einen Betrieb zu führen.

Ohne eine klare Entscheidung von Madritsch machte Schindler sich also auf den Weg nach Berlin und zu Oberst Lange. »Ich kann meinen Betrieb ganz auf die Fertigung von Kartuschen umstellen«, sagte er, »ich kann meine schweren Maschinen auslagern.«

Langes Hilfe war ausschlaggebend. Der konnte Aufträge garantieren, konnte gewichtige Empfehlungsbriefe schreiben an die Evakuierungsbehörde und an die Dienststellen in Mähren. Schindler hat später immer gesagt, dieser schattenhafte Stabsoffizier habe ihm unfehlbar geholfen. Lange gehörte zu jenen Menschen, die innerhalb des Systems, aber nicht für das System arbeiteten und die es aus vollem Herzen verabscheuten. »Mag sein, wir schaffen es«, sagte er jetzt, »aber dazu brauchen wir Geld. Nicht für mich, für andere.«

Durch Lange kam Schindler an den für Evakuierungen zuständigen Offizier im OKH. Der meinte, im Prinzip werde man der Betriebsverlegung wohl zustimmen, doch in diesem speziellen Fall gebe es ein Hindernis: den Gauleiter und Statthalter von Mähren in Reichenberg. Der sperre sich dagegen, daß in seinem Gau Arbeitslager mit jüdischen Häftlingen errichtet würden. Davon hätten ihn bislang weder die SS noch die Rüstungsinspektion abbringen können. Schindler möge sich mal mit dem Ingenieuroffizier Süßmuth in Troppau darüber unterhalten, der sei sehr hilfsbereit. Er wisse bestimmt auch ein für Schindler geeignetes Fabrikgelände. Unterdessen möge er auf das Wohlwollen der hiesigen Behörde zählen, falls ...

Der Mann schien zu glauben, Schindler schleppe alle Reichtümer eines Vorkriegspolens mit sich herum, während er doch den Geschenkkorb für diese Herren zu Schwarzmarktpreisen in Berlin zusammenstellen lassen mußte. Kaffee wurde praktisch mit Gold aufgewogen, und Havannazigarren waren unerschwinglich. Gleichwohl kaufte Schindler alles in genügender Menge – genügend, um die Herren dazu zu bewegen, den Dienststellen in Mähren etwas Dampf zu machen. Und während Schindler diese Geschäfte abwickelte, wurde Hauptsturmführer Göth verhaftet.

Jemand mußte ihn angezeigt haben, ein neidischer junger Offizier, ein aufrechter deutscher Bürger, der mal zu Besuch war und an Göths Sybaritentum Anstoß nahm. Jedenfalls befaßte sich der SS-Hauptsturmführer Eckert mit Göths Finanzen. Daß Göth von seiner Veranda Häftlinge zu erschießen pflegte, interessierte Eckert nicht, nur daß er Unterschlagungen begangen, Schwarzmarktgeschäfte getätigt, seine Untergebenen brutal behandelt hatte. Verhaftet wurde Göth, als er in Wien auf Besuch bei seinem Vater, dem Verleger, war. Die SS durchsuchte die Wohnung, die der Hauptsturmführer in Wien besaß, und fand 80 000 Reichsmark, deren Herkunft Göth nicht befriedigend erklären konnte. Auch einen bis zur Decke reichenden Stapel von fast einer Million Zigaretten fanden sie. Die Wohnung in Wien glich mehr einem Lagerhaus als einem *pied à terre*.

Auf den ersten Blick mag es wundernehmen, daß die SS – oder besser gesagt das Hauptamt SS-Gericht – einen so tüchtigen Mann wie Hauptsturmführer Göth festsetzen ließ. Aber Göth war nicht der erste, auch der Kommandant Koch von Buchenwald war nicht nur verhaftet, sondern zum Tode verurteilt worden, und es sah so aus, als solle es dem berühmten Rudolf Höß an den Kragen gehen; schon war eine Wiener Jüdin verhört worden, die angeblich von ihm schwanger war. Göth wußte von diesen Dingen, er konnte sich also ausrechnen, wie man mit ihm verfahren würde. Im SS-Gefängnis von Breslau erwartete er Verhör und Anklage. In Plaszow wurde derweil Helene Hirsch vernommen, die man verdächtigte, an Göths Geschäften beteiligt zu sein. Man verhörte sie zweimal gründlich, fragte nach seinen Helfern, nach Manipulationen in der Polsterwerkstatt, der Maßschneiderei, der Werkstatt für Kunsthandwerk. Sie wurde weder geschlagen noch bedroht, nur glaubte man, sie gehöre zu einer Bande, die sie unter Druck setzte. Daß Göth je von seinen eigenen Leuten eingesperrt werden würde, war eine Genugtuung, die sie sich nicht im Traum ausgemalt hätte. Sie fürchtete aber, den Verstand zu verlieren, als sie merkte, daß man eine enge Verbindung zwischen ihr und Göth herzustellen suchte. Sie verwies auf Chilowicz. Der hätte Auskunft geben können, doch sei er tot.

Die Ermittler waren Fachleute aus dem SS- und Polizeigericht und erkannten bald, daß sie von ihr nicht mehr erfahren konnten als den opulenten Küchenzettel aus Göths Villa. Sie hätten fragen können, woher ihre Narben stammten, aber sie wußten genau, daß sie Göth aus solchen Mißhandlungen keinen Strick drehen konnten. Einschlägige Untersuchungen im KL Sachsenhausen endeten damit, daß man sie durch bewaffnete Posten des Lagers verwies, und in Buchenwald wurde ein SS-Unterführer, der bereit war, gegen Koch auszusagen, ermordet. Ein im Magen des Toten gefundenes Gift wurde vier russischen Gefangenen verabreicht, die prompt starben. Das war der Beweis gegen Koch und den Lagerarzt, den der Untersuchungsrichter brauchte. Beide wurden wegen Mordes angeklagt, aber es war schon eine sonderbare Rechtspflege, die da stattfand, und vor allem hatte sie zur Folge, daß das Lagerpersonal überall die Reihen dicht schloß und lebende Belastungszeugen beseitigte. Also fragte man Helene Hirsch nicht nach ihren Verletzungen, hielt sich strikt an die Korruptionsfälle und ließ sie in Ruhe.

Auch Pemper wurde vernommen. Der war klug genug, so wenig wie möglich zu sagen, auch wußte er nicht viel von Göths Geschäften. Er spielte den korrekten Hilfsschreiber. »Über solche Dinge hat der Herr Kommandant sich nie in meiner Gegenwart geäußert«, war seine stehende Antwort. Tatsächlich dürfte er aufs höchste verblüfft gewesen sein. Und wenn es für ihn überhaupt eine Chance gab, mit dem Leben davonzukommen, so war die Hauptvoraussetzung durch Göths Verhaftung erfüllt. Denn er wußte genau, wann es mit ihm vorbei sein würde: sobald die Russen Tarnow erreichten, würde Göth seinen letzten Bericht diktieren und ihn erschießen. Nun ängstigte ihn am meisten die Möglichkeit, daß Göth zu früh freigelassen wurde.

Aber es ging leider nicht nur um Göths Schwarzmarktgeschäfte. Der SS-Richter, der Pemper vernahm, wußte von Oberscharführer Lorenz Landsdorfer, daß der Kommandant von seinem jüdischen Schreiber die Direktiven und Aktionspläne hatte tippen lassen, die im Falle eines Partisanenangriffs auf das Lager in Kraft treten sollten. Um ihm zu zeigen, nach welchem Schema diese Pläne zu tippen seien, habe Göth ihm sogar Kopien von Plänen gezeigt, die für andere Konzentrationslager ausgearbeitet worden waren. Der Untersuchungsrichter ließ Pemper verhaften, denn er war äußerst beunruhigt darüber, daß diese geheimen Pläne einem jüdischen Häftling zur Kenntnis gekommen waren.

So verbrachte Pemper denn zwei scheußliche Wochen in einer Zelle im Keller der SS-Unterkunft. Er wurde nicht geschlagen, aber immer wieder von zwei SS-Untersuchungsrichtern und Beamten des RKPA verhört. Er nahm an, sie neigten zu der Auffassung, es sei das sicherste, ihn zu erschießen. Als man ihn wieder einmal über die Krisenplanung für Plaszow befragte, sagte er: »Warum muß ich in der Zelle sitzen? Ich bin ohnehin zu lebenslanger Haft verurteilt und lebe in einem Gefängnis.« Damit wollte er erreichen, daß man ihn entweder in die Baracke schickte oder erschoß. Am Ende ließ man ihn in seine Baracke zurück. Allerdings war es nicht das letzte

Mal, daß er im Zusammenhang mit Hauptsturmführer Göth vernommen wurde. Dessen Untergebene beeilten sich nicht besonders, ihm ein gutes Leumundszeugnis auszustellen. Man wartete lieber ab. Bosch, der ja so manche Flasche mit Göth geleert hatte, warnte Untersturmführer John davor, den Versuch zu machen, die Untersuchungsrichter zu bestechen. Göths ehemaliger Vorgesetzter, Oberführer Scherner, war zur Partisanenbekämpfung abkommmandiert worden und geriet am Ende in einen Hinterhalt im Walde von Niepolomice. Göth war in den Händen von Bürokraten aus Oranienburg, die nie bei ihm zu Gast gewesen und falls doch, entweder abgestoßen oder von Neid erfüllt waren.

Helene Hirsch, die der neue Lagerkommandant Hauptsturmführer Büscher übernommen hatte, erhielt eines Tages von Göth einen freundlichen Brief, in dem er sie bat, ihm Kleider, Bücher und Schnaps zu schicken. Der Brief, so fand sie, klang wie der eines Verwandten, mit dem man sich gut steht. »Würdest du mir freundlicherweise die folgenden Sachen schicken ... In der Hoffnung, dich bald wiederzusehen ...«

Schindler war unterdessen in Troppau bei dem Ingenieur Süßmuth. Vorsichtshalber hatte er Schnaps und Diamanten mitgenommen, doch erwies sich das in diesem Fall als überflüssig. Süßmuth hatte seinerseits bereits angeregt, kleine Lager für jüdische Arbeitskräfte entlang der mährischen Grenze einzurichten und dort Rüstungsgüter produzieren zu lassen. Die Lager würden selbstverständlich dem Hauptlager Groß-Rosen unterstehen oder auch Auschwitz, denn die Zuständigkeitsbereiche beider erstreckten sich über die alte Grenze zur Tschechoslowakei. Aber in kleinen Lagern seien die Häftlinge weniger gefährdet als in den großen Vernichtungslagern wie Auschwitz. Nur sei er mit seinen Vorschlägen nicht durchgedrungen, in Freiberg habe man sie einfach nicht zur Kenntnis genommen. Aber wenn Schindler Beziehungen zu Oberst Lange habe und zu den Herren des Evakuierungsbüros, dann sähe die Sache schon anders aus.

Süßmuth hatte schon eine Liste der Orte aufgestellt, die sich zur Aufnahme von ausgelagerten Betrieben eigneten. So etwa gab es unweit Schindlers Heimatstadt Zwittau am Rande einer Ortschaft namens Brünnlitz eine große Textilfabrik, die den Gebrüdern Hoffmann aus Wien gehörte. Ehedem hatten sie Butter und Käse hergestellt, waren aber den vorrückenden Truppen ins Sudetenland gefolgt (ganz wie Schindler mit ihnen nach Krakau gekommen war) und hatten sich zu Textilunternehmern gemausert. Ein ganzer Anbau an die Textilfabrik wurde nicht mehr genutzt, sondern diente als Lagerraum für ausrangierte Spinnmaschinen.

Zur Fabrik führte ein Nebengleis von Zwittau, dessen Verschiebebahnhof Schindlers Schwager unterstand. Süßmuth sagte, Hoffmanns seien echte Kriegsgewinnler und hätten die Lokalgrößen der Partei in der Tasche. »Aber hinter Ihnen steht Oberst Lange, und ich schreibe gleich nach Berlin wegen dieses Anbaus in Brünnlitz.«

Schindler kannte Brünnlitz von früher her. Die Bevölkerung war überwiegend deutsch und bestimmt nicht geneigt, tausend und etliche Juden in nächster Nachbarschaft zu dulden.

Auch in Zwittau würde man nicht gern so spät im Krieg in dieser ländlichen Gegend eine Rüstungsfabrik, noch dazu mit jüdischen Arbeitern aufnehmen.

Zunächst einmal sah er sich die Fabrikgebäude an. Vorsichtshalber vermied er es, im Büro der Firma Hoffmann Erkundigungen anzustellen, um die nicht schon im vorhinein zu warnen. Doch den Anbau konnte er ungehindert betreten. Es war ein altmodischer zweigeschossiger Bau mit einem Innenhof, die untere Etage hatte hohe Decken und enthielt teils Maschinen in hölzernen Verschlägen, teils Behälter mit Wollresten. Oben sollten wohl die Büros und weniger schwere Maschinen aufgestellt werden. Der Fußboden konnte jedenfalls das Gewicht von Schindlers schweren Pressen nicht tragen, aber unten konnten sie gut aufgestellt werden, auch gab es noch Platz genug für Büros und eine Privatwohnung für Schindler. Die Häftlinge würden also im Oberstock kampieren.

Er war sehr zufrieden mit allem und fuhr nach Krakau zurück, ganz darauf versessen, die Dinge in Gang zu bringen, Geld auszugeben und noch einmal mit Madritsch zu sprechen, denn Süßmuth meinte, er könnte ohne weiteres auch Madritsch und seine Juden unterbringen, womöglich ebenfalls in Brünnlitz.

Heimgekehrt erfuhr er, daß ein abgeschossener Bomber in sein Lager Emalia gestürzt war und zwei Baracken zerstört hatte. Die wenigen zurückgebliebenen Häftlinge, die mit den Abwicklungsarbeiten beschäftigt waren, hatten den Bomber brennend abtrudeln gesehen. Zwei Männer der Besatzung waren in der Maschine verbrannt. Die Leute von der Luftwaffe, die die Reste abholen kamen, sagten zu Garde, es handele sich um einen Stirling-Bomber mit australischer Besatzung. Die übrigen Besatzungsmitglieder seien mit dem Fallschirm abgesprungen, wobei einer ums Leben gekommen war, während der vierte sich zu den Partisanen durchschlagen konnte. Die sollten übrigens in den Wäldern östlich von Krakau von diesem Bomber mit Nachschub versorgt werden.

Schindler empfand es als symbolisch, daß Männer aus dem fernen Australien sich die Mühe machten, so weit von ihrer Heimat entfernt dem Treiben hier in Krakau ein Ende zu setzen. Er ließ sich mit dem Sachbearbeiter für Transportfragen im Büro von Ostbahnpräsident Gerteis verbinden und lud ihn zum Abendessen ein. Er wollte sich die für den Abtransport der DEF benötigten Rungenwagen sichern.

Eine Woche später erhielt das Büro des Gauleiters von Mähren von der Rüstungsinspektion in Berlin den Bescheid, daß Schindlers Rüstungsbetrieb den Anbau an die Hoffmannsche Textilfabrik in Brünnlitz beziehen werde. Süßmuth sagte Schindler telefonisch, die Gauleitung könne nicht mehr unternehmen, als die Verlegung durch bürokratische Hemmnisse zu verlangsamen. Nun rührten sich die unteren Parteiinstanzen auf Betreiben der Gebrüder Hoffmann. Der Kreisleiter von Zwittau gab zu bedenken, daß jüdische Häftlinge aus Polen die Volksgesundheit gefährdeten, es sei mit Fleckfieberepidemien zu rechnen. Auch werde Schindlers Rüstungsbetrieb, ohnedies von geringem Wert, alliierte Bomber anlocken und das viel wichtigere Textilunternehmen gefährden. Die Zahl der nach Brünnlitz einströmenden jüdischen Kriminellen werde die der Einwohner übersteigen und sich als echtes Krebsgeschwür entpuppen. Damit hatte der Kreisleiter selbstverständlich keinen Erfolg, denn sein Schreiben landete auf dem Tisch von Oberst Lange. In Troppau wehrte der aufrechte Süßmuth alle Einwände ab. Immerhin konnte man in Zwittau Plakate mit der Inschrift HALTET DIE VERBRECHERISCHEN JUDEN FERN lesen.

Und Schindler zahlte. Er bestach die Evakuierungsbehörde in Krakau, um seine Maschinen schneller abtransportieren zu können. Die Wirtschaftsbehörden in Krakau mußten seinen Geldtransfer genehmigen. Weil jetzt niemand mehr Geld wollte, zahlte er in Waren – Tee, Lederschuhen, Teppichen, Kaffee, Dosenfisch. Die Nachmittage verbrachte er in den Seitengassen des Marktplatzes, um zu beschaffen, wonach diesen Bürokraten der Mund wässerte. Tat er es nicht, würden sie ihn warten lassen, bis der letzte Jude in Auschwitz vergast worden war, daran zweifelte er nicht. Von Süßmuth hörte er, daß aus Zwittau bei der Rüstungsinspektion Denunziationen gegen ihn eingingen – er sei in Schwarzmarktgeschäfte verwickelt. »Und wenn die an mich schreiben, können Sie darauf wetten, daß sie auch an Obersturmführer Rasch schreiben, den Polizeichef von Mähren. Machen Sie sich lieber schnell mit dem bekannt, damit er sieht, was für ein reizender Mensch Sie sind.«

Schindler kannte Rasch schon, als dieser höherer SS-Führer von Kattowitz war, überdies war er zum Glück mit dem Aufsichtsratsvorsitzenden der Ferrum AG in Sosnowiec befreundet, von dem Schindler seinen Stahl bezog. Aber Schindler, der sich sogleich nach Brünn aufmachte, um den Denunzianten das Wasser abzugraben, verließ sich nicht auf etwas so Zerbrechliches wie eine alte Bekanntschaft. Er hatte einen Brillanten bei sich, der während des Gespräches irgendwie seinen Weg in Raschs Tasche fand, und damit hatte Schindler seinen Frontabschnitt Brünn stabilisiert.

Der Umzug nach Brünnlitz kostete ihn nach seiner eigenen Schätzung runde 100 000 Reichsmark. Von den Überlebenden zweifelte niemand daran, daß dieser Betrag ausgegeben wurde, einige allerdings meinen, es sei mehr gewesen, »sehr viel mehr!«

Schindler hatte eine vorläufige Namensliste aufgestellt und sie der Lagerverwaltung übergeben. Es standen mehr als tausend Namen auf dieser Liste, die seiner ehemaligen Emalia-Leute und noch neue dazu. Auch Helene Hirsch stand darauf, und Göth war nicht mehr da, um Einspruch zu erheben. Und die Liste würde noch erheblich mehr Namen aufweisen, falls nur Madritsch sich bereit fand, ebenfalls nach Mähren zu evakuieren. Also bearbeitete Schindler jenen Titsch, der bei Madritsch Gehör hatte. Diejenigen von Madritschs

Juden, die die engsten Beziehungen zu Titsch hatten, wußten, daß es die Liste gab und auch die Möglichkeit, noch drauf zu kommen. Titsch drängte sie, sich darum zu bemühen. In Plaszow gab es haufenweise Listen für alle möglichen Zwecke, nur waren die wenigen Blätter, aus denen Schindlers Liste bestand, die einzigen, die so etwas wie einen Fahrschein in die Zukunft darstellten.

Madritsch konnte sich immer noch nicht entscheiden, ob er ein Bündnis mit Schindler schließen, ob er seine 3000 Juden ebenfalls noch der Liste beifügen sollte.

Schindlers Liste ist, was die Chronologie betrifft, in der die Namen notiert wurden, in so etwas wie einen Schleier gehüllt, was der Legendenbildung nur förderlich ist. Nicht die Tatsache des Vorhandenseins dieser Liste als solcher – in den Archiven von Jad Wa-Schem kann eine Kopie jederzeit besichtigt werden. Auch herrschte keine Ungewißheit im Hinblick auf die Namen, die Titsch und Schindler im buchstäblich letzten Moment der Liste noch anfügten. Die Namen stehen fest, aber die Umstände, unter denen sie auf die Liste kamen, sind, wie gesagt, der Legendenbildung förderlich. Das Problem liegt darin, daß die Überlebenden sich mit einer Leidenschaft an diese Liste erinnern, die die Umrisse verschwimmen läßt. Die Liste ist das verkörperte Gute. Die Liste ist das Leben. Jenseits ihrer zerknitterten Ränder liegt das Nichts.

Es heißt, in Göths Villa habe ein Treffen stattgefunden, bei dem die Herren von der SS und die Unternehmer die schönen Tage ihrer profitablen Zusammenarbeit feierten. Manche behaupten sogar, Göth sei selber dabeigewesen, doch ist das nicht möglich – die SS pflegte ihre Häftlinge nicht zu beurlauben. Andere wieder glauben, dieses Treffen habe in Schindlers Privatwohnung in der Emalia stattgefunden. Dort gab er in den vergangenen zwei Jahren gern besuchte Gesellschaften, und ein Überlebender erinnert sich daran, daß er bei einer solchen Gelegenheit Nachtschicht hatte und von Schindler zwei Kuchen, Hunderte von Zigaretten und eine Flasche Schnaps zugesteckt bekam.

Wo diese Gesellschaft nun auch stattgefunden haben mag, anwesend waren unter anderen der SS-Arzt Blancke, Franz Bosch und angeblich auch Oberführer Scherner, auf Urlaub von der Jagd auf Partisanen, Madritsch und Titsch. Titsch hat später gesagt, bei dieser Gelegenheit habe Madritsch zum ersten Mal Schindler definitiv wissen lassen, daß er nicht mitkommen wolle nach Mähren. »Ich habe für die Juden alles getan, was in meinen Kräften steht.« Das ließ sich nicht bestreiten, und man konnte ihn nicht umstimmen, wie sehr Titsch es auch versuchte. Madritsch war ein rechtschaffener Mann und dafür ist er geehrt worden. Er glaubte einfach nicht an die Lösung Mähren. Hätte er daran geglaubt, er wäre mitgegangen, darauf deutete alles hin.

Für einige der Eingeladenen war es ein Abend voller Spannung, denn die Liste mußte endlich abgegeben werden. Darüber sind sich alle einig, und erfahren haben können die Überlebenden es einzig von Schindler selber, einem Mann mit ausgeprägtem Sinn fürs Anekdotische. Anfang der 60er Jahre hat Titsch aber im wesentlichen diese Version bestätigt. Mag sein, der neue Lagerkommandant Büscher hatte zu Schindler gesagt: »Schluß jetzt mit dem Herumgemache, Schindler, wir müssen den Papierkram endlich erledigen.« Mag sein, der Termin wurde von der Ostbahn festgesetzt, nach deren Disposition über den vorhandenen Laderaum. Titsch jedenfalls tippte jetzt über den Unterschriften der KL-Verwaltung die Namen von Juden ein, die Madritsch gehörten, soweit er und Schindler sich an die korrekten polnischen Familiennamen erinnerten, und so viele, wie der freie Platz noch zuließ. Feigenbaums etwa samt ihrer an unheilbarem Knochenkrebs erkrankten halbwüchsigen Tochter und dem etwas älteren Lukas, der gelernt hatte, Nähmaschinen zu reparieren. Die verwandelten sich sämtlich in Experten der Granathülsenfertigung. Es ging laut zu im Raum, Zigarettenrauch hing in der Luft, es wurde gesungen, und in einer Ecke hockten Schindler und Titsch und rätselten über die richtige Schreibweise verzwickter polnischer Namen.

Schindler mußte schließlich Einhalt gebieten. »Wir haben keinen Platz mehr auf dem Papier. Ein Wunder, wenn man uns alle diese Leute aushändigt.« Titsch war erschöpft. Immer noch gingen ihm Namen durch den Kopf, aber dies war jetzt das Ende, es ging nicht weiter. Daß man Menschen gleichsam neu erschuf, indem man ihre Namen aufs Papier setzte, mutete ihn wie Blasphemie an. Er scheute davor nicht zurück, es entsetzte ihn vielmehr, was dies über den Zustand der Welt besagte. Das machte ihm das Atmen schwer.

Noch aber war die Liste Eingriffen ausgesetzt, und zwar von seiten des jüdischen Personalschreibers in der Lagerverwaltung, Marcel Goldberg. Büscher, der neue Kommandant, der ja nur noch den Auftrag hatte, das Lager aufzulösen, scherte sich nicht darum, wer auf die Liste kam, ihn interessierte nur die Zahl. Deshalb hatte Goldberg die Möglichkeit zu manipulieren. Die Häftlinge wußten, daß er bestechlich war. Juda Dresner wußte es, der Onkel von Rotkäppchen, dessen Frau der Nachbarin einst das Versteck verweigert hatte, Vater von Janek und der kleinen Danka. »Er hat Goldberg geschmiert«, lautete die Antwort auf die Frage, wie sie es fertiggebracht haben, auf die Liste zu kommen. Und auf die gleiche Weise dürften Wulkan mit Frau und Sohn auf die Liste gekommen sein.

Poldek Pfefferberg erfuhr durch einen SS-Unterführer von der Liste. Hans Schreiber genoß einen so schlechten Ruf im Lager wie nur einer der anderen KL-Aufseher in Plaszow, doch Pfefferberg war sein Günstling geworden, wie das gelegentlich überall in den Lagern vorkam. Angefangen hatte alles beim Fensterputzen. Pfefferberg war in seiner Baracke dafür verantwortlich. Schreiber inspizierte und begann, Pfefferberg in genau jener Art zu beschimpfen, die häufig einer willkürlichen Exekution voranging. Pfefferberg verlor die Beherrschung und schnauzte zurück: Schreiber wisse genau, daß die Scheiben sauber seien, und falls er nach einem Vorwand suche, ihn zu erschießen, möge er sich die Mühe sparen. Dieser Ausbruch gefiel Schreiber, der sich bei Pfefferberg daraufhin gelegentlich nach seinem und seiner Frau Befinden erkundigte, ihm wohl auch für Mila einen Apfel zusteckte. Im Sommer 1944 hatte Pfefferberg ihn angefleht, Mila aus einem Transport in das übel beleumdete KL Stutthoff herauszuholen, als sie schon an der Rampe stand. Schreiber tat ihm den Gefallen. Eines Sonntags erschien er betrunken in Pfefferbergs Baracke und vergoß vor ihm und einigen anderen Gefangenen Tränen »wegen der gräßlichen Dinge« die er in Plaszow begangen habe, und schwor, dafür an der Ostfront büßen zu wollen. Und das tat er am Ende auch.

Jetzt also vertraute er Pfefferberg an, es gebe eine Liste mit Namen der für Schindler bestimmten Leute, und er solle alles daransetzen draufzukommen. Pfefferberg ging also in die Lagerverwaltung zu Goldberg und bat ihn darum, ihn und Mila auf die Liste zu setzen. Schindler hatte ihn ohnedies häufig in der Kfz-Werkstatt des Lagers besucht und ihm auch zugesagt, etwas für ihn zu tun, doch war Pfefferberg unterdessen ein so geschickter Schweißer geworden, daß man ihn nicht gehen lassen wollte, denn auch die Werkstattleiter waren um ihres eigenen Überlebens willen darauf angewiesen, erstklassige Arbeit vorzuweisen. Goldberg saß vor der Liste, verdeckte sie mit der Hand und fragte diesen alten Freund von Schindler, der häufig bei ihm in der Wohnung in der Straszewskiegostraße gewesen war: »Hast du Diamanten?«

»Du spinnst wohl?« fragte Pfefferberg zurück.

»Wer auf diese Liste will«, erwiderte Goldberg, der so unvermutet zu Macht gekommen war und seinen eigenen Namen selbstverständlich schon auf die Liste gesetzt hatte, »der braucht Diamanten.«

Weil Göth, dieser große Liebhaber der Wiener Walzer, im Gefängnis saß, hatten die Brüder Rosner, seine Hofmusiker, Gelegenheit, sich ebenfalls um einen Platz auf der Liste zu bemühen. Auch Dolek Horowitz, der zuvor schon Frau und Kinder ins Lager Emalia geschmuggelt hatte, überredete Goldberg, ihn auf die Liste zu setzen. Horowitz, der immer in der Materialzentrale des Lagers gearbeitet hatte, besaß einige Reichtümer. Die händigte er nun Goldberg aus.

Auch die Brüder Bejski, Uri und Moshe standen auf der Liste, als technische Zeichner. Uri verstand was von Waffen, Moshe konnte Dokumente fälschen. Man weiß nicht genau, ob sie dieser Fertigkeiten wegen auf die Liste kamen oder aus anderen Gründen.

Auch der Maler Josef Bau kam drauf, ohne selber etwas davon zu ahnen. Goldberg hielt nach Möglichkeit alle im dunkeln. Kennt man Baus Charakter, so darf man annehmen, daß er nicht für sich allein um die Aufnahme in die Liste gebeten haben würde; als es zu spät war, mußte er entdecken, daß weder seine Mutter noch Rebecca für die Fahrt nach Brünnlitz vorgesehen waren.

Was Stern angeht, so hatte Schindler ihn von Anfang an notiert. Stern war der einzige Beichtvater, den Schindler jemals hatte und auf dessen Meinung er was gab. In der ersten Oktoberwoche kamen Schindler und Bankier ins Lager, besuchten auch Stern und erfuhren von ihm, daß die Versorgung mit Brot katastrophal geworden war, denn seit dem 1. Oktober durften jüdische Häftlinge nicht mehr auf Außenarbeit, und die Kapos im Lager der Polen achteten scharf darauf, daß ihre Arbeitskommandos den jüdischen Häftlingen kein eingeschmuggeltes Brot mehr verkauften. Der Preis für Brot stieg ins Unermeßliche. In Zloty ließ er sich ohnehin nicht ausdrücken, aber früher hatte man für einen Mantel einen Laib bekommen, für ein gutes Unterhemd 250 Gramm. Jetzt mußte man mit Diamanten bezahlen, ganz wie für einen Listenplatz bei Goldberg. Als Schindler von Stern über diese Zustände unterrichtet wurde, sagte er zu Bankier: »Geben Sie Weichert 50 000 Zloty.«

Dr. Michael Weichert war Vorsitzender der ehemaligen jüdischen Selbsthilfeorganisation, die sich jetzt Jüdisches Wohlfahrtsamt nannte. Dieses Amt wurde geduldet, um dem Internationalen Roten Kreuz gefällig zu sein, und im Deutschen Roten Kreuz hatte Weichert von früher her noch Verbindungen. Innerhalb des Lagers hegten viele jüdische Häftlinge großes Mißtrauen gegen Weichert, und deshalb wurde er nach dem Krieg vor Gericht gestellt, doch konnte man ihm nichts vorwerfen. Er war ganz der Mann, der in einer so verzweifelten Situation im Handumdrehen für 50 000 Zloty Brot nicht nur beschaffen, sondern auch ins Lager bringen konnte.

In dem Gespräch zwischen Stern und Schindler ging es um andere Dinge – die Kriegslage, das sonderbare Geschick, das den in Breslau einsitzenden Göth getroffen hatte; die 50 000 Zloty für das Brot wurden als Nebensache behandelt. Aber eine Nebensache war sie durchaus nicht, denn dank der eingeschmuggelten Brotmenge ging der Preis auf den gewohnten Stand zurück. Dies ist wieder ein Beispiel dafür, wie Stern und Schindler zusammenwirkten, und es steht für viele andere.

Kapitel 32

Mindestens einer der ehemaligen Insassen des Nebenlagers Emalia, der von Goldberg aus der Liste entfernt wurde, um jemand anderem Platz zu machen – einem Verwandten, einem Zionisten oder einem Barzahler –, hat dies später Schindler angelastet.

Die Martin-Buber-Gesellschaft erhielt 1963 einen mitleiderregenden Brief dieses nunmehr in New York lebenden Mannes. Der warf Schindler vor, er habe ihm in den Tagen der DEF versprochen, ihn zu retten, und sich dafür an seiner Arbeit bereichert. Und doch seien keineswegs alle auf die Liste gekommen. Insbesondere dieser Mann betrachtete das als einen persönlichen Verrat, und mit dem Zorn dessen, der die Hölle durchlitten hat, weil ein anderer nicht sein Wort hielt, machte er Schindler für all das verantwortlich, was er im folgenden zu ertragen hatte: Groß-Rosen, den entsetzlichen Steinbruch von Mauthausen, von dessen Rand die Häftlinge hinabgestürzt wurden, und am Ende des Krieges den Todesmarsch.

Der Brief, der von gerechtfertigtem Zorn glüht, zeigt deutlich, daß für die Inhaber eines Platzes auf Schindlers Liste das Leben noch erträglich schien, während es für die anderen unerträglich wurde. Gleichwohl ist es nicht gerechtfertigt, Schindler die Manipulationen anzulasten, die Goldberg vornahm. In den letzten chaotischen Tagen des KL Plaszow dürfte die Lagerleitung jede Liste genehmigt haben, die Goldberg vorlegte, vorausgesetzt, es standen nicht wesentlich mehr als 1100 Namen darauf. So viele waren Schindler zugestanden worden. Aber es war ihm einfach unmöglich, Goldberg ständig zu kontrollieren. Tagsüber sprach er auf den Büros vor, abends schmierte er die Bürokraten. Er brauchte die Transportgenehmigung für die Hilo-Maschinen und seine Blechpressen von alten Bekannten in General Schindlers Dienststelle, von denen manche ihm Hindernisse in den Weg legten, die seinen Plan, 1100 Häftlinge zu retten, gefährdeten. Man hielt ihm vor, er habe seine Maschinen von der Inspektion in Berlin einzig für die Verwendung in Polen zugeteilt erhalten, und Berlin sei von der bevorstehenden Verlagerung der Maschinen nicht informiert worden. Das müsse noch geschehen, und bis die Erlaubnis erteilt werde, könnten gut vier Wochen vergehen. Aber ein Monat stand Schindler nicht mehr zur Verfügung. Ende Oktober mußte Plaszow geräumt sein, die Häftlinge auf Groß-Rosen und Auschwitz verteilt. Am Ende wurde das Hindernis in bewährter Manier weggeräumt.

Hinzu kam, daß die Untersuchung der Affäre Göth noch keineswegs abgeschlossen war, und Schindler damit rechnen mußte, hineingezogen und über seine Beziehung zu dem ehemaligen Kommandanten verhört zu werden. Zu dieser Befürchtung hatte er auch allen Grund, denn Göth hatte die Herkunft der bei ihm gefundenen RM 80 000 unter anderem damit erklärt, daß Schindler ihm dieses Geld gegeben habe, »weil er wollte, daß ich die Juden besser behandele«. Es war darum nötig, sich über den Stand der Untersuchung durch Bekannte in der Pomorskastraße auf dem laufenden zu halten.

Und letztlich verhandelte Schindler bereits mit Sturmbannführer Hassebroeck, dem Kommandanten von Groß-Rosen, unter dessen Jurisdiktion sein Nebenlager Brünnlitz stehen würde. Unter Hassebroecks Regime sind in Groß-Rosen samt seinen Nebenlagern mehr als 100 000 Menschen umgekommen, doch schon bei einem ersten Telefongespräch mit ihm verflüchtigten sich Schindlers Befürchtungen. Er war nun bereits an die charmanten Mörder gewöhnt, und hier hatte er es mit einem zu tun, der geradezu dankbar war für jeden Zuwachs, den sein Imperium verzeichnen konnte, vor allem in Mähren. Hassebroeck fühlte sich tatsächlich als eine Art Imperator. Er hatte 103 Nebenlager unter sich. (Brünnlitz war Nr. 104, zählte über tausend Häftlinge und war mit seiner technischen Einrichtung eine erwünschte Neuerwerbung.) 78 Lager unterhielt er in Polen, 16 in der Tschechoslowakei, 10 im Reich. Mit ihm verglichen war Göth ein kleiner Mann.

Bedenkt man also, was Schindler in der letzten Woche am Halse hatte, so wäre es ein Wunder gewesen, hätte er noch Zeit gefunden, Goldberg auf die Finger zu sehen, selbst wenn das möglich gewesen wäre, was es nicht war. Die Überlebenden berichten übereinstimmend, daß der letzte Tag und die letzte Nacht chaotisch waren, im

Mittelpunkt Goldberg, der sich immer neue und immer höhere Angebote machen ließ.

Dr. Idek Schindel bat Goldberg, ihn und seine jüngeren Brüder für den Transport nach Brünnlitz vorzumerken. Goldberg wollte sich nicht festlegen, und erst am Abend des 15. Oktober, als die männlichen Häftlinge für den Transport aufgestellt wurden, erfuhr er, daß er und seine Brüder nicht mitfahren sollten. Sie drängten sich trotzdem unter die Schindlerjuden. Es war wie auf einer alten Darstellung des Jüngsten Gerichts – diejenigen, denen das Zeichen fehlt, drängten sich unter die Gerechten und werden von einem Racheengel zurückgewiesen, in diesem Fall von Oberscharführer Müller. Er schlug Dr. Schindel mehrmals mit der Reitpeitsche ins Gesicht und frage ihn dabei ganz freundlich: »Warum willst du ausgerechnet bei diesem Transport mitfahren?«

So blieb der Arzt denn bei dem kleinen Arbeitskommando, das Plaszow endgültig auflöste und anschließend mit kranken weiblichen Häftlingen nach Auschwitz gebracht wurde. Die Männer des Arbeitskommandos wurden irgendwo im Lager Birkenau in einer Baracke einquartiert und sich selber überlassen. Die meisten kamen mit dem Leben davon. Schindel selbst wurde mit seinen Brüdern zunächst nach Flossenbürg verlegt, und alle drei nahmen später an einem Todesmarsch teil, bei dem der Jüngste einen Tag vor Kriegsende erschossen wurde. Man kann sich also vorstellen, wie sehr der Gedanke an die Liste auch heute noch die Überlebenden bewegt, und daß sie im Oktober 1944 an nichts anderes denken konnten; das war wirlich nicht Schindler zuzuschreiben, sondern eher der Bosheit von Goldberg.

So haben alle ihre ganz eigene Erinnerung an die Liste. Henry Rosner war den Schindlerjuden zugeteilt worden, doch ein Unterführer bemerkte seine Geige, und weil er wußte, daß Göth seine Hofmusiker brauchen würde, sollte er je wiederkommen, schickte er Rosner zurück. Der nun verbarg seine Geige unter dem Mantel, stellte sich wieder an und gelangte so in den Zug. Rosner gehörte zu denen, die Schindler von vornherein zur Rettung vorgesehen hatte, stand also von Anfang an auf der Liste. Und das gleiche galt für Jereths, den alten Mann aus der Kistenfabrik, und seine Frau Chaja, jetzt zur Metallarbeiterin befördert. Auch Perlmanns standen drauf, alte Häftlinge aus dem Nebenlager Emalia, und ebenso Levartovs. Tatsächlich bekam Schindler im wesentlichen die Leute, die er haben wollte, trotz Goldbergs Machenschaften, wenngleich er Überraschungen erlebte, zum Beispiel, daß auch Goldberg mitkam. Aber als Mann, der die Welt kannte, dürfte er das mit Fassung getragen haben.

Es gab aber auch willkommenere Neuzugänge, etwa Poldek Pfefferberg, den Goldberg abgewiesen hatte, weil er nicht mit Diamanten bezahlen konnte. Der tauschte Kleider und Brot gegen eine Flasche Wodka und brachte diese zu Schreiber, der gerade Dienst hatte. Er bat ihn, Goldberg zu zwingen, ihn und Mila auf die Liste zu setzen. »Schindler selber würde uns anfordern, wenn er wüßte, daß wir nicht draufstehen«, beteuerte er, denn ihm war klar, daß es hier ums nackte Leben ging. »Da hast du recht«, stimmte Schreiber zu, »ihr beide müßt mit.« Unerklärlich, warum Menschen wie Schreiber sich bei solchen Gelegenheiten nicht fragten: Wenn dieser Mann und seine Frau verdienen, am Leben zu bleiben, warum dann nicht auch die anderen?

Also fanden sich Pfefferbergs im richtigen Moment in der richtigen Schlange, und zu ihrer Überraschung auch Helene Hirsch samt ihrer jüngeren Schwester, um die sie mehr gezittert hatte als um sich selber.

Sonntag, den 15. Oktober wurden die Männer in Plaszow verladen. Die Frauen mußten noch eine ganze Woche warten. Außer den 800 für Schindler bestimmten Männern wurden gleichzeitig 1300 andere Häftlinge nach Groß-Rosen gebracht. Manche von Schindlers Leuten fürchteten, man werde das Lager Groß-Rosen auch noch passieren müssen, doch die meisten glaubten, direkt nach Brünnlitz zu kommen. Man bereitete sich auf eine Fahrt mit langen Aufenthalten auf Abstellgleisen vor; es war kalt geworden und hatte bereits geschneit. Jedem Häftling wurden 300 Gramm Brot zugeteilt, und in jedem Waggon stand ein Eimer voll Wasser. Uriniert und defäkiert wurde möglichst in einer Ecke des Waggons, falls die Insassen zu dicht gedrängt standen, an Ort und Stelle. Aber das schien alles erträglich bei dem Gedanken, am Ende der Fahrt von einem Schindler-Etablissement aufgenommen zu werden. Die 300

Frauen, die am folgenden Sonntag verladen wurden, dachten ebenso. Es fiel manchen auf, daß Goldberg ebensowenig Gepäck mit sich führte wie die anderen. Offenbar verfügte er über Vertrauensleute außerhalb des Lagers, die seine Schätze für ihn aufhoben. Weil manche immer noch hofften, ihn zugunsten eines Verwandten beeinflussen zu können, hatte er als einziger reichlich Platz für sich, während die anderen eng aneinandergedrängt hockten. Dolek Horowitz hielt den sechsjährigen Richard im Arm; Henry Rosner bettete den neunjährigen Olek auf ein Kleiderbündel.

Einen ganzen Tag dauerte die Reise. Der Atem gefror an den Wänden, wenn der Zug auf Abstellgleisen hielt. Die Luft war immer knapp, dazu eisig und abgestanden. Als der Zug dann in der Herbstdämmerung endgültig anhielt, wurden die Türen aufgeschoben und die Häftlinge aufgefordert auszusteigen, und zwar schnell. »Alle Sachen ausziehen!« brüllten SS-Leute. »Alles wird desinfiziert!« Nackt marschierten sie ins Lager und stellten sich um sechs Uhr abends auf dem Appellplatz auf. Die sie umgebenden Bäume waren verschneit, der Boden eisig. Dies war kein Schindler-Lager, es war Groß-Rosen. Wer Goldberg bestochen hatte, warf ihm mordlüsterne Blicke zu. SS-Leute in schweren Mänteln schritten die Reihen ab, verteilten Peitschenhiebe auf die Gesäße der Frierenden. Es waren keine Baracken frei, und man ließ die Häftlinge die ganze Nacht draußen stehen. Erst am nächsten Vormittag kamen sie unter Dach. In diesen siebzehn Stunden ist offenbar niemand gestorben; mag sein, das Leben im Lager, sogar das im Nebenlager Emalia, hatte sie alle genügend abgehärtet. Auch war es nicht ganz so kalt wie in den vorangegangenen Nächten, aber doch kalt genug. Und der Gedanke, irgendwann doch nach Brünnlitz zu kommen, ließ gewiß so manchen durchhalten. Jedenfalls überlebten auch die Älteren und die Kinder. Gegen elf Uhr führte man sie in Duschräume. Pfefferberg musterte die Brause über seinem Kopf argwöhnisch und fragte sich, ob Wasser ausströmen würde oder Gas. Bevor es aufgedreht wurde, rasierten Ukrainer ihnen Kopf-, Scham- und Achselhaare. Man mußte Achtungstellung einnehmen während dieser Prozedur, die mit stumpfen Rasiermessern vorgenommen wurde. Als jemand sich darüber beklagte, brachte ihm der Ukrainer einen Schnitt in den Schenkel bei, um zu zeigen, daß sein

Rasiermesser doch noch nicht ganz stumpf war. Nach dem Duschen bekamen sie die gestreifte Lagerkleidung und wurden in Baracken zusammengepfercht, und zwar 2000 Männer in drei Baracken, was nur möglich war, indem man sie wie Galeerenruderer plazierte, immer einen zwischen die gespreizten Beine des hinter ihm Sitzenden.

Deutsche Kapos saßen entlang den Wänden, den Knüppel in der Hand. Wer die Erlaubnis bekam, zur Latrine zu gehen, mußte über Köpfe und Schultern steigen. In einer Baracke war eine provisorische Küche eingerichtet, wo Rübensuppe brodelte und Brot gebakken wurde. Pfefferberg erkannte in einem der Köche einen seiner ehemaligen Unteroffiziere wieder, der ihm ein Stück Brot gab und ihn am Küchenfeuer auf dem Boden schlafen ließ. Die anderen verbrachten die Nächte in der schon beschriebenen Weise zusammengedrängt.

Täglich standen sie zehn Stunden lang schweigend auf dem Appellplatz. Nach der abendlichen Suppe durften sie miteinander sprechen und im Umkreis der Baracken spazierengehen. Um 21 Uhr befahl das Schrillen einer Trillerpfeife sie zurück in die Baracken und in ihre absonderliche Schlafstellung.

Am zweiten Tag fragte ein SS-Offizier nach dem Schreiber, der die Schindler-Liste zusammengestellt hatte; anscheinend war die versehentlich nicht aus Plaszow mitgeschickt worden. Goldberg wurde in ein Büro geführt und sollte hier aus dem Gedächtnis die Liste neu erstellen. Er wurde an diesem Tage nicht damit fertig, und abends bestürmte man ihn mit weiteren Forderungen. Noch hatte die Liste weiter nichts bewirkt, als daß alle sich in Groß-Rosen befanden. Pemper und andere verlangten unter Androhung von Repressalien von Goldberg, daß er Dr. Alexander Bibersteins Namen auf die Liste setze. Das war der Bruder des ersten Präsidenten des Judenrates von Krakau. Goldberg hatte ihm versichert, er stehe auf der Liste, und erst, als die Einteilung zum Transport stattfand, merkte Biberstein, daß dies gelogen war. Selbst in Groß-Rosen vertraute Pemper so fest darauf, daß er überleben werde, daß er Goldberg androhte, er wolle ihn nach dem Kriege zur Rechenschaft ziehen.

Am dritten Tag wurden die 800 Männer, die auf der nun wiederum geänderten Liste standen, ausgesondert, noch einmal entlaust und nach einer kurzen Frist, in der sie sich im Umkreis der Baracken bewegen durften, mit einer kleinen Brotration versehen, einwaggoniert. Keiner der Aufseher kannte angeblich ihren Bestimmungsort. Sie versuchten, dem Wege des Zugs zu folgen, beobachteten den Stand der Sonne durch die mit Maschendraht gesicherten Ventilationsklappen nahe dem Wagendach. Olek Rosner wurde hochgehoben und berichtete, daß er Wälder sähe und Berge. Die Kundigen glaubten, der Zug bewege sich in südöstlicher Richtung, was auf einen Zielbahnhof in der Tschechoslowakei hindeutete. Aber auszusprechen wagte das niemand.

Für diese knapp 200 Kilometer brauchten sie zwei Tage. Am Morgen des zweiten Tages wurden die Türen aufgeschoben, und der Zug stand auf dem Güterbahnhof von Zwittau. Die Häftlinge stiegen aus und marschierten durch eine noch verschlafene Stadt, die aussah, als wäre das Leben hier in den dreißiger Jahren stehengeblieben. Selbst Inschriften an den Mauern KEINE JUDEN NACH BRÜNNLITZ wirkten wie aus der Vorkriegszeit. Bisher hatten sie in einer Welt gelebt, die ihnen nicht die Luft zum Atmen gönnte, und sie empfanden es als geradezu großmütig, daß die Bürger von Zwittau ihnen nur den Aufenthalt an einem bestimmten Ort mißgönnten.

Dem Nebengeleise folgend, erblickten sie nach etwa fünf Kilometern im herbstlichen Morgenlicht den wuchtigen Anbau der Hoffmannschen Textilwerke, jetzt umgewandelt zum Arbeitslager Brünnlitz samt Wachtürmen, Stacheldraht, Unterkunft für Wachmannschaften innerhalb der Umzäunung und das eigentliche Lagertor, durch das die Häftlinge in den für sie abgeteilten Oberstock des Anbaus gelangten.

Als sie durch das äußere Tor hereinmarschierten, erschien im Fabrikhof Oskar Schindler, auf dem Kopf einen Tirolerhut.

Kapitel 33

Auch dieses Lager war wie das Nebenlager Emalia mit Schindlers Geld errichtet worden. So war es nun mal Brauch: Die Behörden erwarteten, daß der Unternehmer seine Arbeitskräfte aus eigenen Mitteln eingesperrt hielt, schließlich waren sie billig, und da fielen wohl die Kosten für ein bißchen Holz und Draht nicht ins Gewicht. Krupp und IG Farben bekamen ihr Baumaterial kostenlos von SS-eigenen Betrieben geliefert samt einer praktisch unbegrenzten Zahl von Häftlingen. Aber das waren Vorzugsbedingungen, auf die Schindler keinen Anspruch erheben konnte. Mit Mühe hatte er sich von Bosch etliche Säcke Zement beschaffen können, und das zu Vorzugs-Schwarzmarktpreisen. Aus derselben Quelle stammten mehrere Tonnen Treibstoff für Generatoren und Transportfahrzeuge. Draht hatte er aus dem alten Lager mitgebracht. Aber das war ja nicht alles: ein stromführender Zaun; Latrinen; Unterkünfte für hundert Bewacher der SS; ein Büro für das Wachpersonal; ein Krankenrevier; eine Lagerküche – das war die Standardausrüstung, und dazu kamen Extras: Sturmbannführer Hassebroeck war aus Groß-Rosen zur Besichtigung gekommen und mit Cognac, Porzellan und »kiloweise Tee« versehen, wie Schindler später sagte, wieder abgefahren, und überdies hatte er Inspektionsgebühren und eine Spende für die Winterhilfe kassiert, alles ohne Quittung. Schindler erzählte: »In seinem Wagen konnte er wirklich viel unterbringen«, und er zweifelte nicht daran, daß Hassebroeck vom ersten Tag an die Rationen für das Lager Brünnlitz gewinnbringend kürzen würde. Und die Inspektoren von Oranienburg mußten ebenfalls zufriedengestellt werden.

250 Rungenwagen waren erforderlich, um die Produktionsanlagen der DEF zu verlagern, und Schindler staunte darüber, daß jetzt, wo es an allen Ecken und Enden bröckelte, die Ostbahn das rollende Material für solche Transporte noch bereitstellen konnte.

Das wirklich Einzigartige des Ganzen ist allerdings, daß der Unternehmer Oskar Schindler, der da mit seinem kecken Tirolerhut im Fabrikhof steht, nicht die geringste Absicht mehr hatte, eine wie auch immer geartete Produktion aufzuziehen, sehr im Gegensatz zu Krupp und IG Farben und vielen anderen Unternehmen, die sich jüdische Arbeitsklaven hielten. Vier Jahre zuvor war er nach Krakau gekommen in der Hoffnung, ein reicher Mann zu werden, jetzt hatte ihn jeder unternehmerische Ehrgeiz verlassen, er hatte keine Verkaufsstatistiken mehr im Kopf, kein Produktionskonzept.

Von den Pressen, den Bohrmaschinen und Drehbänken waren viele noch gar nicht eingetroffen, auch der neue Fußboden mußte erst betoniert werden. Überall standen Hoffmanns Maschinen herum. Und doch zahlte Schindler für jeden seiner 800 sogenannten Rüstungsarbeiter täglich RM 7,50 beziehungsweise für Ungelernte RM 6,–, und diese Summe würde sich mit dem Eintreffen der Frauen entsprechend erhöhen. Schindler beging eine unternehmerische Wahnsinnstat, und wie um sie zu krönen, setzte er einen Tirolerhut auf!

Auch sonst hatte sich etwas geändert: Seine Frau teilte jetzt mit ihm die Wohnung in der Fabrik; Brünnlitz war von Zwittau nicht weit genug entfernt, um ein ständiges Getrenntleben gerechtfertigt erscheinen zu lassen. Und sie kamen gut miteinander aus, behandelten einander mit wechselseitiger Achtung. Auf den ersten Blick hätte man Frau Schindler für eine jener Ehefrauen halten können, die es nicht verstehen, im richtigen Moment das Feld zu räumen, und mancher Häftling fragte sich, was sie wohl sagen würde, wenn sie erst mal dahinterkäme, was für eine Art Unternehmen Schindler hier eigentlich betrieb. Niemand konnte ahnen, daß Emilie Schindler einen ganz eigenen, wenn auch diskreten Beitrag leisten würde, und das nicht aus ehelichem Gehorsam, sondern aus eigenem Antrieb.

Ingrid war mitgekommen, wohnte aber außerhalb des Lagers und betrat es nur während der Bürozeit. Die Beziehung zwischen Schindler und ihr hatte sich deutlich abgekühlt, und die beiden wurden nie wieder intim miteinander. Aber trotzdem blieb sie loyal, und Schindler besuchte sie während der kommenden Monate häufig in ihrer Wohnung. Die fesche Klonowska, die elegante polnische Patriotin, war in Krakau geblieben, aber auch der Trennung von ihr haftete keine Bitterkeit an. Schindler fuhr gelegentlich noch nach Krakau und traf sie dort, und als er noch einmal mit der SS aneinandergeriet, half sie ihm wieder aus der Patsche. Richtig ist, daß man ihn keineswegs als einen domestizierten Ehemann bezeichnen konnte, auch wenn seine Beziehungen zu den beiden Frauen sich auf sehr erträgliche Manier lockerten.

Den eintreffenden Häftlingen eröffnete er, sie dürften in absehbarer Zeit mit der Ankunft der Frauen rechnen. Er zählte darauf, daß sie nicht länger unterwegs sein würden als die Männer. Aber da irrte er sich.

Nach einer kurzen Fahrt wurden sie zusammen mit Hunderten anderer weiblicher Häftlinge aus Plaszow an die Rampe von Auschwitz-Birkenau geschoben. Sogleich nach dem Öffnen der Waggontüren begann die Selektion durch geübte Männer und Frauen der SS. Die betrieben ihr Handwerk mit einer schreckenserregenden Sachlichkeit. Wer nicht rasch genug ging, bekam Schläge mit dem Knüppel, aber nicht etwa im Zorn. Es ging nur darum, große Menschenmassen abzufertigen. Für die SS-Leute auf der Rampe war dies eine monotone Arbeit, die eben erledigt werden mußte. Sie hatten alles gehört, jeden Trick gesehen, den sich jemand ausdenken konnte.

Im Licht der Bogenlampen, die Schuhe schon mit dem Matsch beschmiert, der zu Birkenau gehörte, fragten sich die verstörten Frauen, was das zu bedeuten habe. Da wiesen einige Aufseherinnen auf sie und riefen den uniformierten Ärzten »Schindlergruppe« zu, worauf diese sich von ihnen abwandten. Durch tiefen Matsch wurden sie zur Entlausung geführt, wo sie sich unter der Aufsicht von jungen, abgebrühten SS-Aufseherinnen mit Gummiknüppeln ausziehen mußten. Auch hier strömte kein Gas aus den Brausen, sondern zum Glück nur eisiges Wasser. Anschließend erwarteten die Eingeweihten, daß ihnen Nummern eintätowiert würden, wie allen Häftlingen in Auschwitz, die noch Verwendung als Arbeitskräfte finden sollten. Wer zur Vergasung bestimmt war, erhielt keine Nummer mehr. Die übrigen 2000 Frauen, die mit der Schindlergruppe angekommen waren, wurden selektiert, und Rebecca Bau erhielt ebenso wie Baus kräftige Mutter eine solche Nummer. Sie hatten mithin in der Lotterie von Birkenau einen Gewinn gezogen, denn mit der eintätowierten Nummer wurde man weiterverlegt in die Auschwitz unterstehenden Arbeitslager. Ein junges Mädchen aus Plaszow hatte zwei Fünfen, eine Drei und zwei Siebenen auf ihrem Unterarm und war darüber ganz entzückt, denn dieses sind heilige Zahlen im jüdischen Kalender. Die Schindlerfrauen aber wurden nicht tätowiert, man befahl ihnen, sich anzuziehen, und führte sie in eine fensterlose Baracke im Frauenlager. In der Mitte stand ein ummauerter Kanonenofen. Pritschen gab es keine, statt dessen hatten sich zwei oder drei Frauen einen dünnen Strohsack zu teilen. Der Boden war feucht, und Feuchtigkeit tränkte die Strohsäcke und die zerschlissenen Decken. Es war ein Haus des Todes inmitten von Birkenau. Da lagen sie und dösten, frierend und beklommen, auf dieser endlosen morastigen Ebene.

Mit dem mährischen Dorf, das sie sich erträumt hatten, hatte dies hier nichts zu tun. Dies hier war eine Großstadt. Hier hielten sich vorübergehend an einem beliebigen Tage mehr als eine Viertelmillion Polen, Zigeuner und Juden auf, und Tausende mehr in Auschwitz I, dem ursprünglichen, kleineren Lager, in dem auch der Kommandant lebte, Rudolf Höß. Und in Auschwitz III, einer großen Industrieansiedlung, arbeiteten weitere Zehntausende, solange ihre Kräfte reichten. Die Schindlerfrauen kannten diese Zahlen selbstverständlich nicht, immerhin sahen sie am westlichen Rande des Geländes, hinter den Birken, unentwegt Rauch aus den vier großen Krematorien und von den Scheiterhaufen aufsteigen. Sie glaubten verloren zu sein und ebenfalls dort zu enden. Doch bei aller Bereitschaft, Gerüchte in Umlauf zu setzen und selber daran zu glauben, hätten sie sich nicht ausmalen können, wie viele Menschen an einem »guten« Tag hier vergast wurden – gut heißt, wenn die Anlagen befriedigend arbeiteten. Höß selber nannte die Zahl: 9000.

Die Frauen wußten auch nicht, daß neue Richtlinien erlassen worden waren, gerade als sie in Auschwitz eintrafen. Der Kriegsverlauf und Geheimverhandlungen zwischen Himmler und Graf Folke Bernadotte hatten dies bewirkt. Das Geheimnis der Vernichtungslager hatte nicht gewahrt werden können; die Russen hatten das Lager Lublin, die Verbrennungsöfen mit Knochenresten sowie 500 Behälter mit Zyklon B gefunden. Diese Nachricht verbreitete sich über die ganze Welt, und Himmler, der sich bereits als respektierter Nachfolger seines Führers sah, war bereit, den Alliierten zu versprechen, die Judenvernichtung einzustellen. Den Befehl dazu gab er allerdings erst im Laufe des Oktober, wann genau, ist nicht bekannt. Eine Ausfertigung erhielt Pohl in Oranienburg, die andere Kaltenbrunner, der Chef des RSHA in Berlin. Beide ignorierten den Befehl und Eichmann ebenfalls. Bis Mitte November wurden Juden aus Plaszow, Theresienstadt und Italien weiter vergast, allerdings wird angenommen, daß nach dem 30. Oktober nicht mehr selektiert wurde.

Während der ersten Woche ihres Aufenhalts in Auschwitz gab es immer wieder Anzeichen dafür, daß auch die Schindlerfrauen vergast werden sollten. Und auch als die letzten Opfer in den Gaskammern und den Krematorien verschwanden und die Verbrennungsanlagen den Rückstau der Leichen nach und nach auflösten, merkten sie nichts davon, daß sich in Auschwitz Wesentliches verändert hätte. Und ihre Furcht war nicht unberechtigt, denn die meisten, die nicht vergast worden waren, wurden jetzt erschossen – u. a. alle, die in den Krematorien gearbeitet hatten – oder starben an Krankheiten. Jedenfalls wurden die Schindlerfrauen im Oktober und im November mehrmals ärztlich inspiziert. Einige waren schon ausgesondert und in die Baracke der unheilbar Kranken eingewiesen worden. Die Ärzte von Auschwitz – Josef Mengele, Fritz Klein, König und Thilo – selektierten nicht nur an der Rampe, sondern streiften auch auf der Suche nach weiteren Opfern durchs Lager, damit nur keine Alten und Kranken übersehen würden. Clara Sternberg kam in eine Baracke zu älteren Frauen, ebenso die sechzigjährige Lola Krumholz. Hier mochten sie sterben, ohne dem Lager Kosten zu verursachen. Frau Horowitz, die glaubte, ihre empfindliche Niusia könne eine weitere »Badinspektion« nicht überstehen, versteckte sie in einem leeren Boiler. Dabei wurde sie von einer der Schindlergruppe zugeteilten Aufseherin erwischt, aber nicht verraten, obwohl diese hübsche Blondine eine gefürchtete Schlägerin war. Später verlangte sie von Frau Horowitz ein Geschenk und bekam die Brosche, die bislang bei keiner Filzung entdeckt worden war. Es gab noch eine andere Aufseherin, eine behäbigere, sanftere, die lesbische Annäherungen versuchte und sich wohl andere Geschenke machen ließ.

Beim Morgenappell erschienen manchmal einer oder mehrere der Ärzte vor den Baracken, und die Frauen rieben ihre Wangen mit Lehm ab, um sie etwas zu röten. Einmal fragte Mengele Frau Horowitz, wie alt Niusia sei, und als sie ihn belog, ihre Tochter älter machte, als sie war, versetzte er ihr einen betäubenden Schlag. Sie fiel hin, für die Aufseher das Zeichen, sie zum elektrisch geladenen Lagerzaun zu schleifen und sie gegen die Drähte zu werfen. Frau Horowitz, die wieder zu sich kam, flehte sie auf halbem Wege an, sie gehen zu lassen, und sie durfte zurück. Ihre Tochter hatte sich die ganze Zeit über nicht gerührt.

Inspektionen dieser Art fanden zu allen Tageszeiten statt. Eines Abends mußten die Schindlerfrauen raustreten, während ihre Baracke gefilzt wurde. Frau Dresner, ehedem im Getto von einem unterdessen verschwundenen jungen Mann vom OD gerettet, stand mit ihrer Tochter Danka vor der Baracke im eiskalten Morast, der, wie der berühmte Schlamm auf den Schlachtfeldern von Flandern, auch dann nicht gefror, wenn ringsum alles zu Eis erstarrte. Beide hatten aus Plaszow nichts als ihre Sommerbekleidung mitgebracht. Danka trug unter einer dünnen Jacke nur eine Bluse und einen

Rock. Da es am Nachmittag schon zu schneien begonnen hatte, riet Frau Dresner ihrer Tochter, einen Streifen von ihrer Decke abzureißen und den unter dem Rock um den Leib zu tragen. Während der Filzung der Baracke entdeckte die SS die beschädigte Decke. Der Barackenältesten wurde befohlen vorzutreten; es war eine Holländerin, den Schindlerfrauen noch ganz unbekannt, und man eröffnete ihr, sie und alle Gefangenen, bei denen man Streifen von Decken fände, würden erschossen.

Frau Dresner flüsterte Danka zu, sie solle die Decke entfernen und ihrer Mutter geben; die wolle sich in die Baracke schleichen und sie zurücklegen. Das war nicht ganz ausweglos, die Baracken waren ebenerdig, und eine Frau, die in der hinteren Reihe stand, mochte unbemerkt hineinschlüpfen. Danka gehorchte, wie sie auch ehedem im Getto gehorcht hatte und hinter die falsche Wand gekrochen war. Während Frau Dresner in der Baracke war, schlenderte ein SS-Offizier vorbei und griff eine in Frau Dresners Alter heraus – es war vermutlich Frau Sternberg – und ließ sie an einen anderen, noch schlimmeren Platz im Lager bringen, wo niemand von Mähren träumte.

Mag sein, die anderen Frauen, die hier draußen angetreten waren, weigerten sich zu begreifen, was ein solcher Vorgang bedeutete. Doch das Etikett »Schindlerfrauen« würde ihnen auf die Dauer nicht helfen. Es waren schon ganz andere »Industriearbeiter« in Auschwitz verschwunden, so ein ganzer Transport von jüdischen Spezialisten aus Berlin, den Gruppenführer Pohl eigens für IG Farben bestimmt hatte. Pohl hatte Höß sogar angewiesen, den Transport im Betrieb der IG Farben entladen zu lassen und nicht auf der Rampe von Auschwitz, doch von 1750 Gefangenen des ersten Transportes gingen 1000 sofort in die Gaskammern, und von 4000 in den folgenden vier Transportzügen wurden 2500 unverzüglich vergast. Und wenn die Lagerverwaltung in dieser Hinsicht nicht mal auf die Bedürfnisse der IG Farben und die Anweisungen von Pohl und der Abteilung W Rücksicht nahm, hatten die weiblichen Arbeitskräfte eines obskuren Kochtopffabrikanten erst recht keine Aussicht zu überleben.

In den Baracken, in denen die Schindlerfrauen wohnten, war es kaum anders als im Freien, denn die Fenster waren unverglast, und der eisige Ostwind fegte durch den Raum. Die meisten Frauen litten an der Ruhr. Von Krämpfen geschüttelt, taumelten sie in ihren Holzschuhen hinaus in den Schlamm zu einem Ölfaß, das als Latrine diente. Das wurde von einer Frau gehütet, die dafür einen extra Schlag Suppe bekam. Als Mila Pfefferberg, von Krämpfen geschüttelt, das Faß eines Abends benutzen wollte, wurde ihr das verwehrt mit der Begründung, sie müsse auf die nächste warten und dann mit ihr gemeinsam das Faß leeren. Mila flehte die Frau an, sie doch auf das Faß zu lassen, doch nützte das nichts. Dabei war diese Frau gutartig, Mila kannte sie von früher her, doch das Bewachen des Fasses war für sie etwas wie ein Beruf geworden, es gab Regeln dafür, und indem sie auf deren Einhaltung achtete, konnte die Frau sich einreden, es gebe noch so etwas wie Ordnung, Hygiene und Vernunft.

Gleich darauf erschien die nächste Anwärterin, in höchster Eile, ebenfalls von Krämpfen geschüttelt. Auch sie war jung und fügsam, und die beiden jungen Frauen schleppten das Faß 300 Meter zur Latrine. »Und wo bleibt Schindler jetzt?« fragte die andere. Nicht alle in der Baracke stellten diese Frage, jedenfalls nicht ironisch. Lusia, die schon in der Emalia gewesen war, eine Witwe von 22 Jahren, sagte immer wieder: »Ihr werdet sehen, es kommt noch alles zurecht. Schindler bringt uns irgendwohin, wo es warm ist und Suppe gibt.« Warum sie darauf beharrte, wußte sie selber nicht. In der Emalia hatte sie niemals so optimistische Wendungen benutzt, da hatte sie still ihre Arbeit verrichtet und war froh, wenn sie abends ihre Suppe bekam und schlafen durfte. Große Ereignisse hatte sie nie vorhergesagt. Jetzt, da sie krank war, hatte sie schon überhaupt keinen Anlaß zu solchen Prophezeiungen. Sie wurde allmählich vor Hunger und Kälte immer weniger, und doch wiederholte sie bei sich zu ihrer eigenen Verblüffung immer wieder Schindlers Versprechungen.

Als sie später in eine andere Baracke verlegt wurden, näher an die Krematorien, und nicht wußten, ging es nun in die Bäder oder die Gaskammern, beharrte Lusia immer noch auf ihren Hoffnungen. Im übrigen weigerten sich die Schindlerfrauen fast alle, diese Hölle als das Ende zu betrachten. Man konnte sie immer wieder zusammenhocken sehen und über Kochrezepte schwatzen hören.

Brünnlitz war, als die Männer dort eintrafen, kaum mehr als eine leere Hülse. Noch gab es keine Pritschen, auf dem Boden der Schlafquartiere im Oberstock lag Stroh. Immerhin war die Dampfheizung in Betrieb. Gekocht werden konnte am ersten Tage nicht, und man aß die angelieferten Rüben roh. Später dann wurde Suppe gekocht und Brot gebacken, und der Ingenieur Finder teilte die Arbeiten zu. Aber vom ersten Tage an ging alles in langsamem Tempo, es sei denn, SS-Personal tauchte auf. Es ist erstaunlich, daß die Gefangenen von Anfang an spürten, daß ihr Direktor nicht mehr an Produktion interessiert war. Das Arbeitstempo war für sie eine Demonstration, sie fühlten, daß sie sich rächen konnten, ohne Schindler zu schaden.

Mit der Arbeitskraft hauszuhalten, erzeugte so etwas wie einen Rauschzustand. Anderswo schufteten die Arbeitssklaven mit 600 Kalorien täglich bis zum Umfallen und hofften, die Vorarbeiter würden sie behalten und nicht in ein Vernichtungslager schicken. Hier in Brünnlitz konnte man mit der Schaufel in der Hand trödeln und trotzdem am Leben bleiben.

Das wurde nicht gleich in den ersten Tagen deutlich; zu viele Gefangene lebten in Sorge um ihre Frauen. Horowitz hatte in Auschwitz Frau und Tochter. Rosners Frauen waren dort. Pfefferberg wußte, wie furchtbar seine Mila in einem Lager wie Auschwitz leiden würde. Sternberg und sein halbwüchsiger Sohn hatten Angst um Clara Sternberg, und Pfefferberg erinnerte sich, daß die Gefangenen Schindler in der Werkshalle umringten und immer wieder nach dem Verbleib ihrer Frauen fragten.

»Ich hole sie raus«, grollte Schindler. Erklärungen gab er nicht, sagte nicht, daß man womöglich das SS-Personal in Auschwitz bestechen müsse, erwähnte nicht, daß er Oberst Lange die Liste mit den Namen seiner Frauen geschickt hatte, daß er und Lange entschlossen waren, jede einzelne aus Auschwitz zu retten. Nichts dergleichen, sondern einfach: »Ich hole sie raus.«

Die SS-Garnison, die jetzt in Brünnlitz einzog, gab Schindler Anlaß zu Optimismus. Es waren ältliche Reservisten anstelle der jüngeren, die an die Front abgegangen waren. Es gab unter ihnen nicht so viele Verrückte wie in Plaszow, und Schindler hielt sie mit seiner

Verpflegung bei Laune – einfach, aber gut und viel. Er besuchte sie in ihrer Unterkunft und hielt seine übliche Rede – seine Gefangenen seien Spezialisten, die kriegswichtige Arbeit verrichteten, Pak-Granaten herstellten und Gehäuse für Flugkörper, die noch auf der Geheimhaltungsliste stünden. Die Wachmannschaften sollten sich außerhalb der Fabrik halten, andernfalls werde die Produktion gestört. Er sah ihnen an, daß es ihnen recht war, hier in dieser kleinen Stadt zu sein, wo sich die Chance bot, das Kriegsende ungeschoren zu überleben. Sie terrorisierten niemanden, wie Göth oder Hujer. Ihnen lag nichts daran, daß der Herr Direktor etwa Klage über sie führte. Doch noch war der Kommandant nicht eingetroffen. Er war jung und scharf und mißtrauisch. Und der würde sich so leicht den Zutritt zu den Werkstätten nicht verbieten lassen, das wußte Schindler schon.

Während Betonböden gegossen, Maschinen aufgestellt, die SS-Wachen gezähmt wurden und Schindler neuerdings das Leben eines Ehemanns führte, wurde er zum dritten Mal verhaftet.

Die Gestapo erschien vor der Mittagspause. Schindler war nicht da, er war morgens geschäftlich nach Brünn gefahren. Unmittelbar vor der Gestapo war ein Lastwagen angekommen, der einiges von Schindlers beweglicher Habe enthielt – Zigaretten, kistenweise Wodka, Cognac, Champagner. Man hat später behauptet, das alles habe Göth gehört und Schindler habe es für ihn nach Mähren ausgelagert, aber Göth war nun schon seit einem Monat in Haft und hatte nichts mehr zu sagen; man kann diese Luxusgüter also wohl als Schindlers Eigentum betrachten.

Jedenfalls wurde der Wagen nicht in der Fabrik entladen, das verhinderte die Anwesenheit der Gestapoleute, sondern die Flaschen verschwanden in einem nahe gelegenen Bach und zweihunderttausend Zigaretten unter der Plane eines Transformators. Daß der Lastwagen so viele Zigaretten und Schnapsflaschen enthielt, ist bezeichnend: Schindler war zwar immer schon versessen gewesen auf Handelsware, doch nun gedachte er, gänzlich von seinen Geschäften auf dem schwarzen Markt zu leben.

Als die Sirene zur Mittagspause heulte, war alles entladen, und wenig später erschien Schindler, den die Gestapoleute am inneren Tor empfingen.

»Wenn Sie was von mir wollen, kommen Sie in mein Büro«, knurrte Schindler und fuhr in den Hof. Die Gestapoleute gingen nebenher. Im Büro wollten sie von ihm wissen, welche Art seine Beziehungen zu Göth gewesen seien, ob er wisse, wo der seine Beute versteckt halte. Schindler sagte, Genaues wisse er nicht, doch habe Göth ihm einige Koffer zur Aufbewahrung anvertraut bis zu seiner Haftentlassung. Auf Verlangen der Gestapobeamten nahm er sie mit in seine Wohnung und stellte sie seiner Frau vor. Dann holte er die Koffer und öffnete sie. Die Koffer enthielten Zivilanzüge und Uniformen, die Göth gepaßt hatten, als er ein junger, schlanker Unterführer gewesen war. Als eine Durchsuchung der Kleider nichts ergab, wurde Schindler festgenommen. Nun mischte sich seine Frau ein. Man könne ihren Mann nicht einfach mitnehmen, ohne wenigstens zu sagen, was gegen ihn vorliege. In Berlin wird man das gar nicht gerne hören, sagte sie. Schindler riet ihr zu schweigen. »Du wirst allerdings die Klonowska anrufen und ihr sagen müssen, daß sie meine Besprechung absagt.«

Was das bedeutete, wußte Frau Schindler schon. Die Klonowska würde nach bewährtem Muster telefonieren, mit Plathe in Breslau, dem Stab von General Schindler, mit allen Personen von Einfluß, die sie kannte. Man legte Schindler Handschellen an und führte ihn zum Wagen. Von Zwittau nach Krakau ging die Fahrt mit der Bahn. Fast alle hatten den Eindruck, als habe diese Verhaftung ihn mehr geängstigt als die beiden vorangegangenen. Von Trinkgelagen mit einem SS-Offizier in der Zelle konnte keine Rede mehr sein.

Schindler berichtete später allerdings, daß auf dem Bahnhofsvorplatz von Krakau ein gewisser Huth auf ihn zukam, ein Zivilist, Ingenieur seines Zeichens, ehedem in Plaszow. Der hatte dem Lagerkommandanten Göth zwar schöngetan, man munkelte aber, daß er den Häftlingen gegenüber besonders menschlich gewesen sei. Diese Begegnung mag Zufall gewesen sein, wahrscheinlicher aber ist, daß Huth schon von der Klonowska verständigt worden war, jedenfalls gab er Schindler ostentativ die Hand, und auf die Frage eines der beiden Kriminalbeamten, ob er sich ausgerechnet in aller Öffentlichkeit mit einem Deliquenten verbrüdern wolle, ließ er eine Lobrede auf Schindler los und schloß: »Herr Schindler ist ein bedeutender Industrieller, ich halte es für ganz ausgeschlossen, daß er sich was hat zuschulden kommen lassen.«

Gleichwohl wurde Schindler zunächst mal in die Pomorskastraße gebracht und bekam ein Zimmer wie bei seiner ersten Verhaftung, also eines mit Bett und Waschbecken, doch die Fenster waren vergittert. Er fühlte sich sehr unbehaglich, wenn er sich auch unbeeindruckt gab wie ein Bär. Die Gerüchte, denen zufolge in den Kellern des Hauses gefoltert wurde, hatten ihn an seinem 34. Geburtstag im Jahre 1942 wenig beunruhigt; das war jetzt anders. Er wußte, daß die Gestapo nicht zögern würde, ihn zu foltern, falls sie glaubte, Göth durch seine Aussage überführen zu können.

Abends erhielt er Besuch von jenem Herrn Huth, der ihm zu essen brachte und eine Flasche Wein. Huth berichtete, die Klonowska habe seine alten Freunde alarmiert.

Tags darauf wurde er von SS-Offizieren vernommen, darunter ein SS-Richter. Schindler bestritt, Göth Geld gegeben zu haben, damit dieser, wie er ausgesagt hatte, »die Juden besser behandele«. Im Laufe der Vernehmung gab er zu, es sei möglich, daß er Göth ein Darlehen gegeben habe. Warum? Schindler zog sich auf das nun schon recht abgenutzte Argument von seinem kriegswichtigen Betrieb zurück, der auf eingearbeitete Hilfskräfte angewiesen sei. Eingriffe in die Personalstruktur führten zwangsläufig zu Störungen in der Produktion und damit zu Beanstandungen seitens der Rüstungsinspektion. »Selbstverständlich habe ich mir, wenn möglich, vom Kommandanten brauchbare Facharbeiter geben lassen, und das rasch und ohne viel Papierkrieg. Mein Interesse dabei galt einzig der Produktion. Ich will verdienen, muß die Rüstungsinspektion zufriedenstellen. Und weil der Kommandant mir in solchen Dingen entgegenkam, mag es wohl sein, daß ich ihm mal ein Darlehen gewährt habe.« Schindler schuldete Göth weiß Gott keine Loyalität. Er gab durch die Wahl seiner Worte und die Art, wie er sie betonte, durch die Blume zu verstehen, daß es sich auf seiten Göths um eine sanfte Erpressung gehandelt habe. Aber das machte keinen Eindruck. Er wurde in sein Zimmer zurückgeführt.

Die Vernehmung dauerte einen zweiten, dritten, vierten Tag. Er wurde nicht angerührt, aber die ihn vernahmen, blieben eisern. Er mußte am Ende bestreiten, daß ihn mit Göth auch nur eine Spur von Freundschaft verbunden habe, und das fiel ihm nicht schwer, denn er verabscheute Göth aufrichtig. Dann erinnerte er sich an gewisse Gerüchte über Göth und dessen junge Untergebene, und schloß mit der Bemerkung: »Schließlich bin ich nicht schwul.«

Göth hat nie begriffen, daß Schindler ihn verabscheute und gegen ihn aussagte. Er hing, was Freundschaft angeht, gewissen irrealen Vorstellungen an und glaubte in seinen Anwandlungen von Sentimentalität, daß Pemper und auch Helene Hirsch ihm aufrichtig ergeben seien. Vermutlich wußte Göth nicht, daß Schindler verhaftet war und vernommen wurde, und meinte, die Aufforderung »meinen alten Freund Schindler« zu fragen, sei überhört worden.

Was Schindler zugute kam, war, daß er tatsächlich so gut wie keine Geschäfte mit Göth gemacht hatte. Zwar hatte er ihn gelegentlich beraten, aber an den Schwarzmarktgeschäften des Kommandanten war er nie beteiligt, hatte nicht den Verkauf abgezweigter Häftlingsrationen oder von Erzeugnissen der Lagerwerkstätten organisiert. Auch dürfte ihm genützt haben, daß er überzeugend lügen konnte und daß er, sobald er die Wahrheit sagte, ein Muster an Glaubwürdigkeit war. Nie erweckte er den Eindruck, dankbar zu sein, wenn man ihm glaubte. So wollte er wissen, ob Aussicht bestünde, daß er die »geliehenen« oder erpreßten 80 000 Reichsmark zurückbekäme, kaum hatten seine Vernehmer erkennen lassen, daß sie eine Erpressung nicht für ganz ausgeschlossen hielten.

Ferner half es ihm, daß seine Behauptungen von dritter Seite bestätigt wurden. Oberst Lange sagte klipp und klar, daß Schindlers Produktion kriegswichtig sei. Aus Troppau erfuhr man von Süßmuth, Schindler fertige Zubehör für *Geheimwaffen*. Was keineswegs gelogen war, wie man noch sehen wird. Aber so, wie Süßmuth das behauptete, traf es nicht zu, er betonte diesen Teil der Schindlerschen Produktion einfach zu sehr. Seit der Führer von Geheimwaffen gesprochen hatte, klammerten sich die Hoffnungen vieler Leute daran, und daß Schindler mit ihnen in Zusammenhang gebracht werden konnte, war ihm eine große Hilfe. Gegen *Geheimwaffen* kamen die Bürger von Zwittau nicht auf.

Trotzdem hatte Schindler den Eindruck, daß die Dinge nicht gut standen. Am vierten Tag kam einer der Vernehmer in sein Zimmer, nicht um ihn etwas zu fragen, sondern um ihn anzuspucken. Dabei beschimpfte er ihn als einen Judenknecht, beschuldigte ihn, mit Jüdinnen sexuell zu verkehren, also Rassenschande zu treiben. Das paßte nun gar nicht zu den so korrekt geführten Verhören. Er mußte also fast annehmen, daß dies geplant war, daß es zur Vernehmungstechnik gehörte.

Nach einer Woche ließ Schindler über Huth und die Klonowska Oberführer Scherner wissen, man setze ihm bei den Vernehmungen so zu, daß er womöglich nicht mehr imstande sein werde, seine alten Freunde zu schützen. Scherner unterbrach die Partisanenjagd (bei der er später den Tod fand) und erschien bereits einen Tag später bei Schindler. Es sei ja ein Skandal, was man da mit ihm mache, sagte er. Und Göth? fragte Schindler dagegen, womit er meinte, ist es auch ein Skandal, was sie mit dem machen? »Der verdient, was er bekommt«, erwiderte Scherner. Also war Göth wohl schon von allen fallengelassen worden. »Aber keine Sorge, Schindler, wir holen Sie hier raus«, beteuerte Scherner.

Und am Morgen des achten Tages stand Schindler auf der Straße. Er trödelte hier nicht herum, verlangte diesmal auch nicht, daß man ihn mit dem Wagen zum Bahnhof fahre, sondern fuhr mit der Straßenbahn in seine alte Fabrik nach Zablocie. Hier hüteten noch etliche polnische Arbeiter das Haus, und er telefonierte aus seinem alten Büro mit seiner Frau. Er sei frei, sagte er.

Der Zeichner Bejski erinnerte sich, daß während Schindlers Abwesenheit in Brünnlitz wilde Gerüchte umgingen und großes Durcheinander geherrscht haben soll, doch Stern und Finder, Garde und andere berieten sich laufend mit Frau Schindler, teilten die Arbeit ein, sorgten für die Errrichtung von Pritschen. Sie entdeckten als erste, daß Frau Schindler keine Mitläuferin war. Glücklich wirkte sie keinesfalls, und Schindlers Verhaftung machte ihr schwer zu schaffen, sie kam ja auch besonders ungelegen gerade zu diesen Zeitpunkt, als sie und ihr Mann so etwas wie einen neuen Anfang versuchten, aber Stern und den anderen wurde klar, daß sie ihre Anwesenheit in Brünnlitz keineswegs als pure Hausfrauenpflicht betrachtete. Man durfte ruhig sagen, daß sie einen festen ideologischen Standpunkt bezogen hatte. In der Wohnung hing ein Bild Jesu mit dem flammenden Herzen, eins von der Art, das Stern in den Wohnungen vieler gläubiger Polen gesehen hatte, nicht aber in einer der Wohnungen von Schindler in Krakau. Als Jude durfte man diesem flammenden Herzen, wenn man es in einer polnischen Wohnküche erblickte, nicht unbedingt trauen, aber in Frau Schindlers Wohnung wirkte es wie ein Versprechen, Frau Schindlers ganz persönliches Versprechen.

Anfang November traf ihr Mann mit dem Zug ein. Er war unrasiert und hatte in der Haft nicht baden können. Nun erfuhr er zu seiner Verblüffung, daß die Frauen immer noch in Auschwitz-Birkenau waren.

Auf dem Planeten Auschwitz, wo die Schindlerfrauen sich so behutsam und angstvoll bewegten wie nur je ein Raumfahrer, herrschte Rudolf Höß, Gründer, Erbauer und Verwalter seines Reiches. Als Lagerkommandant unterschied er sich sehr von Göth, ein gelassener, nüchterner Mensch von passablen Manieren und doch ein unerbittlicher Massenmörder.

In den zwanziger Jahren tötete er einen deutschen Lehrer, der einen Freikorpskämpfer angezeigt hatte, und verbüßte dafür eine Strafe; in Auschwitz hingegen ermordete er mit eigener Hand nicht einen einzigen Häftling. Er betrachtete sich ganz als Techniker. Als solcher plädierte er für Massenmord mittels Zyklon B, ein Blausäuregas, und setzte sich nach langen persönlichen und wissenschaftlichen Debatten gegen seinen Konkurrenten, den Kriminalkommissar Christian Wirth, durch, der die Juden durch Kohlenmonoxyd vergiften wollte, Abgase von Dieselmotoren, die in fahrbare Gaskammern eingeleitet wurden. Wirth war besonders im Lager Belzec tätig und mußte abdanken, als mehrere SS-Führer, darunter Obersturmführer Kurt Gerstein, der Blausäureverteiler, einer Demonstration seiner Methode beiwohnten, die sich bei dieser Gelegenheit als unzweckmäßig erwies: mehr als drei Stunden vergingen, bis die in der Gaskammer eingesperrten Juden endlich tot waren. Die Methode Höß erhielt somit den Zuschlag, was sich allein schon daran ablesen ließ, daß Auschwitz immer größer wurde, während Belzec schrumpfte.

Ab Ende 1943 tat Höß in Oranienburg als stellvertretender Leiter der Amtsgruppe D Dienst, zu einer Zeit, da Auschwitz bereits mehr als eines der üblichen Lager war, es war ein durchorganisiertes Phänomen. Hier war die Moral nicht nur außer Kraft gesetzt, sie war förmlich umgekehrt worden; alles Böse dieser Welt schien hier die Entstehung von so etwas wie einem Schwarzen Loch bewirkt zu haben, das ganze Völkerschaften und Geschichten einsog und wo Wörter das Gegenteil dessen bedeuteten, was sie ausdrückten. Die Keller hießen Desinfektionsräume, die Gaskammern Bäder, und in diese Baderäume warf Oberscharführer Moll die geöffneten Behälter mit Zyklon B. Die Schindlerfrauen bezogen eine Baracke des Lagers Birkenau, und die Schindler-Mythologie will wissen, daß es Höß selber war, mit dem Schindler um seine 300 Gefangenen rang. Anzunehmen ist, daß die beiden miteinander telefoniert haben, aber gewiß ist, daß Schindler auch mit Sturmbannführer Hartjenstein verhandelt hat, dem Kommandanten von Auschwitz II (Birkenau), und mit Untersturmführer Hössler, dem jungen Mann, dem in dieser Großstadt jener Vorort unterstand, in welchem die Frauen lebten.

Fest steht, daß Schindler eine junge Frau mit Schinken, Schnaps und Diamanten losschickte, die mit diesen Männern verhandeln sollte. Manche meinen, Schindler sei alsdann persönlich nach Auschwitz gereist, um den Verhandlungen Nachdruck zu verleihen, und habe zu seiner Unterstützung den SA-Standartenführer Peltze mitgenommen, von dem er später behauptete, er sei ein britischer Agent gewesen. Andere sagen, Schindler sei absichtlich nicht nach Auschwitz gefahren, sondern habe in Oranienburg und in Berlin versucht, von dorther Druck auszuüben.

Stern erzählte später in Tel Aviv vor Publikum folgende Version: Er habe »unter dem Druck meiner Mitgefangenen« den eben aus der Haft entlassenen Schindler gebeten, für die in Auschwitz festgehaltenen Frauen etwas zu tun. »Während wir darüber sprachen, kam eine von Schindlers Sekretärinnen herein. Schindler überlegte einen Moment und deutet sodann auf einen großen Brillanten, den er trug. Er fragte die junge Frau, ob sie den Ring gern haben wolle, und sie nickte eifrig. ›Dann nehmen Sie die Liste, packen Sie Schnaps und Schinken ein und fahren Sie nach Auschwitz. Der Kommandant hat eine Schwäche für hübsche Mädchen. Haben Sie Erfolg, bekommen Sie den Ring. Und noch anderes.‹« Eine Szene wie aus dem Alten Testament, dem siegreichen Gegner wird eine Frau geopfert. Stern behauptet, diese junge Frau sei wirklich losgefahren, und als sie zwei Tage später noch nicht zurückgewesen sei, hätten Schindler und jener Peltze das Geschäft besiegelt.

Die Schindler-Mythologie beharrt darauf, daß er eine seiner Freundinnen losgeschickt habe, mit dem Kommandanten zu schlafen – sei es nun Höß selber, Hartjenstein oder Hössler – und ihm Diamanten aufs Kopfkissen zu legen. Während einige Stern zustimmen, daß es sich um eine seiner Sekretärinnen handelte, meinen andere, es sei die hübsche blonde SS-Aufseherin gewesen, die später nach Brünnlitz kam und ebenfalls seine Freundin wurde. Doch dürfte die damals noch in Auschwitz und den Schindlerfrauen zugeteilt gewesen sein. Frau Schindler bezeichnet als Sendbotin eine Einheimische aus Zwittau, damals 22 oder 23 Jahre alt und mit der Familie Schindler bekannt. Die sei kurz zuvor aus dem besetzten Rußland zurückgekommen, wo sie als Sektretärin bei der deutschen Verwaltung beschäftigt war. Sie habe besonders Frau Schindler gut gekannt und sich freiwillig erboten, diesen Auftrag zu übernehmen. Es ist nicht wahrscheinlich, daß Schindler einer guten Bekannten seiner Frau ein solches sexuelles Opfer abverlangte. Er selbst kannte in diesen Dingen keine Bedenken, aber diese Variante der Geschichte gehört doch wohl ins Reich der Fabel. Was seine Abgesandte in Auschwitz unternommen hat, weiß übrigens niemand, man weiß nur, daß sie gefahren ist und Mut bewiesen hat.

Schindler selbst sagte später, bei seinen Verhandlungen über die in Auschwitz festgehaltenen Frauen habe man ihm wie schon zuvor das übliche Angebot gemacht: Die Frauen sind jetzt als Arbeitskräfte nichts mehr wert, nehmen Sie statt ihrer 300 andere. Das hatte er schon 1942 auf dem Bahnhof Prokocim gehört, und auch hier weigerte er sich mit der bekannten Begründung: es handele sich um unersetzliche Arbeitskräfte, die seit Jahren mit ihrer Aufgabe vertraut seien. Ich brauche genau die, die ich hier auf der Liste stehen habe. Man wandte ein, daß die neunjährige Tochter der Phila Rath und die elfjährige Tochter der Regina Horowitz wohl kaum als Experten der Kartuschenfertigung bezeichnet werden könnten. Worauf er erwiderte, gerade die Kinder eigneten sich besonders gut zum Polieren der Innenseiten von Granathülsen. Das spielte sich entweder am Telefon oder im persönlichen Gespräch ab. Schindler hielt die am engsten mit ihm verbundenen Häftlinge in Brünnlitz auf dem laufenden über den Stand der Gespräche, und die unterrichteten ihrerseits in groben Zügen die übrigen Gefangenen. Daß Kinder sich zum Polieren der Innenseiten von Kartuschen besonders gut eigneten, war schlichter Blödsinn. Aber diesen Vorwand hatte er auch früher schon benutzt, so, als er eine Waise namens Anita Lampel aus Plaszow herausholen wollte, wogegen die Barackenälteste sich sperrte, und zwar mit genau den Argumenten, die wohl auch in Auschwitz vorgebracht wurden. »Sie können mir nicht erzählen, daß Sie eine Vierzehnjährige für die Emalia brauchen, und ich glaube Ihnen nicht, daß Sie dazu die Erlaubnis des Lagerkommandanten haben.« Anita Lampel hörte verblüfft, wie Schindler dieser Frau, die befürchtete, er habe die Namensliste manipuliert und könnte dafür zur Rechenschaft gezogen werden, erwiderte, gerade jemand mit schmalen, langen Fingern wie Anita Lampel sei für ihn besonders wertvoll. Dabei sah er sie bei dieser Gelegenheit zum ersten Mal. Jetzt war sie selber in Auschwitz, aber unterdessen schlank und groß und einer solchen Ausrede nicht mehr bedürftig. Schindler benutzte sie nun also für die Kinder Horowitz und Rath.

Daß die Frauen als Arbeitskräfte nicht mehr taugten, traf durchaus zu. Mila Pfefferberg, Helene Hirsch und deren Schwester konnten ebensowenig wie die anderen die Inspektoren darüber täuschen, daß sie schwer an Ruhr erkrankt waren. Frau Dresner aß nichts mehr, und Danka konnte ihrer Mutter nicht mehr die jämmerliche Wassersuppe einflößen. Was nur bedeutete, daß man sie bald zu den *Muselmännern* rechnen würde, wie jene Gefangenen genannt wurden, die sich aufgegeben hatten.

Clara Sternberg, damals Anfang Vierzig, war von den Schindlerfrauen getrennt worden und lebte unter den Frauen, die beim morgendlichen Appell von einem oder mehreren der Ärzte ausgesondert wurden. Manchmal wurden hundert weggeschickt, manchmal fünfzig. Frau Sternberg war nun am Ende ihrer Kräfte. Ihr Mann und ihr Sohn waren in Brünnlitz und für sie unerreichbar. Sie konnte sich dieses Brünnlitz ohnehin nicht vorstellen. So taumelte sie durch das Frauenlager auf der Suche nach dem elektrifizierten Zaun. Anfangs hatte sie den überall zu sehen geglaubt, jetzt, da sie hin wollte, konnte sie ihn nicht finden. Zwischen den Baracken umherirrend, stieß sie auf eine Bekannte aus Krakau und fragte die nach dem Zaun. Sie dachte sich nichts dabei, fand diese Frage durchaus vernünftig und bezweifelte nicht, daß sie die gewünschte Auskunft erhalten würde. Doch die Gefragte lehnte ab: »Lauf nicht in den Zaun, Clara, sonst wirst du nie wissen, was dir geschehen ist.« Die beste Antwort, die man jemandem geben kann, der auf Selbstmord versessen ist: Wenn du dich umbringst, wirst du nie erfahren, wie das Stück endet, und doch geboten diese Worte ihr Einhalt. Sie kehrte um. In der Baracke war ihr keineswegs wohler als zuvor, doch Selbstmord erschien ihr nach diesem kurzen Wortwechsel kein geeigneter Ausweg mehr.

In Brünnlitz war unterdessen etwas Furchtbares passiert, und natürlich in Abwesenheit Schindlers, der in Geschäften unterwegs war, mit Küchenutensilien, Diamanten, Schnaps und Zigarren handelte, Drogen und medizinische Instrumente einkaufte, die er entweder aus Wehrmachtsbeständen oder in den Lazarettapotheken bekam.

Er war also nicht da, als ein Inspektor aus Groß-Rosen kam und zusammen mit dem Lagerkommandanten Leipold den Betrieb besichtigte. Leipold nahm jede Gelegenheit wahr, sich hier sehen zu lassen. Der Inspektor hatte Befehl aus Oranienburg, in Groß-Rosen und seinen Nebenlagern alle männlichen Kinder auszusondern und sie Mengele nach Auschwitz zu schicken, der an ihnen experimentieren wollte. Olek Rosner und Richard Horowitz wurden nichtsahnend beim Spielen erwischt, ferner der Sohn von Dr. Leon Gross, der Hauptsturmführer Göths Diabetes behandelt, mit dem Lagerarzt Dr. Blancke die Häftlinge selektiert und auch noch anderes auf dem Gewissen hatte. Der Inspektor meinte, diese kleine Brut könne man wohl kaum als Rüstungsarbeiter bezeichnen, und Leipold stimmte ihm darin ohne weiteres zu. Als nächster wurde der neunjährige Sohn von Roman Ginter entdeckt. Ginter kannte Schindler seit Gründung des Gettos und pflegte bei ihm den Schrott zu besorgen, der im Lager Plaszow für die Herstellung von Schaufeln benötigt wurde. Das nützte ihm selbstverständlich nicht das geringste. Sein Sohn wurde zu den anderen Kindern gebracht. Der zehneinhalbjährige Junge von Frances Spira, schon ziemlich groß und in der Lagerkartei als Vierzehnjähriger geführt, stand auf einer langen Leiter und putzte Fenster; so entging er dieser Aktion.

Es war befohlen worden, die Kinder gemeinsam mit den Eltern nach Auschwitz zu bringen, um Verzweiflungstaten der Eltern vorzubeugen. Daher mußten auch der Geiger Rosner, Horowitz und Roman Ginter mit. Dr. Gross kam aus der Krankenstube gerannt und verlegte sich aufs Verhandeln, er wollte beweisen, ein wie nützliches Mitglied des Systems er sei, doch auch ihm half das nichts; ein Unterscharführer bekam den Auftrag, sie allesamt nach Auschwitz zu bringen.

Väter und Söhne benutzten von Zwittau bis Kattowitz einen normalen Personenzug. Rosner erwartete, daß die Mitreisenden sich feindselig verhalten würden, statt dessen bekamen die Kinder Äpfel und Brot zugesteckt, und der Unterscharführer wandte nichts dagegen ein. Er hatte noch einen Kameraden bei sich, unter dessen Bewachung er die Gefangenen zurückließ, um bei einem Aufenthalt für sie etwas zu essen und zu trinken zu besorgen, wofür er selber bezahlte. Er ließ sich auch mit Rosner und Horowitz in ein Gespräch ein, und die beiden konnten nicht glauben, daß der Mann zu der gleichen Organisation gehörte wie Hujer und Göth und all die anderen. »Wir bringen euch von Brünnlitz nach Auschwitz«, sagte er, »und da holen wir Frauen ab, die wir zurück nach Brünnlitz bringen.»

Die ersten Brünnlitzer, die von der bevorstehenden Heimkehr der Schindlerfrauen erfuhren, waren also – Ironie des Schicksals – Rosner und Horowitz, selber unterwegs nach Auschwitz. Die beiden Männer waren erleichtert. Nun hätten sie ihren Frauen gern geschrieben und siehe da, auch das war möglich. Der Unterscharführer gab jedem einen Bogen Papier, und Rosner nannte seiner Frau Manci eine Adresse in Podgorze, wo er sie treffen wollte, falls sie beide den Krieg überlebten. Der SS-Mann steckte beide Briefe ein. Rosner wußte nicht, was er davon halten sollte. War das ehedem vielleicht auch ein Fanatiker gewesen, der aus vollem Hals gebrüllt hatte: Die Juden sind unser Unglück!?

Sein Sohn Olek war verständig genug zu begreifen, was hier vorging und daß sein Vater nur seinetwegen nach Auschwitz gebracht wurde. Das bedrückte ihn sehr, und Rosner wollte ihn trösten, wußte aber, daß er ihn nicht anlügen konnte. Trost wurde ihnen von ganz unerwarteter Seite zuteil. Der Unterscharführer, der Olek weinen sah, sagte zu ihm und Rosner: »Ich weiß Bescheid, aber vielleicht kommt ihr noch mal davon. Wir haben den Krieg schon verloren, und in Auschwitz bekommt ihr die Nummer.« Rosner hatte dabei das Gefühl, als gelte dieser Trost jenem Mann selber ebensosehr wie ihm und Olek.

Frau Sternberg hörte an jenem Tag, da sie auf der Suche nach dem tödlichen Draht gegangen war, den Namensaufruf vor der Baracke der Schindlerfrauen, die von der ihren durch einen Stacheldrahtzaun getrennt war. Sie schleppte sich hin und hörte zu ihrem Erstaunen Schwatzen und Lachen. Dabei trugen diese Frauen nur Fetzen am Leibe und waren zu Skeletten abgemagert. Sogar die blonde SS-Aufseherin wirkte fröhlich, denn zusammen mit den Schindlerfrauen würde auch sie Auschwitz verlassen dürfen. »Ihr geht jetzt in die Sauna und anschließend auf Transport!« rief sie.

Aus den umliegenden Baracken blickten Frauen, zum Untergang verdammt, verständnislos durch den Stacheldraht auf diese heiteren Schindlerfrauen. Man mußte sie einfach anstarren, denn ganz plötzlich schienen sie nicht mehr ins Lager zu gehören. Selbstverständlich wollte das gar nichts besagen, es war ein Ereignis ohne jede Konsequenz für die übrigen, es änderte nichts an deren Schicksal, machte die Luft nicht leichter zu atmen.

Frau Sternberg fand den Anblick unerträglich, ebenso die sechzigjährige Frau Krumholz, die schon halb tot einer Baracke für alte Frauen zugeteilt worden war. Die verlangte jetzt von ihrer holländischen Barackenältesten, sie möge sie gehen lassen. Die Holländerin versuchte, sie davon abzubringen: »Wenn du gehst, verreckst du bloß in dem Viehwagen, und außerdem, wie soll ich erklären, daß du nicht mehr in der Baracke bist?« »Aber ich gehöre zu den Schindlerfrauen, ich stehe auf der Liste!« wandte Frau Krumholz ein.

Sie stritten eine Weile, hielten sich gegenseitig ihr Schicksal und das ihrer Angehörigen vor und dabei erwies sich, daß beide Krumholz hießen. Die Holländerin vermutete ihren Mann in Sachsenhausen, die Krakauerin meinte, ihr Mann und ihr Sohn seien in Mauthausen. »Und ich soll nach Mähren, in Schindlers Arbeitslager. Mit den Frauen da drüben, hinter dem Zaun. Die kommen auch dahin.« »Nirgends kommen sie hin«, widersprach die Holländerin, »für uns alle gibt es nur ein einziges Ziel, das weißt du.« »Bitte laß mich gehen«, flehte die Krakauerin, »wenigstens will ich mit ihnen zusammensein, egal wohin sie kommen!« Da ließ die Barackenälteste sie hinaus.

Allerdings waren Frau Krumholz und Frau Sternberg durch einen Zaun von den übrigen Schindlerfrauen getrennt, keinen elektrifizierten Zaun, sondern den üblichen aus achtzehn Strängen Stacheldraht. Der Zwischenraum zwischen den Drähten betrug etwa dreißig Zentimenter, aber es ist bezeugt und kann auch gar nicht anders sein, daß die beiden Frauen sich durch den Zaun zwängten, und mit kaum noch einem Fetzen am Leibe, zerkratzt und blutend zu den übrigen Schindlerfrauen stießen. Niemand behinderte sie dabei, niemand hielt so etwas für möglich, und im übrigen wäre es ja auch für alle anderen Gefangenen ganz unsinnig gewesen, so etwas zu tun, denn man gelangte nur von einem Zaun zum nächsten und stand am Ende vor dem stromführenden Außenzaun. Ein Fluchtweg war dies also nicht. Für Frau Sternberg und Frau Krumholz allerdings war der Zaun das einzige Hindernis, das sie überwinden mußten, und sie schafften es.

Frau Korn, die mit ihren vierundvierzig Jahren in eine Krankenbaracke eingewiesen worden war, wurde von ihrer Tochter durchs Fenster ins Freie gezerrt und stand nun, von dieser gestützt, ebenfalls inmitten der Schindlerfrauen, die sich allesamt wie neugeboren fühlten und sich gegenseitig beglückwünschten.

Sie wurden nun in den Baderaum geführt und von Lettinnen rasiert – Kopf-, Achsel- und Schamhaar. Dann gingen sie nackt in die Kleiderkammer und bekamen Sachen von Vergasten hingeworfen. Mit ihren geschorenen Köpfen, ausstaffiert mit Kleidung, die für die meisten viel zu groß war, denn sie waren fast zu Skeletten abgemagert, schauten sie einander an und mußten über den Anblick lachen. »Was will Schindler bloß mit all den alten Weibern?« fragte eine SS-Aufseherin eine Kollegin.

»Was geht uns das an, von mir aus soll er ein Altersheim aufmachen!« Einerlei, was man erwartete, das Einsteigen in die Viehwagen war immer ein schlimmes Erlebnis. Selbst bei kaltem Wetter war es, als müsse man ersticken, und durch die Dunkelheit wurde die Angst noch verstärkt. Die Kinder drängten sich gleich an Ritzen, durch die etwas Licht einfiel, und Niusia Horowitz gelang es, einen Platz zu finden, wo ein Brett gesplittert war, was ihr die Möglichkeit gab hinauszuschauen. Sie sah vor sich den Bahndamm und dahinter den Zaun des Männerlagers. Dort standen Kinder und winkten. Eines sah ihrem Bruder Richard sonderbar ähnlich, und daneben stand ein Junge, der Olek Rosner zum Verwechseln glich. Und dann begriff sie, das waren ja Richard und Olek!

Sie zog ihre Mutter an die Ritze. Sie erkannte die Kinder ebenfalls und begann, laut zu weinen. Die Waggontür war bereits geschlossen, die Frauen standen dicht gedrängt, und jede Regung, sei es Trauer, sei es Hoffnung, teilte sich den anderen mit. Die begannen nun ebenfalls laut zu weinen. Manci Rosner drängte ihre Schwägerin von der Ritze weg, schaute hinaus, erkannte ihren Sohn und schluchzte um so verzweifelter.

Die Tür wurde aufgerollt, und ein stämmiger Unterführer fragte barsch, was denn das Geheul bedeuten solle. Frau Rosner und Frau Horowitz drängten sich zur Tür durch und schluchzten: »Da drüben stehen unsere Kinder, die sollen wenigstens sehen, daß wir noch leben.«

Der Mann ließ sie auf die Rampe springen, den Frauen wurde unheimlich zumute. »Eure Namen?« Und als sie ihre Namen genannt hatten, griff er in die Hosentasche. Die Frauen erwarteten, daß er eine Pistole ziehen würde, doch übergab er jeder einen Brief von ihrem Mann. Dabei sagte er, er habe die beiden von Brünnlitz hierhergebracht und die Kinder auch. Frau Rosner bat, er möge sie unter den Waggon kriechen lassen, wo sie tun wollten, als müßten sie urinieren. Er erlaubte es. Kaum hockte Frau Rosner unter dem Waggon zwischen den Schienen, stieß sie den durchdringenden Rosnerpfiff aus, mit dem sie auf dem Appellplatz von Plaszow Olek und ihren Mann auf sich aufmerksam zu machen pflegte, und Olek erspähte sie zwischen den Rädern des Waggons und winkte. Er zeigte Richard den Platz, an dem dessen Mutter hockte.

Olek deutete auf die in seinem Unterarm tätowierte Nummer, und Richard tat es ihm nach. Die Frauen winkten zurück, sie begriffen, daß die Kleinen dank dieser Nummer immer noch eine Überlebenschance hatten, andererseits verstanden sie überhaupt nicht, weshalb die Kinder in Auschwitz waren.

»Wo ist dein Vater?« schrie Frau Rosner ihrem Sohn zu.

»Auf Arbeit. Ich habe ihm ein paar Kartoffeln aufgehoben!« Und er öffnete die Faust und zeigte auf drei kleine Kartoffeln. Der Geiger Rosner und Dolek arbeiteten im Steinbruch, erfuhren die Frauen nun, würden aber bald zurückkommen.

Rosner tauchte als erster auf. Auch er hob den linken Arm, um zu zeigen, daß da eine Nummer eintätowiert war. Seine Frau sah, daß er erschöpft war, vor Kälte zitterte und zugleich schwitzte. In Plaszow war das Leben auch nicht leicht gewesen, doch wenn er abends bei Göth aufgespielt hatte, durfte er tagsüber in der Malerwerkstatt schlafen. In der Kapelle, die hier gelegentlich den Opfern auf dem Weg in die Gaskammer aufspielte, war kein Platz für Rosner.

Dann wurde Dolek von seinem Sohn Richard an den Zaun geführt und sah die beiden hageren Frauen unter dem Waggon hocken. Er und Rosner fürchteten jetzt, die Frauen könnten um Erlaubnis bitten, ebenfalls zu bleiben, doch was hätte das genützt? Zu ihren Kindern ins Männerlager hätte man sie auf keinen Fall gelassen, Familienzusammenführungen fanden in Birkenau nicht statt, und ihre einzige Hoffnung war der Zug, unter dem sie jetzt kauerten. Die Männer drängten sie, wieder einzusteigen, trugen ihnen Grüße auf, behaupteten, es sei alles gar nicht so schlimm, und endlich ging im Männerlager die Sirene, und Väter und Söhne mußten weg vom Zaun. Das war wie eine Erlösung. Die beiden Frauen kletterten wieder in den Waggon, wortlos.

Der Zug setzte sich am Nachmittag in Bewegung, und schon wurden die üblichen Spekulationen angestellt. Mila Pfefferberg meinte, die Hälfte der Frauen werde nicht überleben, falls man nicht rechtzeitig oder überhaupt nicht in Schindlers Lager käme. Sie selber gab sich nur noch einige Tage. Lusia war an Scharlach erkrankt. Frau Dresner wurde, so gut es ging, von ihrer Tochter Danka betreut, litt aber furchtbar an der Ruhr und schien im

Sterben zu liegen. Durch den Spalt in Niusias Wagen erblickten die Frauen Berge und Fichtenwälder, für manche ein bekannter Anblick aus Ferientagen vor dem Krieg, und selbst unter diesen Umständen ließ sie sie aufleben. »Wir sind bald da«, sagten sie zu den anderen, die dumpf auf den Boden starrten. Ja, aber wo? Noch eines der üblichen Lager würden sie alle nicht überleben.

In der kalten Morgenfrühe des folgenden Tages stiegen sie aus. Irgendwo im Frühdunst zischte die Lokomotive. Eiszapfen hingen an der Unterseite der Waggons, und die Luft war schneidend. Aber es war nicht die dumpfe, stechende Luft über Auschwitz. Der Zug hielt auf einem kleinen Nebengleis mitten in der Landschaft. Sie marschierten los in ihren schweren Holzschuhen, durchfroren und hustend. Bald erblickten sie ein großes Lagertor und dahinter einen wuchtigen Ziegelbau und hohe Schornsteine, die nur allzusehr denen ähnelten, die sie von Auschwitz her kannten. Am Tor standen SS-Männer. Alles kam ihnen vertraut vor. »Jetzt jagen sie uns hier durch den Schornstein«, schluchzte die Frau neben Mila Pfefferberg. »Ach wo«, widersprach Mila, »das hätten sie in Auschwitz einfacher haben können.« Woher sie diesen Optimismus nahm, hätte sie selber nicht sagen können. Im Näherkommen erkannte sie Schindler zwischen den SS-Männern. Sie erkannte ihn an seiner mächtigen Gestalt, dann machten sie sein Gesicht aus unter dem Tirolerhut, den er zur Feier seiner Rückkehr ins Gebirge wieder trug. Neben ihm stand ein kleinerer SS-Führer, der Lagerkommandant Leipold. Schindler hatte bereits bemerkt – und die Frauen sollten es bald genug ebenfalls bemerken –, daß Leipold immer noch an die Endlösung glaubte. Doch obwohl er hier der Stellvertreter von Sturmbannführer Hassebroeck war und die Autorität der SS im Lager verkörperte, war es Schindler, der nun vortrat und den Frauen entgegenging. Sie starrten ihn an – eine Erscheinung im Frühnebel. Mila Pfefferberg und andere erinnern sich auch heute noch daran, was sie in jenem Moment empfanden – unaussprechliche Dankbarkeit und Erleichterung. Eine dieser Frauen hat es Jahre später vor einer deutschen Fernsehkamera zu erklären versucht: »Er war Vater und Mutter für uns. Wir glaubten an ihn, und er hat uns niemals im Stich gelassen.«

Dann redete Schindler sie an, und wieder machte er ihnen ganz unglaubliche Hoffnungen: »Wir wußten, daß ihr unterwegs seid,

Zwittau hat angerufen. Geht rein, Suppe und Brot warten schon auf euch.« Und er setzte hinzu: »Ihr habt nichts mehr zu befürchten, ihr seid jetzt in meiner Obhut.«

Man sah, daß der Lagerkommandant sich über diese kurze Ansprache ärgerte, aber Schindler beachtete das gar nicht, sondern geleitete seine Gefangenen in ihre Unterkunft.

Aus dem Oberstock beobachteten die Männer die Ankunft der Frauen. Sternberg und sein Sohn hielten Auschau nach Clara Sternberg; Feigenbaum und sein Sohn nach Nocha Feigenbaum und ihrer zarten Tochter; Dresner und sein Sohn Janek, der alte Kisten-Jereth, Rabbi Levartov, Ginter, Garde und selbst Marcel Goldberg suchten ihre Frauen. Mundek Korn suchte nicht nur Mutter und Schwester, sondern auch Lusia, in die er sich verliebt hatte. Den Maler Bau überfiel eine Melancholie, die er nie ganz überwand, denn er wußte jetzt mit Sicherheit, daß Rebecca und seine Mutter nicht nach Brünnlitz kommen würden. Der Juwelier Wulkan erblickte da unten seine Frau und war endgültig davon überzeugt, daß es Menschen gab, die handelten und erstaunliche Rettungstaten vollbrachten.

Pfefferberg hatte für seine Mila ein Päckchen Wolle bereit samt einer Häkelnadel, die er in der Werkstatt angefertigt hatte. Auch der zehnjährige Sohn von Frances Spira wartete da oben und mühte sich aus Leibeskräften, nicht loszuheulen, weil da unten im Hof so viele SS-Männer standen.

Die Frauen stolperten in ihren Fetzen aus Auschwitz über den gepflasterten Hof. Ihre Köpfe waren geschoren. Manche waren so krank und abgemagert, daß man sie nicht erkannte. Und doch war das eine außerordentliche Versammlung. Später war eigentlich niemand überrascht, als sich herausstellte, daß es eine Befreiung von Häftlingen aus Auschwitz in diesem Umfang weder vorher gegeben hatte, noch nachher geben sollte.

Die Frauen bezogen die für sie vorgesehene Unterkunft, in der es noch keine Pritschen gab, nur Stroh auf dem Boden. Aus einem großen DEF-Behälter teilte die SS-Aufseherin die Suppe aus, die Schindler versprochen hatte. Es war eine nahrhafte Suppe, und sie schien anzudeuten, daß auch die anderen Versprechen Schindlers Wahrheit werden könnten. »Ihr habt nichts mehr zu befürchten.«

Nur ihre Männer konnten sie nicht erreichen. Über die Frauenunterkunft war sogleich eine Quarantäne verhängt worden. Die Ärzte hatten Schindler gewarnt: Niemand wisse, welche Krankheiten die Frauen aus Auschwitz mitgebracht haben könnten.

Immerhin gab es drei undichte Stellen: einen lockeren Stein in der Wand über der Pritsche von Mosche Bejski; auf der knieten des Nachts die Männer und sprachen mit ihren Frauen auf der anderen Seite der Wand. Ferner gab es einen Ventilationsschacht zur Frauenlatrine, und dann konnte man sich am frühen Morgen und späten Abend an der Barriere auf dem Balkon treffen. Da hörte man den alten Kisten-Jereth, der das Holz für die ersten Baracken in der Emalia geliefert hatte, seine Frau feierlich fragen, ob sie denn heute schon Verdauung gehabt habe – seine Frau, die in Auschwitz an der Ruhr erkrankt war!

Keine der Frauen wollte in die Krankenstube, aus Prinzip nicht. In Plaszow war der Aufenthalt dort gefährlich gewesen, weil Dr. Blancke die Häftlinge mit Benzolinjektionen abspritzte. Und hier in Brünnlitz war trotz allem mit überraschenden Inspektionen zu rechnen, vergleichbar der, der die Kinder zum Opfer gefallen waren. Anweisungen aus Oranienburg besagten, Kranke hätten in der Krankenstube eines Arbeitslagers nichts zu suchen, die sei nur für erste Hilfe für Arbeitsunfälle gedacht. Doch einerlei, was die Frauen darüber dachten, die Brünnlitzer Krankenstube wurde voll mit ihnen belegt. Janka Feigenbaum wurde dorthin verbannt, denn sie litt an Krebs. Sie wäre wohl auch im denkbar besten Krankenhaus verloren gewesen, und einen besseren Platz als diesen gab es für sie nicht. Zusammen mit einem Dutzend anderer, die kein Essen bei sich behalten konnten, kam auch Frau Dresner dorthin. Lusia und zwei andere, die ebenfalls Scharlach hatten, mußten in den Keller, aber sie hatten es warm da zwischen den Öfen. Lusia genoß trotz ihres Fiebers dankbar diese Wärme.

Frau Schindler arbeitete in der Krankenstube wie eine Nonne. Die Gesunden, vorab die Männer, die kräftig genug waren, Hoffmanns Maschinen abzubauen, bemerkten Frau Schindler kaum. Einer beschrieb sie später als stille und fügsame Ehefrau. Für die Gesunden stand im Mittelpunkt immer nur der bunte Vogel Schindler, der Kaninchen aus dem Hut zaubern konnte und auch die Aufmerksamkeit aller Frauen auf sich zog, die sich noch auf den Beinen halten konnten.

Das galt auch für Manci Rosner, der Schindler, als sie einmal Nachtschicht hatte, die Geige ihres Mannes überreichte. Er hatte sich bei einem Aufenthalt in Groß-Rosen wirklich die Zeit genommen, nach dieser Geige zu suchen, und sie für hundert Reichsmark gekauft. Das Lächeln, mit der er ihr die Geige überreichte, schien zu versprechen, daß ihr am Ende auch der Geiger selbst geschenkt werden würde.

Verständlich also, daß jemand wie Manci Rosner hinter diesem Zauberer die stille Ehefrau übersah. Für die auf den Tod Erkrankten allerdings war sie deutlich sichtbar. Die fütterte sie mit Grießbrei, den sie in ihrer eigenen Küche zubereitete und hinauftrug. Dr. Biberstein hielt Frau Dresner zum Beispiel für einen hoffnungslosen Fall, aber Frau Schindler fütterte sie unermüdlich sieben Tage lang mit Grießbrei, und die Patientin genas von der Ruhr. Gerade der Fall Dresner beweist, wie recht Mila Pfefferberg mit ihrer Vermutung hatte, die meisten Frauen hätten keine Woche mehr zu leben gehabt, hätte Schindler sie nicht aus Birkenau weggeholt. Auch Janka Feigenbaum, die Neunzehnjährige mit dem Knochenkrebs, wurde von Frau Schindler gepflegt. Ihr Bruder Lutek, der in der Werkshalle arbeitete, sah sie öfters mit einer Schüssel selbstgekochter Suppe für Janka aus ihrer Wohnung kommen. »Sie stand in Schindlers Schatten, aber das taten wir ja alle«, sagte er später. »Dabei war sie durchaus eine Persönlichkeit.«

Als Feigenbaum seine Brille zerbrach, beschaffte sie ihm eine neue. Das Rezept bewahrte ein Augenarzt in Krakau auf, und Frau Schindler ließ es durch jemand mitbringen, der in Krakau zu tun hatte, und sorgte dafür, daß eine neue Brille angefertigt wurde. Der junge Feigenbaum war ihr dafür mehr als dankbar, zumal das Regime es darauf abgesehen zu haben schien, Blindheit über ganz Europa zu verbreiten. Es wird übrigens berichtet, daß Schindler in mehreren Fällen neue Brillen beschaffte, und man darf sich fragen, ob nicht so manche hilfreiche Handreichung, die seine Frau vornahm, einfach seinem Konto zugerechnet wurde, so wie ja auch die Heldentaten der Nebenfiguren in der Überlieferung von König Artus oder Robin Hood diesen zugeschrieben werden.

Kapitel 34

Hilfstein, Handler, Lewkowicz und Biberstein waren die Ärzte, die in der Krankenstube arbeiteten. Alle vier fürchteten den Ausbruch einer Typhusepidemie, und zwar nicht nur, weil das eine gefährliche Krankheit ist, sondern, weil in einem solchen Falle das Arbeitslager Brünnlitz geschlossen würde und die Kranken zurück in die Viehwagen und in die Typhusbaracken von Birkenau mußten. Biberstein berichtete Schindler etwa eine Woche nach Eintreffen der Frauen, daß er mit zwei weiteren Erkrankungen rechne; die Symptome – Kopfschmerzen, Fieber, Schmerzen im ganzen Körper und daraus resultierende allgemeine Schwäche – hatte er schon festgestellt. In wenigen Tagen dürften sich die typischen Pusteln zeigen. Man müsse beide Fälle isolieren.

Schindler wußte genug über Typhus. Übertragen wurde die Krankheit meist von Läusen, und verlaust waren alle Gefangenen. Die Inkubationszeit betrug etwa 14 Tage, und man mußte damit rechnen, daß innerhalb dieser Frist die Krankheit bei Dutzenden, wenn nicht noch mehr Gefangenen zum Ausbruch kam. Die Häftlinge lagen auch nach Installierung der neuen Pritschen zu nahe beieinander. Paare, die sich heimlich und hastig in versteckten Ecken trafen, übertrugen die Läuse aufeinander. Die Energie dieser Tierchen schien jetzt selbst Schindlers Energie in den Schatten zu stellen.

Es war also keine bürokratische Maßnahme, daß Schindler befahl, im Oberstock Duschen, eine Wäscherei und eine Entlausungsanlage einzurichten, die mit dem Dampf der Zentralheizung im Keller betrieben werden sollte. Die Installateure mußten in zwei Schichten arbeiten, und sie taten es mit dem Eifer, den sie an alle geheimen Vorhaben in Brünnlitz wandten. Den offiziellen Teil des Unternehmens repräsentierten die auf dem frisch betonierten Boden des unteren Geschosses montierten Maschinen. Es lag sowohl in Schindlers Interesse als auch in dem der Häftlinge, daß diese

Betriebsanlagen einen guten Eindruck machten, denn sie mußten als Kulisse überzeugend wirken. Aber es zählten die inoffiziellen Tätigkeiten. So strickten die Frauen aus der von Hoffmanns hinterlassenen Wolle Kleidungsstücke und unterbrachen diese Tätigkeit nur, wenn jemand vom Wachpersonal auf dem Weg in Schindlers Büro durch die Werkshalle kam oder wenn die beiden deutschen Zivilingenieure Fuchs und Schönbrunn (»an unsere eigenen reichten die nicht annähernd heran«, erzählte später ein Überlebender) aus ihren Büros kamen.

Der Brünnlitzer Schindler war wieder der, als den die Insassen des Lagers Emalia ihn kannten: der Lebemann, der Mann von extravaganten Gewohnheiten. Mandel und Pfefferberg konnten sich selber aus erster Hand einen Eindruck davon verschaffen. Nach Beendigung der Arbeit an den Rohrleitungen der neuen Installationen kletterten sie hinauf zu dem großen offenen Wasserbehälter, der sich dicht unterm Dach befand, weil sie da ein Bad nehmen wollten. Zu ihrer Verblüffung fanden sie es schon besetzt: Schindler, splitterfasernackt, ergötzte sich darin in Gesellschaft der blonden SS-Aufseherin, die sich von Regina Horowitz die Brosche hatte schenken lassen, und sie war ebenso nackt wie Schindler. Ein eindrucksvolles Bild. Schindler bemerkte die beiden, ließ sich aber nicht stören. Genierlichkeit in puncto Sexualität kannte er nicht. Und die prachtvolle Blondine neben ihm im Wasser offenbar ebenfalls nicht. Mandel und Pfefferberg machten kehrt, kopfschüttelnd und bewundernd durch die Zähne pfeifend. Über ihren Köpfen verlustierte Schindler sich wie Zeus.

Daß es zu keiner Typhusepidemie kam, schrieb Biberstein der Entlausungsanlage zu, und daß die Ruhrkranken allmählich gesundeten, schob er auf die Ernährung. In seiner Aussage, die sich in den Archiven von Jad Wa-Schem befindet, gibt er an, bei Eröffnung des Lagers habe die den Häftlingen täglich zukommende Kalorienmenge beinahe 2000 betragen. Nirgendwo anders auf dem in der Winterkälte erstarrten Kontinent bekamen Juden so nahrhafte Mahlzeiten, einzig Schindlers Tausend. Es gab auch Hafermehl aus der Mühle unweit des Lagers an dem Flüßchen, in das Schindlers Mechaniker noch kürzlich die illegalen Schnapsvorräte entleert hatten. Mit einem Passierschein und einem Arbeitsauftrag versehen, füllten sie einfach die Hosen, deren Beine sie unten zugebunden hatten, mit Hafermehl und kehrten so ausgestopft und etwas gehbehindert an den Wachen vorbei zurück ins Lager.

Die notwendigen Passierscheine wurden von Mosche Bejski und dem jungen Bau im Zeichenbüro angefertigt. Schindler legte ihnen eines Tages ein Dokument vor, das mit dem Dienstsiegel der Bewirtschaftungsstelle des Generalgouvernements versehen war; er hatte seine ertragreichsten Schwarzmarktquellen nämlich immer noch in Krakau. Die Ware konnte er telefonisch ordern, doch an der Grenze zum Protektorat mußte man Begleitdokumente der Behörden vorweisen können, und deshalb beauftragte er Bejski, ihm ein entsprechendes Dienstsiegel nach dem vorgelegten Muster anzufertigen.

Bejski war sehr geschickt. Jetzt begann er mit der Herstellung von Siegeln und Stempeln, die Schindler benötigte. Als Werkzeug dienten ihm Rasierklingen und kleine Messer. Seine Stempel wurden zu Emblemen der hauseigenen Brünnlitzer Bürokratie. Er stellte Dienstsiegel des Generalgouvernements und des Gauleiters von Mähren her, Stempel, mit denen man Marschbefehle versehen konnte, was die Möglichkeit bot, Brot, Benzin, Zigaretten, Mehl und anderes per Lkw durch Häftlinge aus Brünn oder Olmütz holen zu lassen. Das Materiallager in Brünnlitz unterstand Leon Salpeter, ehedem Mitglied von Bibersteins Krakauer Judenrat. Er verwaltete die jämmerlichen Zuteilungen, die von Hassebroeck aus Groß-Rosen geschickt wurden, und alles, was Schindler darüber hinaus auf dem schwarzen Markt mittels der gefälschten Dokumente heranschaffte.

Ein überlebender Schindlerjude erklärte mir: »Man darf nicht vergessen, daß Brünnlitz kein Zuckerlecken für uns war, aber verglichen mit anderen Lagern eben doch das reinste Paradies.« Die Häftlinge dürften gewußt haben, daß überall Mangel herrschte, auch in der sogenannten Freiheit. Auf die Frage, ob Schindler sich selbst ebenfalls an die Rationen gehalten habe, die er seinen Juden zukommen ließ, lautete die unter nachsichtigem Lachen gegebene Antwort: »Schindler? Warum sollte er sich was abgehen lassen? Der war immerhin der Direktor! Meinen Sie, wir hätten ihm seine guten Mahlzeiten mißgönnt?« Und dann ernst werdend und in dem Bemühen, verständlich zu machen, daß dies nichts mit Unterwürfigkeit zu tun hatte: »Sie verstehen das vielleicht nicht, aber wir waren dankbar dafür, daß wir dort sein durften. Wo hätten wir wohl sonst leben können?«

Wie schon zu Beginn seiner Ehe entfernte Schindler sich immer wieder für Tage von zu Hause. Stern und Frau Schindler hielten so manche Nachtwache miteinander in Schindlers Wohnung.

Der gelehrte Buchhalter bemühte sich stets, gute Gründe für Schindlers Abwesenheit vorzubringen. Jahre später sagte er: »Schindler war ständig unterwegs. Nicht nur kaufte er Lebensmittel für uns Häftlinge ein, er besorgte auch Waffen, damit wir nicht hilflos den zurückgehenden SS-Formationen ausgeliefert wären.« Dieses Gemälde eines Schindlers, der gleichsam als Josef der Ernährer ruhelos durchs Land streifte, macht Sterns Loyalität alle Ehre, doch Frau Schindler dürfte gewußt haben, daß die Reisen ihres Mannes nicht durchweg die eines vorbildlichen Samariters waren.

Als er wieder einmal unterwegs war, wurde der neunzehnjährige Janek Dresner der Sabotage beschuldigt. Dresner war ja alles andere als ein Metallarbeiter. In Plaszow hatte er in der Entlausungsanlage gearbeitet, hatte SS-Leuten, die die Sauna benutzten, frische Handtücher gereicht, die verlauste Häftlingskleidung desinfiziert. Dabei bekam er selber Typhus und überlebte nur, weil sein Vetter Dr. Schindel ihn als Anginafall deklarierte.

Sabotage verübte er, weil er von Ingenieur Schönbrunn von seiner gewohnten Drehbank weggeholt und an eine Presse gestellt wurde, mit der er nicht umgehen konnte. Die Ingenieure hatten eine ganze Woche gebraucht, um die Presse einzurichten, und beim ersten Versuch verursachte Dresner einen Kurzschluß und beschädigte die Platte. Schönbrunn brüllte ihn nicht nur an, sondern verfaßte einen Bericht. Dieser ging in drei Ausfertigungen heraus, eine für die Amtsgruppe D in Oranienburg, eine zu Hassebroeck nach Groß-Rosen und die dritte an Untersturmführer Leipold in dessen Schreibstube am Lagertor. Als Schindler am folgenden Morgen nicht zurück war, nahm Stern die Berichte aus dem Postsack und versteckte sie. Leipold hatte seinen allerdings schon durch

Boten bekommen, aber er war ein so korrekter Funktionär, daß er gegen Dresner nichts unternehmen wollte, bevor Weisungen von Hassebroeck und aus Oranienburg eintrafen. Zwei Tage später war Schindler immer noch nicht zurück, und Schönbrunn kam irgendwie dahinter, daß Stern die Berichte nicht abgeschickt hatte. Er explodierte vor Wut und drohte Stern an, auch dessen Namen in den Bericht einzufügen. Stern ließ sich nicht aus der Ruhe bringen und erklärte dem wütenden Ingenieur, er habe es für angebracht gehalten, die Berichte erst herausgehen zu lassen, wenn der Herr Direktor davon Kenntnis genommen habe. Selbstverständlich werde der Herr Direktor ebenso wütend sein, wenn er erfahre, daß ein Häftling ihm einen Schaden in Höhe von RM 10 000 zugefügt habe, und ganz gewiß seine eigene Empfehlung dem Bericht anfügen wollen.

Als Schindler endlich eintraf, informierte ihn Stern sofort über den Vorfall. Untersturmführer Leipold wartete schon auf Schindler, wie immer erpicht darauf, seiner Autorität innerhalb des Lagers Geltung zu verschaffen. Dazu bot der Fall Dresner eine ideale Handhabe. »Ich werde die Untersuchung gegen den Häftling leiten, und Sie werden einen Bericht verfassen, aus dem die Höhe des Schadens ersichtlich ist«, sagte er zu Schindler. »Die Vernehmung werde ich leiten«, widersprach Schindler, »denn schließlich ist es meine Presse, und ich bin der Geschädigte.«

Leipold entgegnete, der Häftling unterstehe der Amtsgruppe D, wogegen Schindler einwandte, die Presse sei ihm von der Rüstungsinspektion überlassen worden, und im übrigen könne er nicht zulassen, daß die Vernehmung in der Werkshalle vorgenommen werde. Wäre Brünnlitz eine chemische oder eine Textilfabrik, würde sich so was auf die Produktion nicht weiter auswirken, doch hier würde schließlich Zubehör für Geheimwaffen gefertigt »und ich dulde nicht, daß meine Arbeiter nervös gemacht werden«.

Damit setzte er sich durch, womöglich, weil Leipold nachgab. Dem waren Schindlers Beziehungen nicht geheuer. Also fand die Vernehmung in aller Form nach Feierabend in der Werkzeugmaschinenabteilung der DEF statt, Leitung Oskar Schindler, anwesend Fuchs, Schönbrunn, Leipold und eine Protokollführerin. Dresner wurde korrekt nach den von der Amtsgruppe D am 11. April

1944 erlassenen Richtlinien vernommen; dies war der erste Schritt auf einem Weg, der über Hassebroeck und Oranienburg zum Tode des Häftlings Dresner durch den Strang führen konnte, und zwar in der Werkshalle vor versammelter Belegschaft, darunter seine Eltern und seine Schwester.

Dresner merkte gleich, daß er nicht mehr den Schindler vor sich hatte, den er in der Fabrik zu sehen gewohnt war. Schindler verlas laut die von Schönbrunn erhobene Anschuldigung, und Dresner fragte sich, ob der Direktor ihm der beschädigten Presse wegen wirklich gram oder ob dies nur Theater sei.

Anschließend stellte Schindler ihm Fragen. Dresner wußte kaum darauf zu antworten. Er sei mit der Maschine nicht vertraut gewesen. Es habe so große Mühe gemacht, sie einzurichten, und er sei in seiner Angst ungeschickt gewesen. Er habe doch gewiß keinen Grund, die Maschine mutwillig zu beschädigen. »Wenn Sie von der Arbeit nichts verstehen, haben Sie hier nichts zu suchen!« rief Schönbrunn. »Angeblich haben ja alle Häftlinge Erfahrung in dieser Arbeit, aber jetzt berufen Sie sich auf Unwissenheit!«

Schindler verlangte eine genaue Beschreibung der Handgriffe, die Dresner ausgeführt und die mit der Beschädigung der Maschine geendet hatten. Dabei ging er ruhelos auf und ab, sichtlich immer wütender werdend. Als Dresner beschrieb, wie er einen Regler verstellt hatte, explodierte Schindler und stürzte sich auf ihn. »Was sagen Sie da?!!« Dresner wiederholte. Schindler versetzte ihm einen Faustschlag ins Gesicht. Dresner taumelte, nun aber beruhigt, denn Schindler hatte sich mit dem Schlag gedreht, den Beisitzern den Rücken zugewendet und Dresner unmißverständlich angeblinzelt. Jetzt fuchtelte er mit den Armen und brüllte: »Ihr seid doch so blöde, daß es kaum zu glauben ist!« Und zu Schönbrunn und Fuchs wie zu Verbündeten: »Wenn diese Idioten doch wenigstens schlau genug wären, um wirklich Sabotage zu begehen, dann könnte man sie auch aufhängen lassen! Aber was kann man schon mit ihnen anfangen? Die sind ja zum Scheißen zu dumm!«

Wieder machte er eine Faust, und Dresner erwartete noch einen Schlag.

»Raus mit dir!« brüllte Schindler.

Im Abgehen hörte Dresner, wie Schindler zu den anderen sagte:

»Besser, wir vergessen das Ganze. Kommen Sie mit, ich habe einen anständigen Martell.«

Leipold und Schönbrunn dürften von diesem Ausgang nicht sehr befriedigt gewesen sein, denn die Vernehmung hatte kein Resultat erbracht. Sie konnten aber auch nicht behaupten, daß Schindler die Vernehmung hintertrieben oder sie nicht mit dem gehörigen Ernst durchgeführt hatte.

Wer nach vielen Jahren Dresner diesen Vorfall erzählen hört, könnte den Eindruck gewinnen, als sei den Brünnlitzer Häftlingen das Leben durch eine Folge blitzartig ausgeführter magischer Tricks gerettet worden, doch ist es wohl richtiger zu sagen, daß das Lager Brünnlitz als solches ein einziger Zaubertrick gewesen ist.

Kapitel 35

Denn die Fabrik produzierte nichts. »Nicht eine Granate«, wie die Brünnlitzer später kopfschüttelnd sagten. Oder besser, keine der dort gefertigten Granathülsen und kein Triebwerksgehäuse erwies sich als brauchbar. Laut Angaben von Schindler hat er in den Krakauer Jahren Emailwaren im Wert von RM 16 000 000 produziert und Granathülsen in Wert von RM 500 000. In Brünnlitz hingegen so gut wie keine Emailwaren mehr. Die Munitionsfertigung »hatte mit Anlaufschwierigkeiten zu kämpfen«. Immerhin lieferte er eine Lkw-Ladung »Munitionsteile« im Wert von RM 35 000 aus Brünnlitz, die bei ihm bereits als Halbfertigfabrikate eintrafen. »Noch weniger zu liefern wäre nicht angängig gewesen, und der Vorwand mit den Anlaufschwierigkeiten wurde allmählich für mich und meine Juden gefährlich, weil Rüstungsminister Speer die Anforderungen Monat um Monat steigerte.« Gefährlich war Schindlers Politik der Nicht-Fertigung nicht nur insofern, als sie ihn beim Rüstungsminister in Verruf brachte, sondern weil andere Munitionsfabriken sich über ihn ärgerten. Das Produktionssystem war so beschaffen, daß hier Granathülsen, dort Zünder gefertigt wurden und an wieder anderem Ort Ladung und Zusammensetzung der Granaten erfolgte. Man wollte damit vermeiden, daß Luftangriffe die Rüstungsproduktion punktweise zum Erliegen brachten. Schindler stellte Granathülsen her, nur genügten sie der andernorts durchgeführten Qualitätskontrolle nicht. Die darauf eintreffende briefliche Reklamation zeigte Schindler laut lachend Stern, Finder, Pemper oder Garde. Anscheinend belustigte ihn nichts so sehr wie diese Beschwerdeführer.

Ein Beispiel stehe hier für viele. Am Morgen seines 37. Geburtstages, dem 28. April 1945, waren Stern und Pemper bei Schindler im Büro, als ein Telegramm aus einer Munitionsfabrik in Brünn einging, in dem es hieß, die gelieferten PAK-Granaten seien ungenau kalibriert und das Material nicht bei der richtigen Temperatur gehärtet, es reiße bei Schießproben. Schindler jubelte förmlich, als er das las, und schob Stern und Pemper das Telegramm hin. »Ein schöneres Geburtstagsgeschenk könnte ich mir gar nicht wünschen! Jetzt weiß ich jedenfalls, daß mit meinen Granaten kein armes Schwein ins Jenseits befördert wird.«

Dieser Vorfall ist kennzeichnend für zwei verschiedene Arten von Irrsinn: Man darf wohl einen Unternehmer für verrückt halten, der sich nichts anderes wünscht, als nicht zu produzieren. Man darf aber auch einen Technokraten für verrückt halten, der meint, ein Munitionshersteller würde sich noch darum bemühen, seine Drehbänke zu kalibrieren, nachdem Wien gefallen war und Marschall Konjews Truppen den Amerikanern an der Elbe die Hand gereicht hatten.

Die Frage, die sich hier stellt, lautet allerdings: Wie hat Schindler es fertiggebracht, in Brünnlitz die sieben Monate durchzuhalten, die bis zu seinem Geburtstag vergehen mußten?

Die Überlebenden erinnern sich, daß immer wieder Besichtigungen und Prüfungen stattfanden. Beauftragte der Amtsgruppe D und Ingenieure von der Rüstungsinspektion inspizierten den Betrieb. Schindler bewirtete alle mit Cognac und Schinken. Im Reich gab es diese guten Dinge kaum noch. Die Häftlinge an Drehbänken, Brennöfen und Pressen behaupten, diese Inspektoren hätten durch die Bank Alkoholfahnen gehabt. Eine Geschichte wird von allen erzählt, und sie betrifft einen Funktionär, der sich geschworen haben soll, ihm werde Schindler keinen Sand in die Augen streuen. Der sei leider die Treppe vom Oberstock hinuntergestürzt, habe sich den Kopf aufgeschlagen und den Oberschenkel gebrochen, weil Schindler ihm auf der Treppe ein Bein stellte. Wer das allerdings gewesen sein soll, weiß niemand genau. Einer behauptet, es sei Rasch gewesen, der höchste SS- und Polizeiführer von Mähren. Schindler selbst hat sich darüber nie geäußert. Die Anekdote spiegelte wohl die Erwartungen wider, die seine Häftlinge in Schindler setzten als in den Mann, der nicht nur alles heranschaffen, sondern auch mit jeder Krise fertig werden konnte. Man kann ihnen nicht verdenken, eine solche Geschichte erfunden zu haben. Sie selber waren ja ständig bedroht, und wenn die von ihnen erfundene Märchenfigur sie enttäuschte, waren sie verloren.

Brünnlitz überlebte die Inspektionen hauptsächlich deshalb, weil einige Häftlinge geschickt genug waren, die Inspektoren zu täuschen. So manipulierten die Elektriker die Thermometer der Brennöfen. Die zeigten die korrekte Temperatur auch dann, wenn die wirkliche Temperatur in den Öfen wesentlich geringer lag. »Ich habe dem Hersteller schon geschrieben«, sagte Schindler dazu und gerierte sich als der unwillige, ratlose Unternehmer, der seinen Profit entschwinden sieht. Er machte den Fußboden verantwortlich, schob die Schuld auf seine Betriebsingenieure. Und wieder war von »Anlaufschwierigkeiten« die Rede, und daß er tonnenweise Munition liefern würde, wären diese nur erst behoben.

Auch die mechanischen Drehbänke schienen einwandfrei kalibriert, waren tatsächlich aber falsch eingestellt. Die meisten Inspektoren nahmen offenbar nicht nur Geschenke in Form von Cognac und Zigaretten mit, sondern auch den Eindruck, daß man diesen braven Schindler seiner Schwierigkeiten wegen bedauern müsse.

Stern behauptet, Schindler habe sich bei anderen Munitionsherstellern Granaten beschafft und sie bei Inspektionen als eigene Produkte ausgegeben. Pfefferberg bestätigt das. Wie auch immer, Brünnlitz überstand diese Inspektionen, und Schindler war unerschöpflich im Erfinden von Tricks.

Um die feindseligen Einheimischen zu besänftigen, lud er von Zeit zu Zeit Funktionäre ein, die Fabrik zu besichtigen und danach bei ihm zu essen. Das waren aber immer solche, die keine hinreichenden technischen Fachkenntnisse besaßen. Seit er in Gestapohaft gewesen war, schrieben Leipold, Hoffmann und der Kreisleiter an Gott und die Welt und beschuldigten Schindler, die Rassengesetze ebensowenig zu beachten wie das Strafgesetz, einen unmoralischen Lebenswandel zu führen und seine Verbindungen zu mißbrauchen. Süßmuth unterrichtete ihn von den in Troppau eingehenden Beschwerden, und Schindler verfiel wieder auf einen Ausweg: Er lud Ernst Hahn nach Brünnlitz ein. Hahn war Standartenführer und stellvertretender Leiter jener Abteilung im SS-Hauptamt, die sich mit der Betreuung der Angehörigen von SS-Leuten befaßte. Überdies war er, wie Schindler mit der für ihn, den Wüstling, bezeichnenden Ehrpußligkeit sagte, »ein notorischer Säufer« und brachte seinen Jugendfreund Franz Bosch mit, den Schindler schon früher als »unverbesserlichen Trinker« bezeichnet hatte. Bosch hatte die Familie Gutter erschossen. Schindler schluckte das um des Prestiges willen, das er sich von diesem Besuch erhoffte. Und wirklich, Hahn beeindruckte nicht nur durch eine makellose Uniform, er war Alter Kämpfer und trug alle erdenklichen Orden und Abzeichen, Winkel und Litzen und wurde von einem fast ebenso geschniegelt wirkenden Adjutanten begleitet. Schindler lud Leipold, der außerhalb des Lagers ein Häuschen gemietet hatte, zum Essen mit diesen Herren ein, und Leipold traute seinen Augen nicht: Hahn fand Schindler wunderbar, das taten alle Trinker. Schindler bezeichnete später diese Männer samt ihrem Lametta als »aufgeblasen«, aber der Zweck war erreicht: Leipold wußte jetzt, daß seine Beschwerden, egal an wen er sie richtete, sehr wahrscheinlich auf dem Schreibtisch eines der Saufkumpanen von Schindler landen und ihm, Leipold, womöglich auch noch schaden würden.

Am nächsten Vormittag konnte man Schindler mit diesen Größen aus Berlin durch Zwittau fahren sehen, augenscheinlich alle dicke Freunde. Die örtlichen Parteigenossen standen gaffend am Straßenrand und grüßten diese Prominenz.

Hoffmann war ein anderer Fall. Die in Brünnlitz lebenden dreihundert weiblichen Häftlinge waren »als Arbeitskräfte wertlos«, wie Schindler selbst gesagt hat. Allerdings machten sie sich nützlich, indem sie strickten, und stricken taten sie mit den von Hoffmann zurückgelassenen Wollresten. Hoffmann zeigte sie bei der KL-Verwaltung an: Sie hätten Wollreste aus dem Anbau gestohlen. Nicht nur halte er das für einen Skandal, es zeige auch deutlich, was in dieser sogenannten Munitionsfabrik vor sich gehe.

Als Schindler bei Hoffmann einen Besuch machte, traf er den alten Mann in Siegesstimmung. »Wir haben in Berlin darum ersucht, daß man Ihren Betrieb schließt. Diesmal haben wir eidesstattliche Erklärungen beigelegt, aus denen hervorgeht, daß Sie nicht nur für die Volkswirtschaft ohne jeden Wert sind, sondern auch die Rassengesetze nicht beachten. Wir haben schon einen verwundeten Ingenieuroffizier aus Brünn damit beauftragt, aus Ihrem Betrieb was Anständiges zu machen.«

Schindler hörte sich das an, machte eine reuige Miene und telefonierte umgehend mit Oberst Lange in Berlin, den er darum bat, das

Gesuch der Brüder Hoffmann aus Zwittau zu verlegen. Immerhin kosteten die Wollreste noch RM 8000 – soviel verlangte Hoffmann bei einem außergerichtlichen Vergleich. Überhaupt setzten ihm die Zwittauer Behörden den ganzen Winter über zu, eine Schikane folgte auf die andere.

Die Optimistin Lusia machte ihre eigene Erfahrung mit den Inspektoren, eine Erfahrung, an der sich Schindlers Methoden besonders deutlich zeigen. Sie hauste immer noch im Keller und sollte dort auch den ganzen Winter über bleiben. Die anderen erkrankten Frauen hatten sich bereits soweit erholt, daß sie nach oben umziehen konnten, doch Lusia schien von ihrem Aufenthalt in Birkenau durch und durch vergiftet zu sein. Das Fieber wollte und wollte nicht weichen, ihre Gelenke entzündeten sich, in den Achselhöhlen traten Furunkel auf. Kaum brach eines auf und heilte ab, kam schon das nächste. Gegen den Rat von Dr. Biberstein öffnete Dr. Handler mehrere mit dem Küchenmesser. Lusia blieb im Keller, obwohl gut genährt, geisterbleich und nach wie vor infiziert. Dies war der einzige Ort, an dem sie überleben konnte. Das war ihr durchaus bewußt, und sie hoffte, daß die Ereignisse sich gleichsam über ihrem Kopf abspielen und sie ungeschoren lassen würden.

Hier im warmen Keller herrschte immer Dunkelheit. Frau Schindler sah häufig nach ihr, aber schon an der Art, wie die Kellertür jetzt aufgestoßen wurde, und an den auf der Treppe dröhnenden Schritten erkannte sie, daß diesmal andere Besucher zu erwarten waren, es klang wie eine der nur zu bekannten Aktionen. Und die Besucher waren denn auch Schindler und zwei SS-Offiziere aus Groß-Rosen. Nun standen sie zu dritt hier unten im Heizungskeller und sahen sich um. Lusia kam der Gedanke, sie könne womöglich das Opfer sein, das dargebracht werden mußte, damit die Besucher befriedigt wieder abzögen. Sie lag halb verborgen hinter einem Heizkessel, doch Schindler bemühte sich nicht, ihre Anwesenheit zu vertuschen, er trat vielmehr an ihr Lager. Die Besucher schienen nicht sehr fest auf den Beinen zu stehen, und was er ihr zuflüsterte, klang hinreißend banal: »Nur keine Angst, es ist alles in Ordnung.« Er war wohl so nahe an ihr Bett getreten, damit die Offiziere nicht glauben sollten, es handele sich um einen ansteckenden Fall.

»Ich will diese Jüdin nicht in der Krankenstube haben«, erklärte Schindler wegwerfend. »Ein Fall von Gelenkrheuma. Hoffnungslos. Länger als 36 Stunden hat sie nicht zu leben.« Und er begann umständlich, die Heizungsanlage zu erklären, die Heißwasserversorgung, zeigte auf Röhren und Kessel, erwähnte die Entlausungsanlage, die mit dem hier erzeugten Dampf betrieben wurde. Dabei tat er, als wäre sie gar nicht vorhanden. Lusia wußte nicht, wie sie sich verhalten sollte, und machte einfach die Augen zu. Zum Abschied lächelte Schindler ihr aufmunternd zu. Sechs Monate blieb sie da unten, und als sie erstmals die Treppe hinaufwankte, war die Welt verändert.

Während des Winters legte Schindler ein Waffenarsenal an, und auch darum ranken sich Legenden. Manche sagen, die Waffen seien gegen Ende des Winters von tschechischen Widerstandskämpfern beschafft worden, dagegen spricht allerdings, daß Schindler aus den Jahren 1938 und 1939 als Nationalsozialist bekannt war und deshalb kaum Kontakte in dieser Richtung gehabt haben dürfte. Die Waffen stammten im übrigen in der Mehrzahl aus einer besonders einwandfreien Quelle, nämlich von Obersturmbannführer Rasch, dem obersten Polizeiführer von Mähren. Es handelte sich um Karabiner, Pistolen, einige Handgranaten und Sturmgewehre. Schindler sagte später darüber nur, er habe sie unter dem Vorwand beschafft, »die Werksanlagen zu schützen. Bezahlt habe ich dafür mit einem Brillanten, ein Geschenk an seine (Raschs) Frau.«

Wie seine Verhandlungen in Raschs Büro auf der Festung Spielberg in Brünn im einzelnen verliefen, wissen wir nicht, doch kann man sich das leicht vorstellen. Direktor Schindler befürchtet einen Aufstand seiner Sklaven und ist willens, mannhaft an seinem Schreibtisch zu sterben, die Pistole in der Hand, nachdem er zuvor seine Frau erschossen hat, um sie vor einem schlimmeren Schicksal zu bewahren. Es ist ja auch nicht auszuschließen, daß eines Tages die Russen vor dem Lagertor erscheinen. Die Ingenieure Fuchs und Schönbrunn und das übrige zivile Personal müssen die Möglichkeit haben, sich zu wehren. Aber reden wir von erfreulicheren Dingen, Obersturmbannführer, ich habe hier letze Woche eine hübsche Kleinigkeit entdeckt – und schon erscheint der Brillant auf dem

Schreibtisch des Polizeichefs. »Als ich das Ding sah, habe ich gleich an Ihre Frau gedacht.«

Schindler ernannte Uri Bejski, den Bruder seines Stempelfälschers, zum Waffenmeister, einen zierlichen, drahtigen jungen Mann, der in Schindlers Wohnung ein und aus ging wie der Sohn des Hauses. Frau Schindler hatte eine Schwäche für ihn und überließ ihm einen Wohnungsschlüssel. Auch den überlebenden Sohn von Spira hatte sie ins Herz geschlossen, holte ihn häufig zu sich in die Küche und fütterte ihn mit Margarinebroten.

Bejski erteilte nun Unterricht in der Handhabung der neuesten Waffen, und zwar im Lebensmittelmagazin und jeweils immer nur einem der von ihm ausgewählten Leute. Insgesamt waren drei Gruppen zu je fünf Mann gebildet worden, darunter Veteranen der polnischen Armee wie Pfefferberg und etliche *Budzyner*, jüdische Offiziere und Mannschaften der polnischen Armee, die die Liquidierung des Arbeitslagers Budzyn überlebten, das Untersturmführer Leipold geleitet hatte. Leipold hatte sie nach Brünnlitz mitgebracht. Es waren insgesamt so um die fünfzig. Sie galten durch die Bank als politisch sehr bewußt, waren im Lager Budzyn zu Marxisten geworden und glaubten an ein kommunistisch regiertes Nachkriegspolen. Ihre Beziehungen zu den übrigen Gefangenen, die, abgesehen von den Zionisten, eher unpolitisch waren, war gut. Ein Teil von ihnen wurde also von Bejski an diesen modernen Waffen ausgebildet, an Waffen, die es in der polnischen Vorkriegsarmee nicht gegeben hatte.

Frau Rasch hätte während der letzten Tage von ihres Mannes ganzer Machtfülle eigentlich immer, wenn sie ihren Brillanten bewunderte, darin gespiegelt das Schreckbild ihrer und ihres Führers Alpträume erblicken müssen: den bewaffneten jüdischen Marxisten.

Kapitel 36

Bei seinen alten Saufkumpanen, Bosch und Göth unter anderen, galt Schindler längst als ein Opfer des jüdischen Virus. Und das nicht etwa im übertragenen Sinne. Männer wie diese beiden glaubten fest daran, daß es so etwas gab, und sie sahen in jemand, der davon befallen wurde, ein schuldloses Opfer. Schindler war nicht der einzige brave Mann, der davon befallen wurde. Ihrer Meinung nach handelte es sich um eine Mischung von Bazillen und Hexerei. Gefragt, ob sie das für ansteckend hielten, hätten sie ohne zu zögern gesagt, jawohl, sehr sogar. Und sie hätten auf Oberleutnant Süßmuth als ein weiteres Opfer dieser Ansteckung gedeutet. Denn Schindler und Süßmuth gingen im Winter 1944/45 eine Verschwörung ein mit dem Ziel, weitere Frauen aus Auschwitz herauszuholen, in Gruppen von zwischen 300 und 500, und sie auf kleinere Arbeitslager in Mähren zu verteilen, insgesamt etwa 3000. Schindler übernahm das Überreden und Bestechen, Süßmuth den erforderlichen Schriftwechsel. In den mährischen Textilfabriken fehlte es an Arbeiterinnen, und nicht alle Fabrikdirektoren lehnten es so schroff wie Hoffmann ab, Jüdinnen zu beschäftigen. Mindestens fünf deutsche Fabriken – in Freudenthal, Jägerndorf, Liebau, Grulich und Trautenau – übernahmen weibliche Häftlinge von Auschwitz und richteten zu diesem Zweck eigene Lager ein. Diese Lager waren keineswegs paradiesisch, um so weniger, als die SS dort mehr zu sagen hatte als Leipold bei Schindler. Schindler sagte später, die Frauen hätten da »unter erträglichen Bedingungen« gelebt. Dafür war ausschlaggebend, daß es sich um kleine Lager handelte, von älteren Aufsehern bewacht, die weniger fanatisch waren. Die Frauen mußten sich vor Typhus hüten, sie litten ständig Hunger, doch entgingen sie im großen und ganzen den Liquidierungsmaßnahmen, die im Frühjahr für die großen Lager angeordnet wurden.

Betrachtet man Süßmuth als vom jüdischen Virus infiziert, so muß Schindler als jemand erscheinen, bei dem die Infektion bereits das galoppierende Stadium erreicht hatte. Er beantragte die Zuteilung von weiteren dreißig gelernten Metallarbeitern, denn wenn er auch nicht beabsichtigte, seine Produktion zu steigern, so war ihm doch klar, daß er Spezialisten vorweisen können mußte, wenn er auch weiterhin die Existenz seines Betriebes rechtfertigen wollte. Betrachtet man noch andere Ereignisse, die sich in jenem Winter zutrugen, wird klar, daß Schindler diese dreißig Leute nicht haben wollte, um sie an Drehbänke und Werkzeugmaschinen zu stellen, sondern einfach, weil es dreißig mehr sein würden, die er retten konnte. Es ist wohl nicht übertrieben zu sagen, daß er ihrer mit einer Inbrunst habhaft zu werden versuchte, die der vergleichbar ist, mit der der Gläubige zu jenem brennenden Herzen Jesu aufblickt, dessen Abbild man in Frau Schindlers Wohnung sehen konnte. Da dieser Bericht vermeiden möchte, aus dem lebenslustigen Schindler einen Heiligen zu machen, muß bewiesen werden, daß er von dem Drang besessen war, Seelen zu retten.

Einer der dreißig Metallarbeiter, Mosche Henigman, hat über die Errettung einen Bericht zu Protokoll gegeben. Kurz nach Weihnachten wurden 10 000 Häftlinge aus den Steinbrüchen des Lagers Auschwitz III, von der Rüstungsfabrik Krupp Weschel-Union, aus dem Werk für die Herstellung von synthetischem Benzin der IG Farben und den Flugzeugverwertungswerken nach Groß-Rosen in Marsch gesetzt. Mag sein, daß beabsichtigt war, sie in Niederschlesien auf einzelne Arbeitslager zu verteilen, doch falls dies so gewesen sein sollte, kümmerte das Begleitpersonal der SS sich nicht darum. Auch die Ernährung der Marschkolonne wurde nicht bedacht und auch nicht die Wetterverhältnisse. Vor jedem Aufbruch wurden die Fuß- und sonstwie Kranken ausgesondert und erschossen, und nach zehn Tagen waren laut Henigman von anfangs 10 000 noch etwa 1200 am Leben. Die Russen hatten unterdessen die Weichsel überquert und alle Straßenverbindungen nach Nordwesten abgeschnitten. Man führte die Reste dieser Kolonne daher in ein Lager unweit Oppeln. Hier ließ der Lagerkommandant die gelernten Arbeiter aussondern, und dabei wurde wiederum eine Anzahl Häftlinge, weil nicht mehr arbeitsfähig, erschossen. Wer beim Appell aufgerufen wurde, wußte nicht, was er zu erwarten hatte – eine Brotration oder die Kugel. Henigman und dreißig andere allerdings wurden in einen Waggon verladen und Richtung Süden transportiert. »Wir bekamen sogar Verpflegung mit auf die Reise, das war ganz unerhört.«

Die Ankunft in Brünnlitz schildert er als für sie völlig unglaubhaft. »Wir konnten uns nicht vorstellen, daß es irgendwo noch ein Lager gab, wo Männer und Frauen gemeinsam arbeiteten, wo niemand geschlagen wurde, wo es keine Kapos gab.« Das ist insofern übertrieben, als in Brünnlitz Männer und Frauen durchaus getrennt gehalten wurden, und Schindlers blonde SS-Aufseherin verteilte auch Ohrfeigen. Und ein Junge, der eine Kartoffel gestohlen hatte, wurde von Leipold mit der Kartoffel im Mund einen ganzen Tag lang in den Hof gestellt mit einem Schild um den Hals: ICH BIN EIN KARTOFFELDIEB. Aber Henigman findet das nicht erwähnenswert. »Wie kann man den Übertritt von der Hölle ins Paradies zulänglich beschreiben?« fragt er. Schindler befahl ihm, sich erst mal aufzupäppeln und auszuruhen. »Sagen Sie Bescheid, wenn Sie sich arbeitsfähig fühlen.« Das war für Henigman, wie sich denken läßt, ein umwerfender Eindruck.

Da dreißig Schlosser gemessen an 10 000 nun wirklich nur ein winziger Bruchteil sind, muß man noch einmal betonen, daß Schindler nur ein kleiner Erlöser war. Und er rettete Goldberg und Helene Hirsch ebenso wie Dr. Leon Gross und Olek Rosner. Und ohne Ansehen der Person handelte er auch mit der Gestapo von Mähren um weitere jüdische Häftlinge, darunter einen gewissen Benjamin Wrozlawski, ehedem Insasse des Arbeitslagers Gleiwitz. Dies war ein Nebenlager von Auschwitz. Als Konjew und Schukow am 12. Januar zur Offensive antraten, drohte der Herrschaftsbereich von Rudolf Höß überrannt zu werden. Die Häftlinge aus Gleiwitz wurden per Bahn Richtung Fernwald abtransportiert. Auf dem Transport gelang es Wrozlawski und seinem Freund Wilner zu fliehen, wobei Wilner verletzt wurde. Sie schlugen sich Richtung Mähren durch, wurden aber erwischt und von der Gestapo in Troppau festgesetzt. Kaum hatte man sie in eine Zelle gebracht, wurde ihnen von einem Gestapobeamten eröffnet, daß sie nichts zu befürchten hätten, was sie selbstverständlich nicht glaubten. Der Beamte sagte, Wilner komme nicht ins Krankenrevier, trotz seiner Verletzung, denn von dort geriete er nur wieder in die Mühle. Sie sollten sich als in Schutzhaft befindlich betrachten. So verbrachten sie zwei Wochen, während derer der Kontakt zu Schindler aufgenommen und ein Preis für die Flüchtlinge ausgehandelt wurde. Dann brachte ein SS-Mann sie zum Bahnhof, und sie fuhren nach Brünn. Die Einlieferung ins Lager Brünnlitz empfanden sie etwa ebenso wie Henigman. Wilner wurde von den Ärzten sogleich behandelt, Wrozlawski kam in die Abteilung für Genesende, die in einer Ecke der Werkhalle eingerichtet worden war, weshalb, wird man gleich erfahren. Der Direktor erkundigte sich persönlich nach ihrem Befinden. Das alles war unheimlich, ja angsterregend. Wrozlawski sagte Jahre später: »Ich habe befürchtet, daß auch hier wie in anderen Lagern der Weg aus der Krankenstube direkt zur Hinrichtung führte.« Es dauerte eine ganze Weile, bis er glauben konnte, was mit ihm und um ihn her geschah.

Schindlers Abmachung mit der örtlichen Gestapo führte dazu, daß insgesamt elf flüchtige Häftlinge in sein ohnedies überfülltes Lager eingeliefert wurden. Alle waren in ihrer zerschlissenen gestreiften Häftlingskleidung aufgegriffen worden und hätten von Rechts wegen auf der Stelle erschossen werden sollen.

1963 fügte Dr. Steinberg aus Tel Aviv ein weiteres Mosaiksteinchen dem Bild vom bedenkenlos verschwenderisch großherzigen Schindler hinzu. Steinberg war Häftlingsarzt in einem kleinen Arbeitslager im Sudetenland. Der Gauleiter in Reichenberg konnte sich gegen die Errichtung solcher Lager nicht mehr sträuben, seit die Russen Schlesien eingenommen hatten, und Steinbergs Lager gehörte zu den neu eingerichteten. Hier wurden irgendwelche Zubehörteile für die Luftwaffe von 400 schlecht ernährten Häftlingen hergestellt. Es gelang Steinberg, der vom Lager Brünnlitz gerüchteweise gehört hatte, Schindler aufzusuchen. Diesem beschrieb er die verheerenden Zustände in seinem Lager, und Schindler war sogleich bereit, ihm von den Rationen für Brünnlitz abzugeben. Die einzige Schwierigkeit bestehe darin, einen Vorwand zu finden, der es Steinberg ermögliche, regelmäßig mit einem Lkw nach Brünnlitz zu kommen, um die Lebensmittel abzuholen. Aber auch der fand sich – medizinische Versorgung. Und so holte Steinberg denn zweimal wöchentlich Brot, Kartoffeln, Grieß und Zigaretten in Brünnlitz.

Wieviel er im einzelnen da abholte, weiß Steinberg nicht zu sagen, doch als Mediziner schätzte er, daß mindestens fünfzig Gefangene in seinem Lager ohne diese Zusatzkost das Frühjahr nicht erlebt hätten.

Abgesehen von der Übernahme der Auschwitzer Frauen, war das Erstaunlichste die Rettung der Goleszower. Goleszow gehörte zu Auschwitz III und bestand aus einem Steinbruch und einer Zementfabrik der SS-eigenen Deutschen Erd- und Steinwerke GmbH. Wie schon erwähnt, wurde im Januar 1945 Auschwitz samt seinen Nebenlagern liquidiert, und Mitte des Monats verlud man 120 Häftlinge aus dem Steinbruch Goleszow auf zwei Viehwagen, ein Transport, so fürchterlich wie alle, aber er fand ein erfreuliches Ende. Man muß sich klarmachen, daß in jenem Monat fast alle Auschwitzhäftlinge unterwegs waren. Dolek Horowitz wurde nach Mauthausen geschickt, der kleine Richard jedoch mit anderen Kindern zurückbehalten. Die Russen fanden sie später in einem von der SS verlassenen Auschwitz und behaupteten durchaus zutreffend, daß die zurückgebliebenen Kinder für Experimente vorgesehen waren. Henry Rosner und der neunjährige Olek (der offenbar für Experimentierzwecke nicht mehr benötigt wurde) marschierten in einer Kolonne etwa fünfzig Kilometer weit, und wer zurückblieb, wurde erschossen. In Sosnowiec verlud man sie in Viehwagen. Als besonderen Gunstbeweis ließ ein SS-Mann, der eigentlich die Kinder getrennt einladen sollte, Olek bei seinem Vater. Im Waggon war es so eng, daß man nur stehen konnte, doch bald schon starben die ersten an Hunger und Durst, und jemand kam auf den Einfall, die Toten in ihren Decken an Haken zu hängen, die unter dem Dach des Waggons befestigt waren. So hatten die Lebenden mehr Platz am Boden. Rosner fand, daß Olek es, nach Art der Leichen in einer Decke baumelnd, gewiß bequemer hätte. So hatte er nicht nur eine weniger anstrengende Reise, er konnte durch die Ventilationsklappen auch Leute anrufen, wenn der Zug stand, und sie bitten, Schneebälle in den Waggon zu werfen. Der Schnee wurde gierig aufgeleckt, denn zu trinken gab es nichts. Nach sieben Tagen erreichten sie Dachau; nur die Hälfte jener, die mit Rosner im Waggon gewesen waren, überlebte. Als man die Waggontüre aufschob, fiel eine Leiche heraus, dann kam Olek, brach einen Eiszapfen vom Waggon und leckte gierig daran. So sahen die Häftlingstransporte im Januar 1945 aus.

Die Steinbrucharbeiter aus Goleszow hatten es noch schlimmer. Den von Jad Wa-Schem aufbewahrten Ladepapieren ist zu entnehmen, daß sie ohne Lebensmittel zehn Tage lang in zwei Waggons unterwegs waren, deren Türen festfroren. Sie kratzten das Eis von den Wänden, um ihren Durst zu stillen. Auch in Birkenau ließ man sie nicht raus. Dort wurden gerade mit größter Hast die letzten Massenmorde verübt, und man hatte keine Zeit für sie. Ihre Fahrt ging weiter, stockend, immer wieder auf Abstellgleise geschoben. Man brachte sie zu Lagern, deren Kommandanten sich weigerten, sie aufzunehmen, weil sie als Arbeitskräfte unterdessen wertlos geworden waren und weil ohnehin alles überbelegt war. An einem frühen Januarmorgen wurden sie auf dem Güterbahnhof Zwittau abgekoppelt. Man benachrichtigte Schindler davon, daß zwei Viehwaggons eingetroffen seien, in denen sich offenbar Menschen befänden. Man höre Stöhnen und Rufe in allen möglichen Sprachen, slowenisch, polnisch, tschechisch, deutsch, französisch, ungarisch, niederländisch und serbisch. Schindler sagte, man möge die beiden Waggons ins Lager weiterleiten.

An diesem Morgen lag die Temperatur bei dreißig Grad unter Null, wie Stern sich erinnert, und der pedanische Biberstein gibt sie mit wenigstens minus zwanzig Grad an. Pfefferberg wurde geweckt, holte sein Schweißgerät und schmolz die Waggontür auf. Auch er hörte das unmenschliche Stöhnen. Man kann schwer den Anblick beschreiben, der sich bot, als die Türen geöffnet wurden. In der Wagenmitte lagen aufgeschichtet Leichen mit verrenkten Gliedern. Die etwa hundert Überlebenden stanken grauenhaft, hatten schwere Erfrierungen, waren nur noch Skelette. Keiner wog, wie sich herausstellte, mehr als siebzig Pfund.

Schindler stand nicht am Gleis, sondern organisierte in der Werkhalle einen Platz für die Ankömmlinge. Die letzten Hoffmannschen Maschinen wurden herausgetragen. Man schüttete Stroh auf. Schindler hatte bereits mit Leipold gesprochen; der wollte die Häftlinge nicht aufnehmen, er unterschied sich darin nicht von all den Lagerkommandanten, die sie bereits abgewiesen hatten. Niemand, so sagte der Untersturmführer mit Betonung, könne behaupten, es handle sich um Munitionsarbeiter. Schindler stimmte ihm zu, sagte aber sogleich, er werde für jeden den Tagessatz von RM 6,00 bezahlen. »Wenn die wieder auf den Beinen sind, kann ich sie schon gebrauchen.« Leipold begriff, daß er Schindler nicht bremsen konnte und daß Hassebroeck über den Zuwachs an Einkünften nicht unglücklich sein würde. Wahrscheinlich standen sie schon in den Büchern, und Schindler bezahlte für sie, während sie noch ins Lager getragen wurden.

Man wickelte sie in Decken und bettete sie auf das Stroh. Frau Schindler, gefolgt von zwei Häftlingen, brachte einen großen Kessel Haferbrei. Ärzte behandelten die Erfrierungen. Biberstein meinte, diese Leute brauchten dringend Vitamine, doch wären in ganz Mähren wohl keine aufzutreiben.

Die sechzehn steifgefrorenen Leichen wurden in einen Schuppen gebracht. Rabbi Levartov betrachtete sie, und ihm kam der Gedanke, daß man sie schwerlich nach den orthodoxen Vorschriften würde bestatten können, weil die verbieten, Knochen zu brechen. Überdies mußte man sich darum erst noch mit dem Kommandanten streiten, denn der hatte Anweisung von der Amtsgruppe D, Häftlingsleichen zu verbrennen. Und die großen Heizungskessel eigneten sich dazu vorzüglich. Schindler hatte sich allerdings schon zweimal der Verbrennung der Toten widersetzt.

Als erste war in Brünnlitz Janka Feigenbaum in der Krankenhausstube gestorben. Leipold hatte befohlen, die Leiche zu verbrennen. Schindler wußte von Stern, daß dies für Feigenbaum und für Levartov einen schweren Verstoß gegen ihre Gesetze bedeutete, und er mag selber ein Widerstreben gegen die Feuerbestattung empfunden haben, denn er war schließlich Katholik. Er weigerte sich nicht nur, Frau Feigenbaum verbrennen zu lassen, er gab auch Auftrag, einen Sarg anzufertigen, beschaffte Pferd und Wagen und ließ Levartov und Feigenbaums unter Bewachung mit in den Wald gehen, wo sie die Leiche beisetzten. Feigenbaums gingen hinter dem Wagen und zählten die Schritte, weil sie den Sarg nach dem Krieg ausgraben lassen wollten.

Leipold war bei solchen Gelegenheiten außer sich vor Wut, und in Brünnlitz gab es Leute, die meinten, Schindler verhalte sich gegenüber Leuten wie Feigenbaums taktvoller und delikater als gegenüber seiner eigenen Frau.

Als die alte Frau Hofstatter starb, verlangte Leipold wiederum, daß die Leiche verbrannt werde. Auf Sterns Bitte ließ Schindler einen Sarg anfertigen und legte eine Blechplatte zu der Leiche, auf der Frau Hofstatters Daten verzeichnet standen. Levartov und zehn orthodoxe Juden, die das Totengebet sprachen, durften zur Beisetzung das Lager verlassen.

Stern behauptet, daß Schindler in der unfern gelegenen katholischen Gemeinde Deutsch-Bielau einen jüdischen Friedhof anlegen ließ, weil er Frau Hofstatter dort beerdigen lassen wollte. Er soll an jenem Sonntag, als die alte Frau starb, dem Ortspfarrer diesen Vorschlag gemacht, und die rasch zusammengerufenen Kirchenältesten sollen zugestimmt haben, ihm ein kleines, an den katholischen Friedhof angrenzendes Grundstück zu verkaufen.

Andere Gefangene behaupten hingegen, der jüdische Friedhof sei von Schindler nach Eintreffen der Goleszower gekauft worden, die ja ihre Verstorbenen mitbrachten, und Schindler hat das bestätigt. Es heißt, der Pfarrer habe ihn darauf hingewiesen, daß außerhalb der Umfriedung des katholischen Kirchhofes nur Selbstmörder bestattet würden, und Schindler habe erwidert, es handele sich nicht um Selbstmörder, sondern um Opfer eines furchtbaren Massenmordes. Doch wie auch immer, es scheint, daß Frau Hofstatter starb, als die Goleszower Opfer noch nicht beigesetzt waren, und daß man sie alle mit dem vorgeschriebenen Ritus auf diesem einzigartigen jüdischen Friedhof in Deutsch-Bielau bestattete.

Aus den Berichten läßt sich entnehmen, daß diese Beisetzungen die Moral der jüdischen Häftlinge in Brünnlitz ernorm gestärkt hatten. Die verrenkten Leichname, die da aus den Waggons gehoben wurden, hatten nichts Menschliches mehr, und ihr Anblick mußte jeden Betrachter um seine eigene Menschlichkeit bangen lassen. Menschlichkeit wiederherzustellen war für beide – Betrachter wie Verstorbene – nur durch das Ritual möglich, und deshalb waren für die Gefangenen die Totengebete jetzt viel wichtiger als früher bei einer der üblichen Trauerfeiern in Krakau. Schindler sorgte dafür, daß der Friedhof instand gehalten wurde: Er bezahlte einen ältlichen SS-Unterscharführer dafür, daß er die Pflege übernahm.

Frau Schindler führte nun ebenfalls Aufträge durch. Ausgerüstet mit gefälschten Papieren, versehen mit Wodka und Zigaretten, besorgte sie im Lazarett von Mährisch-Ostrau Salben gegen Erfrierungen, Sulfonamide und die Vitamine, von denen Biberstein gemeint hatte, sie wären nicht aufzutreiben. Ausflüge dieser Art machte sie nun häufiger, und sie war bald so viel unterwegs wie ihr Mann.

Weitere Todesfälle gab es nicht. Die Goleszower waren *Muselmänner* und alle glaubten, daß sich an ihrem Zustand nichts mehr ändern ließ. Frau Schindler wollte sich damit aber nicht abfinden. Biberstein meinte später: »Ohne ihre Hartnäckigkeit hätte von den Goleszowern keiner überlebt.« Nach und nach erholten sie sich so weit, daß sie sich auf den Füßen halten und in der Werkhalle herumschleichen konnten. Als ein jüdischer Häftling einen von ihnen aufforderte, eine Kiste zu tragen, erwiderte der: »Die Kiste wiegt 35 Kilo, ich selber aber nur 32 – wie soll ich die also tragen?«

In diese unproduktive Fabrik, in der solche Schatten umherwanderten, kam in jenem Winter Hauptsturmführer Göth zu Besuch, um Schindlers guten Tag zu sagen. Die SS hatte ihn wegen seiner Diabetes aus der Haft entlassen. Er trug einen abgetragenen Anzug, möglich, daß es eine Uniform ohne Rangabzeichen war. Bis heute halten sich Gerüchte über den Zweck dieses Besuches. Manche sagen, Göth wollte betteln, andere meinen, Schindler habe bestimmte Sachen für ihn verwahrt – Geld oder Wertsachen, die aus den letzten Geschäften in Krakau stammten und an denen Schindler womöglich beteiligt gewesen ist. Es gibt sogar Leute, die behaupten, Göth habe Schindler gefragt, ob der ihn nicht bei sich beschäftigen könne. Erfahrung hatte er ja ausreichend. Mag sein, Göth wurde von allen drei Motiven geleitet; daß Schindler Geschäfte mit ihm gemacht hat, ist allerdings nicht wahrscheinlich.

Er war sichtlich abgemagert und gealtert. Das Gesicht war hager und glich mehr dem jenes Göth, der zu Neujahr 1943 das Krakauer Getto liquidiert hatte, allerdings war seine Gesichtsfarbe ein gelbliches Grau. Und wer ihn genauer anzusehen wagte, erkannte eine früher nicht an ihm zu bemerkende Resignation. Manchen Häftlingen erschien er wie aus einem ihrer schlimmsten Alpträume entsprungen, als er so überraschend unangekündigt die Werkhalle auf dem Weg zu Schindlers Büro durchquerte; Helene Hirsch erstarrte bei seinem Anblick und hatte nur den Wunsch, er möge verschwinden. Es gab aber auch Häftlinge, die ausspuckten, als er an ihnen vorbeiging, und zischten. Ältere Frauen streckten ihm drohend ihr Strickzeug entgegen. Ihm zu zeigen, daß trotz all seiner Schreckenstaten Adam immer noch grub und Eva spann, das war ihre schönste Rache. Sollte Göth wirklich die Absicht gehabt haben, das Lager Brünnlitz zu übernehmen, hat Schindler ihn entweder davon abgebracht oder sich losgekauft. Alles verlief wie immer. Schindler führte ihn durch die Fabrik, höflich wie er war, und die Häftlinge gaben ihrem Mißfallen noch deutlicher Ausdruck. Man hörte Göth später in Schindlers Büro verlangen, daß dieser die aufsässigen Juden bestrafen solle, und hörte Schindler antworten, das werde er ganz gewiß tun.

Man hatte ihn zwar aus der Haft entlassen, doch der Fall Göth war längst nicht zu den Akten gelegt worden. Pemper wurde auch in Brünnlitz wieder von einem Untersuchungsrichter der SS zu Göths Transaktionen vernommen und von Leipold davor gewarnt zu plaudern, denn wenn er alles gesagt habe, was er wisse, werde man ihn erschießen. Pemper beharrte also wie schon früher darauf, eine unbedeutende Rolle gespielt und nichts gewußt zu haben. Göth hatte irgendwie davon erfahren und fragte nun seinerseits bei seinem Besuch Pemper darüber aus, was der Untersuchungsrichter habe wissen wollen. Pemper glaubte verständlicherweise, daß Göth sehr mißvergnügt darüber war, daß dieser Zeuge seiner vormaligen Aktivitäten noch lebte und gegen ihn vor dem SS-Gericht aussagen konnte. Und obwohl er in einem so reduzierten Zustand war und sozusagen auf Schindlers Territorium, hieß das noch lange nicht, daß man ihn nicht mehr zu fürchten hatte. Pemper wich also aus: »Der Richter hat mir befohlen, mit niemandem über meine Vernehmung zu sprechen.« Göth drohte, sich bei Schindler über ihn zu beschweren, auch daran kann man erkennen, wie sehr er entmachtet worden war. Daß er ehedem von Schindler die Bestrafung eines Häftlings verlangt hätte, statt sie selber vorzunehmen, wäre undenkbar gewesen.

Göth blieb zweimal über Nacht, und die Häftlinge erkannten instinktiv, daß er keine Macht mehr über sie hatte. Das machten sie sogar Helene Hirsch klar. Aber die konnte trotzdem nicht schlafen. Auf dem Weg aus der Fabrik zum wartenden Wagen, der ihn zum Bahnhof Zwittau bringen sollte, sahen die Häftlinge ihn zum letzten Mal. Allen war jetzt klar, daß er keine Macht mehr besaß, denn er hatte während seines Aufenthaltes nicht das geringste Unheil angerichtet. Und doch brachten es manche nicht über sich, ihn auch nur anzusehen. Noch dreißig Jahre später erschien er in den Träumen von Überlebenden aus Plaszow, von Buenos Aires bis Sidney, von New York bis Krakau, von Los Angeles bis Jerusalem. »Wer Göth gesehen hat, hat den Tod gesehen«, meint Pfefferberg dazu.

Man könnte also sagen, daß er, an seinen eigenen Maßstäben gemessen, niemals ein vollständiger Versager gewesen ist.

Kapitel 37

Schindler feierte seinen 37. Geburtstag mit all seinen Gefangenen. Man hatte einen hübschen Behälter für Kragenknöpfe oder Manschettenknöpfe für ihn angefertigt, und Niusia Horowitz gratulierte ihm auf deutsch im Namen aller herzlich zu seinem Geburtstag. Es war ein Sabbat, und das war passend, denn die Brünnlitzer erinnern sich daran als an einen Festtag. Am Morgen – Schindler hatte bereits die erste Flasche Cognac in seinem Büro aufgemacht und Stern und Garde triumphierend das Telegramm aus Brünn unter die Nase gehalten – rollten zwei mit Weißbrot beladene Lkws in den Hof. Davon wurde einiges an die Wachmannschaft verteilt, man vergaß auch Leipold nicht, der in seinem Privatquartier einen Rausch ausschlief, was nötig war, damit niemand sich darüber beschwerte, wie sehr der Direktor seine Juden verwöhnte. Jeder Gefangene bekam 750 Gramm Brot. Woher das kam, ahnte niemand. Mag sein, der benachbarte Müller Daubek, der es zuließ, daß die Gefangenen Hafermehl in seiner Mühle stahlen, hatte was damit zu tun. An jenem Samstag allerdings verkörperte dieses Brot etwas Magisches; daß es überhaupt da war, grenzte an Zauberei.

Es war ein Festtag, obwohl eigentlich nicht viel Grund zum Jubeln bestand, denn in der Vorwoche hatte Leipold von Hassebroeck ausführliche Anweisungen darüber bekommen, was mit den Häftlingen im Falle einer Annäherung der Russen zu geschehen habe. Es müsse noch eine letzte Selektion vorgenommen werden; Alte und Gebrechliche seien zu erschießen, die Gesunden sollten den Marsch nach Mauthausen antreten. Die Häftlinge wußten von diesen Befehlen nichts, fürchteten aber bereits etwas Derartiges. Seit einer Woche hieß es gerüchteweise, Polen seien damit beschäftigt, in den Wäldern um Brünnlitz Massengräber auszuheben. Das heute ausgeteilte Weißbrot schien zwar eine schönere Zukunft zu verheißen, doch jedermann ahnte, daß noch Bedrohliches bevorstand.

Der Lagerkommandant Leipold hatte übrigens ebenfalls noch

keine Kenntnis von dieser Anweisung Hassebroecks, weil die zunächst einmal auf Umwegen bei Schindler gelandet war. Nachdem der den Inhalt überflogen hatte, sagte er: »Jetzt hilft es nichts, wir müssen Leipold loswerden.«

Schindler glaubte nämlich, daß einzig Leipold von allen SS-Bewachern noch imstande wäre, die eingegangenen Befehle auszuführen. Sein Stellvertreter war der vierzigjährige Oberscharführer Motzek, der zwar im Falle einer Krise gewiß nicht gezögert haben würde, auf die Häftlinge schießen zu lassen, doch zu kaltblütigem Massenmord an 1300 Gefangenen war er nicht fähig.

Schon vor seinem Geburtstag hatte Schindler sich bei Hassebroeck über Leipold wegen Mißhandlung seiner Häftlinge beschwert und die gleiche Beschwerde dem in Brünn residierenden SS- und Polizeiführer Rasch vorgetragen. Sowohl Hassebroeck wie Rasch zeigte er die Durchschrift von Briefen an das Büro des KL-Inspekteurs Glücks. Die Absicht dabei war, Hassebroeck dazu zu bringen, im Gedanken an früher erwiesene und künftig zu erweisende Wohltaten von seiten Schindlers den Lagerkommandanten Leipold einfach zu versetzen, ohne im einzelnen die von Schindler erhobenen Anschuldigungen zu prüfen; entsprechende Hinweise aus Oranienburg sollten da noch nachhelfen. Es handelte sich um ein für Schindler typisches Hasardspiel, vergleichbar dem, das er mit Göth um Helene Hirsch veranstaltet hatte. Nur, daß es diesmal um alle männlichen Häftlinge ging, angefangen bei dem 48 Jahre alten Automechaniker Hirsch Krischer, Häftling Nr. 68 821, bis zu dem 27 Jahre alten ungelernten Jarum Kiaf, Häftling Nr. 77 196, der Goleszow überlebt hatte. Dazu kamen die Frauen, von Nr. 76 201, Berta Aftergut, 29 Jahre alte Metallarbeiterin, bis Nr. 76 500, Jenta Zwetschenstiel, 36 Jahre alt.

Schindler hatte Leipold am Vorabend seines Geburtstages zum Essen eingeladen, wobei er weitere Punkte gegen den Kommandanten sammelte, als dieser gegen elf Uhr nachts total betrunken durch die Werkshalle taumelte und den dort arbeitenden Häftlingen lauthals androhte, sie allesamt an den Deckenbalken aufhängen zu lassen. Schindler beruhigte ihn und brachte ihn nach Hause. Tags darauf allerdings hing er am Telefon und berichtete Hassebroeck und anderen von diesem Vorfall. »Der Mann kommt hier betrunken in die Werkshalle und droht mit *sofortiger* Liquidierung meiner Leute! Dabei sind das Spezialisten, auf die ich keinesfalls verzichten kann! Schließlich stelle ich Zubehör für Geheimwaffen her!« Und Hassebroeck, auf dessen Konto der Tod Tausender Steinbrucharbeiter kam und der die feste Absicht hatte, vor Eintreffen der Russen noch sämtliche Juden ermorden zu lassen, gestand Schindler zu, daß seine Leute bis dahin ungeschoren bleiben sollten. Schindler fügte nun hinzu, Leipold äußere immer wieder den Wunsch, endlich an die Front abkommandiert zu werden, und schließlich sei er jung und gesund, es stehe wohl der Erfüllung dieses Wunsches nichts im Wege? Hassebroeck versprach, sich das mal durch den Kopf gehen zu lassen. Leipold schlief unterdessen den Rausch aus, den er sich abends zuvor angetrunken hatte.

Schindler benutzte die Gelegenheit, eine verblüffende Ansprache zu halten. Er hatte seinen Geburtstag schon seit dem frühen Morgen ausgiebig gefeiert, doch die Zeugen dieser Ansprache bemerkten an ihm kein Zeichen von Trunkenheit. Der Wortlaut liegt nicht vor, doch von der Rede, die er am Abend des 8. Mai, zehn Tage später also, gehalten hat, gibt es eine Aufzeichnung. Diejenigen, die beide Reden gehört haben, behaupten, daß sie einander sehr ähnlich gewesen seien.

Es handelte sich dabei nicht um Ansprachen im üblichen Sinne, vielmehr um den Versuch, den Gegebenheiten entsprechend das Bild, das einerseits die Häftlinge, andererseits die Wachmannschaften von sich selber hatten, der Wirklichkeit anzupassen. Er hatte ja früher schon einigen Arbeitern, darunter Edith Liebgold, eigensinnig versichert, sie würden das Kriegsende überleben. Und als im November 1944 die Frauen aus Auschwitz in Brünnlitz eintrafen, hatte er bei ihrer Begrüßung gesagt: »Ihr seid jetzt sicher, bei mir seid ihr gut aufgehoben.« Zu anderer Zeit und unter anderen Umständen hätte aus Schindler einer jener Demagogen werden können, die es verstanden, ihre Zuhörer davon zu überzeugen, daß sie und er gemeinsam dem Schicksal widerstehen könnten, das von übelwollenden Zeitgenossen für sie geplant war. Schindler sprach auf deutsch zu den abends in der Werkshalle versammelten Häftlingen, die von einer Abteilung der SS-Wachmannschaften beaufsichtigt wurden; auch die deutschen Zivilangestellten waren zugegen.

Nach Schindlers ersten Worten schon standen Pfefferberg die Haare zu Berge, denn er dachte bei einem Blick auf die bewaffneten SS-Leute: Jetzt bringen sie diesen Mann mit Sicherheit um, und dann ist für uns alles zu Ende.

Schindler eröffnete seinen Zuhörern zwei Perspektiven: Erstens gehe die Herrschaft des Tyrannen nunmehr zu Ende. Er redete die SS-Leute an, als setze er voraus, daß auch sie den Tag der Befreiung von der Tyrannei herbeisehnten. Viele von ihnen, so erläuterte Schindler seinen Häftlingen, seien nicht freiwillig der SS beigetreten, sondern gezogen worden. Die zweite Perspektive war, daß er bis zum Ende der Feindseligkeiten mit ihnen in Brünnlitz bleiben werde »und noch fünf Minuten darüber hinaus!« Den Häftlingen versprach er damit, daß sie überleben, daß sie nicht in Massengräbern im Wald verscharrt werden würden, und das stärkte ihre Moral beträchtlich. Wie die anwesenden SS-Leute das aufnahmen, kann man nur vermuten. Genau besehen hatte er sie an einer empfindlichen Stelle getroffen, ihrem Korpsgeist. Wie sie darauf reagieren würden, blieb abzuwarten. Auch hatte er ihnen klargemacht, daß er ebensolange in Brünnlitz bleiben wolle wie sie und daß er mithin Zeuge sein würde.

So sorglos, wie er sich gab, fühlte Schindler sich allerdings nicht. Er hat später zugegeben, daß er Übergriffe von seiten zurückgehender deutscher Verbände auf sein Lager befürchtete. »Ich hatte auch Angst davor, daß die SS-Leute noch ganz zum Schluß zu verzweifelten Mitteln greifen würden.« Diese Angst scheint aber von den Weißbrot essenden Häftlingen an Schindlers Geburtstag keiner an ihm wahrgenommen zu haben. Schindler fürchtete unter anderem, die in der Gegend von Zwittau liegenden Einheiten der Wlassowarmee könnten noch aktiv werden. Niemand konnte vorhersagen, wie sie sich verhalten würden, nur eines stand fest: Sie wußten, daß sie der Roten Armee nicht in die Hände fallen durften, denn Stalins Rache mußte furchtbar ausfallen. Auf die Milde der Alliierten konnten sie auch nicht rechnen, saßen also zwischen sämtlichen Stühlen und waren überdies meist schwer betrunken.

Zwei Tage nach Schindlers Geburtstag wurde Leipold zu einem Infanteriebataillon der Waffen-SS unweit Prag versetzt. Er dürfte nicht sehr begeistert davon gewesen sein, doch packte er seine

Sachen und verschwand. Er konnte auch nicht gut anders handeln, denn an Schindlers Tisch, besonders nach der zweiten Flasche Rotwein, hatte er vor Zeugen wieder und wieder behauptet, er wünsche nichts lieber, als an die Front abzugehen. Ihm fehlte die Einsicht anderer erfahrener Offiziere, die sich jetzt häufiger bei Schindler einfanden, daß es nämlich mit dem Großdeutschen Reich zu Ende ging. Er hat wohl vor seinem Abmarsch auch nicht mehr bei Hassebroeck telefonisch rückgefragt; die Leitungen waren häufig gestört, die Russen hatten Breslau eingeschlossen, standen unweit von Groß-Rosen, und in Hassebroecks Büro hatte man schon früher von Leipolds Drang, an die Front zu kommen, gehört. Und dahin sollte er nun abgehen, was bedeutete, daß Oberscharführer Motzek als Lagerkommandant von Brünnlitz zurückblieb.

Schindler wartete nicht untätig auf das Ende. Er bekam durch telefonische Nachfragen heraus, daß ein Verpflegungslager, mit dem er in Geschäftsverbindungen stand, aufgegeben worden war. Er griff sich ein halbes Dutzend Häftlinge und einen Lkw und fuhr los. Straßensperren passierten sie dank der gefälschten Dokumente, die, wie Schindler später erzählte, Dienstsiegel und Unterschriften des »Obersten Polizeiführers in Böhmen und Mähren« aufwiesen. Das Verpflegungslager lag unweit von anderen, die in Brand gesetzt worden waren. Von Brünn her hörte man schießen – tschechische Partisanen standen bereits im Häuserkampf mit der deutschen Garnison. Schindler ließ den Wagen rückwärts an die Laderampe fahren, erbrach das Tor und sah sich vor Unmassen Zigaretten der Marke Egipski.

Aus der Slowakei drangen beunruhigende Gerüchte: Angeblich erschossen Rotarmisten wahllos deutsche Zivilisten. Die BBC, regelmäßig von Schindler abgehört, stellte allerdings das Kriegsende in so naher Zukunft in Aussicht, daß er hoffen konnte, es werde eintreten, bevor die Russen Zwittau erreichten.

Auch die Häftlinge waren dank der BBC über die Lage im Bilde. Zwei Radiotechniker, Zenon Szenwich und Artur Rabner, bastelten seit ihrer Ankunft in Brünnlitz ständig an einem von mehreren Apparaten herum, die Schindler gehörten. Mit Kopfhörern nahm Szenwich die Nachrichten um 14 Uhr auf, und die Nachtschicht der

Schweißer hörte die Nachrichten um 2 Uhr früh ab. Als sie dabei von einem SS-Mann überrascht wurden, der dienstlich im Büro zu tun hatte, gelang es ihnen, sich herauszureden.

Ursprünglich hatte man angenommen, Eisenhower werde Mähren besetzen, doch seit feststand, daß er an der Elbe haltmachen würde, mußte man mit den Russen rechnen. Die Schindler am nächsten stehenden Häftlinge setzten für ihn ein entlastendes Schreiben in hebräischer Sprache auf, mit dem er aber nur bei den Amerikanern etwas würde anfangen können. In deren Streitkräften dienten nicht nur viele jüdische Soldaten, sondern auch Feldrabbiner. Deshalb war es unbedingt nötig, dafür zu sorgen, daß Schindler zu den Amerikanern durchkam. Außerdem war Schindler wie die meisten Mitteleuropäer der Meinung, die Russen seien Barbaren und noch dazu unberechenbar. Und was man aus den weiter östlich gelegenen, von den Russen eroberten Landesteilen hören konnte, bestätigte diese Meinung nur.

In blinde Angst geriet er deswegen allerdings nicht. Als die BBC in den frühen Morgenstunden des 7. Mai die deutsche Kapitulation meldete, war er wach und voller Tatendrang. Alle Kampfhandlungen sollten am Dienstag, dem 8. Mai, um Mitternacht eingestellt werden.

Schindler weckte seine Frau und ließ Stern zu sich kommen, um mit ihm zu feiern. Stern hatte den Eindruck, daß Schindler wegen der SS-Wachmannschaften nicht mehr in Sorge war, wäre aber entsetzt gewesen, hätte er gewußt, wie er diese Zuversicht noch am gleichen Tage demonstrieren würde.

Der 8. Mai war in der Werkshalle ein Tag wie jeder andere, bis Schindler durch Lautsprecher gegen Mittag die Ansprache in die Werkshalle übertragen ließ, die Churchill aus Anlaß des Sieges der Alliierten hielt. Lutek Feigenbaum, der Englisch verstand, erstarrte neben seiner Drehbank zur Salzsäule. Für andere bedeuteten die ihnen unverständlichen Laute die erste Bekanntschaft mit einer Sprache, die sie künftig in der Neuen Welt selber würden sprechen müssen. Man hörte diese in ihrer Art ebenso aufreizende Stimme wie die Hitlers am Lagertor und auf den Wachtürmen, doch die SS-Leute nahmen das gelassen hin. Was im Lager geschah, interessierte sie schon nicht mehr, sie hielten Ausschau nach den Russen, ganz wie Schindler, nur angestrengter. Eigentlich hätten sie, Hassebroecks Befehl ausführend, die Häftlinge im Wald erschießen sollen, statt dessen suchten sie den Waldrand nach möglicherweise auftauchenden Partisanen ab. Der rastlose Oberscharführer Motzek und die Pflicht hielten sie auf den Wachtürmen fest. Pflichterfüllung bis zum letzten war ihr Ideal, wie ihre höchsten Führer später vor Gericht versicherten.

In den beiden Tagen der Ungewißheit zwischen der Ankündigung und dem Eintreten des Waffenstillstandes fertigte der Juwelier Licht für Schindler ein Geschenk an, das sehr viel angemessener war als das Kästchen, das man ihm zum Geburtstag überreicht hatte. Licht stand für seine Arbeit Gold zur Verfügung, das ihm der alte Herr Jereth von der Kistenfabrik übergeben hatte. Alle wußten und waren damit einverstanden, daß Schindler gleich nach Mitternacht am 8. Mai die Flucht antreten sollte. Stern, Finder, Garde, die Brüder Bejski und Pemper versteiften sich darauf, daß dies mit einer gewissen Feierlichkeit zu geschehen habe, und es ist bemerkenswert, daß diese Menschen, die doch immer noch nicht wußten, ob sie den Frieden noch erleben würden, daran dachten, Schindler ein Abschiedsgeschenk zu machen. Weil sie nur wertloses Material zur Verfügung hatten, kam Jereth darauf, seine goldenen Brücken zur Verfügung zu stellen. Mit der Begründung, die wären längst bei dem übrigen Zahngold der Juden in der Reichsbank gelandet, wenn Schindler nicht wäre, ließ er sie sich von einem Krakauer Dentisten entfernen. Licht schmolz das Gold und versah am Mittag des 8. Mai den Ring auf der Innenseite mit einer hebräischen Inschrift, jenem Vers aus dem Talmud, den Stern im Oktober 1939 im Büro der Firma Bucheister vor Schindler zitiert hatte: »Wer auch nur ein einziges Leben rettet, rettet die ganze Welt.« Zwei andere Häftlinge waren an jenem Nachmittag in einer der Garagen damit beschäftigt, in den Türverkleidungen von Schindlers Mercedes Diamanten zu verstecken. Auch diese beiden empfanden den Tag als bemerkenswert. Als sie aus der Garage traten, stand die Sonne in Höhe der Wachtürme mit den schußbereiten Maschinengewehren, die irgendwie nutzlos wirkten. Es war, als warte die Welt auf ein entscheidendes Wort.

Das kam erst am Abend. Wie schon an seinem Geburtstag ließ Schindler die Häftlinge durch den Lagerkommandanten in der Werkshalle versammeln, wieder waren die Zivilangestellten dabei, deren ganzer Sinn jetzt auf Flucht gerichtet war, darunter auch Ingrid, Schindlers alte Freundin. Die wollte ihn jetzt nicht begleiten, sondern sich mit ihrem Bruder, der verwundet war, auf den Weg machen. Man darf annehmen, daß Schindler ihr Wertsachen zugesteckt hat, die es ihr möglich machten, sich unterwegs das Notwendigste einzutauschen. Jedenfalls rechneten beide darauf, daß sie sich später im Westen wiedersehen und gute Freunde bleiben würden.

Wie schon anläßlich seiner Geburtstagsfeier standen die bewaffneten Wachmannschaften an den Wänden der Halle. Noch sollte der Krieg sechs weitere Stunden dauern, und die SS hatte überdies Befehl, sich niemals zu ergeben. Die Häftlinge rätselten darüber, in welcher Gemütsverfassung die sich befinden mochten.

Als bekannt wurde, daß der Direktor eine Rede halten würde, nahmen zwei weibliche Häftlinge namens Waidmann und Berger, die stenografieren konnten, Bleistift und Papier zur Hand. Schindler sprach frei, und was ein Mann, der in Kürze auf der Flucht sein würde, zu sagen hatte, nahm sich gesprochen viel eindringlicher aus als in dem nach den Stenogrammen gefertigten Protokoll. Er griff das auf seinem Geburtstag angesprochene Thema wieder auf, führte es jetzt aber weiter. Er sagte, die Häftlinge seien in Wahrheit diejenigen, die jetzt in ihr Erbe eingesetzt würden, und alle anderen – die SS, er selber, seine Frau, Fuchs, Schönbrunn und die anderen – seien der Rettung bedürftig. »Wir wissen jetzt, daß Deutschland bedingungslos kapitulieren wird. Nach sechs Jahren grauenhaften Mordens sind unzählige Opfer zu beklagen, und Europa wird jetzt zu Frieden und Ordnung zurückfinden müssen. Ich bitte Sie alle, die nächsten Stunden und Tage Disziplin zu halten, Sie, die Sie mit mir die schlimmen Jahre durchlebt haben. In einigen Tagen werden Sie in Ihre zerstörten, geplünderten Häuser zurückkehren und nach überlebenden Angehörigen suchen. Bis dahin achten Sie darauf, daß keine Panik entsteht, deren Folgen nicht vorherzusehen wären.«

Diese Aufforderung richtete sich weniger an die Häftlinge als an die SS; er forderte sie damit auf, aus dem Lager abzuziehen, und die Gefangenen forderte er auf, sie daran nicht zu hindern. General Montgomery, fuhr er fort, habe dazu aufgerufen, die Besiegten human zu behandeln und zwischen Schuldlosen und Schuldbeladenen zu unterscheiden. »Die Soldaten an der Front und die einfachen Leute, die ihre Pflicht getan haben dort, wohin man sie stellte, sind nicht für das zur Rechenschaft zu ziehen, was eine bestimmte Personengruppe im Namen des deutschen Volkes angerichtet hat.« Das war eine Rechtfertigung seiner Landsleute, die jeder Häftling, der diese Nacht überlebte, in den kommenden Jahren wieder und wieder zu hören kriegen sollte. Wenn irgendwer das Recht hatte, das auszusprechen und mindestens angehört zu werden, war es allerdings Oskar Schindler.

»Viele tausend Deutsche waren nicht damit einverstanden, daß Sie und die Ihren zu Millionen ermordet wurden, und auch heute noch wissen Millionen Deutsche nicht, was wirklich vorgegangen ist.« Die Einzelheiten über Dachau und Buchenwald seien erst vor kurzem von der BBC verbreitet worden, und viele Deutsche hätten »vom Ausmaß dieser grauenhaften Vernichtungsprozeduren« bis dahin nichts gewußt. Deshalb bat er seine Häftlinge noch einmal, sich menschlich und gerecht zu verhalten und die Bestrafung den Organen der Justiz zu überlassen. »Wollen Sie jemand anklagen, dann tun Sie es am richtigen Ort, denn in einem neuen Europa werden sich Richter finden, unbestechliche Richter, die Sie anhören.«

Er sprach dann darüber, was er mit seinen Gefangenen im vergangenen Jahr erlebt hatte, und das klang gelegentlich geradezu wehmütig, aber man muß bedenken, daß er sich nicht mit den Göths und den Hassebroecks in einen Topf werfen lassen wollte.

»Viele von Ihnen wissen, welche Mühe es mich gekostet hat, meine Arbeiter zu behalten, und das über Jahre hin. Es war schwierig genug zu verhindern, daß meine polnischen Arbeiter zwangsweise ins Reich verschleppt wurden, daß ihre bescheidenen Wohnungen und ihr Besitz geplündert wurden, aber die Mühe, meine jüdischen Arbeiter zu retten, war manchmal mehr, als ich bewältigen konnte.«

Er beschrieb einiges von dem, was er zu überwinden gehabt hatte, und dankte den Arbeitern dafür, daß sie ihrerseits den Anforderungen seiner Auftraggeber entsprochen hatten. Bedenkt man, was alles in Brünnlitz nicht produziert wurde, könnte das wie Ironie klingen, doch so war es nicht gemeint. Was der Direktor da seinen Arbeitern sagte, hieß im Klartext: Ich danke euch dafür, daß ihr mir geholfen habt, das Regime an der Nase herumzuführen.

Dann legte er ein gutes Wort für die Einheimischen ein. »Wenn in ein paar Tagen das Tor zur Freiheit geöffnet wird, vergessen Sie nicht, daß Ihnen so mancher aus der Nachbarschaft mit Nahrung und Kleidung geholfen hat. Rauben und plündern Sie nicht in der Nachbarschaft. Zeigen Sie sich würdig der Millionen Ihrer Toten, und üben Sie nicht selber Rache und Terror aus.« Er gab zu, daß man seine Häftlinge hier nicht gern aufgenommen hatte. »Die Schindlerjuden waren Parias in Brünnlitz.« Doch es gebe Wichtigeres, als im Ort Rache zu nehmen. »Ich vertraue darauf, daß Ihre Vorarbeiter für Ordnung und Vernunft sorgen. Denken Sie an die Daubeksche Mühle, daran, wie er Ihnen mit Mehl ausgeholfen hat, mehr als man für möglich halten sollte. Ich danke ihm hier ausdrücklich dafür.

Mir sollen Sie nicht danken, vielmehr danken Sie Ihren Brüdern, die sich Tag und Nacht bemüht haben, Sie zu retten. Danken Sie Stern und Pemper und jenen anderen, die schon seit den Tagen in Krakau jeden Moment um Ihretwillen ihr Leben riskiert haben. Es ist eine Ehrensache, Ordnung zu halten, solange Sie hier sind. Auch untereinander sollten Sie Menschlichkeit und Gerechtigkeit walten lassen, darum bitte ich Sie ausdrücklich. Und meinen persönlichen Mitarbeitern danke ich von ganzem Herzen für die Opfer, die Sie gebracht haben.« Er kam von einem Punkt zum anderen, wiederholte manches, kam auf anderes zurück und gelangte dann zu der verwegensten Stelle dieser Rede: Er bedankte sich bei den Wachmannschaften der SS dafür, daß sie sich geweigert hätten, die ihnen erteilten barbarischen Befehle auszuführen. Manche Häftlinge fragten sich dabei besorgt: Uns hat er aufgefordert, nicht zu provozieren, und was macht er selber? Denn die SS war immerhin die SS von Göth und Hujer und John und Scheidt. Es gab Dinge, die ein SS-Mann sich beibringen ließ, Dinge, die er tat und die er sah, die die Grenze seiner Menschlichkeit markierten. Und es schien, als bewege Schindler sich gefährlich nahe an dieser Grenze.

»Ich danke den versammelten Bewachern von der SS, die sich nicht freiwillig zu diesem Dienst gemeldet haben und als Familienväter längst begriffen haben, wie verabscheuungswürdig und sinnlos der Dienst ist, zu dem man sie kommandiert hat. Sie haben sich hier vorbildlich menschlich und korrekt verhalten.«

Die Gefangenen begriffen nicht, daß Schindler hier jenes Werk beendete, das er am Abend seines Geburtstages begonnen hatte, dazu waren sie viel zu verblüfft. Er setzte die SS als Kampftruppe außer Gefecht, denn wenn sie sich hier anhörten, was er als human und korrekt bezeichnete, ohne zu widersprechen, dann blieb ihnen nichts übrig als abzuziehen. »Zum Schluß bitte ich alle Anwesenden um drei Minuten Schweigen für die unzähligen Opfer, die in den grausamen Jahren umgekommen sind.« Und man gehorchte. Oberscharführer Motzek und Helene Hirsch; Lusia, die in der vergangenen Woche erstmals aus dem Keller gekommen war; Schönbrunn, Schindlers Frau und Goldberg. Es schwiegen die, welche kaum abwarten konnten, daß die Zeit endlich vorbei wäre, und die, welche auf dem Sprung standen zu flüchten. Am Ende des lärmendsten aller Kriege herrschte in dem Saal mit den großen Maschinen völlige Stille. Dann marschierte die SS rasch aus der Halle. Die Häftlinge blieben zurück, schauten sich um und fragten sich, ob nun sie im Besitz der Walstatt seien. Schindlers wurden auf dem Weg zu ihrer Wohnung aufgehalten, Lichts Ring wurde übergeben. Schindler bewunderte ihn ausgiebig, zeigte seiner Frau die Inschrift, ließ sie sich von Stern vorlesen. Als er fragte, woher das Gold stamme, und hörte, es sei Jereths Zahngold, erwartete man, ihn darüber lachen zu hören. Jereth war bei denen, die Schindler dies Geschenk übergeben hatten, und war seiner Zahnstummel wegen schon gefrozzelt worden. Schindler aber wurde sehr ernst und steckte den Ring an den Finger. Niemand bemerkte etwas davon, doch war dies der Moment, an dem die Häftlinge wieder sie selber wurden und Schindler künftig abhängig von ihrer Großmut.

Kapitel 38

In den Stunden, die auf Schindlers Ansprache folgten, desertierte die Wachmannschaft. In der Fabrik wurden die ausgewählten Gruppen derweil mit den von Schindler gekauften Waffen versehen. Man hoffte, um ein Gefecht mit der SS herumzukommen, das doch nur rituellen Charakter haben konnte. Gefechtslärm würde nur flüchtende Truppenteile aufmerksam machen, davor hatte Schindler ausdrücklich gewarnt. Immerhin, einigte man sich nicht mit der SS, würde man am Ende die Wachtürme mit Handgranaten unschädlich machen müssen.

Es kam dann aber ganz anders. Die Torposten übergaben ihre Waffen anstandslos. Vor dem Eingang zur SS-Unterkunft entwaffneten Pfefferberg und Jusek Horn den Lagerkommandanten Motzek, der als vernünftiger Hausvater darum bat, man möge ihm nichts antun. Pfefferberg nahm ihm die Pistole weg und hielt ihn eine Weile fest. Motzek rief nach Schindler, damit der ihn vor Ungemach bewahre, und man ließ ihn heimgehen.

Die Türme waren verlassen, alle diesbezüglichen Überlegungen hätte man sich sparen können. Sie wurden jetzt von bewaffneten Häftlingen besetzt, was auf jeden Vorüberkommenden den Eindruck machen mußte, als sei die alte Ordnung noch in Kraft.

Um Mitternacht war weit und breit kein männlicher oder weiblicher Angehöriger der SS mehr zu sehen. Schindler ließ Bankier kommen und gab ihm den Schlüssel für einen riesigen Vorratsbehälter, der 18 Lkw-Ladungen Stoffe, Garne, Wolle, Nähgarn und Schuhe enthielt, die die Wehrmacht zu Schindler nach Brünnlitz ausgelagert hatte. Stern und die anderen haben später versichert, Schindler habe von Anfang an beabsichtigt, nach Kriegsende seine Gefangenen mit diesem Material als mit einer Art Startkapital zu versehen, und Schindler hat das später selbst bestätigt. Er habe sich bei der Wehrmacht um die Lagerung dieser Dinge beworben »in der Absicht, nach Kriegsende meine jüdischen Schützlinge mit Kleidung auszustatten ... jüdische Textilfachleute schätzten den Wert dieser Vorräte auf 150 000 US-Vorkriegsdollar.«

In Brünnlitz gab es durchaus Leute, die eine solche Schätzung vornehmen konnten, zum Beispiel Juda Dresner, der auf der Stradomstraße ein eigenes Textilgeschäft besessen hatte, auch Itzhak Stern, der in einer Textilfirma gegenüber angestellt gewesen war.

Die Übergabe des Schlüssels geschah in feierlicher Form; Schindler und seine Frau trugen dabei Häftlingskleidung. Die Umkehrung, die er seit den ersten Tagen der DEF betrieben hatte, war damit sinnfällig erreicht. Als beide in den Hof traten, um Abschied zu nehmen, glaubte man allgemein, er habe sich nur verkleidet und werde diese Verkleidung ablegen, sobald er die amerikanischen Linien erreichte, doch daß er die Häftlingskleidung angelegt hatte, war nicht leichthin abzutun. In einem sehr buchstäblichen Sinne blieb er von nun an bis ans Ende eine Geisel von Brünnlitz und der Emalia.

Acht Häftlinge waren bereit, mit Schindlers zu fahren, lauter junge Leute, darunter das Ehepaar Richard und Anka Rechen. Der älteste war der Ingenieur Edek Reubinski, fast zehn Jahre jünger als Schindler. Von dem stammt der Bericht über die nun folgende erstaunliche Reise.

Schindlers und ein Chauffeur sollten den Mercedes nehmen, die andern in einem Laster folgen, der mit Tauschwaren beladen war, mit Zigaretten und Schnaps. Schindler lag nun daran fortzukommen. Die Wlassowschen Russen waren vor ein paar Tagen schon abgezogen, doch dafür wurde die Rote Armee in aller Kürze in Brünnlitz erwartet. Schindler, der mit seiner Frau in Häftlingskleidung auf dem Rücksitz saß – man muß allerdings zugeben, sie sahen aus wie ein bürgerliches Paar unterwegs zum Maskenball –, gab Stern, Bankier und Salpeter letzte Anweisungen, hatte aber keine Ruhe mehr. Als Grünhaut, der Chauffeur, den Wagen anlassen wollte, rührte der Motor sich nicht. Schindler kletterte hinaus und sah unter die Motorhaube. Jetzt wurde er nervös, war gar nicht mehr, der er noch eben gewesen. »Was ist los?« fragte er immer wieder, doch Grünhaut konnte in der Dunkelheit nichts feststellen. Es dauerte eine Weile, bis er die gänzlich unvorhersehbare Panne fand; jemand, der Schindler nicht gehen lassen wollte, hatte die Zündkabel zerschnitten.

Pfefferberg, der zusammen mit anderen Schindlers nachwinken wollte, holte sein Werkzeug und begann mit der Reparatur. Er spürte, wie eilig Schindler es hatte, und war entsprechend ungeschickt. Schindler starrte auf das Lagertor, als erwarte er, die Russen dort jeden Moment auftauchen zu sehen. Das war durchaus nicht abwegig, auch andere befürchteten genau dies, und Pfefferberg brauchte viel zu lange. Schließlich sprang der Motor an.

Der Mercedes fuhr los, der Lastwagen hinterher. Zu einem feierlichen Abschied kam es nicht mehr, alle waren zu nervös. Immerhin nahmen Schindlers das Schreiben Hilfsteins, Sterns und Salpeters an sich, im dem die Rolle, welche das Ehepaar in den letzten Jahren gespielt hatte, dargestellt war. Der kleine Konvoi rollte zum Lager hinaus und wandte sich dann Richtung Deutsch-Brod. Für Schindler, der mit mehreren Frauen in Brünlitz angekommen war, war diese Abfahrt in Begleitung seiner Ehefrau so etwas wie eine Hochzeitsreise. Stern und die anderen blieben im Hof stehen. Schindlers Versprechungen hatten sich bewahrheitet, sie waren endlich ihre eigenen Herren. Aber auch damit mußte man erst einmal fertig werden.

Es folgte eine Übergangszeit von drei Tagen. Nach Abzug der SS blieb nur ein Vertreter der Tötungsmaschinerie im Lager zurück, ein deutscher Kapo, der mit den Männern aus Groß-Rosen nach Brünnlitz gekommen war. In Groß-Rosen hatte er eine Anzahl Mordtaten begangen und sich in Brünnlitz Feinde gemacht. Häftlinge holten ihn von seiner Pritsche in der Werkshalle und erhängten ihn an einem jener Dachbalken, an welchen Untersturmführer Leipold noch kürzlich alle jüdischen Häftlinge hatte aufhängen wollen. Einige Gefangene suchten die Hinrichtung zu verhindern, vergeblich. Diese erste Mordtat nach Ende des Krieges wurde von vielen Häftlingen bedauert. Sie hatten mit angesehen, wie Göth den armen Krautwirt auf dem Appellplatz von Plaszow hängen ließ, und auch diese Exekution erfüllte sie mit Entsetzen, wenn sie auch aus ganz anderen Gründen vorgenommen wurde. Denn Göth blieb unveränderbar Göth, während diese Henker ihre Brüder waren.

Man ließ den Leichnam über den stillstehenden Maschinen hängen. Der Anblick erfüllte die Betrachter indessen mit Unbehagen; obwohl sie eigentlich hätten jubeln sollen, empfanden sie Zweifel. Schließlich wurde die Leiche abgeschnitten und verbrannt. Auch daran, daß die einzige in Brünnlitz verbrannte Leiche die eines Ariers war, zeigt sich, ein wie ungewöhnliches Lager Brünnlitz gewesen ist.

Am nächsten Tag beschäftigte man sich mit der Verteilung der von Schindler zurückgelassenen Textilien. Tuchballen wurden zerschnitten. Mosche Bejski berichtet, daß jeder Gefangene drei Meter Stoff bekam, eine Garnitur Unterwäsche und Nähgarn. Manche Frauen begannen sogleich, Kleidung anzufertigen, in der sie die Heimreise antreten wollten, andere hoben das Material zu Tauschzwecken während der bevorstehenden unsicheren Zeiten auf.

Dann wurden die Zigaretten verteilt, die Schindler aus dem Depot in Brünn geholt hatte, und Salpeter gab aus seinen Vorräten pro Person eine Flasche Wodka aus, der von den wenigsten getrunken wurde, denn er war einfach zu kostbar.

Am Abend dieses zweiten Tages näherte sich aus Richtung Zwittau eine Panzerabteilung. Feigenbaum, der auf Außenposten stand, war versucht, auf den ersten Panzer zu schießen, der am Lager vorüberfuhr, unterließ es jedoch. Ein Fahrzeug nach dem anderen rasselte vorbei. Aus dem letzten Panzer wurde von einem Kanonier, der aus der Stacheldrahtumzäunung und den Wachtürmen auf die mögliche Anwesenheit jüdischer Verbrecher schloß, zwei Granaten ins Lager gefeuert, von denen eine im Hof, die andere auf dem Balkon vor dem Frauenlager detonierte. Das war eine Demonstration des bösen Willens, die keiner der Bewaffneten erwiderte, teils aus Verblüffung, teils aus Klugheit.

Als der letzte Panzer verschwunden war, brachen die Frauen in ein durchdringendes Klagegeheul aus. Eine junge Frau war von Granatsplittern verletzt worden, und dieser Anblick hatte in den Frauen die Schleusen geöffnet, hinter denen sich der Jammer der letzten Jahre aufgestaut hatte. Die Ärzte stellten fest, daß die Verletzungen der jungen Frau nicht bedeutend waren.

Schindlers Geleitzug schloß sich einer Wehrmachtskolonne an. In der Dunkelheit blieben sie unbehelligt. Sie hörten Detonationen, die von deutschen Sprengkommandos ausgelöst wurden, und gelegentlich Gewehrfeuer, vermutlich Schußwechsel mit tschechischen Partisanen. Unweit Deutsch-Brod verloren sie die Kolonne und wurden bald darauf von Partisanen angehalten. Schindler spielte die Rolle des Häftlings. Reubinski kletterte aus dem Lastwagen und beteiligte sich an dem Verhör. Auf Befragen gab er an, einen Karabiner im Wagen zu haben. Die Tschechen forderten ihn auf, den herauszugeben, was nur in seinem eigenen Interesse liege, denn sollten sie Russen in die Hände fallen und bewaffnet sein, würden die kurzen Prozeß mit ihnen machen. Die Häftlingskleidung sei ohnehin ihr bester Ausweis. Im übrigen müsse man in Deutsch-Brod immer noch mit versprengten deutschen Nachzüglern rechnen, und beim Roten Kreuz auf dem Marktplatz seien Schindler und die Seinen am besten aufgehoben. Die Leute vom Roten Kreuz waren noch vorsichtiger – am sichersten wären die Häftlinge im städtischen Gefängnis. Also ließ man die Fahrzeuge vor der Hilfsstation des Roten Kreuzes auf dem Platz stehen, Schindlers und die übrigen nahmen ihr Handgepäck und legten sich in den unversperrten Zellen zum Schlafen nieder.

Am folgenden Morgen waren ihre Fahrzeuge ausgeschlachtet. Türverkleidungen und Polster des Mercedes waren fort, damit auch die Diamanten, ferner die Räder und Teile der Motoren. Die Tschechen betrachteten das gelassen: In solchen Zeiten muß man mit

Verlusten rechnen. Es ist auch möglich, daß sie den athletischen Schindler mit den blauen Augen für einen verkleideten SS-Mann gehalten haben. Nun verfügte man nicht mehr über eigene Transportmittel, doch es gab einen Zug, der in südlicher Richtung über Budweis Richtung österreichische Grenze fuhr. Reubinski sagt, sie seien mit dem Zug »bis an die Wälder« gefahren und von dort gelaufen. In den Grenzwäldern nördlich von Linz vermuteten sie amerikanische Truppen, und wirklich stießen sie auf einem Waldweg auf eine MG-Stellung mit zwei Amerikanern. Einer der Häftlinge sprach sie englisch an und vernahm, daß die beiden Befehl hatten, niemand hier durchzulassen. Ob nur der Weg gesperrt sei oder ob es auch verboten war, quer durch den Wald zu gehen? Das wohl nicht, meinte einer der Amerikaner.

Also umgingen sie die Sperre, kehrten nach einer Weile zurück auf den Waldweg und begegneten kurz darauf einer Infanteriekompanie, die in Doppelreihe nach Norden marschierte. Der Kompaniechef verhörte den englisch sprechenden Häftling, der ihm ganz offen sagte, sie seien Juden und führten ihren Werksdirektor mit. Weil sie aus den Meldungen der BBC wußten, daß in den US-Streitkräften viele Männer deutscher und jüdischer Abstammung kämpften, fühlten sie sich zu solcher Offenheit berechtigt. »Rühren Sie sich nicht von der Stelle«, befahl der Captain, fuhr mit seinem Jeep zurück und überließ sie den jungen, etwas verlegenen Infanteristen, die ihnen freundlich Zigaretten anboten.

Frau Schindler und die Häftlinge waren besorgt, daß Schindler am Ende doch noch verhaftet werden könnte, doch er saß seelenruhig am Wege und atmete genießerisch die frische Waldluft. Er fühlte sich durch sein hebräisches Empfehlungsschreiben ausreichend geschützt. Nach einer halben Stunde näherte sich eine Gruppe Uniformierter, jüdische Soldaten und mit ihnen ihr Rabbiner. Schindler und die Seinen waren die ersten KL-Häftlinge, welche diese Soldaten zu Gesicht bekamen, und es gab eine sehr herzliche Begrüßung. Schindler holte seinen Brief hervor und ließ ihn den Rabbiner lesen. Der teilte den Umstehenden den Inhalt mit. Allgemeiner Applaus. Umarmungen, Händeschütteln. Schindler und seine Gefangenen verbrachten die folgenden beiden Tage an der Grenze zu Österreich als Gäste des Regimentskommandeurs und des Rabbiners. Sie tranken ausgezeichneten Kaffee, wie die echten Häftlinge seit der Gründung des Gettos keinen mehr zu sehen bekommen hatten, und speisten für ihre Begriffe fürstlich. Am dritten Tage stellte ihnen der Rabbiner einen erbeuteten Sanitätskraftwagen zur Verfügung, in dem sie sich nach dem zerstörten Linz aufmachten.

In Brünnlitz waren auch am zweiten Tag noch keine Russen aufgetaucht. Die bewaffneten Häftlinge machten sich allmählich Sorgen – offenbar würde man sich länger als vermutet im Lager halten müssen. Aus Erfahrung wußten sie, daß das Wachpersonal nur eines gefürchtet hatte: eine Typhusepidemie, und deshalb hängten sie große Schilder mit der Aufschrift ACHTUNG TYPHUS! auf. Am Nachmittag erschienen drei Partisanen am Zaun und sprachen mit den Posten. Es sei nun alles vorüber und sie könnten jederzeit das Lager verlassen. Erst wenn die Russen kommen, entgegneten die Häftlinge, solange bleiben wir hier.

Darin drückte sich eine für die Häftlinge bezeichnende Angst aus, nämlich daß die Welt jenseits des Stacheldrahtes gefährlich sei und man sich ihr nur schrittweise nähern dürfe. Sie waren nicht davon überzeugt, daß die letzten deutschen Truppen schon durch waren.

Die Tschechen gingen achselzuckend weg.

In der Nacht, Pfefferberg stand gerade Posten, hörte man auf der Straße Motorräder. Die fuhren nicht vorüber wie die Panzer, sondern bogen zum Lager ein. Es waren fünf Beiwagenräder mit SS-Besatzungen, und sie hielten am Lagertor. Während sie absaßen, beriet man in der Fabrik fieberhaft, ob man auf sie das Feuer eröffnen solle.

Dem Unterführer, der das Kommando hatte, war die ganze Sache offensichtlich nicht geheuer. Er blieb am Zaun stehen und verlangte Benzin. In einer Fabrik wie Brünnlitz werde es doch gewiß Treibstoff geben?

Pfefferberg riet, diesen Leuten Benzin zu geben und sie abfahren zu lassen. Es sei sinnlos, sich mit ihnen zu schießen, man wisse schließlich nicht, ob nicht ein größerer Verband in der Nähe durchziehe. Man ließ die SS-Leute herein und zapfte ihnen in einer der Garagen Benzin in Kanister. Die bewaffneten Häftlinge hatten dunkle Overalls angezogen, um sich das Aussehen von deutschen Kapos zu geben, und der SS-Unterführer vermied es peinlich, sein Erstaunen darüber merken zu lassen, daß hier bewaffnete Lagerinsassen ihr Gefängnis verteidigten. »Sie haben gesehen, daß hier Typhus herrscht?« sagte Pfefferberg und deutete auf eines der Schilder. Die SS-Leute blickten einander an. »Vierzehn unserer Leute sind schon gestorben, und im Keller liegen noch weitere fünfzig.«

Das machte Eindruck. Überdies waren die SS-Leute müde, waren auf der Flucht. Das reichte ihnen völlig, auf Typhusbakterien wollten sie gern verzichten.

Mit gefüllten Zwanzigliterkanistern verließen sie das Lager, tankten auf und setzten die Kanister, die sie in den Seitenwagen nicht unterbringen konnten, ordentlich am Zaun ab. Sie streiften die Handschuhe über, traten die Motoren an und fuhren nach Südwesten davon. Für die Posten am Tor war dies die letzte Begegnung mit Männern in der Uniform von Himmlers teuflischen Legionen.

Als das Lager dann am Morgen des dritten Tages befreit wurde, geschah dies durch einen einzelnen russischen Offizier. Er näherte sich der Fabrik zu Pferde, auf einem kleinen Panjepferd, wie sich erwies, als er näher kam; die Füße des Reiters berührten fast den Boden, obwohl der die Knie hochgezogen und eng an den mageren Bauch seines Pferdchens gepreßt hielt. Seine Uniform war zerschlissen, der Riemen des Gewehrs fast durchgewetzt und mit einem Strick verstärkt. So hatte es den Anschein, als habe er ganz persönlich und eigens zu ihrer Befreiung Krieg geführt. Auch der Zaum des Pferdes war nicht aus Leder, sondern ein Strick. Der Offizier war hellhäutig und wirkte auf die Polen wie alle Russen ungeheuer fremd und zugleich ungemein vertraut.

Nach einem kurzen geradebrechten Wortwechsel, halb polnisch, halb russisch, ließen die Posten ihn ein. Die Frauen kamen hervor, als sie von seiner Ankunft hörten, und als er absaß, wurde er von Frau Krumholz umarmt. Er lächelte und verlangte auf russisch und polnisch einen Stuhl. Der wurde gebracht.

Er stieg hinauf, obwohl er die Häftlinge ohnehin überragte, und hielt eine Rede, offenbar die Standardansprache anläßlich der Befreiung von Häftlingen. Mosche Bejski verstand ihn einigermaßen. Sie seien von der ruhmreichen Sowjetarmee befreit worden, könnten das Lager unbedenklich verlassen, hingehen, wohin sie wollten. Denn die Sowjets machten keinen Unterschied zwischen Juden und Nichtjuden, Männern oder Frauen, Freien oder Gefangenen. Sie sollten in der Stadt nicht ihre Rachegelüste befriedigen, das wäre Sache der Befreier, die ihre Bedrücker aufspüren und ihrer Strafe zuführen würden. Ihre neugewonnene Freiheit sollten sie über alles andere stellen.

Er stieg vom Stuhl und ließ merken, daß damit der offizielle Teil erledigt und er bereit sei, auf Fragen zu antworten. Als Bejski und andere ihn umdrängten, deutete er auf sich und sagte in unsicherem weißrussischen Jiddisch – wie es noch die Großeltern, nicht aber mehr die Eltern gesprochen haben –, er selber sei Jude.

Die Unterhaltung wurde sogleich vertrauter.

»Waren Sie in Polen?« fragte Bejski.

»Ja, da komme ich jetzt her.«

»Sind da noch Juden am Leben?«

»Gesehen habe ich keine.«

Die anderen Gefangenen drängten heran, ließen sich übersetzen, redeten miteinander.

»Woher kommst du?« wollte der Russe von Bejski wissen.

»Aus Krakau.«

»Da war ich vor vierzehn Tagen.«

»Und was ist in Auschwitz?«

»Dort soll es noch ein paar Juden geben.«

Die Gefangenen wurden nachdenklich. Dem Russen zufolge waren in Polen kaum Juden zurückgeblieben, und in Krakau wären sie möglicherweise die einzigen.

»Braucht ihr was?« fragte der Russe.

Man verlangte Nahrungsmittel, und er versprach ihnen eine Wagenladung Brot, vielleicht auch Pferdefleisch. Noch vor Dunkelheit. »Aber ihr könntet euch mal im Ort umsehen«, schlug er vor.

Was für ein Gedanke – einfach zum Tor hinaus und nach Brünnlitz einkaufen gehen! Nicht wenige waren unfähig, diesen Gedanken zu fassen, doch etliche jüngere Leute wie Pemper und Bejski folgten dem Russen. Falls es in Polen keine Juden mehr gab, wo sollten sie dann hin? Sie wollten ihn nicht um Anweisungen bitten, doch könne er ihnen vielleicht raten? Der Russe schaute sie an. »Ich weiß es auch nicht. Ich weiß nicht, wo ihr bleiben könnt. Geht nicht nach Osten, soviel kann ich sagen. Aber auch nicht nach Westen.« Er band sein Pferd los. »Man kann uns nirgendwo leiden.«

Wie der Russe ihnen geraten hatte, machten die Gefangenen von Brünnlitz ihren ersten Ausflug in die Freiheit, die jüngeren voran. Danka Schindel erkletterte den bewaldeten Hügel hinter dem Lager. Hier standen Lilien und Anemonen in Blüte, Zugvögel kamen aus dem Süden. Danka setzte sich ins Gras und genoß den Tag, sog die süße Luft ein, schaute in den Himmel. Dort blieb sie lange, so lange, daß ihre Eltern schon fürchteten, ihr sei in Brünnlitz etwas passiert, entweder durch die Einheimischen oder durch die Russen.

Goldberg ging als einer der ersten, wenn nicht überhaupt der erste, ihn zog es nach Krakau zu seinen Schätzen. Sobald wie irgend möglich wollte er nach Brasilien auswandern.

Die meisten älteren Gefangenen blieben im Lager. In Brünnlitz waren jetzt die Russen, der Stab lag in einer Villa oberhalb des Ortes. Sie ließen Pferdefleisch ins Lager schaffen, das von den Gefangenen verschlungen wurde, aber nach der Diät aus Hafermehl, Gemüse und Brot nicht allen bekam.

Feigenbaum, Dresner und Sternberg gingen nach Brünnlitz, sich umsehen. Auf den Straßen patroullierten tschechische Partisanen, und die ortsansässigen Deutschen fürchteten sich vor den Häftlingen. Man bot ihnen einen Sack Zucker an, und Sternberg war so gierig darauf, daß er ihn händeweise aus dem Sack aß. Davon wurde er krank. Ebenso wie die Schindlergruppe in Nürnberg und Ravensburg entdeckte er, daß man sich der Freiheit und der Fülle nur vorsichtig nähern durfte. Eigentlich wollte man in Brünnlitz Brot beschaffen. Als der Bäcker versicherte, er habe keines, bedrohte Feigenbaum ihn mit der Pistole und drängte ihn rückwärts aus dem Laden in seine Wohnung, wo er versteckte Vorräte vermutete. Hier kauerte die verschreckte Bäckerin mit ihren beiden Töchtern; sie sahen die Häftlinge ebenso entsetzt und angstvoll an, wie die Juden bei Aktionen im Getto die SS-Leute angeschaut hatten.

Feigenbaum war tief beschämt, er grüßte kurz und verließ das Haus.

Mila Pfefferberg erging es bei ihrem ersten Besuch im Ort nicht viel besser. Als sie auf den Ring kam, hielt ein tschechischer Partisan zwei junge sudetendeutsche Frauen an und zwang sie, ihre Schuhe auszuziehen. Mila, die Holzschuhe trug, solle sich ein passendes Paar auswählen. Sie geriet in große Verlegenheit und wählte ein Paar Schuhe aus. Der Partisan schob der Besitzerin die Holzschuhe hin. Und schon lief Mila hinter den beiden her und gab die Schuhe zurück. Dafür bedankten sich die beiden nicht einmal, wie Mila noch weiß. Bei Dunkelheit kamen Russen ins Lager auf der Suche nach Frauen. Pfefferberg mußte Frau Krumholz mit der Pistole vor einem Soldaten schützen. (Frau Krumholz hat Pfefferberg das noch jahrelang im Scherz verübelt: »Da hatte ich nun mal Gelegenheit, mich mit jungen Männern einzulassen, aber er hat mir jedesmal den Spaß verdorben!«) Zwei oder drei junge Frauen gingen mehr oder weniger freiwillig mit den Russen und kamen nach drei Tagen, in denen sie sich, wie sie sagten, sehr gut amüsiert hatten, zurück.

Im Lager zu bleiben, bedeutete die totale Resignation, und im Laufe der Woche zogen die Gefangenen gruppenweise ab. Diejenigen, deren Angehörige ermordet worden waren, wandten sich nach Westen in dem Wunsch, niemals mehr nach Polen zurückzukehren. Die Brüder Bejski schlugen sich dank ihres Wodkas und der Stoffe bis nach Italien durch und bestiegen ein Schiff der Zionisten nach Palästina. Dresners wanderten durch Böhmen nach Deutschland, und ihr Sohn Janek war unter den ersten zehn Studenten, die sich an der Universität Erlangen einschrieben, als diese im Jahr darauf geöffnet wurde. Manci Rosner kehrte zurück nach Podgorze, wo sie mit Henry verabredet war. Der befand sich mit seinem Sohn Olek in München, wohin er von Dachau aus gegangen war, und traf zufällig in einem Pissoir einen an seiner Kleidung erkenntlichen ehemaligen KL-Häftling. Dieser Mann sagte Rosner, in Brünnlitz hätten alle bis auf eine alte Frau überlebt. Manci erfuhr aus der Zeitung, daß ihr Mann noch lebte; die Namen der in Dachau befreiten polnischen Häftlinge waren veröffentlicht worden.

Regina Horowitz erging es ähnlich. Drei Wochen war sie mit ihrer Tochter Niusia aus Brünnlitz nach Krakau unterwegs. Hier mietete sie ein Zimmer – sie bezahlte mit dem Brünnlitzer Stoff – und wartete auf Dolek, ihren Mann. Als er eintraf, stellten sie Erkundigungen nach dem kleinen Richard an, konnten aber nichts in Erfahrung bringen. Im Sommer sah sie den Film, den die Russen über Auschwitz gedreht hatten und der polnischen Bevölkerung kostenlos vorführten. Es kamen die Bilder der Kinder, die hinter dem Stacheldraht hervorlugten und von Nonnen aus dem Lager geführt wurden, und auf fast allen diesen Bildern war ihr Richard zu sehen. Laut schreiend stürzte sie aus dem Kino. Es stellte sich dann heraus, daß Richard von den Russen an eine jüdische Hilfsorganisation übergeben und zur Adoption freigegeben worden war, weil man annahm, alle seine Angehörigen seien ermordet worden. Die Adoptiveltern waren mit der Familie Horowitz bekannt, und seine Mutter holte ihn ab. Nun war er wieder bei ihr, doch die Galgen, die er in Plaszow und Auschwitz gesehen hatte, versetzten ihn beim Anblick von Schaukeln auf einem Kinderspielplatz in Angstzustände.

Schindler meldete sich mit seinen Begleitern bei den amerikanischen Behörden in Linz; sie ließen den reparaturanfälligen Sanka stehen und wurden in einem Lastwagen nach Nürnberg gebracht, in eine Sammelstelle für ehemalige KL-Häftlinge. Wie sie schon erwartet hatten, war es mit der Befreiung keine ganz einfache Sache.

Richard Rechen hatte in Konstanz eine Tante, und deren Adresse gaben sie an, als man sie fragte, ob sie irgendwohin wollten. Die acht jungen ehemaligen Brünnlitzer wollten Schindlers über die Schweizer Grenze bringen, weil sie fürchteten, die beiden könnten selbst in der amerikanischen Zone Opfer irgendeiner ungerechtfertigten Strafmaßnahme werden. Überdies wollten alle acht auswandern, und sie glaubten, das aus der Schweiz leichter zu können.

Reubinski berichtet, daß die Amerikaner in Nürnberg durchaus freundlich gewesen seien, für den Weitertransport nach Konstanz aber nicht sorgen wollten. So legten sie denn die Strecke auf eigene Faust zurück, teils zu Fuß, teils mit der Bahn. Unweit von Ravensburg machten sie die Bekanntschaft des Kommandanten eines amerikanischen Gefangenenlagers und blieben ein paar Tage als dessen

Gäste bei ihm, bekamen gut und reichlich zu essen und erzählten von ihren Erlebnissen in Plaszow und Groß-Rosen, Auschwitz und Brünnlitz und auch von Göth. Sie hofften, er werde sie nach Konstanz bringen, und tatsächlich ließ er sie mit einem Bus dorthin befördern, gab ihnen auch Nahrungsmittel mit auf den Weg.

In Kreuzlingen angekommen, besorgten sie sich eine Drahtschere. Die Grenze verlief in Form eines Drahthindernisses mitten durch den Ort und wurde auf deutscher Seite von französischer Militärpolizei bewacht. Bei dem Versuch, den Draht zu zerschneiden und ungesehen in die Schweiz überzutreten, wurden sie von einer Frau beobachtet, welche die Grenzwachen alarmierte. Sie standen nun zwar in der Schweiz, wurden dort aber sogleich festgenommen und auf die deutsche Seite zurückgebracht. Die Franzosen filzten sie, nahmen ihnen Geld und Diamanten weg und sperrten sie getrennt ins deutsche Gefängnis.

Reubinski war klar, daß man sie verdächtigte, desertierte KL-Wachmannschaften zu sein, denn sie trugen immer noch die gestreiften Kittel. Dank der guten Ernährung durch die Amerikaner wirkten sie aber keineswegs mehr wie ausgehungerte Häftlinge. Man vernahm sie einzeln, wollte wissen, wie sie gereist waren, woher ihre Wertsachen stammten. Selbstverständlich konnte jeder eine plausible Geschichte erzählen, doch wußte keiner, was die anderen gesagt hatten. Es scheint, daß sie erwarteten, die Franzosen würden, anders als die Amerikaner, Schindler in jedem Fall anklagen. Da sie deshalb mit ihren Aussagen zugunsten von Schindler, wie sie meinten, zurückhaltend waren, blieben sie eine Woche in Haft. Schindler und seine Frau waren unterdessen in religiösen Dingen genügend informiert, um einschlägige Fragen zu beantworten, doch Schindlers ganzes Auftreten und seine körperliche Verfassung machten es unglaubhaft, daß er noch bis vor kurzem ein Gefangener der SS gewesen sein sollte, und unglückseligerweise war das ihm übergebene Empfehlungsschreiben in hebräischer Sprache bei den Akten der Amerikaner in Linz.

Reubinski galt als Anführer der Gruppe und wurde am häufigsten vernommen. Am siebenten Tage seiner Inhaftierung stellte man ihn einem Zivilisten gegenüber, der polnisch sprach und darüber urteilen sollte, ob Reubinski, wie er behauptete, wirklich aus

Krakau stammen könne. Reubinski sperrte sich jetzt nicht länger, sondern erzählte offen die ganze Geschichte. Die anderen wurden einer nach dem anderen hereingerufen, erfuhren, daß Reubinski gestanden habe, und wurden aufgefordert, nun ihrerseits auszupacken. Das endete mit einer allgemeinen Umarmung und Tränen der Rührung seitens des französischen Vernehmers. Fürwahr ein sonderbarer Anblick – ein weinender Vernehmer! Dann aßen alle gemeinsam zu Mittag, und anschließend blieben Schindlers und seine ehemaligen Gefangenen einige Tage in einem Hotel am Bodensee, das von der französischen Militärregierung requiriert worden war. Als Schindler sich an diesem Abend mit seiner Frau und den acht jungen Leuten zum Essen setzte, war alles, was ihm gehört hatte, in den Besitz der Sowjets übergegangen und seine letzten Habseligkeiten, Schmuck und Bargeld, im Rachen der Bürokratie der Befreier verschwunden. Er war praktisch bettelarm, speiste aber vergleichsweise ausgezeichnet in einem guten Hotel und in guter Gesellschaft. Nach diesem Muster etwa sollte er fortan leben.

Epilog

Damit war der Höhepunkt in Schindlers Laufbahn überschritten; die Zeit des Friedens war für ihn längst nicht so anregend wie die Kriegsjahre. Er ging mit seiner Frau nach München und teilte die Wohnung zeitweise mit Rosners, die in einem Restaurant musizierten und in bescheidenem Wohlstand lebten. Einer seiner ehemaligen Schützlinge traf ihn dort und war entsetzt, als er sah, daß Schindler einen zerfetzten Mantel trug. Sein Eigentum in Krakau und Mähren war selbstverständlich eingezogen worden, und andere Mittel besaß er nicht mehr. Feigenbaums lernten seine neueste Geliebte in München kennen, eine junge Jüdin, die nicht Brünnlitz, sondern viel schlimmere Lager überlebt hatte. So mancher Besucher schämte sich für Schindler seiner Frau wegen, auch wenn man dazu neigte, ihm vieles nachzusehen. Im übrigen war er immer noch ein generöser Mann, wenn auch in den ihm nun gezogenen Grenzen, und hatte eine Nase dafür, wo man etwas organisieren konnte, beispielsweise Hühner, und das ausgerechnet in München. Er suchte die Gesellschaft seiner Juden, die jetzt in Deutschland lebten – Rosners, Pfefferbergs, Dresners, Feigenbaums, Sternbergs. Zyniker sagten später, für jeden, der mit Konzentrationslagern zu tun gehabt habe, sei es damals ratsam gewesen, sich an jüdische Freunde zu halten, doch auf Schindler traf dies ganz und gar nicht zu – die Schindlerjuden waren seine Familie geworden.

Man erfuhr, daß Göth im vergangenen Februar von den Amerikanern in einem Lazarett in Bad Tölz erkannt, in Dachau eingesperrt und nach Kriegsende den Polen übergeben worden war als einer der ersten Deutschen, die in Polen abgeurteilt werden sollten. Ehemalige Häftlinge sollten in diesem Prozeß für die Anklage aussagen, und der wohl schon umnachtete Göth hatte als Entlastungszeugen Schindler und Helene Hirsch benannt. Schindler fuhr nicht nach Krakau zum Prozeß. Die anderen berichteten, Göth, dank seines Diabetes stark abgemagert, habe keinerlei Reue gezeigt. Er beteuerte, er habe nur die Befehle seiner Vorgesetzten ausgeführt, also seien sie die Verbrecher und nicht er. Daß er aus eigener Machtvollkommenheit Gefangene erschossen habe, sei eine böswillige Übertreibung; er habe einige Gefangene wegen Sabotage erschießen lassen, und Saboteure gebe es nun mal in jedem Krieg.

Mietek Pemper wartete neben einem anderen, der auch in Plaszow gewesen war, darauf, als Zeuge aufgerufen zu werden und hörte ihn sagen: »Ich habe immer noch Angst vor dem Kerl.« Pemper war der Hauptbelastungszeuge und gab eine genaue Aufzählung von Göths Verbrechen. Ihm folgten andere Zeugen, darunter Dr. Biberstein und Helene Hirsch, die ebenfalls exakte, wenn auch schmerzliche Erinnerungen hatten. Göth wurde zum Tode verurteilt und in Krakau am 13. September 1946 gehängt, auf den Tag genau zwei Jahre, nachdem ihn die SS in Wien wegen seiner Schwarzmarktgeschäfte verhaftet hatte. Die Presse berichtete, er habe auch unter dem Galgen nicht bereut und noch am Schluß zum Nazigruß die Hand erhoben. Schindler identifizierte in München den ehemaligen Lagerkommandanten Leipold, den die Amerikaner in Gewahrsam hielten. Als Leipold alles abstreiten wollte, fragte ihn Schindler: »Ist es Ihnen lieber, sich von den fünfzig wütenden Juden identifizieren zu lassen, die da draußen auf der Straße warten?« Auch Leipold wurde gehängt, nicht wegen seines Gastspiels in Brünnlitz, sondern weil er schon davor im Lager Budzyn gemordet hatte.

Um diese Zeit war vermutlich in Schindler schon der Plan gereift, in Argentinien eine Nutriazucht aufzuziehen und damit ein Vermögen zu verdienen. Offenbar glaubte er, daß der gleiche sichere Instinkt, der ihn 1939 nach Krakau getrieben hatte, ihm jetzt gebot, nach Südamerika zu übersiedeln. Zwar besaß er keinen Pfennig, doch das *Joint Distribution Committee,* mit dem Schindler ja während des Krieges Kontakt gehalten hatte und das über ihn im Bilde war, half ihm. 1949 erhielt er eine Gratifikation von 15 000 Dollar und eine Empfehlung vom Vorsitzenden des Exekutivrates:

»Das American Joint Distribution Committee hat die Tätigkeit von Mr. Schindler während des Krieges und der Besatzungszeit genauestens überprüft ... wir bitten alle Personen und Organisationen, an die Mr. Schindler sich wenden sollte, angesichts seiner außerordentlichen Verdienste, ihm die größtmögliche Unterstützung zu gewähren ... Unter dem Vorwand, ein Zwangsarbeiterlager zunächst in Polen und später im Sudetenland zu betreiben, gelang es Mr. Schindler, jüdische Männer und Frauen als Arbeitskräfte aufzunehmen und zu schützen, die andernfalls in Auschwitz und anderen Lagern den sicheren Tod gefunden hätten ... Laut Aussagen von Überlebenden war Schindlers Lager in Brünnlitz das einzige in besetzten Gebieten, wo Juden weder getötet noch geschlagen, sondern als menschliche Wesen behandelt wurden.

Nun, da auch er vor einem neuen Anfang steht, wollen wir ihm helfen, wie er zuvor unseren Brüdern geholfen hat.«

Nach Argentinien nahm er ein halbes Dutzend Familien seiner Schindlerjuden mit und bezahlte für mehrere die Überfahrt. Dann ließ er sich mit seiner Frau in der Provinz Buenos Aires nieder und betrieb fast zehn Jahre lang seine Nutriazucht. Überlebende, die ihn in jenen Jahren nicht selbst gesehen haben, können sich ihn bei dieser Tätigkeit kaum vorstellen, denn eine so eintönige Arbeit paßte eigentlich nicht zu ihm. Manche meinen, daß die Emalia und auch Brünnlitz erfolgreich operieren konnten, sei in hohem Maße auf die Geschicklichkeit von Leuten wie Stern und Bankier zurückzuführen gewesen, und daran ist wohl etwas Wahres. In Argentinien fehlte ihm diese Hilfe, sieht man einmal davon ab, daß seine Frau nicht nur tüchtig war, sondern auch nüchtern und sachverständig. Es stellte sich in diesen Jahren aber heraus, daß die Pelze gezüchteter Tiere nicht die Qualität wild lebender, eingefangener Nutria erreichten, und nicht nur Schindler mußte seine Zucht schließen, sondern auch andere Züchter. Schindlers zogen 1957 nach San Vicente, einer Vorstadt von Buenos Aires, in ein Haus, das ihnen die *B'nai B'rith* zur Verfügung stellte, und Schindler versuchte sich eine Weile als Handelsvertreter, kehrte aber nach Ablauf eines Jahres zurück nach Deutschland. Seine Frau blieb in Südamerika.

Schindler bewohnte nun in Frankfurt eine kleine Wohnung und bemühte sich um Kapital zum Erwerb einer Zementfabrik. Zu diesem Zwecke hoffte er auf Zahlungen aus dem Lastenausgleich für sein in den Ostgebieten verlorenes Eigentum, doch wurde nichts daraus. Manche seiner Freunde meinen, die deutschen Behörden hätten ihn absichtlich um seine Ansprüche gebracht, doch scheint es, als sei er eher an Formfehlern gescheitert, denn in dem Briefwechsel mit den Behörden findet sich kein Anhaltspunkt dafür, daß die Bürokratie ihm ein Bein gestellt hätte. Das Kapital für seine Zementfabrik bekam er dann teils vom *Joint Distribution Committee*, teils »liehen« ihm Schindlerjuden Geld, die es in Westdeutschland unterdessen zu Wohlstand gebracht hatten. Aber schon 1961 machte Schindler wiederum bankrott. Zum Teil lag dies wohl daran, daß er wegen der über den Winter ruhenden Bauarbeiten Absatzschwierigkeiten hatte, doch Freunde geben auch Schindlers Rastlosigkeit, seiner Abneigung gegen die tägliche Büroarbeit daran die Schuld.

Nun wurde er von den in Israel lebenden Schindlerjuden, die von seinem Mißgeschick gehört hatten, nach Israel eingeladen. Eine Anzeige in der dortigen polnischsprachigen Presse forderte alle ehemaligen Brünnlitzer auf, sich zu melden, und Schindler wurde in Tel Aviv ungemein herzlich empfangen, insbesondere von den Kindern seiner Überlebenden. Er hatte erheblich zugenommen, das Gesicht war fülliger geworden, doch erkannten seine Gastgeber auf Gesellschaften und Empfängen mühelos in ihm den unverwüstlichen alten Schindler. Zwei Bankrotte hatten seinem Witz und

Charme und vor allem seinem unstillbaren Durst nichts anhaben können.

Sein Besuch fiel in die Zeit des Prozesses gegen Eichmann, und so nahm denn auch die israelische Presse Notiz von ihm. Am Vorabend des Prozeßbeginns verglich der Korrespondent der Londoner *Daily Mail* die Laufbahn dieser beiden Männer und zitierte aus einem Appell, den die Schindlerjuden zugunsten ihres Retters hatten ergehen lassen: »Wir vergessen nicht die Knechtschaft in Ägypten, wir vergessen nicht Hamann, und auch Hitler vergessen wir nicht. Aber neben den Ungerechten vergessen wir nicht die Gerechten. Denkt an Oskar Schindler.«

Manche Überlebende des Holocaust konnten beim besten Willen nicht glauben, daß es je irgendwo ein Lager wie das von Schindler gegeben habe, und auf einer Pressekonferenz mit Schindler in Jerusalem drückte ein Journalist diese Zweifel aus: »Wie erklären Sie«, fragte er, »daß Sie alle höheren SS-Führer in Krakau kannten und regelmäßig Kontakte zu ihnen unterhielten?« Darauf erwiderte Schindler nur: »Damals war es nicht so einfach, sich über das Los der Juden mit dem Oberrabbiner in Jerusalem zu unterhalten.« Schon während Schindler noch in Südamerika war, hatte *Jad Wa-Schem* damit begonnen, Schindlers Tätigkeit in Krakau und Brünnlitz zu dokumentieren. Aus eigenem Antrieb und unter tätiger Mithilfe von Stern, Jakob Sternberg und Mosche Bejski (Schindlers ehemaliger Stempelfälscher, nunmehr Richter am Obersten Gerichtshof) erwog der Vorstand von *Jad Wa-Schem*, ihm eine offizielle Ehrung zuteil werden zu lassen. Vorsitzender war Oberrichter Landau, der dem Prozeß gegen Eichmann präsidierte. *Jad Wa-Schem* sammelte also noch weitere Zeugenaussagen über Schindlers Tätigkeit während des Krieges, und unter vielen positiven finden sich auch vier negative Zeugnisse. Zwar bestätigen deren Verfasser, nur dank Schindlers Hilfe überlebt zu haben, doch verurteilen sie seine Geschäftspraktiken zu Beginn des Krieges. Zwei dieser Aussagen stammen von Vater und Sohn C., die zu Beginn dieses Berichtes schon erwähnt wurden, und sie beklagen sich darüber, daß Schindler seine Freundin Ingrid als Treuhänderin ihres Betriebes in Krakau einsetzen ließ. Die dritte Aussage stammt von einer Sekretärin der C.s und bestätigt, was Stern schon 1940 erwähnte, daß nämlich

Schindler die beiden C.s geschlagen und bedroht habe. Die vierte Aussage kommt von einem Mann, der behauptet, vor dem Krieg einen Anteil an der von Schindler übernommenen Firma *Rekord* gehabt zu haben und von Schindler nicht abgefunden worden zu sein. Oberrichter Landau und seine Mitarbeiter haben diese Aussagen in Anbetracht der weit überwiegend positiven Zeugnisse anderer Schindlerjuden wohl für unerheblich gehalten, denn sie erwähnen sie nicht. Da diese vier überdies angaben, ebenfalls von Schindler gerettet worden zu sein, fragte man sich wohl, ob Schindler sie wirklich gerettet haben würde, hätte er sich ihnen gegenüber schwere Vorwürfe machen müssen.

Die erste Ehrung Schindlers kam von der Stadt Tel Aviv. Im Heldenpark durfte er an seinem 51. Geburtstag eine Tafel enthüllen, die ihn den Retter von 1200 jüdischen Häftlingen des Arbeitslagers Brünnlitz nennt, und wenn diese Zahl auch zu niedrig gegriffen ist, heißt es doch, die Tafel sei in Liebe und Dankbarkeit gewidmet. Zehn Tage später erklärte man ihn offiziell in Jerusalem zu einem Gerechten, eine besondere israelische Ehrung, die auf der alten Überlieferung basiert, derzufolge der Gott Israels stets dafür sorgt, daß in der Masse der Ungläubigen ein Sauerteig von Gerechten lebt. Ferner forderte man ihn auf, längs der Straße der Gerechten, die zum *Jad-Wa-Schem*-Museum führt, einen Johannisbrotbaum zu pflanzen. Auch dieser Baum trägt ein Schild und befindet sich in einem Hain von Bäumen, die ebenfalls im Namen von Gerechten gepflanzt wurden. Hier steht ein Baum für Julius Madritsch und Raimund Titsch, die ihre jüdischen Zwangsarbeiter auf unerlaubte Weise ernährten und schützten, wie sich ähnliches weder von Krupp noch von der IG Farben behaupten läßt. Die Bäume stehen auf steinigem Grund und kaum einer ist höher gewachsen als drei Meter.

Die deutsche Presse berichtete über Schindlers Tätigkeit während des Krieges und die Ehrungen, die ihm in Israel zuteil wurden, sehr positiv, doch die Reaktion darauf fiel bei manchen anders aus als gewünscht: Er wurde in Frankfurt auf der Straße angepöbelt, und er bekam zu hören, daß man ihn mitsamt seinen Juden lieber in den Gaskammern gesehen hätte. Er verprügelte einen Mann, der ihn einen Judenknecht schimpfte, wurde vom Amtsgericht zu einer

Geldstrafe verurteilt und mußte sich vom Richter auch noch eine Strafpredigt anhören. An Henry Rosner schrieb er nach New York: »Am liebsten brächte ich mich um, aber diese Genugtuung will ich ihnen nicht geben.«

Solche Kränkungen erhöhten seine Anhänglichkeit an die Überlebenden, denn die waren inzwischen seine emotionelle und finanzielle Stütze geworden. Bis zu seinem Tode verbrachte er jedes Jahr einige Monate bei ihnen in Tel Aviv und Jerusalem, wo man ihn achtete und ehrte; in einem rumänischen Restaurant auf der Ben Yehuda Straße in Tel Aviv wurde jederzeit ein Tisch für ihn freigehalten, und das einzige, was er zu erdulden hatte, waren hin und wieder die liebevollen Ermahnungen von Mosche Bejski, er möge sich abends auf drei Gläser Cognac beschränken. Nach einer Weile wechselte er in sein anderes Leben über, das sich in einer beengten Wohnung im Frankfurter Bahnhofsviertel abspielte. Pfefferberg bat alle überlebenden Schindlerjuden, sie möchten doch mindestens einen Tagelohn jährlich für Oskar Schindler spenden, der »entmutigt, einsam und enttäuscht dahinlebt«.

So führte er denn dieses sonderbar geteilte Leben – das halbe Jahr fidel und munter in Israel, die andere Hälfte relativ zurückgezogen in Frankfurt. An Geld fehlte es ihm immer.

In Israel hatte sich eine Gruppe von Leuten zusammengefunden, zu der auch Stern, Sternberg und Bejski gehörten, die mit der Bitte, Schindler eine Pension zu gewähren, an die westdeutsche Regierung herantrat. Man begründete das mit seiner furchtlosen Haltung während des Krieges, mit dem totalen Verlust seines Vermögens und mit seiner zunehmend gefährdeten Gesundheit. Die deutsche Regierung reagierte zunächst einmal 1966 mit der Verleihung des Bundesverdienstkreuzes an Schindler, ein Festakt, bei dem auch Adenauer anwesend war. Das Bundesfinanzministerium erklärte sich sodann bereit, mit Wirkung vom 1. Juli 1968 eine monatliche Rente von DM 200 (zweihundert) für Schindler auszuwerfen. Drei Monate später überreichte ihm der Bischof von Limburg den päpstlichen Ritterorden des heiligen Silvester.

Schindler war nach wie vor bereit, der deutschen Justiz bei der Aufspürung von Kriegsverbrechern behilflich zu sein; in dieser

Hinsicht blieb er unbeirrbar. 1967 machte er an seinem Geburtstag ausführliche Aussagen über das Wachpersonal des KL Plaszow. Das Protokoll erweist, daß er sich nicht scheute, umfassend, in jedem Fall aber gewissenhaft, Zeugnis abzulegen. Weiß er wenig oder nichts über eine bestimmte Person, so sagt er das deutlich, so über Amthor, Zugsburger, Fräulein Ohnesorge, eine der leicht erregbaren SS-Aufseherinnen. Bosch hingegen nennt er rundheraus einen Mörder und Ausbeuter und erwähnt, daß er ihn 1946 in München auf dem Bahnhof erkannte und fragte, ob er denn noch ruhig schlafen könne, nach allem, was er in Plaszow verbrochen habe. Einen Vorarbeiter von den Deutschen Ausrüstungswerken bezeichnet er als »intelligent, aber brutal«. Über Göths Adlatus Grün sagt er, der habe in der Emalia den Gefangenen Lamus erschießen sollen, sich aber durch eine Flasche Wodka davon abbringen lassen. (Das wird durch eine Reihe anderer bei *Jad Wa-Schem* deponierter Zeugenaussagen bestätigt.) Von Unterführer Ritschek sagt er, der habe in sehr schlechtem Ruf gestanden, doch er selber, Schindler, könne aus eigener Anschauung nichts dazu sagen. Auch erkennt er Ritschek auf einem ihm vorgelegten Fahndungsfoto nicht eindeutig. Nur einem in den Listen der Justiz geführten Mann stellt Schindler vorbehaltlos ein einwandfreies Zeugnis aus: dem Ingenieur Huth, der ihm während seiner letzten Verhaftung behilflich war. Und er fügt an, daß auch die Gefangenen immer mit Achtung von ihm gesprochen haben.

Als er über Sechzig war, trat Schindler in die Dienste der Deutschen Freunde der Hebrew University, hauptsächlich wohl auf Betreiben jener Schindlerjuden, die seinem Leben noch einmal Auftrieb und eine neue Richtung geben wollten. Er sammelte überall in Westdeutschland Spenden, was ihm Gelegenheit bot, seine besten Qualitäten hervorzukehren, seinen Charme und seine Überredungsgabe. Auch beteiligte er sich an den Vorarbeiten für den Austausch von deutschen und israelischen Kindern.

Obwohl seine Gesundheit angegriffen war, lebte er doch wie ein noch junger Mann; er trank und hatte eine Geliebte, Annemarie, die er in Jerusalem im Hotel König David kennengelernt hatte und die zum Mittelpunkt seiner letzten Jahre wurde.

Seine Frau Emilie wohnte immer noch, ohne von ihm finanziell unterstützt zu werden, in dem kleinen Haus in San Vicente und lebte da noch, als dieser Bericht geschrieben wurde. Wie ehedem in Brünnlitz war sie eine zurückgezogen lebende geachtete Mitbürgerin. In einem 1973 gedrehten deutschen Dokumentarfilm hört man sie ohne jede Bitterkeit von ihrem Mann, von seiner und ihrer Tätigkeit in Brünnlitz sprechen. Schindler habe, so sagte sie sehr klarsichtig, vor dem Kriege nichts getan, was auf sein späteres ungewöhnliches Verhalten hätte schließen lassen. Es sei für ihn ein Glück gewesen, daß er in der kurzen, aber turbulenten Zeit zwischen 1939 und 1945 auf Menschen gestoßen sei, die seine besten Charaktereigenschaften zum Vorschein brachten.

Als Schindler 1972 das Büro der *American Friends of Hebrew University* aufsuchte, sammelten drei Schindlerjuden, die eine große Baufirma besitzen, unter 75 anderen überlebenden Gefangenen Schindlers insgesamt 120 000 Dollar für einen Schindler gewidmeten Raum im *Truman Research Center* der *Hebrew University*, wo ein Buch des Lebens ausliegt, das eine Schilderung der Rettungsunternehmen Schindlers und eine Namensliste der Geretteten enthält. Zwei der Spender – Murray Pantirer und Isak Levenstein – waren sechzehn Jahre alt, als Schindler sie nach Brünnlitz holte. Jetzt waren diese seine Kinder zu seinen Eltern geworden, seine beste Stütze, die Wahrer seiner Ehre.

Er war jetzt sehr krank. Die ehemaligen Brünnlitzer Ärzte – so etwa Alexander Biberstein – wußten das. Einer von ihnen bereitete die Freunde vor: »Ein Wunder, daß er noch am Leben ist. Sein Herz schlägt nur noch aus blankem Trotz.«

Im Oktober 1974 erlitt er in seiner kleinen Wohnung im Frankfurter Bahnhofsviertel einen Schlaganfall, und am 9. Oktober starb er im Krankenhaus in Hildesheim. Als Todesursache wurde eine Verhärtung der Blutgefäße in Hirn und Herz angegeben. In seinem Testament sprach er den oftmals geäußerten Wunsch aus, in Jerusalem begraben zu werden. Der Pfarrer der Franziskanergemeinde in Jerusalem erteilte innerhalb von zwei Wochen die Genehmigung, Herrn Oskar Schindler, einen der am wenigsten folgsamen Söhne der Kirche, auf dem römisch-katholischen Friedhof von Jerusalem beizusetzen.

Es verging noch ein weiterer Monat, bis Schindlers Leichnam in einem Bleisarg durch die bevölkerten Gassen der Altstadt von Jerusalem zum katholischen Friedhof getragen wurde, von dem aus man nach Süden über das Tal Hinnom blickt, das im Neuen Testament das Tal Gehenna heißt. Auf Pressefotos des Leichenzuges erkennt man zwischen vielen anderen Schindlerjuden Itzhak Stern, Mosche Bejski, Helene Hirsch, Jakob Sternberg und Juda Dresner. In allen Teilen der Erde lebten Menschen, die um ihn trauerten.